720

CATHOLIQUES ALLEMANDS

Du même auteur :

SOUVENIRS D'ISCHIA ou les DERNIERS JOURS DE CA-
SAMICCIOLA
In-8° (Sutter à Rixheim)   *épuisé*

LÉON XIII et les LETTRES CLASSIQUES
In-8° (Sutter à Rixheim)   *épuisé*

UN CURÉ ALLEMAND EXTRAORDINAIRE ou ÉTUDE
SUR M. L'ABBÉ S. KNEIPP (Paris, P. Lethielleux,
10, rue Cassette)
In-12 (avec portrait)   0. 75

A. KANNENGIESER

CATHOLIQUES ALLEMANDS

PARIS

P. LETHIELLEUX, LIBRAIRE-ÉDITEUR

10, RUE CASSETTE, 10

1892

PRÉFACE

Les catholiques d'Allemagne ont, depuis une vingtaine d'années, le privilège d'intéresser vivement l'opinion publique en Europe. On en avait parlé fort peu
jusqu'à l'époque du Kulturkampf. Quelques noms retentissants comme ceux d'un Goerres, d'un Ketteler,
ou d'un Doellinger, étaient connus des lettrés et des
érudits qui suivaient le mouvement scientifique et littéraire de l'étranger. A part ces *rari nantes*, dont la
renommée avait franchi les frontières de leur pays,
les catholiques allemands jouaient un rôle assez ef-
facé dans l'histoire de l'Église.

En ce temps là, la France avait ses légions de mis-
sionnaires, son magnifique budget de la charité, ses
œuvres multiples ; elle était fière de ses grands
évêques qui s'appelaient Pie, Dupanloup, Gerbet ; de
ses illustres moines, les Lacordaire, les Ravignan, les
Félix, les Guéranger, les Pitra ; de ses vaillants lut-

teurs de la plume et de la parole, les Montalembert, les Veuillot, les Ozanam, pour ne citer que quelques morts. Il y avait là une vie catholique d'une intensité prodigieuse, et on comprend que l'Église universelle ait eu les regards fixés sur la patrie de St Louis et de Jeanne d'Arc, de Bossuet et de St Vincent de Paul.

A ce rayonnement admirable de la France croyante, l'Allemagne, semblait-il, n'avait presque rien à opposer. Les œuvres catholiques comme la Propagation de la foi, la Ste Enfance, le Denier de St Pierre, les Conférences de St Vincent de Paul, les Écoles d'Orient, ne pénétraient que lentement cette terre germanique saturée de protestantisme. On laissait aux peuples latins, et aux Français en particulier, le soin de propager le christianisme sur le globe, et de travailler au soulagement des misères humaines.

Loin de jeter de l'éclat, la presse catholique d'Allemagne commençait à peine d'éclore, et si d'éminents théologiens, de savants historiens catholiques enseignaient dans les Universités de Munich, de Bonn, etc., l'orthodoxie de la plupart d'entre eux était, hélas ! sujette à caution. Leur apostasie est trop célèbre pour qu'il soit nécessaire d'en rappeler le souvenir. En vérité, aux yeux du spectateur superficiel, le catholicisme d'Allemagne était à son déclin plutôt qu'à son aurore !

Mais voici que le Kulturkampf changea soudain la face des choses et révéla l'existence d'une foi capable de s'exalter jusqu'au martyre. L'épée de Charlemagne,

que la Prusse avait tirée contre la Fille aînée de l'Église, fut tournée, après la guerre, contre les catholiques
allemands eux-mêmes, et le créateur de l'empire protestant jura d'exterminer tout ce qui serait fidèle au
St-Siège. Ce fut une lutte effroyable rappelant les épi-
sodes les plus douloureux des persécutions religieuses
du passé. Du jour au lendemain les catholiques
étaient mis hors la loi. Les couvents furent fermés,
leurs biens confisqués, les religieux dispersés, les évêques et les prêtres jetés en prison ou envoyés en exil.
La célébration de la messe et l'administration des
sacrements étaient devenues un crime digne des châ-
timents les plus sévères. Toutes ces mesures de violence excitaient et entretenaient le fanatisme des populations protestantes et, comme la plèbe romaine, elles
auraient volontiers crié : « Les catholiques aux lions » !
Le « Lutherzorn » — la colère de Luther — lançait des
flammes qui menaçaient de dévorer l'édifice du catholicisme allemand.

Les auteurs du Kulturkampf étaient si sûrs de leur
succès qu'ils chantaient déjà victoire sur toute la ligne.
Libéraux et conservateurs saluaient l'avènement d'une
ère nouvelle et proclamaient que « c'était une joie
de vivre ». On sait comment leurs espérances furent
trompées. Les catholiques avaient contre eux la haine
du vieux catholicisme, la bureaucratie protestante,
l'esprit public, la majorité du Parlement, le chancelier de fer avec sa puissance et son génie. Cette coa-

lition ne les effraya point. Ils tinrent tête à l'orage et leur résistance héroïque qui arracha un cri d'admiration à l'Europe finit par lasser les persécuteurs. Au début de la lutte, le prince de Bismarck avait déclaré à la Chambre qu'il n'irait jamais à Canossa, et quelques années plus tard on le vit, au grand scandale des libéraux, traiter Léon XIII de « Sire » et demander au St-Siège l'Ordre du Christ ! C'est que, dans l'intervalle, les catholiques allemands s'étaient groupés, organisés, fortifiés, et le jour vint où le Centre fut le parti le plus nombreux du Parlement. Il fallait compter avec Windthorst et son armée, et au bout de cette vaste levée de boucliers du Kulturkampf se trouva la capitulation et la chute du Chancelier de fer.

Le monde catholique a suivi avec une curiosité facile à concevoir les péripéties émouvantes de ce duel engagé entre des victimes fortes de la seule justice et des bourreaux armés d'un pouvoir illimité. Il a compati aux souffrances de ces vaillants chrétiens qui demeurèrent fidèles à leurs convictions religieuses au prix des plus généreux sacrifices, et il a surtout applaudi à leur stupéfiant triomphe.

Depuis lors, les catholiques allemands passent à bon droit pour les champions les plus intrépides et les plus énergiques de l'Église et du St-Siège. Léon XIII les a cités comme des modèles, et, au milieu de la crise anticléricale que traversent la plupart des pays de l'Europe, les regards se tournent tout naturellement

vers cette poignée de héros qui a tenu en échec
l'homme d'État le plus puissant et le plus irascible
de ce siècle.

Il pouvait être intéressant de connaître ces catholiques de plus près, d'étudier leur organisation, leurs
œuvres, leur activité politique, religieuse et sociale.
Dans les pages qui vont suivre, ce travail a été tenté.
Non pas que nous offrions au lecteur une histoire
proprement dite de l'Église catholique d'Allemagne.
Encore moins avions-nous l'ambition de tracer le
tableau complet de tout ce que les amis de Windthorst ont accompli dans ces vingt dernières années.
Ce ne sont que quelques pages vaillantes détachées
d'un livre qui serait encore à faire. Dans la multipli-
cité des événements contemporains qui forment la tra-
me historique, nous avons choisi ce qui nous a paru
devoir attirer d'une manière plus spéciale l'attention
du public français.

Les catholiques allemands ont eu la bonne fortune
d'avoir à leur tête des chefs incomparables ; là gît
en partie le secret de leur force et de leurs victoires ;
Windthorst est pour ainsi dire le type de ces habiles
tacticiens, de ces orateurs parlementaires qui ont refoulé le Kulturkampf. Son nom devait figurer en tête
de ce volume.

Sans armée, le général le plus merveilleux est im-
puissant en face de l'ennemi. Le clergé s'est chargé
de lever, d'organiser, d'instruire l'armée que com-

mandait la *Petite Excellence*. Nous avons consacré
deux longs chapitres au rôle politique et social de ces
prêtres allemands qui dans la presse, au Parlement,
dans les assemblées populaires, ont revendiqué hautement leurs droits de citoyens et sauvé par leur courage la foi de leur peuple.

Pour qu'une armée réponde à son but et soit à
même de rendre les services qu'on en attend, il faut
qu'elle soit exercée et continuellement entraînée.
L'armée des catholiques allemands est la mieux exercée du monde. Chaque année les congrès se chargent d'entretenir le feu sacré parmi les soldats, et
c'est avec raison que Windthorst a appelé ces grandes
assises catholiques « nos manœuvres d'automne ».
Nous avons décrit la physionomie de l'un de ces congrès, et nous avons choisi celui de Fribourg dont le
mot d'ordre avait été : — *Pro libertate Ecclesiæ!*

Comment ces troupes catholiques et l'état major du
clergé ont-ils combattu et vaincu ? Par quel prodige
de stratégie ont-ils réussi à quitter le champ de bataille avec tous les honneurs de la guerre? On s'en
fera une idée en lisant « Un chapitre du Kulturkampf » qui raconte l'épisode de la suppression et du
rétablissement des traitements ecclésiastiques en Prusse. Le prince de Bismarck avait espéré qu'il paraly-
serait le clergé par la famine. Soutenu et encouragé
par les fidèles, le clergé a méprisé ces armes de gros
calibre, et il a si bien résisté, que le gouvernement a

été obligé de battre en retraite et de rétablir le budget des cultes.

La foi transporte les montagnes, a dit l'Évangile. Cette foi agissante et sincère explique aussi l'issue du Kulturkampf. Le peuple catholique d'Allemagne est foncièrement chrétien et croyant. En ce moment même il en donne une preuve éclatante par cette superbe manifestation religieuse de Trèves qui met le libéralisme germanique en émoi. Nous ne pouvions mieux terminer ce volume qu'en parlant de ces pèlerinages qui ont amené des millions de catholiques auprès de la Robe sans couture du Christ.

Le spectacle que présente l'Allemagne catholique mérite qu'on s'y arrête et qu'on le médite. Il s'en dégage un enseignement précieux dont la portée ne saurait échapper à personne. Les catholiques de tous les pays peuvent y puiser un courage nouveau en se répétant le mot bien connu : *Si isti, cur non ego?* Et à la vue de l'échec qu'a subi le gouvernement de Berlin, les adversaires du catholicisme sont obligés de se dire que, puisqu'il est impossible de tuer l'Église, il faut imiter l'exemple du Chancelier de fer et tâcher de vivre avec elle dans la paix et la concorde.

L'ABBÉ A. KANNENGIESER.

CHAPITRE PREMIER

WINDTHORST

CATHOLIQUES ALLEMANDS

CHAPITRE PREMIER

WINDTHORST

Un jour, — c'était en 1867, au lendemain de l'an-
nexion du Hanovre, — Georges de Vincke, le chef
des vieux libéraux, le « roi de la Chambre », rencontra dans une rue de Münster un de ses anciens
collègues qui visitait la ville westphalienne sous
la conduite de l'abbé Hulskamp (1). On parla naturellement politique, et Vincke, encore tout plein
des derniers évènements, ne put s'empêcher de dire :
« Chose bizarre ! les trois hommes les plus intelligents (*die Gescheidtesten*) de la Chambre prussienne
sont trois Hanovriens annexés ! — Et lesquels, lui
demandèrent ses interlocuteurs ? — Le premier,
répliqua-t-il, c'est Benningsen (2) ! Celui-là est très

_____

(1) Mgr Hulskamp est un critique et un écrivain qui jouit
d'un grand renom parmi les catholiques allemands. Il dirige
depuis de longues années le *Literarische Handweiser*, une sorte
de *Bulletin critique et bibliographique* qui paraît deux fois
par mois (à Munster) et qui est très répandu en Allemagne
et en Autriche. Il est né à Essen en 1833.

(2) Benningsen, actuellement président supérieur de la province de Hanovre, est né à Lunebourg le 9 septembre 1824.
Après avoir fait partie de l'administration de son pays, le

intelligent ! Le deuxième, c'est Miquel (1), qui est
encore plus intelligent que Benningsen, et le troisième, acheva-t-il en souriant, est plus malin que
les deux premiers ensemble : il s'appelle Windthorst ! »

royaume de Hanovre, il en sortit en 1855 et fonda avec ses amis
une association libérale qui porta le nom de *National-Verein*. Ce National-Verein fut le noyau du parti célèbre connu
plus tard sous le nom de parti national libéral. Benningsen
en fut le président et le chef incontesté ! Il atteignit l'apogée
de son prestige lorsque Bismarck opéra son évolution vers la
gauche et fit du libéralisme la base de gouvernement : il exerça
sur le chancelier une influence pernicieuse pendant la période du *Kulturkampf*. Toutes les lois persécutrices que la
Prusse a fait peser sur les catholiques sont l'œuvre des nationaux-libéraux conduits par Benningsen. Ils avaient juré
l'extermination du catholicisme, et Benningsen espérait que
ce triomphe lui vaudrait un portefeuille ministériel. Ce portefeuille il l'a désiré toute sa vie et il a été durant de longues
années le *ministre de l'avenir !* Mais l'empereur ne pouvait
se résigner à le faire entrer dans un ministère et le prince
de Bismarck tomba du pouvoir avant que son ami n'ait pu
donner satisfaction à ses convoitises ministérielles. Comme
compensation M. de Benningsen obtint la haute situation de
Président supérieur d'une province.

(1) Miquel est national-libéral comme Benningsen ! Mais il
est moins sectaire et moins fanatique que lui. Il a été dans
les administrations toute sa vie. L'empereur qui l'aime et qui
l'apprécie beaucoup lui a confié l'an passé le portefeuille
des finances. Il passe pour l'un des ministres les plus capables du cabinet prussien actuel. Chose bizarre ! il paraît que
ce ministre prussien et protestant, est d'origine française et
catholique. Son grand-père était un émigré français chassé
par la Révolution. Son père épousa une protestante et finit
par adopter lui-même le protestantisme. Les enfants de ce
mariage devaient nécessairement appartenir à la religion ré-
formée et c'est ainsi que le ministre Miquel est protestant.
Miquel est un peu plus jeune que Benningsen, il est né le 21
février 1829 à Neuenhaus dans le comté de Bentheim.

L'histoire des vingt dernières années a confirmé
d'une manière éclatante le mot de Vincke. Windthorst a vaincu Benningsen et son parti, et Miquel, tout ministre qu'il est aujourd'hui, s'est toujours incliné devant le génie de la « Petite Excellence ! » La mort de Windthorst, survenue au mois
de mars 1891, a été un deuil public en Allemagne,
et tandis que l'empereur a fait déposer des fleurs
sur son lit funèbre, et que le président du Reichstag
et celui du Landtag ont parlé en termes émus de
l'importance exceptionnelle de son rôle politique,
des millions de catholiques le pleuraient comme
le plus dévoué des amis et le meilleur des pères !

Ces magnifiques témoignages de sympathie, qui
se sont manifestés spontanément, montrent assez
quelle place le défunt occupa dans son pays, et la
Neue freie Presse, le grand organe libéral de Vienne,
ne craint pas de dire que la mémoire de Windthorst
vivra autant que celle du vieil empereur Guillaume, du prince de Bismarck et du feldmarschall
de Moltke ! Il serait téméraire de vouloir retracer en
quelques pages les hauts faits de cet illustre champion de la cause catholique. Son nom appartient à
l'histoire, et sa vie formera l'un des chapitres les
plus curieux et les plus émouvants des annales de ce
siècle ! Essayons du moins de crayonner une silhouette rapide de la *Perle de Meppen* et d'esquisser
à grands traits les évènements dont le *leader* catholique a été l'acteur et le héros.

§ 1. — JEUNESSE DE WINDTHORST.

Je n'oublierai jamais l'impression que me produisit Windthorst quand j'eus le plaisir de le voir de près pour la première fois. Je me trouvais à Fribourg-en-Brisgau, à l'occasion de l'assemblée générale des catholiques d'Allemagne. Une foule considérable s'était donné rendez-vous sur les bords de la Dreisam, et je n'ai pas besoin d'ajouter que Windthorst était le principal attrait de la fête. Le voir, l'acclamer, était depuis le *Kulturkampf* le rêve de tout catholique allemand. L'enthousiasme est contagieux, il se communiqua à tout le monde. Le hasard voulut que je fusse sur le passage de la Petite Excellence quand elle se rendit à la salle des réunions. Je vis, — entre deux colosses, le baron de Frankenstein (1) et l'abbé Hitze, — un petit vieillard d'apparence chétive s'avançant sur des jambes grêles autour desquelles se jouaient les pans d'une redingote embarrassée. Sa tête un peu grosse était surmontée d'un chapeau absolument invraisemblable. La figure était coupée en deux par une bouche

---

(1) Le baron de Frankenstein, mort il y a deux ans, appartenait à l'une des plus anciennes familles aristocratiques de Bavière. Bien qu'il ne fût pas un orateur dans le vrai sens du mot, il joua un rôle considérable dans son pays et dans l'empire. Il était premier vice-président du Reichstag et président du Centre. C'était un homme de bon conseil et de grande autorité qui a rendu des services signalés à la cause catholique. Il jouissait également de l'estime de l'empereur et à sa mort Guillaume II adressa une lettre de condoléance des plus touchantes à la baronne de Frankenstein.

énorme qu'accentuaient encore de grosses lèvres.
Le front que j'aperçus un peu plus tard envahis-
sait une bonne moitié du crâne, et entre les deux
oreilles, qui n'avaient rien de dissimulé, des yeux
presque aveugles prenaient des lueurs fantastiques
derrière les verres grossissants de ses lunettes. On
eût dit une caricature vivante détachée de quelque
toile de Callot. Et, par un prodige incroyable, cette
figure si franchement laide inspirait la sympathie,
grâce à ce mélange de finesse, de malice contenue,
de bonté communicative qui constituent les éléments
caractéristiques de la physionomie de Windthorst !

Ce nain prodigieux était né le 17 janvier 1812, à
Kaldenhof, dans l'ancienne principauté ecclésiastique d'Osnabrück, sur cette vieille terre saxonne où
la légende et l'histoire placent les exploits de Wittekind. Son père était paysan et avocat (1) à la fois,
mais préférait le travail des champs à la pratique
de la jurisprudence. Le petit Louis se fit remarquer
de bonne heure par les vives saillies d'une intelligence précoce. On le mit au gymnase d'Osnabrück
pour lui faire apprendre le latin. Il y a quelques
années, un député du Reichstag rappela, au milieu
de l'hilarité générale, un souvenir très piquant de
cette époque lointaine. Windthorst enfant était si
entêté que son père en conçut un profond chagrin.
Il était même décidé à mettre le petit écolier récalcitrant chez un cordonnier, et toute l'influence de
sa famille était nécessaire pour le détourner de ce
projet singulier. On était loin de pressentir l'homme
d'État que nous connaissons !

(1) Il était *doctor utriusque juris* et gérait le domaine de Kaldenhof, qui appartenait à la famille de Droste-Vischering de
Darfeld.

Ce trait n'est cependant pas sans rapport avec la vie ultérieure de Windthorst. L'énergie saxonne est restée le maître ressort de sa conduite. Nous autres Westphaliens, disait le baron de Schorlemer-Alst (1) au congrès de Coblentz, nous avons de grosses têtes bien dures ». Celle de Windthorst était dure entre toutes. Le *Saxentrotz* est devenu chez lui la fermeté granitique, la fidélité à toute épreuve, la lutte obstinée pour la justice et la liberté, l'entêtement sublime qui a triomphé de tous les obstacles. Au lieu de le conduire à l'échoppe d'un savetier, il l'a élevé à la puissance suprême qui fait régner sur les esprits et les cœurs !

La crise profita à notre jeune hanovrien. Il trans-

---

(1) Le baron de Schorlemer-Alst est un des membres les plus éminents et les plus influents du centre catholique. Pendant le Kulturkampf, il s'est signalé par la franchise et le courage héroïque avec lesquels il a défendu la cause de ses principes religieux ! C'était l'un des meilleurs lieutenants de Windthorst. Il était sur la brèche partout où il s'agissait de refouler l'ennemi ou de défendre la place. Ses adversaires le respectaient eux-mêmes comme un noble et loyal héros. Il a été à diverses reprises membre du Landtag prussien et du Reichstag. Dans les deux Parlements sa parole était écoutée par tous les partis. Il était entré dans la politique par la porte de l'économie sociale. En 1871, il fonda la célèbre association des paysans westphaliens dont il sera question plus loin et mérita le titre de *Roi des paysans !* Tandis qu'il a quitté le terrain de la politique et donné sa démission comme député, il veut rester jusqu'à la fin de sa vie le patron et l'avocat des paysans. Le baron de Schorlemer-Alst a été également l'un des orateurs les plus applaudis des congrès catholiques. Pendant plusieurs années sa santé ne lui avait plus permis de prendre part à ces grandes manifestations religieuses. Aussi lorsqu'il reparut l'an passé (sept. 1890) à la tribune du congrès de Coblentz, les acclamations partirent de tous les points de la salle. Le baron de Schorlemer-Alst a 66 ans, mais jouit d'une santé assez fragile.

forma sa volonté en même temps qu'il cultiva son intelligence et devint un modèle et un idéal pour les élèves du Carolinum. A la fin de sa rhétorique, il passa un brillant examen sur toutes les matières, sauf la langue française. Sa note de français était seulement un *assez bien*. Il me raconta lui-même ce détail avec beaucoup d'humour, et il eut soin d'ajouter en guise de moralité : « Mais je me suis rattrapé depuis ! » Et, en effet, Windthorst a toujours aimé notre littérature dans la suite. Il en a fait l'objet d'une étude sérieuse, et je sais par l'un de ses intimes que, dans ces derniers temps encore, il se faisait lire chaque matin quelques pages de l'un de nos orateurs. Détail intéressant à noter, Thiers était l'une de ses lectures favorites. C'est dans le commerce de nos écrivains qu'il a puisé cette clarté lumineuse qui est le trait saillant de son éloquence parlementaire.

Les études classiques achevées, il fallait se préoccuper d'une carrière. On put croire un instant que le jeune homme se ferait prêtre. Sa piété sincère, sa pureté de mœurs, semblaient le pousser vers le sanctuaire. Mais la vocation sacerdotale ne se déclara point, et Windthorst se tourna vers le droit, qu'il étudia successivement à Gœttingue et à Heidelberg. Quelques-uns de ses maîtres ne tardèrent pas à remarquer les grandes qualités de l'étudiant hanovrien .

« Ce petit animal si laid, disait l'un d'entre eux en son langage pittoresque, a une tête foncièrement intelligente, douée d'une clairvoyance peu commune ; il ira loin ».

L'*animal* devait aller plus loin que n'auraient pu le soupçonner les professeurs de Heidelberg.

Une fois muni de ses diplômes, Windthorst rentra à Osnabrück et s'y fixa comme avocat. Son talent oratoire et sa science juridique lui valurent en peu de temps une excellente situation. Coup sur coup il fut nommé syndic de l'ordre équestre de la noblesse et membre du consistoire. Le moment était venu pour lui de fonder une famille. Ce gai compagnon, dont la pétulance était connue dans toute la ville, avait l'âme très tendre malgré sa laideur et sa petite taille. Un de ses condisciples du Carolinum, Engelen, avait une sœur dont les qualités le séduisirent. Il lui fit la cour en tout honneur, et ici se place une idylle comique que Windthorst se plaisait à raconter dans ses moments de joyeuse expansion. Il s'avisa un soir de donner une sérénade sous la fenêtre de sa fiancée. La nuit n'était pas très claire. Notre amoureux, qui avait cela de commun avec l'Amour, qu'il était aveugle, fit un faux pas et tomba dans la rivière. Bien involontairement, il édita ainsi une *variante* de *l'Amour mouillé* du poète grec. Les amis s'amusèrent beaucoup de cette aventure et il fut d'ailleurs le premier à en rire. Il se hâta d'épouser Mlle Engelen, qui avait sept ans de plus que lui, et ce fut pendant cinquante-trois ans l'union la plus heureuse qu'on ait jamais vue. Lorsqu'en 1888, le couple célébra ses noces d'or, à la grande joie de toute l'Allemagne, Windthorst déclara qu'il aimait sa femme comme au premier jour. Au congrès de Fribourg, il commença l'une de ses causeries par ces mots : « Je suis marié depuis six semaines », et les applaudissements frénétiques de l'assistance couvrirent la boutade du jeune marié.

Le mariage de Windthorst, qui se célébra en

1838, coïncidait avec les graves troubles religieux
dont la Prusse était alors le théâtre. Le *Kulturkampf* de 1873 n'est pas un fait isolé dans les fastes
de ce royaume. Asservir l'Eglise catholique, la su-
bordonner à l'Etat, a été de tout temps l'ambition
du gouvernement de Berlin. Suivant les circonstances, le lion de Hohenzollern savait jouer de ses
griffes ou faire patte de velours. Vers la fin des
années trente, la Prusse traversait de nouveau une
période de fièvre antiromaine. A propos de la question des mariages mixtes, l'archevêque de Cologne,
Mgr Droste-Vischering fut violemment arraché à
son église métropolitaine (1837) et interné à Min-
den. Cette violation sacrilège des droits imprescrip-
tibles de l'Eglise souleva l'indignation du monde
chrétien, et il y eut comme une commotion électrique qui secoua l'Allemagne tout entière. Windthorst
ne put rester indifférent à ce qui se passait sur les
frontières du Hanovre. L'enlèvement de l'archevêque de Cologne et les autres vexations qui accom-
pagnèrent cet acte eurent un profond retentissement
autour de lui. Il apprit à connaître dès cette époque
le machiavélisme de la bureaucratie prussienne, qui
ne visait à rien moins qu'à l'anéantissement de
l'Église catholique. Il s'en souviendra lorsque, trente
ans plus tard, il sera lui-même aux prises avec les
promoteurs de l'empire protestant. En attendant, il
suit la lutte de loin, laissant au grand Gœrres (1),

---

(1) Gœrres, l'un des plus puissants génies de ce siècle, l'auteur de la renaissance catholique en Allemagne ! Je ne veux
point dans une note de quelques lignes rapetisser cette grande
et noble figure. J'aurai un jour occasion de lui consacrer une
étude moins indigne de lui. Qu'il me suffise pour le moment
d'indiquer l'une ou l'autre date. Il naquit à Coblentz en 1776,

aux évêques Ræss (1) et Weiss (2), à d'autres encore,
l'honneur de déployer au vent le drapeau du catholicisme. Son heure viendra !

fut d'abord un partisan enthousiaste de la Révolution qu'il
combattit plus tard avec toute l'énergie de son âme. Il voua
une haine mortelle à Napoléon Ier et souleva toute l'Allemagne contre lui par son *Mercure rhénan*. Napoléon Ier l'appela
la cinquième grande puissance. Exilé par le gouvernement
prussien il se réfugia d'abord à Strasbourg, puis le roi de Bavière
l'appela à Munich et lui confia une chaire de l'Université. Il a
laissé de nombreux ouvrages dont plusieurs sont des chefs-
d'œuvre par le style et par la science. Il mourut en 1848.

(1) Mgr Ræss mourut évêque de Strasbourg. Son nom et son
histoire sont trop connus pour qu'il soit nécessaire d'insister.
Pendant la première moitié de ce siècle il a été l'un des créateurs de la science et de la littérature catholiques en Allemagne. Il a fondé en 1821 une revue importante le « *Catholique* »,
qui subsiste encore. Avec son ami Weiss il a publié au moins
une centaine de volumes.

(2) Mgr Weiss a été avec Ræss professeur au grand Séminaire
de Mayence et est devenu plus tard évêque de Spire. Son nom
est toujours cité avec celui de l'évêque de Strasbourg. C'étaient
les deux dioscures de la science catholique d'Allemagne.

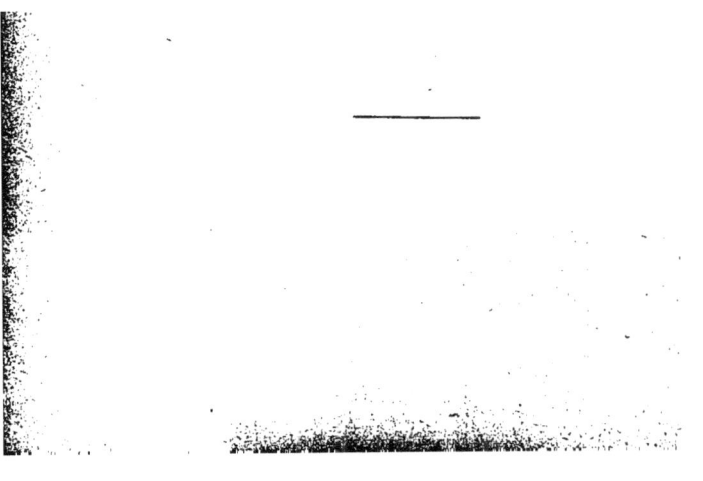

§ 2. — AU PARLEMENT DU HANOVRE.

Dix années se passent, dix années de carrière administrative, et Windthorst est entraîné vers la politique. Nous sommes au lendemain de la catastrophe de 1848. L'avocat d'Osnabrück est élu député de la seconde chambre du Hanovre. Celui qui devait être le plus grand parlementaire du siècle débuta à trente-six ans sur un théâtre des plus exigus, dans un État secondaire d'Allemagne. Gœrres venait de mourir : qui se serait douté alors que ce petit député hanovrien balancerait la gloire de l'adversaire redouté de Napoléon 1er? Rien de plus vrai cependant. Windthorst a été, pour la seconde moitié de ce siècle, ce que la « cinquième grande puissance » avait été pour la première, l'âme du mouvement catholique en Allemagne!

A la chambre du Hanovre, Windthorst s'éleva très vite au premier rang. Le 7 février 1849, il prononça son premier discours parlementaire — die Jungfernrede, comme on dit en Allemagne; il faut retenir cette date. Le ministre de l'intérieur, Stuve, avait pris l'initiative d'une série de réformes administratives et voulut doter son pays de la liberté de la presse, de l'autonomie des communes, etc. Windthorst lui prêta son concours et déploya un si grand talent en cette circonstance qu'il attira sur lui l'attention du roi. Sa Majesté lui confia le portefeuille de la justice en 1851. Windthorst devenait la *Petite Excellence*. Le Saxon têtu qui a failli mourir cordonnier faisait décidément son chemin!

C'était la première fois qu'un catholique était

ministre en Hanovre. Le choix était heureux, le roi
n'eut jamais à s'en repentir ; la maison de Hanovre
n'a pas eu de serviteur plus intelligent et plus dévoué.
L'attachement dynastique de Windthorst grandira
même avec les misères qui atteindront la famille
royale. Au zénith de sa gloire et de son talent,
il ne fera d'avances au chancelier de fer que le jour
où il faudra venir en aide à son souverain détrôné.

Tout en servant son roi avec les ressources variées
de sa haute intelligence, Windthorst n'oublia pas
qu'il était catholique, et il sut rendre à Dieu ce qui
est à Dieu, comme il rendait à César ce qui est à
César. En Hanovre, les catholiques sont en minorité, et, ainsi qu'il arrivait dans tous les pays protestants, ils étaient, le plus souvent, écrasés contre
le mur. Les guerres de la révolution et du premier
empire avaient bouleversé l'Allemagne, même au
point de vue religieux. Dans la tourmente, la hiérarchie catholique avait presque disparu partout,
et les sièges épiscopaux étaient, la plupart, vacants.
Lorsque le congrès de Vienne eut rétabli l'ordre
politique et civil, on songea aussi au rétablissement
de l'ordre religieux. A peu près tous les pays d'Allemagne entrèrent en pourparlers avec le Saint-
Siège. Le Hanovre suivit le mouvement. Les négociations furent très pénibles et durèrent près de huit
ans. Le gouvernement de Hanovre avait des prétentions joséphistes que l'Eglise ne pouvait admettre. Malgré sa condescendance admirable, le cardinal Consalvi était sur le point d'échouer dans sa
mission. Pour éviter de plus grands malheurs, le
Vatican alla enfin jusqu'aux limites des concessions
possibles. Sa longue patience finit par aboutir. Par
la bulle de circonscription du 26 mars 1824, Léon XII

put instituer deux diocèses en Hanovre : celui de Hildesheim et celui d'Osnabrück. Chacun des deux eut son chapitre, son doyen, son séminaire. Seulement, comme les ressources de la dotation des deux diocèses manquaient encore, il fut convenu que celui d'Osnabrück ne serait organisé que plus tard. Le concordat fut sanctionné par le roi Georges IV, le 20 mai 1824.

A l'époque où Windthorst entra dans le ministère Schele, on vivait encore sur la bulle *Impensa Romanorum*, et vingt-cinq ans s'étaient écoulés sans que la question du diocèse d'Osnabrück fût réglée. Le gouvernement de Hanovre avait imité l'exemple des autres États d'Allemagne. Il ne tenait pas compte des engagements pris vis-à-vis du Saint-Siège et exploitait par contre les concessions arrachées au Pape. On voit que le prince de Bismarck et M. de Gossler n'ont rien inventé. Le *placet* fut maintenu en Hanovre. Les consistoires, dont le roi nommait les membres en dehors et souvent contre les évêques, devenaient facilement des instruments d'oppression entre les mains d'un ministère hostile. Il est vrai que la liberté des cultes fut inscrite dans la constitution du 6 août 1840 ; mais la plupart des abus de la bureaucratie continuèrent à subsister. Windthorst mit tout en œuvre pour que le concordat de 1824 et la constitution de 1849 ne restassent point lettre morte. Ses efforts furent couronnés de succès. Le diocèse d'Osnabrück fut définitivement érigé et doté, et le premier évêque nommé fut Mgr Melchers (1) le futur martyr du *Kulturkampf* prussien.

(1) Mgr Melchers vit encore ; Léon XIII l'a fait entrer au sacré collège. Il a été l'un des premiers martyrs du Kulturkampf. Le 31 mars 1874 il fut arrêté dans son palais archiépiscopal de

Quoiqu'ils fussent une petite minorité, les catholiques du Hanovre purent vivre en paix au milieu de leurs frères protestants.

La nomination de l'évêque d'Osnabrück parut en 1859. Windthorst avait quitté le pouvoir quatre années auparavant. Cette retraite dura peu. La Petite Excellence fut un ministre récidiviste, — le mot est d'Eugène Richter, — et en 1862, il entra dans le cabinet conservateur Brandis-Platen et reprit les Sceaux pour les conserver jusqu'en 1865. De graves malheurs allaient descendre sur le Hanovre, car l'ambition effrénée de ses voisins de l'Est menaçait presque toutes les couronnes indépendantes d'Allemagne. Les libéraux du Nord et du Sud poussaient à la centralisation unitaire et préparaient l'hégémonie de la Prusse. Windthorst, qui assistait à cette crise *nationale*, essaya de réagir contre le courant parti de Berlin. Il soutint courageusement le roi Georges V, qui avait pris fait et cause pour l'Autriche. Hélas ! la résistance était insuffisante et la lutte ne fut pas longue ! Windthorst était procureur général (*Kronoberanwall*) à la

---

Cologne et jeté en prison ! On lui fit subir un traitement infâme ! Il fut enfermé pêle-mêle avec les voleurs et les assassins et sur les registres de la prison il figurait sous ce nom : « *Paul Melchers, Strohflechter* (tresseur de paille). C'est avec cette ignominie que le gouvernement traitait un prince de l'Église, le primat d'Allemagne. Mgr Melchers passa 6 mois en prison. A peine en était-il sorti que de nouvelles peines le menaçaient. Il prit le chemin de l'exil en 1875 et depuis ce jour il n'a pas remis le pied en Allemagne. Bismarck fut inflexible pour lui. Lorsque les préliminaires de la paix religieuse furent signés, il exigea la démission de l'archevêque de Cologne. Le Saint-Siège dut passer sous ces fourches caudines et il pria Mgr Melchers de se désister. En échange il lui accorda le chapeau cardinalice.

cour d'appel de Celle quand s'accomplit la catastrophe de 1866 !

S'il n'avait pas le droit d'en être surpris, il en fut profondément affligé. Il aimait son roi, son pays natal, sa patrie, et tout avait sombré sur les champs de bataille de la Bohême. L'Autriche écrasée, que devenait l'Allemagne, que devenait surtout le catholicisme avec la domination de la Prusse ? Douloureux mystère ! Windthorst n'eut pas un moment d'hésitation. Ses sentiments légitimistes hautement affirmés ne lui permirent point de rester fonctionnaire sous le régime nouveau. Il donna sa démission pour se jeter dans la politique militante, sauver ce qui pouvait encore être sauvé, et défendre le fédéralisme particulariste contre les doctrines unitaires des libéraux. La circonscription électorale de Meppen l'envoya, en 1867, au Landtag prussien et au Reichstag de l'Allemagne du Nord.

On a fait remarquer avec raison que, sans l'annexion du Hanovre, Windthorst n'aurait jamais eu la situation qu'il a tenue pendant vingt ans. Les circonstances font les hommes en développant leurs aptitudes natives et en les plaçant dans le milieu le plus favorable à leur génie. Comme député prussien, Windthorst monta sur une scène où il pouvait jouer un rôle que personne n'aurait osé rêver pour lui. L'année où il débarqua à Berlin, un profond revirement politique s'opérait au Parlement. Bismarck, qui était conservateur par son origine et son tempérament, passait dans le camp libéral. Windthorst trouva aux côtés du ministre un de ses compatriotes, celui-là même dont Vincke disait : il est très intelligent. Benningsen était tout-puissant à cette heure. Il s'était constitué l'âme damnée

du prince de Bismarck et l'aidait dans son évolution
vers la gauche : un maquignon comme il en fallait
pour les besognes qui se préparaient ! Anticlérical
haineux, il usait de son influence pour encourager
son chef dans son hostilité contre l'Église catholique et ses représentants.

On les aurait sans doute bien étonnés l'un et l'autre si on leur avait dit que le nouveau député hanovrien Windthorst leur ferait un jour baisser pavil-
lon. « Tout va bien, écrivait Benningsen en 1859,
nous n'avons plus qu'une citadelle à conquérir, celle
de l'ultramontanisme ! » Il disait vrai. Heureusement « le plus malin des trois Hanovriens » s'en-
ferma dans cette citadelle, — la tour du Centre, —
et la tactique de ce rusé général la rendit inébranlable : les armées ennemies pouvaient venir !

La constitution de 1850 avait assuré aux catholiques prussiens des conditions que leur enviaient
d'autres pays dont la majorité était ultramontaine. A ce point de vue. Windthorst n'avait pas à
regretter le régime ecclésiastique du Hanovre.
Mais ces franchises dont l'Église jouissait sous le
sceptre des Hohenzollern commençaient à être
menacées quand la Petite Excellence devint citoyen
« du royaume de la crainte de Dieu et des bonnes
mœurs ». La levée de boucliers des libéraux présa-
geait un avenir orageux! Les catholiques étaient-
ils prêts à la résistance et à la lutte ? Etaient-ils
armés et organisés ? Ils s'étaient groupés à diverses époques, prenant tour à tour le nom de « fraction catholique », de « fraction du Centre. » De 1867
à 1870, il n'y eut pas au Parlement de parti catholique proprement dit. La plupart des députés catholiques ne croyaient pas aux mauvaises intentions du

prince de Bismarck, fermant les yeux sur les symp-
tômes les moins équivoques. On put s'en apercevoir au moment de la guerre de 1870. Ils étaient si
persuadés que la défaite de la France serait favorable au développement du catholicisme en Allemagne, que l'évêque de Mayence, Mgr Ketteler, sonna
la charge dans une lettre pastorale demeurée tristement célèbre. Ils se ruaient sur l'*Erbfeind* (1) avec
un enthousiasme indescriptible. Leur patriotis-
me, on le sait, fut mal récompensé. A leur tour, ils
furent traités d'ennemis de l'empire, et l'épithète
de *Reichsfeind* (2) fut accolée sans cesse au nom de
Windthorst et à celui de ses amis.

L'invasion de Rome contribua à désiller les yeux
des plus optimistes. L'Allemagne victorieuse poussa
les Italiens sur la Ville éternelle, livrant le Pape à
la révolution, en même temps qu'elle écrasait la
Fille aînée de l'Eglise. Le cardinal Ledochowski,
Mgr Ketteler, les chevaliers de Malte firent des
démarches inutiles à Versailles, en faveur du Saint-
Siége. Les illusions tombèrent insensiblement. On
était prévenu. Aussi le groupe du Centre se refor-
ma dès l'ouverture du Reichstag de 1871. Il avait
pour chefs : M. de Savigny, Hermann de Mallinckrodt, l'évêque Ketteler, les deux Reichensperger et
Windthorst. Jusqu'à la guerre, la Petite Excellence
se tenait volontiers à l'arrière-plan, tout en sachant
se faire apprécier dans les discussions de la Chambre. Mais le moment critique venu, il se révèlera

(1) Erbfeind, *l'ennemi héréditaire*. C'est le nom que le chau-
vinisme allemand donne à la France.

(2) Reichsfeind, *l'ennemi de l'empire*. Les partis gouverne-
mentaux désignaient ainsi tous leurs adversaires pour les perdre dans l'opinion publique.

tout entier, et celui qu'on devait appeler plus tard
le Moltke de la politique apparut comme un tacticien parlementaire hors ligne. Le prince-chancelier avait trouvé son maître. Il le sentait et il en fut
si exaspéré qu'il profita de toutes les circonstances
pour décharger sa fureur sur le député hanovrien.
« Messieurs du Centre, s'écria-t-il dans un de ses
discours du Landtag, détournez-vous de votre orateur guelfe. Il intervient souvent dans nos débats,
mais l'huile de sa parole n'est pas l'huile qui guérit,
c'est l'huile qui nourrit les flammes, les flammes
de la colère. Je crois que vous obtiendrez plus facilement la paix si vous vous soustrayez à cette direction guelfe ». Le noble et vaillant Mallinckrodt
repoussa ce marché avec indignation en déclarant
que Windthorst était une *perle* dont on ne se prive-
rait jamais. Désormais « la perle de Meppen » sera
le joyau le plus précieux de la couronne du Centre.

Le *Kulturkampf* était à l'horizon ; la guerre, une
guerre à mort, allait s'engager entre l'Eglise catholique et l'empire protestant, et se personnifier en
deux hommes, le prince de Bismarck et l'Excellence Windthorst!

§ 3. — LA LUTTE AVEC BISMARCK.

La persécution religieuse pour laquelle le progressiste Virchow a inventé le nom si impropre de *Kulturkampf* (lutte civilisatrice) a permis à Windthorst de donner la mesure de ses merveilleuses qualités de diplomate, de tacticien, d'orateur parlementaire. Les grands périls appellent les grands héros, et le péril qui menaçait l'Eglise était extrème. A part les violences de la Terreur et la législation draconienne que l'Angleterre a fait peser sur l'Irlande, jamais assaut plus redoutable n'a été livré au catholicisme. C'était un combat titanesque où la toute-puissance des armes, du génie politique et de la loi étaient aux prises avec la faiblesse d'une minorité croyante qu'on essayait de briser. Il dura sept ans, et les bourreaux y déployèrent une énergie et une obstination qui n'avaient d'égale que l'opiniâtre résistance des victimes. D'un côté on exilait, on emprisonnait, on confisquait ; de l'autre on priait, on souffrait, on mourait à la peine, mais on tenait tète. Le *Kulturkampf* allemand est une des pages les plus glorieuses de l'histoire du catholicisme en Europe. Comme Windthorst y joue le premier rôle, il est tout naturel qu'on la relise pieusement à l'heure où la tombe se ferme sur cet incomparable lutteur.

Cette campagne menée contre l'Eglise catholique a été l'une des idées maîtresses de la politique du chancelier de fer. Dans son plan, elle devait réaliser en Allemagne l'unité religieuse, comme les guerres de 1864, 1866, 1870 avaient préparé, accompli et cimenté l'unité politique et nationale.

A peine eut-elle échoué, le prince de Bismarck, en
politicien réaliste qu'il était, essaya de dégager
sa responsabilité, et dans son fameux discours du
22 mars 1887, il se posa, en champion de l'Eglise
romaine, défendant Léon XIII contre les empiè-
tements des catholiques prussiens. A l'entendre,
la persécution a été provoquée par l'attitude fron-
deuse de Windthorst et de ses amis. L'agneau
avait troublé une fois de plus l'eau de ce pauvre
loup innocent. Bien entendu, en Allemagne, cette
légende de l'agneau ministériel ne trouva aucun
crédit, mais au Vatican, où l'on est plus candide et
moins familiarisé avec les scélératesses humaines,
elle avait quelque chance de faire des dupes. Heureusement des révélations inespérées vinrent renverser le château de cartes du prince-chancelier.
M. Geffken publia le *journal intime* de l'empereur
Frédéric, et divers passages de ce curieux document ne laissèrent plus aucun doute sur le véritable auteur du *Kulturkampf*. Windthorst rencontrait
un vengeur là où il s'y attendait le moins. « Bismarck, écrivait le Kronpinz le 24 octobre 1870, raconte à mon beau-frère qu'immédiatement après la
guerre on entrerait en campagne contre l'infaillibilité ».
Ce coup porté par une main royale déconcerta un
peu le chancelier, que le Pape venait de nommer
Chevalier du Christ. Mais il retrouva bientôt son
aplomb, et il crut se tirer d'affaire en infligeant un
simple démenti à l'auguste écrivain. Faux fuyant
maladroit qui provoqua une vigoureuse riposte !
L'abbé Majunke, (1) l'éminent historien du *Kultur-*

---

(1) L'abbé Majunke a été une personnalité très connue pendant le Kulturkampf. Il rédigeait la *Germania* et était aussi
membre du Reichstag. Depuis il a quitté la politique pour se

kampf, publia dans les *Historisch-politische Blaetter*
de Munich, un article à sensation où il prouva, documents en mains, que Bismarck songeait à un
Kulturkampf bien avant le Concile. « Les pièces, dit
Majunke, recueillies par Poschinger, montrent que
dès les années cinquante l'adversaire de Windthorst
a été le principal instigateur du *Kulturkampf* badois ». Il existe d'autres témoignages écrasants.
Arnim, l'ancien ambassadeur de Rome et de Paris,
fait voir à son tour que le chancelier projetait la
lutte contre l'infaillibilité au moment même du Concile. Le 5 janvier 1870, c'est-à-dire quelques mois
avant les déclarations dont parle le journal du
prince Frédéric, le ministre prussien avouait dans
une dépêche qu'il « voulait traduire les décisions du
Concile devant le Forum de nos lois ». On sut dans
la suite quel sens il attachait à cette formule. Ce
n'est pas tout. Le 13 septembre 1870, le prince de
Bismarck eut une longue conversation avec le député
Werlé, maire de Reims. On discutait sur les races
latines, dont l'homme d'État prédisait la fin prochaine. « *Quand nous aurons raison du catholicisme*,
disait-il, elles ne tarderont pas à disparaître ! » Il
voulait donc avoir raison du catholicisme, c'est-à-
dire qu'il méditait le *Kulturkampf* trois années
avant les lois de mai. A cette époque, *la lutte contre
Rome* (c'était l'expression favorite du ministre de
Falk) était tellement le cauchemar du chancelier,
qu'il en faisait la confidence à qui voulait l'entendre.
Voici ce que nous lisons dans les *Mémoires* de Beust :

---

consacrer aux études historiques. Outre son histoire du Kulturkampf il a publié une série d'ouvrages très curieux tendant
à prouver que Luther s'est suicidé de désespoir.

« Dès l'année 1871, le prince de Bismarck m'a
annoncé (à Gastein), *jusque dans les moindre détails,
le Kulturkampf* qui devait éclater plus tard. Je lui
fis observer que, sous certains rapports, j'en étais
bien aise, car je n'aurais plus à entendre que les
catholiques sont plus heureux en Prusse qu'en Autriche ! » L'empereur Frédéric, Arnim, Werlé, Beust,
tous ces témoins dont la bonne foi ne saurait être
suspectée, indiquent suffisamment ce qu'il faut
penser de la véracité de Bismarck quand il attaquait
Windthorst, et on se rappelle involontairement ce
mot cruel de Bluntschli dans ses *Mémoires* : « Cet
homme antédiluvien a dû mentir effroyablement ! »

Médité et organisé par le ministre-chancelier, le
Kulturkampf fut également mis en œuvre par lui.

Il avait préparé le terrain de longue date et réuni
autour de lui un groupe de libéraux et de conservateurs qui furent des instruments d'une souplesse
extrême : « L'ultramontanisme, s'écriait Schulze-
Delitsch, c'est l'hydre qu'il faut anéantir ! » — C'est
le devoir de l'État, ricanait le professeur Friedberg, le conseiller ordinaire de Bismarck, d'oppri-
mer, de fouler aux pieds l'Église catholique ». M. de
Munster, l'ambassadeur actuel de Paris, dans un
toast prononcé le 12 mai 1875 au National-Club de
Londres, tenait un langage non moins violent et
parlait du grand empire *protestant* et d'une *Église
nationale* à fonder. Partout le même souffle de persécution, et les hommes politiques semblaient répéter chaque matin ce mot de Luther à la ligue de
Smalkalde : « Que Dieu me remplisse de la haine
contre le pape ! » En effet, une haine implacable
mordit au cœur tous les protestants et elle s'exalta
jusqu'à la férocité. Le ministre Hobrecht ne s'écriait-

il pas : « Quelle joie de vivre ! » pendant que les prisons regorgeaient de prêtres et que les malades mouraient sans sacrements ? Pour peu, il aurait rajeuni la parole de ce soldat farouche qui disait que le cadavre d'un ennemi sentait bon !

On juge ce qu'ont pu faire des hommes capables d'un tel délire de persécution ! Des jours terribles — quelque chose comme l'abomination de la désolation — étaient arrivés pour les catholiques. Par une cruelle ironie du sort, un journal modéré, la *Kreuz-Zeitung* de Berlin, donna le signal de l'attaque dans un article à grand retentissement (22 juin 1871). On a su depuis, par les indiscrétions de l'auteur du livre intitulé : *Bismarck après la guerre,* que le chancelier avait fourni les idées de l'article et même corrigé les épreuves. L'orage s'approchait menaçant. Les catholiques avaient versé leur sang sur les champs de bataille de la France. Pour les récompenser, on leur apprit que, dans le nouvel empire qu'ils avaient édifié, il n'y avait point de place pour eux. On disait très haut qu'on allait *extirper le Romanisme.*

Les actes suivirent de près les paroles. Le 8 juillet 1871 fut supprimée, par voie administrative, la section catholique au ministère des cultes. Ce premier pas fait, les mesures de violence se succédèrent rapidement, presque sans interruption. Les persécuteurs crurent le moment venu de forger des lois contre les catholiques. La première fut votée par le Reichstag, et est, par conséquent, une loi d'empire. C'est le *Kanzelparagraph* destiné, disait-on, à prévenir et à punir les abus de parole du clergé. En réalité, ce paragraphe permettait à l'État de condamner les prêtres à la prison pour le prétexte le plus futile. Les députés catholiques Mallinckrodt, Ketteler, Reichensperger luttèrent énergiquement et en vain contre cette iniquité. C'est à peine si Windthorst réussit à faire adopter un amendement qui diminuait un peu la part de l'arbitraire dans l'application de la loi. Dès le premier jour, la Petite Excellence eut ainsi un léger succès à enregistrer dans la défaite même. Les occasions de se signaler ne manqueront plus désormais à l'habile tacticien, à notre *Feldmarschall*, comme l'appelaient ses amis Mallinckrodt et Frankenstein.

Le Landtag prussien voulut partager les lauriers du Reichstag. Le 19 décembre 1871, le ministre déposa sur le bureau de la Chambre un projet de loi scolaire qui rendait l'État maître absolu de l'école. L'État s'arrogeait le droit exclusif d'enseigner le catéchisme aussi bien que le calcul. Si l'on songe quelles étaient les dispositions du gouvernement pour l'Église catholique, on comprend la portée et le danger d'une pareille loi. Les débats soulevés par ce projet furent des plus émouvants, et c'est durant l'une de ces séances qu'eut lieu le premier grand duel oratoire entre le chancelier de fer et le petit député hanovrien. La loi fut adoptée par les deux Chambres (1) et publiée le 11 mars 1872. L'ère des grandes vexations était ouverte.

L'école ne pouvait porter ses fruits que dans l'avenir en pervertissant les générations futures. La

---

(1) Le parlement *prussien* comprend deux chambres : la chambre des Députés et la chambre des Seigneurs. C'est de ces deux qu'il s'agit ici et elles forment ensemble le *Landtag* prussien. Il ne faut pas confondre ce Landtag avec le *Reichstag* qui est la Chambre de tout l'empire et s'occupe des affaires communes à tous les États de l'empire.

perspective de ce triomphe lointain ne suffit point au libéralisme affamé des persécutions. Il réclamait des sévices immédiats. Pour atteindre plus sûrement le troupeau, on résolut de frapper ses meilleurs gardiens, l'avant-garde de l'armée catholique. Un projet de loi déposé au Reichstag demanda que les Jésuites fussent expulsés de tout l'empire. Pendant les débats qui durèrent plusieurs jours (à partir du 15 mai 1872), les orateurs du Centre tels que Mgr Moufang, Hermann de Mallinckrodt, Ballestrem, firent des prodiges d'éloquence pour empêcher l'accomplissement de cette grande injustice. Mais le siège de la majorité était fait. En dehors du Centre, les Jésuites ne trouvèrent que deux avocats, le démocrate Gravenhorst et le juif Lasker. Windthorst, qui voyait de haut et loin, démasqua les partisans de la loi en dénonçant le but qu'ils poursuivaient. « Il s'agit, s'écria-t-il, d'une guerre à mort contre le catholicisme. Le schisme de Dœllinger (1) a échoué ; on veut à présent créer une église nationale, et détacher les catholiques allemands du Saint-Siège et les soumettre au knout de la police ». La suite du *Kulturkampf* montra combien Windthorst avait deviné juste. La loi qui exilait les Jésuites et les Congrégations affiliées (les Rédemptoristes, les Lazaristes, les Pères du Saint-Esprit, la Congrégation du Sacré-Cœur) fut adoptée en troisième lecture par 183 voix contre 101 et publiée le 4 juillet 1872. Avec le Centre votèrent les démocrates, quelques progressistes, deux nationaux-libé-

---

(1) Dœllinger a joué un rôle considérable en Allemagne. Nous lui consacrons, à la fin du présent volume, un chapitre spécial.

raux (Lasker et Kannegiesser) et... pas un seul conservateur !

L'abîme appelle l'abîme. Le 12 juillet, un arrêté ministériel interdit à tous les ordres religieux l'enseignement public à tous les degrés et en même temps furent supprimées les confréries de la sainte Vierge établies dans les paroisses ! Et pourtant ce n'était là que le prélude de la persécution violente. La symphonie des Lois de mai devait commencer quelques mois plus tard.

L'histoire se répète tristement. Au mois de février 1891 un des orateurs les plus illustres de la Droite apprit de la bouche même d'un sénateur radical que toutes les lois antireligieuses promulguées en France ces dernières années avaient été élaborées et imposées par la franc-maçonnerie. Le *Kulturkampf* prussien est également sorti de toutes pièces des loges de Berlin. Toutes les mesures qu'exigeaient les feuilles maçonniques étaient aussitôt adoptées. Les juristes qui préparaient les lois de mai étaient des chefs de la secte, et des rapports incessants existaient entre les loges et le ministère des cultes. M. de Falk était le porte-voix du Grand-Orient.

Friedberg, qui eut la plus grande part à la rédaction des lois de mai, avouait cyniquement qu'elles avaient pour but « d'anéantir » le catholicisme en Allemagne, et, parmi les francs-maçons, on était si convaincu du succès complet de cette législation, qu'un haut fonctionnaire protestant déclara à un prêtre silésien : « Si votre Église est à même de survivre à cette lutte je me ferai catholique ! »

Je ne puis entrer dans le détail de ces lois trop

fameuses. Je ne ferai que les indiquer sommaire-
ment. En 1873, le Landtag prussien en vota quatre
qui furent publiées le 15 mai. Elles sont relatives à
l'éducation du clergé (1), à la discipline ecclésiastique, à l'intervention de l'État dans la nomination
de tous les curés. Ces lois tyranniques eussent pu à
elles seules désorganiser l'Église catholique, puisqu'elles confiaient à des ministres protestants et
sectaires la formation du clergé, la nomination de
tous les curés et vicaires, la discipline ecclésiastique.

Les loges ne s'arrêtèrent pas à mi-chemin. L'année suivante (1874) d'autres lois non moins odieuses
interdisaient l'exercice *indu* des fonctions ecclésiastiques (4 mai), intervenaient dans l'administration
des diocèses vacants (20 mai), complétaient la loi
du 11 mai 1873 sur l'éducation du clergé. Enfin, en
1875, la loi du 25 avril confisquait les traitements
ecclésiastiques, celle du 31 mai supprimait tous les
ordres religieux (sauf les Sœurs d'hôpital), et une
série d'autres mesures aggravaient chaque jour les
premières lois.

(1) Pour vous donner une idée du machiavélisme de ces
lois, voici les prescriptions de la première. Je cite le résumé
qu'en donne Mgr Korum dans son livre: *L'instruction et l'éducation du clergé.*

a) Une première partie tend à exercer une *influence positive*
sur l'éducation et les convictions des futurs ecclésiastiques ;

b) Une deuxième a pour but d'*enrayer* et de *contrôler* en
tout le développement de *l'esprit de l'Église;*

c) Une troisième fournit à l'État les *mesures de coercition*
nécessaires pour agir le plus rigoureusement dans ce dernier
sens ;

d) Une quatrième établit le *pouvoir discrétionnaire* du ministère de façon à pouvoir dispenser, dans des cas particuliers,
un *ecclésiastique* des exigences formulées dans la première
partie.

Cette législation, dont je n'ai pu indiquer que les grandes lignes, aurait eu cent fois raison d'une institution humaine. Mais on ne tue pas l'Église catholique. Elle avait à choisir entre deux partis : se soumettre et par conséquent se laisser absorber par le protestantisme ou bien résister jusqu'au martyre. Dans un élan admirable, fidèles et clergé acceptèrent sans hésitation la seconde alternative. Sur des milliers de prêtres, une douzaine, à peu près, jurèrent cette espèce de constitution civile du clergé et devinrent *curés d'État*, et quant au peuple, la persécution réveilla et raviva sa foi, et il y eut un renouveau magnifique dans toute l'Allemagne.

L'épiscopat et le clergé regardèrent les lois de mai comme non avenues et opposèrent un *non possumus* formel aux prétentions de l'État. Le résultat ne se fit pas attendre. Tous les séminaires furent fermés, les couvents de même, les évêques jetés en prison. Le 3 février 1873, l'archevêque de Posen, le cardinal Ledochowski, qui vit encore *exilé* à Rome, fut arrêté brutalement et subit une dure détention de plus de deux ans. Le 7 mars, l'évêque de Trèves, le vénérable Eberhardt, prit le même chemin, et il eut la gloire de mourir sur le grabat misérable d'une prison, à la suite de mauvais traitements. Le 31 mars, ce fut le tour de l'archevêque de Cologne, Mgr Melchers, qui ne sortit des mains du geôlier que pour prendre le chemin de l'exil. La résistance calme et froide exaspérait le gouvernement. Les évêques restèrent inébranlables comme les confesseurs de la foi des premiers temps du christianisme. L'évêque auxiliaire de Posen, Mgr Janiszewski avait pris en main l'administration du

diocèse lorsque le cardinal Ledochowski (1) fut enlevé à son troupeau. Il fut arrêté le 27 juillet. Huit
jours après l'évêque de Paderborn fut également jeté
en prison. Puis le 18 mars 1874, le même sort échut
à celui de Münster, et le 19 octobre à l'évêque auxiliaire de Gnesen, Mgr Cybichowski.

Quel admirable martyrologe! Et nous ne sommes
pas au bout. Le prince-évêque de Breslau et l'évêque de Limbourg furent *déposés*. Il en restait encore
trois ou quatre si vieux ou si malades qu'on n'osait
pas y toucher. Mais on *saisit* tous leurs biens et
leurs meubles. A peine si on leur laissait un lit,
une table et une chaise!

Quand les évêques sont maltraités, il est naturel
que les prêtres partagent leurs souffrances. Le
clergé allemand n'y a pas manqué. Des centaines
furent emprisonnés, bannis, spoliés, réduits à la
famine et à la misère. Et pourquoi? Parce que,
contrairement aux prescriptions de lois iniques, ils
avaient célébré le saint sacrifice de la messe, admi-
nistré les mourants, en un mot rempli leurs devoirs!
Dans cette Allemagne qui se targuait de philosophie, c'était devenu un crime irrémissible de consoler les malades et de les réconcilier avec le ciel!

La persécution violente dura au-delà de sept ans.
Elle produisit l'effet opposé à celui qu'en attendaient ses promoteurs. Elle trempa les catholiques
allemands et fut le ciment qui donna au Centre cette
cohésion par laquelle il est devenu, malgré ses éléments disparates, le parti le plus puissant du Rei-

---

(1) Le cardinal Ledochowski eut le même sort que le cardinal Melchers. Au sortir de prison il prit le chemin de l'exil
et ne put jamais revenir en Allemagne. Léon XIII lui offrit
un asile au Vatican même.

chstag ! Lors des élections de 1871 les catholiques envoyèrent 57 députés au Parlement. A la fin du *Kulturkampf*, Windthorst disposa d'une armée triple. *Tous* les catholiques allèrent aux urnes comme un seul homme, et en 1889 il se produisit en Allemagne ce phénomène étrange que la proportion des députés catholiques était supérieure à celle de la population catholique.

§ 4. — L'ORATEUR.

De l'avis de tout le monde, ce miracle a été l'œuvre de Windthorst. Mallinckrodt (1), le Moïse du parti catholique, — ce nom lui avait été donné par Mgr Herzog, — était mort le 26 mai 1874, au plus fort de la lutte. M. de Savigny l'avait précédé dans la tombe, et Mgr de Ketteler, désabusé, s'était retiré de la vie politique pour mourir ensuite en exil, le cœur brisé. Mais Dieu veillait sur cette vaillante armée du Centre, et elle trouva dans le député de Meppen le Josué qui la conduisit dans la terre promise de la paix, *per crucem ad lucem*, suivant la parole prophétique de Mallinckrodt. On peut dire hardiment que la Petite Excellence a organisé la victoire.

Au Parlement, son influence a été énorme et presque toujours décisive ! Pour se faire une idée de ce phénomène extraordinaire, il faut se représenter l'une de ces séances du Reichstag ou du Landtag où le chancelier essayait d'enlever quelque vote important à force d'éloquence et de menaces. Le public a été averti la veille ; les tribunes sont bondées et aucune place n'est vide dans l'hémicycle. L'atmosphère est chargée de tempête et on sent que quelque chose de grand va se passer. Après plusieurs discours auxquels personne ne prend garde, le chancelier de fer se dresse à son banc. Il

---

(1) Mallinckrodt a été jusqu'à sa mort le chef du parti catholique en Allemagne. Nous en parlerons plus longuement dans un prochain volume.

est sanglé dans son uniforme de cuirassier blanc. De taille hunique, il semble encore se grandir pour dominer de plus haut ce Parlement qu'il méprise et qu'il redoute. Il promène ses regards autour de la salle. Son visage prend une expression où se trahit à la fois la confiance hautaine et la joie d'écraser des adversaires. « Messieurs... », et sa voix sonore a des frémissements de fanfare belliqueuse. Elle pousse violemment les phrases ; les périodes tantôt se heurtent et s'entrechoquent, tantôt roulent semblables à une lave brûlante. L'orateur est haletant, l'auditoire de même. Il finit par quelque saillie à effet destinée à vaincre les dernières résistances. « Nous autres Allemands, nous n'avons pas d'autre crainte que celle de Dieu ! » La majorité et les tribunes applaudissent avec fureur ; l'opposition se tait. La bataille n'est-elle pas gagnée ? Qui donc oserait relever le défi de ce Goliath provocateur ? Pendant que les profanes se posent cette question, un léger murmure court dans l'Assemblée, et le président annonce : « La parole est au docteur Windthorst ». Alors on voit émerger de l'hémicycle une tête blanche qui dépasse à peine le niveau des députés assis. Windthorst ne monte plus à la tribune depuis longtemps. Tous les yeux se tournent vers lui ; un silence religieux est observé d'instinct, le chancelier et les ministres tendent les oreilles, et le *leader* catholique commence d'une voix un peu sourde et monotone. Rien n'est moins oratoire que son extérieur et son attitude. L'une de ses mains est ramenée derrière le dos, de l'autre il fait de temps en temps un petit geste vertical, le poing fermé. Le contraste est complet entre Bismarck et Windthorst et, de prime abord, la lutte semble inégale. Mais

toutes les prévisions vont être trompées. Le petit
David enfoncera le caillou dans le front du géant.
Windthorst est un merveilleux jouteur. Au bout de
dix minutes on s'aperçoit de sa supériorité incontestable. Il a retenu tout le discours du chancelier,
y compris les chiffres et les calculs budgétaires. Il
l'a analysé, disséqué, et le voilà qui renverse l'é-
chafaudage de ses raisonnements sophistiques et
dépouille l'argumentation des images et des mouve-
ments qui en dissimulaient le piège. Les points
faibles sont mis impitoyablement à nu, et le discours est ramené à quelques propositions simples et claires. On aurait pu croire qu'il avait
étudié la harangue du chancelier durant huit jours.
Windthorst avait fait ce travail prodigieux pendant
qu'elle se déroulait. Sa logique inflexible poursuit le
chancelier dans tous ses retranchements. Il s'anime
à mesure qu'il discute et atteint souvent à la haute
éloquence. La malice ingénue, l'ironie moqueuse,
le sarcasme qui mord en pleine chair, il manie tour
à tour toutes ces armes. Ses phrases tombent comme
des coups de massue sur la tête du prince-chancelier. Celui-ci est nerveux, agacé, il est sur le point
de quitter la salle comme il le fera du reste quelquefois. Il sent une fois de plus qu'il a affaire à
plus fort que lui. Windthorst est capable de parler
ainsi pendant deux heures avec la même lucidité,
la même force dialectique, le même feu roulant de
saillies, tenant tout le monde sous le charme de
cette éloquence à part qui n'est que de la raison
élevée à la plus haute puissance. Quel que soit le
vote de la Chambre, le vainqueur de la journée
c'est l'Excellence Windthorst !

Ce spectacle d'un tournoi parlementaire entre

Bismarck et Windthorst s'est reproduit maintes fois
pendant le *Kulturkampf*. La presse catholique portait l'écho de ces grandes luttes aux quatre coins de
l'Allemagne. D'où l'admiration enthousiaste que le
peuple avait vouée à la perle de Meppen. On résistait et on souffrait avec plus de courage quand on
avait lu les harangues superbes de Windthorst.
On était fier d'obéir à un tel chef et on se serrait
autour de lui à mesure que le *Kulturkampf* s'étendait.

Du reste Windthorst se chargeait d'alimenter directement le feu sacré parmi le peuple en paraissant
souvent dans les réunions publiques. On connaîtrait
le chef du Centre d'une manière très imparfaite si
on ne voyait en lui que l'orateur parlementaire.
Peut-être était-il plus grand encore dans ces immenses assemblées où des milliers de catholiques accou-
raient de tous les points du pays. Les congrès, ces
grandes manœuvres d'automne, comme Windthorst
les appelait fort plaisamment, sont le principal foyer
de l'action catholique en Allemagne. C'est là que se
préparent les élections ; de là est sortie cette magnifique presse qui compte plusieurs centaines d'organes et des millions de lecteurs. Windthorst a été
en quelque sorte le bout-en-train de ces congrès pendant et après le *Kulturkampf*. Voilà bien des années
que j'assiste régulièrement à ces grandes assises
catholiques, et mon admiration pour Windthorst est
allée sans cesse en augmentant. A Trèves, à Fribourg, à Bochum, à Coblentz, il savait déployer une
activité, une habileté qui me déconcertait. Malgré
ses soixante-dix-neuf ans, il prenait la parole quatre ou cinq fois par jour, intervenait dans tous les
débats importants, trouvant toujours la note juste,

empêchant ou refoulant les imprudences du zèle in-
tempestif. De plus jeunes que lui se fatiguaient rien
qu'en assistant aux réunions. La petite Excellence
ne manquait pas une séance, et le dernier jour,
quand les autres orateurs étaient épuisés, elle prononçait le grand discours final, le clou du congrès.
Ce discours, — un vrai chef-d'œuvre, — en même
temps qu'il résumait les travaux du congrès, cons-
tituait le programme de l'action catholique pour
l'année suivante. Il formulait les revendications politiques et religieuses qui seraient encore portées à
à la tribune des Chambres et indiquait aux catholiques ce qui leur restait à faire pour arriver à leurs
fins. Paternel, véhément, malicieux, avec un petit
compliment pour les dames, sans lesquelles, disait-
il à Coblentz, on ne réussirait pas, Windthorst tenait
ses huit ou dix mille auditeurs suspendus à ses lèvres. On se serait fait hacher pour lui à ce moment!
Et quelquefois une note doucement mélancolique se
glissait entre une leçon et une revendication, et faisait voir le chef du Centre sous un jour tout nouveau. « Je m'arrête ici, disait-il au congrès de Fribourg et de Coblentz, car avec des auditeurs comme
vous, on serait tenté de donner libre cours à ses
idées tant que la voix le permet, et je ne sais pas
combien de fois il me sera encore donné de vous
adresser la parole. A mon âge, le soir approche, et
alors on ne sait pas quand la nuit arrive. Je prends
donc aujourd'hui congé de vous en vous demandant
de me conserver un souvenir aussi amical que l'accueil que vous avez bien voulu m'accorder, et de
penser un peu à moi dans vos prières ». Ce chant
du cygne fit éclater les sanglots dans la salle, et j'ai
vu ce spectacle émouvant d'un immense auditoire

fondant en larmes à la seule pensée qu'il ne reverra peut-être plus l'orateur.

Avec un tel chef et de telles troupes, il fallait vaincre. Au début de *Kulturkampf*, le chancelier s'écriait un jour en plein Parlement (14 mai 1872) : « Soyez sans crainte, NOUS N'IRONS PAS A CANOSSA, ni de corps ni d'esprit ! » et une colonne commémorative devait rappeler cette parole aux générations futures ! La colonne de Canossa est encore debout, et l'orgueil du chancelier « a été abaissé jusqu'aux enfers ! »

Le *Kulturkampf*, nous venons de le voir, avait sévi avec violence. Mais le sang ou du moins les larmes des martyrs avaient été une semence de chrétiens. Aux élections du 30 juillet 1878, quelques mois après la mort de Pie IX, le Centre conquit 103 sièges et devint la *fraction la plus nombreuse* du Reichstag. La progression avait été constante. En 1871, ils étaient 57 ; en 1874, 94 ; en 1877, 95 ; en 1878, 103 ; aujourd'hui, 106 ! Tous les autres partis s'étaient plus ou moins désorganisés : la majorité qui avait voté le *Kulturkampf* était anéantie. « Qui sait, s'écriait Pie IX, le 24 juin 1872, dans une inspiration prophétique, qui sait si la pierre qui détruira le pied du colosse ne se détachera pas bientôt de la montagne ! » Les élections de 1878 furent cette pierre. Le colosse s'ébranlait. Le 24 mai 1878, le baron de Frankenstein fut nommé premier vice-président du Reichstag, et, peu de temps après, le ministre des cultes, M. Falk, quittait le champ de bataille. Bismarck et le cardinal Jacobini entrèrent en conférence à Gastein.

La retraite du gouvernement allemand commençait. Elle devait être longue, pénible, souvent pleine d'astuce, avec des retours offensifs, de nombreuses embûches. Mais la campagne brutale telle qu'on l'avait entreprise était devenue à jamais impossible. Windthorst était évidemment plus malin, non seulement que Benningsen et Miquel, mais que Bismarck lui-même. Il disait quelquefois avec beaucoup d'esprit : « Il faudrait se lever de bonne heure pour pouvoir me duper ». Et il s'est toujours arrangé pour être debout avant ses adversaires.

Le chancelier comprenait qu'avec l'Excellence Windthorst il était difficile de conclure une paix qui laissât aux mains du gouvernement tous les avantages qu'il désirait. Il y renonça. Il fut décidé que les négociations entre Rome et Berlin se feraient par-dessus la tête du Centre. Au Vatican, on avait une idée peut-être un peu trop vague de la situation religieuse de l'Allemagne. Il eût fallu être initié de longue date aux affaires allemandes, lire attentivement la presse catholique et libérale, etc. Malgré sa supériorité incontestable, on ne pouvait pas en demander tant à la diplomatie vaticane. Le chancelier, qui était au courant de tout, combina sa petite stratégie, qui était très habile. En 1882, il fit accréditer un représentant de la Prusse auprès du Saint-Siège et choisit dans son personnel un agent de premier ordre. M. de Schlœzer fut chargé de la pacification religieuse de la Prusse. Il y a longtemps que le poète a dit que les Grecs sont à craindre même quand ils vous font des cadeaux : Windthorst se le répétait avec une certaine appréhension.

Les ruines étaient innombrables dans tous les diocèses. On les releva peu à peu. Des évêques furent de nouveau nommés, la plupart des prêtres

purent sortir des prisons et quitter l'exil. N'était-ce
pas là des gages des bonnes dispositions du gouvernement prussien ? Le Centre se défia beaucoup de
ces faveurs partielles dépendant uniquement du bon
vouloir ministériel. Il demandait la révision des
lois de mai. On ne tarderait pas à savoir ce qu'il en
était de cette bienveillance du chancelier de fer.

M. de Puttkammer, le successeur de M. de Falk,
présenta la première loi de paix de 1880. Hélas ! la
défiance de Windthorst n'avait été que trop légi-
time. Au fond, le prince de Bismarck ne renonçait
à aucune de ses prétentions. Au *Kulturkampf* violent
il s'efforçait de substituer un *Kulturkampf* dissimulé, plus dangereux que la persécution ouverte.
N'ayant point réussi à protestantiser les provinces
catholiques par la violence, il pensa arriver au même
but à l'aide d'une bureaucratie joséphiste savam-
ment organisée.

Ce système, imaginé par l'ex-chancelier, est
encore pratiqué actuellement, et le projet de loi scolaire que le Landtag prussien va discuter sous peu
en est une des formes les plus raffinées.

Windthorst, qui craignait ce nouveau *Kulturkampf* plus que les lois de mai, démasqua et déjoua
de son mieux les batteries du ministre. Sa position
était très délicate ! il avait à lutter contre les attaques incessantes de M. de Bismarck, et contre l'op-
timisme dangereux de certains diplomates du Vatican. Il fallut des prodiges d'habileté pour naviguer
entre ces divers écueils sans essuyer de naufrage.
Un jour vint ou Windthorst fut obligé de déplaire
au Pape lui-même pour sauvegarder les intérêts de
l'Église d'Allemagne, et empêcher le Centre de s'ef-
fondrer. Le député de Meppen se tira d'affaire à force

de diplomatie et de dignité. Quelques catholiques,
peut-être même l'un ou l'autre évêque, avaient
blâmé la conduite de la Petite Excellence. L'évènement leur donna tort, et justifia l'attitude énergique
de ceux qui résistaient. Sans la fermeté de Windthorst, le Centre ne serait plus aujourd'hui la tour
inexpugnable derrière laquelle l'Église est heureuse
de s'abriter. Tout le monde en est convaincu. De là
ce redoublement d'admiration que rencontre le *leader*
catholique, même en dehors du cercle de ses amis.
Windthorst a fait cesser la persécution violente, et
empêché le *Kulturkampf* latent de s'enraciner dans
le pays! Il a bien mérité de l'Église catholique.

Un autre triomphe lui était réservé vers la fin de
sa vie. Le Centre n'était pas seulement outillé pour
la lutte et la résistance. Plusieurs de ses membres
les plus distingués se trouvent être des hommes de
gouvernement dans toute la force du terme. Pendant
que libéraux et conservateurs refusaient de croire
à l'existence de la question sociale, les catholiques
l'étudièrent avec entrain, à la suite de l'impulsion
donnée il y a trente ans par Mgr Ketteler. Ils
voyaient le quatrième État qui s'épanouissait rapidement et, sous le prolétariat, ils devinaient la poussée formidable du socialisme. Il s'agissait d'arrêter
ou, du moins, de combattre les progrès de cet ennemi
encore invisible. Les catholiques, conduits par
Windthorst, se mirent à l'œuvre avec autant de zèle
que d'intelligence. Ils formulèrent un programme
social qui tenait compte des justes revendications
de l'ouvrier et cherchèrent à le faire adopter par le
Reichstag. Les premiers temps leurs efforts restèrent isolés et leurs projets de loi furent repoussés.
Mais, peu à peu, la marche rapide de la démocratie

socialiste ouvrait les yeux aux plus aveugles, et on
ne riait plus de la politique sociale du Centre : les
projets de loi Lieber et Hitze sur la protection des
ouvriers finirent par trouver de fortes majorités au
Reichstag. Seul, le chancelier de fer résistait encore.
Mais le jeune empereur, qui n'avait aucune raison
d'épouser les antipathies de son ministre, adopta
les idées sociales du Centre. Le prince de Bismarck,
l'invincible, dut se démettre et quitter ce pouvoir
auquel s'était cramponnée son ambition. C'était à la
fois la condamnation du *Kulturkampf* et la condamnation de la politique sociale du chancelier.

Windthorst remportait une double victoire. Le
programme que lui et ses amis avaient rédigé pour
la législation ouvrière devint le programme du congrès international de Berlin. Le guelfe détesté, le
Reichsfeind par excellence entrait dans les conseils
de l'empereur. L'histoire ne connaît guère d'évolution plus surprenante. L'obstination du petit Saxon
d'Onasbrück avait accompli ce prodige, et, au souvenir de tous ces faits, on ne s'étonne plus que la
presse de toute nuance reconnaisse en Windthorst
l'une des natures les plus extraordinaires de ce
siècle.

§ 5. — L'HOMME.

Pour bien s'expliquer l'action politique de Windthorst, il faut considérer l'homme tout entier, son cœur et son intelligence, son caractère et sa tournure d'esprit. Il y a en lui, en dehors du génie qu'il a de commun avec Bismarck, un je ne sais quoi qui l'a servi dans sa carrière presque autant que ses brillantes facultés. En dépit de son extérieur disgracieux, Windthorst était charmant, j'allais dire presque séduisant. Qui l'écoutait parler, soit à la tribune, soit dans l'intimité, était irrésistiblement attiré vers lui. Sérieux et enjoué en même temps, d'une piété angélique sans affectation puritaine, priant comme une carmélite à l'église, et s'amusant comme un gamin parmi les étudiants, ayant sans cesse le mot pour rire aux lèvres, lançant le trait avec une malice si aimable qu'on en était doucement chatouillé plutôt qu'irrité, prompt à la réplique quand on l'attaquait, frappant toujours très juste, et à l'occasion très fort, turlupinant son adversaire avec une bonne grâce toute féline, d'une galanterie délicieuse pour les dames, ayant dans chacun de ses discours un petit mot à leur adresse et reprenant perfidement les orateurs qui les oubliaient, comment ne pas aimer ce « petit monstre » qui semblait être une gageure de la Nature? Avec cela d'une bonté exquise. « On nous croit flegmatique, écrit quelque part l'historien Treitschke, nous sommes le plus haineux de tous les peuples! » Windthorst n'était pas flegmatique, et il n'était

surtout pas haineux : un bonhomme dans le sens
le plus élevé du mot.

Il est tout simple qu'étant tel, il fût adoré, et il
l'était à un degré inimaginable. J'ai assisté à des
ovations qu'on a faites à l'empereur Guillaume et au
prince de Bismarck. Les *hoch* ne finissaient plus,
mais combien ce délire me paraissait officiel.
Windthorst, lui, est acclamé avec frénésie uniquement pour lui-même. Aux congrès catholiques, les
figures rayonnaient de joie et de tendresse dès que
la Perle de Meppen était annoncée. Que de larmes
de bonheur j'ai vu couler sur les joues roses des
paysans westphaliens ou rhénans lorsqu'ils se trouvaient en présence de Windthorst : « Je ne demande
qu'une chose, me disait un brave ouvrier de
Bochum, c'est de serrer la main de notre Windthorst : je mourrai content ». Windthorst se plaisait au milieu de ce peuple catholique dont il
était l'idole. Il ne craignait pas d'être familier
avec lui et, l'homme politique une fois dépouillé,
l'espiègle se réveillait facilement au fond de son
être.

Au congrès de Bochum, je fus témoin d'une scène
ravissante qui peint l'homme au vif. Les réunions
plénières avaient lieu dans un local immense qui
pouvait contenir dix mille personnes. Chaque soir,
les places étaient occupées jusqu'à la dernière, bien
avant l'ouverture. Pour passer le temps on buvait,
car en Allemagne il est d'usage que les réunions
les plus graves soient agrémentées de libations.
Mais servir des milliers d'hôtes dans une salle où
l'on est entassé est un problème difficile à résoudre. On attendait donc longtemps, et quand on
apercevait la serviette d'un garçon, on l'apostro-

phait avec des formes peu parlementaires. Un
excellent mineur, qui avait sans doute bien soif, vit
enfin la serviette de l'un de ces garçons légendaires.
Celui-ci était petit et se frayait un passage à travers
la foule. « Dépêche-toi de me servir, cria l'ouvrier en
lui tapant sur l'épaule ». — Patience! répliqua le
petit serveur sans se retourner. Quelques minutes
après, il revint en effet avec un bock énorme qu'il
déposa devant l'ouvrier en lui disant avec un sourire indicible : « Il faut excuser la lenteur du service. Nous sommes accablés! » On se mit à rire et
à applaudir; l'ouvrier était consterné. Le pauvre
homme avait pris Windthorst qui s'éventait avec
son mouchoir pour un garçon de brasserie, et la
petite Excellence avait joyeusement accepté le qui-
proquo.

On pourrait citer des centaines d'anecdotes analogues. Durant les congrès, il y a chaque soir quelque réunion familière où l'on boit beaucoup, où l'on
chante et l'on rit encore davantage : aujourd'hui
c'est un *commers* d'étudiants, demain ce sera le
rendez-vous des cercles ouvriers, puis celui d'une
confrérie de jeunes commerçants. Windthorst assistait régulièrement à ces fêtes tapageuses. Il paraissait au milieu de la jeunesse studianesque avec une
petite casquette verte sur la tête, chantait les gais
refrains d'autrefois, se mettait à tu et à toi avec le
moindre *Fuchslein*, frottait le traditionnel *Salaman-
der*, et quand toutes les têtes étaient bien allumées,
il montait à la tribune, entre deux étudiants au costume flamboyant, et prononçait un de ces discours
étourdissants qui eussent déridé la statue du Com-
mandeur elle-même.

Impossible de ne pas aimer cette Excellence bonhomme qui, après avoir tenu en échec le chancelier de fer, venait rire avec nous de si bon cœur !

Ceux même qui ne l'avaient jamais vu lui donnaient des témoignages touchants de leur affection. Il raconta au congrès de Coblentz qu'une cuisinière du Nassau lui avait envoyé une petite obole pour la (1) *Marienkirche* de Hanovre, avec une lettre ainsi conçue : « Je vous aime beaucoup, et c'est pourquoi je vous adresse ce don ». Et il ajouta, en se tournant vers la tribune des dames : « Toutes celles qui m'aiment sont priées d'imiter cet exemple ». On juge du succès qu'obtint cette invite de la Petite Excellence.

Windthorst a été aimé comme personne ne l'a jamais été.

On l'aimait parce que c'était un esprit charmant en même temps qu'un grand esprit. On l'aimait parce qu'il était dévoué, désintéressé, se faisant tout à tous et s'oubliant toujours lui-même. On l'aimait parce qu'il était sur la brèche dès qu'il s'agissait de prendre en main la cause du droit et de la liberté, de défendre les opprimés, Polonais ou Alsaciens, catholiques ou protestants. On l'aimait parce qu'aux heures sombres, son éloquence vengeait l'humanité de l'insolent orgueil de ceux qui

---

(1) Les catholiques voulurent un jour acheter à Windthorst une villa où il aurait pu passer ses vacances parlementaires. Il refusa ce don, mais fit entendre que si on voulait lui faire plaisir en n'avait qu'à ériger dans la ville de Hanovre une église consacrée à la sainte Vierge. Ce vœu fut écouté avec empressement et la reconnaissance du peuple catholique réunit en peu d'années assez de fonds pour construire cette *Marienkirche*, un des plus beaux sanctuaires catholiques d'Allemagne.

écrasaient l'innocence et foulaient aux pieds la justice. A tous ces titres, Windthorst jouissait d'une popularité sans exemple dans son pays, et Mallinckrodt n'exagérait pas en disant un jour au prince de Bismarck : « Soyez persuadé qu'il y a peu de noms en Allemagne qui soient aussi populaires que celui du député de Meppen ».

* *

Dieu l'aimait, aussi ce fidèle serviteur qui a fait fructifier si admirablement ses cinq talents, il l'a appelé à Lui. Windthorst est entré dans la joie de son Maître. Il a eu le rare bonheur de mourir à l'apogée de son prestige, de sa puissance, de sa popularité. Tous les acteurs de ce drame douloureux qui s'appelle le *Kulturkampf* ont eu dès ici-bas à régler leur compte avec le Vengeur suprême. Moltke, qui a voté toutes les lois de mai, s'est vu survivre dans une vieillesse morne et inféconde ; le prince de Bismarck, précipité du pouvoir, fatigue l'Allemagne des confidences de sa mauvaise humeur et risque d'achever dans le mépris universel une existence que semblait attendre une apothéose ; Lasker est mort dans l'exil volontaire ; le ministre des cultes, M. de Falk, a disparu de l'histoire ; le ministre de Lutz, frappé d'une maladie effrayante, a tout juste vécu assez pour assister à l'effondrement de son ami et maître, le prince de Bismarck. Sous une forme ou sous une autre, la disgrâce a atteint presque tous les persécuteurs. On pourrait ajouter un nouveau chapitre au livre de Lactance : *De morte persecutorum.*

Et la Petite Excellence s'éteint entre les bras de ses amis, aimée de son jeune souverain et du nouveau

chancelier, au lendemain même de la chute du
ministre des cultes. M. de Gossler. Quelles espérances pour l'Église et quelles leçons pour ceux qui
la persécutent !

Windthorst s'est couché dans la gloire. Notre
siècle a vu des destinées plus bruyantes sans doute,
plus hautes peut-être ; il n'y en a pas eu de plus
pures. Windthorst a combattu toute sa vie pour la
religion, la justice, la liberté, les plus grandes choses de ce monde. Ce chevalier sans peur et sans
reproche n'a pas une goutte de sang à son armure,
ce manieur d'hommes n'a pas fait couler une larme,
si ce n'est des larmes de tendresse et d'admiration ;
ce conquérant n'a jamais conquis que des âmes.

Heureux l'homme politique auquel ses contemporains peuvent rendre un tel témoignage à la fin
de sa carrière et qui meurt, pleuré de 17 millions
de catholiques, regretté même de ses adversaires,
et salué par les adieux sympathiques de toutes les
nations civilisées !

C'est vraiment le soir d'un beau jour, et puisque
ce grand homme était un grand chrétien, dont le
dernier mot a été une fervente prière, c'est aussi
l'aurore d'une vie plus radieuse où les martyrs sont
couronnés et où les lutteurs se reposent de leurs
fatigues dans la contemplation de l'éternelle Justice
et dans l'amour de l'éternelle Beauté !

CHAPITRE II

LE SOCIALISME

ET LE

ROLE POLITIQUE DU CLERGÉ

CHAPITRE II

LE SOCIALISME ET LE ROLE POLITIQUE DU CLERGÉ EN ALLEMAGNE

Nous sommes au lendemain de grandes manifestations socialistes. Le sang a coulé en France, en Italie, en Belgique ; une effervescence extraordinaire a régné et règne encore dans les masses ouvrières de tous les pays.

La situation est grave, tout le monde en convient. Elle le sera surtout dans l'avenir. On a réussi cette fois à maîtriser la révolution parce qu'elle n'avait pas eu le temps de s'organiser suffisamment. Mais qui nous garantit qu'un jour les coups de fusils des socialistes ne seront pas plus nombreux que ceux de la force armée et que le drapeau de l'anarchie ne flottera pas victorieusement sur les palais d'où l'on aura expulsé les contempteurs de Dieu? Une société sans Dieu et sans maître érigée sur les ruines du passé : voilà l'idéal auquel auront abouti la philosophie moderne, la science moderne, l'économie politique moderne !

Et qui donc nous délivrera de ce cauchemar effroyable? Qui donc dira au flot révolutionnaire : Tu n'iras pas plus loin? Ce n'est pas la philosophie d'un Renan ni la science d'un Virchow : elles enseignent l'athéisme, dont le socialisme n'est que le corollaire. Ce n'est pas davantage l'économie politique toute seule ; ses efforts demeurent trop souvent stériles. Ce n'est même pas le gendarme ; car comme on l'a dit très bien, il faudrait quelqu'un pour garder le gendarme à son tour. Qu'on le veuille ou non, il n'y a qu'un seul salut, le retour sincère aux principes chrétiens. Le christianisme a résolu la question de l'esclavage antique, la question des barbares, lui seul aussi est à même de résoudre la question sociale. Qu'au lieu de persécuter les religieux et les prêtres, qu'au lieu de faire de l'athéisme la loi suprême de l'État, on laisse à la religion la liberté de pétrir l'âme de l'enfant, de veiller au chevet des mourants dans les hôpitaux, de se pencher sur l'ouvrier pour le consoler des mécomptes présents par la perspective d'une félicité céleste, et les coups de feu seront inutiles. La crainte de Dieu, — crainte mêlée d'amour, — est le commencement et la fin de toute sagesse !

Je voudrais, à l'occasion de ces grèves du mois de mai, montrer par un exemple frappant que la religion du Christ est vraiment le boulevard qui arrêtera l'invasion révolutionnaire. Pour rendre la démonstration plus indiscutable, je choisirai mes preuves en Allemagne, la terre classique du socialisme spéculatif et pratique.

Depuis quelques années, le socialisme est le grand péril de la monarchie des Hohenzollern. Aux dernières élections du Reichstag les socialistes ont fait passer trois douzaines de leurs candidats et ils ont obtenu des ballottages dans quarante autres circonscriptions. Rien n'a pu résister à leur poussée formidable, rien, si ce n'est le catholicisme. Bebel a triomphé partout, excepté dans les provinces où il a rencontré le clergé catholique, qui, par son ministère et en particulier par sa presse, a refoulé les assauts du socialisme !

§ 1. — Un problème a résoudre

Le 12 octobre 1878, le Reichstag discutait en seconde lecture le fameux projet de loi contre les socialistes. Bamberger, qui en ce temps-là se glorifiait d'appartenir au « troupeau » du chancelier de fer, se trouvait à la tribune et prononçait une de ses grandes harangues, vrai chef-d'œuvre national-libéral. En même temps qu'il faisait l'apologie des mesures de répression, il donnait libre cours à ses sentiments hostiles envers le catholicisme et accusait les amis de Windthorst de coqueter avec les socialistes. « Je ne crois pas, dit-il, qu'en dehors du Centre il y ait un autre parti politique capable ou coupable de telles compromissions ».

Cet incident parlementaire est caractéristique. Il montre jusqu'où allait, il y a quinze ans, quand il s'agissait de l'Église catholique, l'orgueilleuse suffisance et la mauvaise foi des auteurs du *Kulturkampf*. Pour peu, M. Bamberger aurait sinon identifié le catholicisme et le socialisme, du moins dénoncé l'un et l'autre comme des adversaires également dangereux, ligués contre la société contemporaine.

A cette époque, on s'aveuglait encore volontairement sur les tendances et les principes qui sont à la base de la démocratie sociale. On la considérait comme une erreur sociale, sans rapport avec les croyances religieuses, comme un parasite attaché au flanc du monde moderne et qu'on détruirait par la violence ou par la panacée de l'économie politi-

que. Quant à se demander si les ravages du scepticisme et de l'incrédulité n'étaient pas pour quelque
chose dans la crise que traverse l'Europe, on n'y
songeait même pas dans les milieux libéraux. On
souriait de la naïveté du baron Schorlemer-Alst
qui, le 9 février 1876, faisait entendre à la majorité
ces prophétiques menaces : « Si vous continuez à
déchristianiser le pays par la persécution, nous
verrons surgir du sol une démocratie de l'avenir
qui réduira la Commune de Paris aux proportions
d'une simple idylle ». A ceux qui insistaient ou
répondaient volontiers par cette fin de non-rece-
voir : « Mais voyez donc la vanité et le néant de
votre christianisme! A-t-il empêché en France les
abominations de la Terreur ou de la Commune? A-
t-il été un obstacle au triomphe du radicalisme ?
Son impuissance est patente et nous saurons nous
tirer d'affaire sans lui! » C'était presque devenu un
axiome qu'il n'y a nulle relation à établir entre la
religion et les idées conservatrices, et que la main
du Christ est incapable de guérir les maux dont
nous souffrons.

Dans cette polémique, parfois très acerbe, le rôle
où se complaisaient les libéraux protestants et juifs
n'était pas facile à soutenir. Leur phraséologie
vague et déclamatoire pouvait à la rigueur en imposer aux âmes simples et aux esprits prévenus. Mais,
aux yeux de quiconque avait lu l'Évangile ou feuil-
leté un catéchisme, il était évident que la doctrine
catholique combat et exclut les théories subversives
du socialisme. Il ne fallait pas être grand clerc pour
démontrer que, au point de vue des principes, il y
avait un abîme entre Windthorst et Bebel, et que
nul pont ne saurait relier une rive à l'autre.

Du reste, si le doute avait subsisté à cet égard, les socialistes se chargeaient de le dissiper avec un cynisme et une crudité de langage qui font frémir. Pendant que M. Bamberger lançait au Reichstag ses calomnieuses insinuations et parlait de pacte catholico-socialiste, Most arborait hardiment le drapeau de l'athéisme. « La démocratie, s'écria-t-il, sait que les jours du christianisme sont comptés et que le moment n'est plus loin où l'on dira aux prêtres : Réglez vos comptes avec le ciel, car votre heure a sonné ! » Et de peur qu'on n'en ignore, le chef du parti, Bebel, à la fin de 1881 (31 décembre), répétait, en plein Reichstag, ce qu'il avait dit en 1872 : « Sur le terrain politique, nous poursuivons le régime républicain, sur le terrain économique, le socialisme, sur le terrain religieux, *l'athéisme !* »

L'athéisme ! ces messieurs ne reculent ni devant le mot ni devant la chose, et au risque de scandaliser les faibles, ils crient leurs convictions sur les toits. « Par principe, dit le *Volksstaat*, l'un de leurs journaux, nous sommes ennemis de *tous* les calotins et de toutes les églises, et cela par le seul fait que nous sommes athées ». Dans un autre numéro, il est plus explicite encore : « Nous nous efforcerons toujours d'être très *impies*. Personne n'est digne du nom de socialiste, si ce n'est ceux qui sont *athées* et qui dépensent leurs efforts à propager l'athéisme ! »

La démocratie secoue la croyance en Dieu, parce que le socialiste est Dieu lui-même. Joseph Dietzgen, un pasteur protestant qui a passé au socialisme, le proclame dans un de ses sermons : « La société humaine cultivée, dit-il, est l'Être suprême en qui nous croyons ». Ce ministre du pur Évangile, qui a conservé la terminologie chrétienne, dit dans un autre sermon : « Le Sauveur des temps nouveaux s'appelle le *Travail*... Le peuple veut devenir Fils de Dieu ».

Les témoignages du même genre abondent dans les journaux, les discours et les livres socialistes. « Pour les masses, disait Leibknecht au Reichstag (25 janvier 1890), la religion nouvelle c'est le socialisme ». Cette profession de foi semble trop cléricale à quelques-uns de ses collègues. « J'ai tellement horreur, écrivait Becker, de tout ce qui est prêtraille, que je ne désire nullement qu'on conçoive le socialisme comme une religion ». Leur fanatisme antireligieux est si fort qu'il devient du délire. « Le ciel ! vociférait l'un d'entre eux, nous n'en voulons pas. Ce que nous réclamons c'est l'enfer avec toutes les voluptés qui le précèdent. Nous abandonnons le ciel au Dieu des papistes ! »

Pour revenir à la formule la plus claire et la plus récente du concept religieux du socialisme, je ne citerai plus que cette parole qu'un socialiste a prononcée au mois de septembre 1890 dans une grande réunion de Berlin : *Il est bien entendu que tout socialiste est athée et républicain.*

De ces professions de foi on remplirait des volumes. Les socialistes disent carrément : « Nous sommes l'athéisme », et ils agissent en conséquence ! Dès lors, on peut conclure *a priori* qu'il n'y a rien de commun entre les catholiques et les partisans de Bebel, et les dénonciations de Bamberger n'ont plus d'autre importance que celle d'un vulgaire mensonge national-libéral !

Accuser les catholiques de favoriser le socialisme

ou d'avoir des affinités secrètes avec lui était une tactique qui ressemblait trop à une gageure pour avoir chance de durer.

On y renonça de bonne heure dans l'entourage du chancelier. La chicane se transporta sur un autre terrain. En Allemagne, les deux formes chrétiennes de la religion, le catholicisme et le protestantisme, se trouvent en face de la démocratie sociale, et ils ont l'un et l'autre la noble ambition d'opposer une digue à la vague révolutionnaire qui enveloppe et menace l'édifice de la société. De quel côté se trouve la plus grande force de résistance? A qui reviennent le mérite et la gloire de tenir le mieux tête à l'envahissement du prolétariat? Ou bien catholiques et protestants ne font-ils que donner aux incrédules le spectacle d'une égale faiblesse? Ce problème, on l'a soulevé à diverses reprises, et il est inutile d'ajouter que les adversaires de Windthorst le résolvaient toujours contre les catholiques.

Dans ses jours de mauvaise humeur, le chancelier ne craignait pas de dire, comme il l'a fait à la séance du 21 mars 1884 : « Certains catholiques s'exagèrent la puissance conservatrice de leurs principes et de leur organisation religieuse. Ils s'imaginent être plus forts contre le socialisme que les autres confessions chrétiennes, c'est là une erreur ». Les affirmations de cette sorte ne coûtaient pas au puissant homme d'État et dès qu'il se donnait le plaisir d'humilier le Centre il était sûr de voir sa parole applaudie sur les bancs de la majorité. On applaudissait avec d'autant plus de vigueur que la brutalité des faits infligeait à chaque instant de cruels démentis à ces explosions de la conscience

évangélique. Le Centre protestait contre le dénigre-
ment du prince chevalier et contre les bravos enthousiastes de la droite, et l'un de ses chefs se contentait d'ordinaire de repondre : « Une telle discussion est oiseuse et stérile, nous vous attendons à
l'œuvre. Pour le moment nous récusons votre sen-
tence et nous en appelons au suffrage des électeurs :
Cæsarem appello ».

Les élections ont revisé le jugement de Bismarck avec une sévérité effrayante. Elles lui ont
donné tort, ainsi qu'à Bamberger, à la gauche et à
la droite, aux protestants orthodoxes et aux protestants libéraux. A tous elles ont dit : « Le socialisme
vous méprise et vous écrase; il n'est arrêté que par
la phalange du Centre ». Le verdict des élections
du 20 février et du 1er mars 1890 a été terrible pour
le protestantisme.

Il a confirmé d'une manière éclatante les résultats des scrutins précédents. Les protestants le
reconnaissaient avec tristesse au lendemain de la
victoire du socialisme. « De tous les partis, disait
le *Kreuzzeilung* de Berlin, le Centre a le mieux
résisté au flot montant de la démocratie sociale ;
il a maintenu toutes ses positions et peut-être en
gagnera-t-il de nouvelles. Cela donne à réfléchir ».
Le *Reichsbote*, l'organe du pasteur Stœcker, faisait
une confession encore plus humble. « Tous les partis, gémissait-il, sont en décomposition, tous chan-
cellent, le centre seul reste inébranlable. Le travail
délétère de la presse libérale n'a aucune prise sur
les populations catholiques. Il n'y a que nos populations évangéliques qui soient victimes de ce fléau.
Les protestants ont absorbé le poison du libéralisme qui a tout détruit, la religion, la morale, les

principes politiques. Si l'Église catholique a prouvé qu'elle seule est capable d'exercer une influence sérieuse sur le peuple, il n'y aura pas lieu de s'étonner que son rôle grandisse dans l'État ! »

Quelle revanche pour les catholiques dans ces aveux tombés de la plume de leurs adversaires !

Les socialistes avaient commencé la campagne électorale avec un déploiement de forces inusitées, attaquant à la fois les positions du Centre et celles des autres partis. Loin de succomber dans ce duel formidable, les catholiques ont atteint le maximum de sièges possibles, pendant que conservateurs et libéraux étaient battus dans un grand nombre de circonscriptions protestantes ! C'était presque la banqueroute du protestantisme. Ses troupes avaient déserté dans le camp de la démocratie sociale !

Important pour l'Allemagne, ce succès des catholiques avait un caractère international indéniable. Ce n'était pas uniquement le chancelier de fer qui accusait les catholiques d'impuissance vis-à-vis du socialisme. Le même reproche leur a été adressé maintes fois par les sociologues des autres pays. On représente volontiers l'Église catholique comme une institution usée qui a fait son temps et qui ne répond plus aux exigences sociales de notre époque. A ces vieilles croyances, dit-on, il faut substituer un Évangile nouveau qui sera le salut des générations futures. Quel est cet Évangile ? Lorsqu'on va au fond de la pensée de ces apôtres du dix-neuvième siècle on y trouve le rationalisme, le panthéisme, le naturalisme, ces fruits de mort détachés de l'arbre du protestantisme ! Eh bien, ce sont tout juste les provinces allemandes, où le rationalisme a remplacé le christianisme, qui ont élu des socialistes. Au contraire, dans les provinces catholiques, où la foi chrétienne est restée vivante, les candidats conservateurs ont partout triomphé : les électeurs ont donné aux ennemis du Christ une excellente leçon de modestie.

§ 2. — RÉPARTITION GÉOGRAPHIQUE DU SOCIALISME EN ALLEMAGNE

L'expérience a été faite dans des conditions strictement scientifiques.

L'Allemagne renferme une population mixte de 49 millions et demi (1) d'habitants, dont le tiers environ est catholique et le reste protestant. Les deux confessions vivent côte à côte dans certaines provinces, avec des proportions qui varient à l'infini. Ailleurs, par contre, la ligne de démarcation est nettement tracée, et il y a d'immenses régions où il ne se trouve pas un seul catholique, comme il y a d'autres districts dans lesquels les protestants forment une minorité imperceptible. Rien ne saurait être plus intéressant que la comparaison des résultats électoraux dans les circonscriptions catholiques ou protestantes. On saisira en quelque sorte sur le fait l'action sociale des idées religieuses, dont la valeur pourra s'exprimer avec une exactitude toute mathématique.

L'automne dernier, le *Temps* publiait un long article sur la répartition géographique du socialisme allemand. Cette étude, qui contenait à peu près autant d'erreurs que de lignes, trahissait les préoccupations qu'avaient inspirées les élections du Reichstag dans certaines sphères politiques. — Un grand mouvement venait de se produire en Allemagne. Il s'agissait de l'expliquer par des causes

---

(1) D'après le recensement du 1er décembre 1890.

indépendantes de l'*hypothèse religieuse*, et, à cet effet, le publiciste s'est évertué à établir une savante corrélation entre la carte des forces sociales et celle des salaires, de l'assistance publique, des grèves, de la durée du travail. « Il y a, disait-il, similitude au moins approximative entre ce qu'on pourrait appeler la carte électorale, d'une part, et, d'autre part, la carte de l'assistance publique, la carte des salaires, la carte de la durée du travail en Allemagne ». Il ajoutait : « A côté de ces causes ou de ces raisons matérielles et prochaines interviennent et agissent d'autres raisons, d'autres causes *politiques, historiques, psychologiques* ». Et le *Temps* n'a pas vu ou plutôt n'a pas eu le courage de voir autre chose ; car, si au lieu de se battre les flancs et de se détourner de la vérité lumineuse qui crève les yeux, il s'était placé en face de la réalité, il aurait été obligé de rendre hommage au catholicisme, et il ne l'a pas voulu.

Les constatations devant lesquelles a reculé le *Temps,* nous allons les faire en analysant les données des dernières élections du Reichstag. Ce sera un travail de statistique aussi attachant qu'instructif

Ouvrons le *Kirchen-Atlas* de Werner et prenons la carte religieuse d'Allemagne, où le *rouge* et le *rose* marquent respectivement les régions catholiques et les régions protestantes avec des nuances intermédiaires, — *jaune* et *vert,* — pour les populations mixtes.

Ce qui frappe d'abord, c'est qu'au scrutin du 20 février les socialistes n'ont été vainqueurs que dans les provinces *roses* (protestantes), tandis que dans les provinces *rouges* ils n'ont pas eu de succès.

Pour qu'on ne puisse pas m'accuser d'exagération, je vais passer en revue les divers districts qui ont donné leurs voix à des candidats socialistes. On se rappelle que les amis de Bebel ont conquis 36 sièges. Où sont-ils situés?

Voici d'abord Hambourg avec 3 sièges, Berlin avec 2. Puis viennent Lubeck, Brème, Altona, Ottenssen (Sleswig-Holstein), Hanovre, Braunschweig Halle, Sonneberg (Saxe-Meiningen), Nieder-Barnim, Magdebourg, Aschersleben-Calbe : chacune de ces villes a élu un socialiste. Or, ces 16 sièges sont tous situés dans l'immense contrée, *entièrement protestante*, qui s'étend de la Westphalie à la Silésie. Il faut y ajouter 6 circonscriptions du royaume de Saxe, les 2 des principautés de Neuss et celle de Kœnigsberg, où le protestantisme domine également d'une façon absolue. Nous avons donc en tout 25 sièges qui appartiennent tout entiers au protestantisme.

La Bavière est catholique aux deux tiers. Je consulte ma carte des religions et je vois qu'il y a cependant un petit coin *rose* autour de Nuremberg, ville célèbre dans les fastes de la Réforme. Nuremberg a élu un socialiste. Dans la Province rhénane, quelques districts sont tout à fait catholiques ; d'autres ont une population mixte où les catholiques forment à peu près la moitié ; enfin, vers le Nord, un point *rose* sur ma carte indique que les protestants y sont en majorité (70 à 95 pour 100). Ce sont les deux circonscriptions d'Elberfeld-Barmen et de Solingen. La Province rhénane a élu des hommes du Centre, sauf Elberfeld-Barmen et Solingen, qui ont donné leurs voix à deux socialistes.

Si, de la Province rhénane, nous passons dans le grand-duché de Bade, le même phénomène se présente. Ici, comme en Bavière, les deux tiers de la population sont catholiques. Les protestants y sont groupés d'une façon très inégale, et quelques villes leur appartiennent presque entièrement. Mannheim est de ce nombre. Or, Mannheim a élu un socialiste. Pendant que les protestants perdaient ainsi ce siège, les catholiques, qui avaient trop longtemps sommeillé, eurent un réveil admirable et enlevèrent 5 sièges aux libéraux. Aujourd'hui, le Centre dispose de neuf mandats dans le grand-duché de Bade, qui ne possède en tout que 14 circonscriptions électorales.

Offenbach, dans la Hesse voisine, est protestant et est représenté par un député socialiste.

Il en est de même de l'ancienne ville libre de Francfort, qui est protestante et socialiste.

Breslau, dont l'un des députés est socialiste, a une population dont la majorité est évangélique.

A Mayence, les catholiques ne disposent que d'une faible majorité. Ils pouvaient y faire réussir leur candidat, lorsqu'un certain nombre de protestants conservateurs ou libéraux leur apportaient l'appoint de leurs voix. Aux élections de l'an passé, on a préféré s'abstenir ou déposer des bulletins nuls dans l'urne pour faire échec aux catholiques. Par suite de cette attitude des protestants, la ville de Mayence est représentée par un socialiste. Il faut ajouter que le candidat du Centre a suivi de très près son adversaire et pour qu'il échouât, presque toute la population protestante a dû voter en faveur du socialisme.

C'est à dessein que j'ai réservé pour la fin les

élections de Munich, qui présentent une anomalie (1). Munich, représenté jusqu'ici par un socialiste et par un catholique, a élu cette fois deux socialistes. Pour s'expliquer ce résultat, il faut savoir que le long régime libéral de M. de Lutz et de ses prédécesseurs a terriblement déchristianisé cette ville catholique. Munich, disaient les *Neuesten Nachrichten* quelques jours avant le scrutin du 20 février, n'appartient ni aux catholiques ni aux socialistes ; *Munich est libéral* ». Cela est vrai, et voilà pourquoi Munich a élu deux... socialistes.

On voit donc que les circonscriptions socialistes sont à peu près toutes situées dans ce pays exclusivement *protestant*. L'immense majorité, pour ne pas dire l'unanimité des électeurs démocratiques, se trouvent dans les rangs du protestantisme !

Vraie pour les résultats acquis définitivement, la même constatation l'est encore pour les districts où les socialistes étaient arrivés à un ballottage.

Au second tour de scrutin, les socialistes ont perdu 41 districts où ils avaient obtenu des ballottages le 20 février 1890. Sur ce nombre, 31 se trouvent dans les pays où le protestantisme est maître incontesté. Comme la chose est très importante, je cite les noms de ces circonscriptions. Ce sont : Berlin (3 sièges), Francfort-sur-l'Oder, Westhavelland, Cottbus-Spremberg, Teltow-Beeskow, Zauch-Belzig,

---

(1) Je ne parle pas de l'élection socialiste de Mulhouse : elle compte si peu, que si l'abbé Cetty, l'un des curés de Mulhouse, s'était présenté, son succès eût été certain. L'abbé Cetty n'a pas tenté le sort parce qu'il a voulu ménager certaines susceptibilités et certaines vanités. Il faut espérer qu'au prochain scrutin les mêmes raisons ne l'arrêteront plus et qu'il évincera le député socialiste.

c'est-à-dire 8 dans le Brandebourg; Randow et Stettin en Poméranie; Flensbourg et Kiel, dans le Sleswig-Holstein; Naumbourg, Weisenfels et Erfurth, dans la province de Saxe; Hameln, Harbourg, Stade, en Hanovre; Hœchst, Cassel et Hanau, dans la province de Hesse-Nassau; Schwerin, Rostock, Gustrow, dans le grand-duché de Mecklenbourg-Schwerin; Leipzig, Kirchberg, Plauen, dans le royaume de Saxe; Darmstadt, dans le grand-duché de Hesse; Schwarzbourg-Sondershausen, Gotha et Stuttgart. Dans toutes ces villes ou districts il y a très peu ou point de catholiques.

Les 10 ballottages restants se répartissent ainsi. En Bavière: Erlangen, Cronach et Wurzbourg. La première de ces trois villes est un pays tout à fait protestant; la seconde se trouve dans un pays mixte, et Wurtzbourg est fortement travaillé par le libéralisme. Ajoutons qu'à Cronach et à Wurzbourg le centre a vaillamment emporté la place au second tour.

La Province rhénane a eu de même 3 ballottages socialistes: Lennep, Dusseldorf et Cologne. Lennep est protestant. Dusseldorf a tout un quartier protestant, et à Cologne les influences protestantes et libérales ont opéré leur conjonction pour amener l'échec du candidat catholique. En dépit de ces forces coalisées, le Centre a maintenu Dusseldorf et Cologne. La Westphalie a eu 2 ballottages: Dortmund et Bielfeld. Bielfeld est si bien protestant que cette circonscription était l'une des forteresses des conservateurs. Au 20 février, les catholiques, qui sont en minorité, posèrent (pour la première fois) une candidature en face du candidat socialiste et du candidat conservateur, mais sans aucun espoir de succès. La poignée de catholiques a voté avec une si mer-

veilleuse unanimité que son candidat est venu en
ballottage avec le socialiste, et au second tour, les
conservateurs durent bon gré mal gré donner leurs
voix au Centre. Dans le district de Dortmund, la
proportion des catholiques est de 30 à 60 pour 100 :
c'est donc un pays à majorité protestante.

La Silésie a eu deux ballottages socialistes : Breslau et Reichenbach. Nous savons quelle est la situation religieuse de Breslau. A Reichenbach, le candidat du Centre, M. Porsch l'a emporté sur le
socialiste, quoique ce soit un pays mixte.

Ce parallèle entre la statistique électorale et la
géographie socialiste nous montre clairement que
si les provinces catholiques ne sont pas restées tout
à fait à l'abri de la propagande démocratique, elles
ont du moins su lui tenir admirablement tête. Sauf
Munich et Mayence, où les libéraux et les protestants ont préparé et favorisé la victoire des socialistes, les catholiques ont partout maintenu leurs
positions. Il ressort également de cette étude com-
parative que les pays protestants n'ont pas été capables d'opposer au socialisme la même force de
résistance.

Les catholiques ont subi l'épreuve du feu avec un
succès qui a déconcerté leurs adversaires, et les
protestants ont succombé presque partout où on les
attaquait. Contre ces faits tous les sophismes du
monde ne pourront rien. Pour obtenir une carte
approximative indiquant les ravages du socialisme,
il suffit presque de tracer des lignes *isolâtriques* et
d'attribuer à la démocratie sociale les zones où règne
le protestantisme. Non pas que je veuille dire que
les ouvriers protestants soient ou deviennent tous
socialistes. Loin de moi un tel paradoxe, qui serait

encore plus ridicule qu'odieux. Je constate simplement une série de faits indiscutables : les circonscriptions socialistes sont toutes protestantes et
aucune circonscription catholique n'est socialiste en
Allemagne.

Nous avons constaté que les enclaves protestantes des pays catholiques — Nuremberg, Mannheim,
Solingen, Elberfeld-Barmen avaient élu des socialistes. Faisons la contre-épreuve et nous obtien-
drons des résultats non moins curieux qui confir-
ment absolument la thèse.

La vaste région *rose* (protestante) de l'empire
d'Allemagne, qui va du Sleswig-Holstein à la Bavière, de la Province rhénane à celle de Posen, renferme quelques points *rouges*, quelques îlots catholiques battus de tous côtés par l'Océan protestant.
Dans la province de Saxe, qui est l'une des citadelles du luthéranisme, se trouve l'un de ces îlots : c'est
Heiligenstadt. Heiligenstadt a élu un homme du
Centre, et tout autour on a vu triompher les socialistes et les progressistes. Le duché d'Oldenbourg
possède un autre de ces coins perdus, Vechta, où
vit une population catholique. Vechta a élu le comte
de Galen, l'un des économistes les plus éminents du
Centre. Faut-il rappeler que Meppen, dont l'inou-
bliable Windthorst était la perle, est un district
catholique noyé dans le Hanovre protestant? La
principauté de Hohenzollern, pays catholique, est
enclavée dans le royaume du Wurtemberg. Hohenzollern a nommé un député catholique, et dans les
districts voisins ont triomphé les démocrates
— *Volkspartei* — proches-parents des socialistes.

Sous quelque angle que l'on examine la carte
électorale d'Allemagne, la conclusion est toujours

la même, et l'étude attentive de la répartition géographique des forces socialistes devient un chapitre inattendu de l'apologétique catholique.

Et qu'on ne dise pas que c'est l'industrie plutôt que l'incrédulité qui explique cette situation. Pour ne parler que de la Province rhénane et de la Westphalie, les deux pays les plus industriels de l'Allemagne, ce qui y a déterminé le caractère des votes, ce n'est pas le nombre des ouvriers, mais bel et bien leurs croyances religieuses. Essen (1), Bochum, Crefeld, Dusseldorf, Neuss, Munchen-Gladbach, Geilenkirchen, Aix-la-Chapelle, se trouvent dans la même région et sont pour le moins aussi industrielles que Barmen, Elberfeld, Solingen, et pourtant toutes ces villes ont élu des députés catholiques. Les districts protestants d'Elberfeld-Barmen et de Solingen ont donné leurs voix aux candidats socialistes.

On a cru échapper à ces conclusions en rendant les grandes agglomérations responsables des progrès du socialisme. Ce faux-fuyant a quelque chose de spécieux, puisque les plus grandes villes de l'empire sont des foyers démocratiques. Berlin, (1.574.485 h.), Munich (341 498 h.), Breslau (334.710 h.), Hambourg (323.729 h.), sont représentés par des socialistes. Mais en y regardant de près on constate sans peine que ces énormes cités sont socialistes non pas tant à cause de leur nombreuse population que parce que cette population est antichrétienne et athée. On peut s'en convaincre en

(1) Dans plusieurs de ces villes industrielles la victoire des candidats catholiques a été écrasante. A Essen, par exemple (où se trouvent les fameux établissements Krupp), Stœtzel a eu 23.600 voix, tandis que son concurrent socialiste n'en a réuni que 3000, malgré la propagande effrénée des meneurs.

recourant aux données statistiques du recensement
qui a eu lieu le 1er décembre 1890.

Si Berlin, Hambourg, Breslau ont choisi des
députés socia'istes, il faut dire aussi que ces villes
sont protestantes. Et le protestantisme incrédule
est vraiment la cause de cette situation désastreuse ;
la preuve, c'est que Cologne, qui vient immédiatement après avec une population de 282.537 habitants,
a vu triompher un député du Centre.

Cologne, la ville sainte, est restée conservatrice.
Les villes protestantes de Magdebourg (201. 913 h.),
Francfort (179.694 h), Hanovre (163.100 h.), Kœnigsberg (161.149 h.), qui ont des populations moin-
dres, sont socialistes.

Descendons encore l'échelle et nous verrons le
même fait se renouveler. Dusseldorf, qui a
145.738 habitants, a élu un député du Centre, et
Altona (144.636 h.), Nuremberg (142.404 h.), Chem-
nitz (138.855 h.), Elberfeld (125 000 h.), Brême
(124.940 h.),Barmen (116.143 h.), se sont rangés sous
le drapeau de la démocratie sociale. D'où vient
cette différence ? Dusseldorf est catholique et les
autres de ces villes sont protestantes.

Faut-il poursuivre cette intéressante statistique
et réfuter par de nouveaux chiffres ceux qui nient
l'influence puissante du catholicisme sur le corps
électoral ? Crefeld (105.000 h.), Aix-la-Chapelle
(102.474 h.), appartiennent au Centre, parce que ce
sont des villes catholiques ; Braunschweig (100. 883 h)
et Halle (100.131 h.) sont protestants et socialistes.

Halle est la dernière ville qui ait plus de 100.000
habitants. Pour finir, énumérons dans leur ordre
de grandeur toutes les cités allemandes qui ont

moins de 100.000 et plus de 45.000 habitants. J'en compte 27 qui sont les suivantes :

	Habitants		Habitants
Dortmund	89.518	Gorlitz	61.643
Mannheim . . .	79.018	Wurzbourg . . .	60.844
Essen	78.500	(Metz)	59.723
Mulhouse . . .	76.413	Duisbourg . . .	69.154
Charlottenbourg . .	76.400	Darmstadt . . .	56.600
Augsbourg . . .	75.523	Francfort-sur-l'Oder	55.102
Carlsruhe	73.443	Postdam	52.995
Mayence	73.271	Munchen-Gladbach .	49.626
Erfurt	72.464	Fribourg (Bade) . .	48.788
Cassel	72.086	Munster (Westphalie)	48.613
Posen	69.673	Bochum	47.709
Kiel	68.827	Plauen	46.899
Wiesbaden . . .	64.692	Liegnitz	46.883
Lubeck	63.556		

De ces 27 villes 9 sont catholiques : Essen, Augsbourg, Posen, Wurzbourg, Metz, Fribourg, Munchen-Gladbach, Munster, Bochum, et elles ont toutes élu des candidats du Centre. Toutes les autres (1) sont protestantes. Or, parmi ces dernières, 3 ont nommé des socialistes : Mannheim, Lubeck, Mayence (2), et dans 8 autres les socialistes ont réussi à avoir un ballottage au premier tour : Dortmund, Charlottenbourg (Berlin), Erfurt, Cassel, Kiel, Darmstadt, Francfort-sur-l'Oder, Plauen. Sur 17 circonscriptions protestantes, 6 seulement restent indemnes, et toutes les 9 villes catholiques demeurèrent fidèles aux idées conservatrices.

---

(1) Je répète que Mulhouse ne saurait entrer en ligne de compte pour les motifs cités plus haut.

(2) Qu'on se rappelle ce que j'ai dit plus haut pour Mayence.

Le *Temps* ne s'est aperçu de rien de tout cela ! En revanche, il a torturé la statistique des salaires et de l'assistance publique, mais sans plus de succès. A Elberfeld, l'assistance publique est très bien organisée, comme le démontre M. L. Lefébure dans son beau livre sur le *Devoir social*. Dans le district de Posen on est beaucoup moins avancé sous ce rapport. Comment ces deux villes ont-elles voté? Elberfeld s'est déclaré pour un socialiste et Posen pour un Polonais catholique et conservateur.

La statistique des salaires n'est pas un baromètre plus exact. Le *Temps* en convient d'ailleurs lui-même. « Il ne faut pas croire, dit-il, que les revendications socialistes ne trouvent un thème et un aliment que dans les contrées où les salaires sont très faibles ». Et, en effet, à Brème, par exemple, les salaires sont très élevés et à Posen très bas, ce qui n'a pas empêché la première de ces villes de nommer un socialiste.

Le *Temps* terminait son article en disant qu'en Allemagne le socialisme tenait « au sol, à la constitution économique, et qu'en un mot il revêt une forme susceptible d'être exprimée par la couleur et le dessin sur une carte de l'empire ».

De toutes ces affirmations, la dernière ligne seule est vraie. Encore faut-il l'entendre dans un autre sens que celui qu'y attachait le journal cité. Nous venons de voir « à quoi tient le socialisme » et quelle en est la répartition géographique. La carte des forces socialistes est presque identique avec celle des confessions religieuses. Les pays catholiques sont en général fermés au socialisme et les provinces protestantes deviennent de plus en plus la proie des sectes révolutionnaires. Voilà les faits

que le *Temps* n'a pas relevés et pour cause, mais
que nous avons le droit de mettre en pleine lumière:

Je devrais encore indiquer les raisons de cette
faiblesse désespérante du protestantisme allemand.
Mais cette question demanderait une longue étude
que j'entreprendrai peut-être un jour. Qu'il me
suffise en attendant de signaler le passage suivant
d'un article paru l'an passé à l'occasion de Pâques,
dans un grand journal de Berlin : « La foi s'en va,
disait le publiciste protestant, et la situation est
surtout lamentable parmi nous. Nos réunions évangéliques ont dû être supprimées faute d'adhérents.
Nos congrès pour les missions et la défense de l'É-
glise ne se composent que de pasteurs. L'élément
laïque y fait complètement défaut. Cela est triste à
dire. Combien sont différentes les assemblées générales des catholiques! Il faut bien l'avouer, notre
Église protestante est rongée par l'esprit de criti-
cisme et par les mesquines polémiques. CE QUI
NOUS MANQUE PARTOUT, C'EST LA FOI POSITIVE ».

Ce jugement, qui éclaire admirablement la carte
des forces sociales, est emprunté à un journal dont
le *Temps* lui-même ne récusera pas le témoignage;
nous l'avons trouvé dans le *Reichsbote*, l'organe de
Stœcker et des pasteurs orthodoxes.

La victoire des catholiques a été décisive aux
élections du Reichstag du mois de février 1890.
Au milieu de l'effondrement général, le Centre est
resté « la tour inébranlable », et par un heureux
concours de circonstances, il a même su gagner des
sièges dans des districts où il n'en avait jamais pos-
sédé. Au dire de tout le monde, ce succès splendide
était en grande partie l'œuvre du clergé. Les adversaires eux-mêmes l'ont reconnu avec autant de dépit que de franchise. « Les catholiques, disait la
Kreuzzeitung, l'un des porte-voix de l'orthodoxie
protestante, sont sortis victorieux de la lutte grâce
à la discipline admirable de leur clergé ». Dans la
presse nationale-libérale le même aveu s'est reproduit sous forme d'accusation, et les socialistes ont
déclaré à leur tour que s'ils avaient échoué dans la
plupart des régions catholiques, l'influence du
clergé en était uniquement la cause.

Il y a deux ans, je me trouvais à Paris dans une
réunion de conservateurs où l'on parlait des élections législatives. Je ne sais à quel propos il fut
question du clergé, et un candidat (hélas! malheureux) de s'écrier aussitôt : « Le clergé ne s'occupe
pas de politique, et il a raison, car il n'y entend
rien ! »

Ces paroles auraient sans doute fort étonné les
catholiques allemands, qui voient leur clergé tenir
une si grande place dans la politique. En Allemagne, en effet, le prêtre n'entend pas se laisser
confiner dans la sacristie. Depuis l'évêque jusqu'au

dernier vicaire ils se jettent tous dans la mêlée, préparent les élections, posent leurs candidatures, organisent et président les réunions électorales, créent et dirigent les œuvres sociales, défendent et propagent leurs principes par la presse, le livre, dans les grandes assemblées catholiques et quelquefois jusque dans les clubs de leurs adversaires.

Ce rôle politique du prêtre allemand — rôle qui explique les triomphes du Centre, — mérite d'être mis en relief et d'être livré aux méditations de quiconque s'intéresse à l'avenir de l'Eglise et de la société.

Il se trouve en Allemagne environ 50 ecclésiastiques qui appartiennent aux divers parlements de l'empire ! *Cinquante députés prêtres* dans un pays dont les deux tiers de la population sont protestants ! Il y a de quoi surprendre les catholiques français, habitués à la domination du radicalisme anticlérical. Pourtant je n'exagère pas, et ce n'est pas un rêve du moyen-âge que j'évoque comme on pourrait être tenté de le croire. Le chiffre que je cite est exact, et dussé-je être fastidieux, je vais transcrire la liste des membres du clergé qui ont accepté des mandats législatifs.

Pour plus de clarté, il faut d'abord rappeler que les divers pays faisant partie de l'empire d'Allemagne ont gardé une certaine autonomie administrative qui leur permet d'avoir leurs parlements à eux. Au-dessous du *Reichstag* — le Parlement impérial — s'échelonnent les diètes des différents États de la Confédération. C'est ainsi que la Prusse la Saxe, la Bavière, le Wurtemberg, le grand-duché de Bade, etc., ont chacun leur *Landtag*, qui comprend une ou deux Chambres.

Le *Landtag prussien* se compose de deux Chambres, celle des seigneurs, *Herrenhaus*, et celle des députés, *Abgeordnetenhaus*. Il en est de même en Bavière, où l'on trouve la Chambre des *Reichsrathe* et celle des *Abgeordneten*. Ailleurs, en Alsace-Lorraine par exemple, il n'y a qu'une seule Chambre, le *Landesaussuchuss*.

C'est dans ces diverses Chambres que siègent 50 ecclésiastiques !

Le *Reichstag* en compte 23 pour sa part. Je ne parlerai pas des 7 prêtres que les Alsaciens-Lorrains ont envoyés à Berlin ; leurs noms sont si connus qu'il est inutile d'insister davantage. Les 16 autres sont répartis ainsi qu'il suit entre les autres provinces de l'empire.

La Prusse figure avec cinq noms : deux Rhénans, le chanoine Perger, député de Clèves, et l'abbé Hitze, l'éminent économiste bien connu des lecteurs français ; deux Silésiens, le chanoine Muller, élu à Pless-Rybnick, et le chanoine Franz, qui joint à ces autres qualités celle d'être l'un des principaux propriétaires des charbonnages de la Silésie ; enfin un Polonais, Mgr Jazdzewski.

En Wurtemberg nous trouvons un seul député ecclésiastique : l'abbé Göser de Ravensberg, et dans le grand-duché de Bade deux : l'abbé Schuler, curé d'Istein, et le chanoine Lender.

La Bavière fournit naturellement un contingent plus fort. Elle est représentée au Reichstag par huit ecclésiastiques : le *dom capitular* Weiss de Passau, l'abbé Léonhard, curé de Deggendorf, l'abbé Wenzel, vicaire et député de Bamberg, l'abbé Wildegger, et l'abbé Reindel, doyen l'un de Nordlingen, l'autre de Gunsbourg, l'abbé Landes, qui, évincé à

Munich par un socialiste, évinça un national libéral à Immenstadt ; l'abbé Haus, curé de Wœrth, et l'abbé Schaedler, aumônier du lycée de Landau.

Ce dernier, qui fait ses débuts pendant cette législature, est incontestablement une des personnalités les plus originales et les plus marquantes du Centre. Son talent oratoire, ses aptitudes variées, son génie d'organisation et même son caractère jovial le destinent à exercer une grande action dans le pays. Rien n'est curieux et instructif comme la rapidité avec laquelle il a su s'élever au premier rang. J'ai pour ainsi dire assisté au développement progressif de sa carrière politique et mes souvenirs sont encore très précis à cet égard. L'abbé Schaedler s'est fait remarquer au Congrès catholique de Fribourg en 1888. Je me trouvais à une séance de la commission de la presse lorsque je le vis pour la première fois, et sa physionomie resta profondément gravée dans mon esprit. Une figure large et presque gouailleuse, de grosses lèvres, un front élevé et très intelligent, des cheveux noirs, deux yeux pleins de malice qui semblaient se moquer doublement de vous parce qu'ils vous regardaient à travers des lunettes, un teint basané comme celui des Napolitains ; bref, le contraste le plus frappant avec les prunelles bleues d'azur et les visages roses et doucement mélancoliques des Prussiens de la Westphalie ou de la Province rhénane. Le ton de sa voix et cet accent qui sentait si étrangement le terroir de la Bavière palatine, achevaient de fixer l'attention sur lui. Il proposait la création d'un bureau international destiné à combattre les mensonges anticléricaux et le mot *Antilügenbureau* qu'il prononçait *Antiligenbireau* tombait de ses lèvres avec des allures si gaiement provoquantes que tout le monde l'écoutait avec un visible plaisir. On s'intéressait prodigieusement à l'orateur, à sa verve endiablée, à son idée, et on en voulait presque à Windthorst au moment où il se leva pour combattre la motion du petit abbé bavarois. Notre homme ne se laissa pas déconcerter et il donna la réplique à la Petite Excellence avec la même grosse voix de stentor, la même volubilité de paroles, le même humour que s'il se fût agi de raconter une bonne plaisanterie à des confrères attablés autour d'une bouteille de bière. Tant d'aplomb de ce prêtre inconnu étonna l'auditoire, et les malins se regardaient avec des clignements d'yeux qui avaient l'air de dire : « Il fera parler de lui, ce compère-là ! »

Et, en effet, on en parla bientôt après !

L'abbé Schaedler avait essayé ses forces et reçu en quelque sorte le baptême de feu à Fribourg. Il rentra à Landau, bien décidé à combattre pour l'Église catholique d'estoc et de taille. Le Palatinat, qu'il habite, est une des citadelles du libéralisme bavarois. Par suite de la prépondérance du protestantisme, les catholiques y ont perdu toute ferveur dans la foi et dorment ce triste sommeil de l'indifférence qui est si funeste à la religion. L'aumônier de Landau résolut de faire retentir le tocsin au milieu de ce silence des tombeaux et il organisa un congrès catholique à Neustadt. Il se démena si bien qu'il réussit à rassembler au delà de dix mille personnes. Aucun local de la petite ville ne put contenir cette foule immense, et on fut obligé de faire deux réunions de suite. Schaedler suffit à tout, parla avec un entrain irrésistible et eut un succès énorme. Son nom, ignoré la veille, courait sur les lèvres de tous les catholiques d'Allemagne.

Je le retrouvai une année plus tard au Congrès catholique de Bochum, dont il fut l'un des orateurs les plus écoutés. L'éloquence de ce jeune prêtre ne ressemblait à rien de ce qu'on admirait ou l'on critiquait chez les autres. Il parlait la langue imagée et savoureuse du peuple et il la parlait à la perfection, ne reculant d'ailleurs ni devant le jeu de mots, ni devant l'allusion hardie, ni devant le coup de cravache. Il faisait rire et réfléchir et montrait ainsi qu'il était de l'école de Windthorst. Un agitateur de cette trempe avait sa place marquée dans les Parlements, et aux élections de février la ville d'Eichstaett l'envoya au Reichstag. C'est comme député qu'il monta à la tribune du dernier Congrès de Coblentz et il y prononça une harangue magnifique sur la presse et ses droits, sur les devoirs que les catholiques ont à remplir envers elle. Au Congrès provincial de Hombourg, il parla en plein air à quinze mille personnes, et désormais il est l'orateur attitré de tous les congrès et de toutes les réunions importantes.

Au Reichstag, où les succès sont pourtant beaucoup plus lents, l'abbé Schaedler demande à chaque instant la parole. Ces derniers temps, il a pris une part très considérable à la discussion du projet de loi concernant la réforme du code industriel. Quelque difficiles que fussent ces questions, il s'y est trouvé très à l'aise, a fait plusieurs discours remarquables et a rempli plus ou moins le rôle de *leader* du Centre catholique. L'aumônier du Landau est devenu un véritable homme d'État (1).

_____

(1) L'abbé Schaedler vient également d'entrer au Landtag

Je me suis arrêté, peut-être plus que de raison, à l'abbé Schaedler, parce que c'est un des types les plus originaux du député ecclésiastique. Son rôle ira en grandissant avec les années, et comme il a plus de feu et non moins de science que l'abbé Hitze, et plus de contact avec le peuple que la plupart de ses collègues, je ne serais pas étonné s'il devenait un jour l'un des chefs les plus influents et les plus aimés du Centre.

C'est pour ainsi dire de plain-pied que l'abbé Schaedler est entré au Reichstag, sans concurrent sérieux et presque sans lutte ! Il était déjà célèbre quand il a posé sa candidature, et la renommée qui l'avait précédé lui avait aplani toutes les voies. D'autres ont été obligés d'emporter leur siège d'assaut. Je citerai l'exemple de l'abbé Schuler, le député badois de Waldshut-Saeckingen. Cet intrépide soldat de l'Église a lutté plusieurs années avant de voir ses efforts couronnés de succès. Battu deux ou trois fois par le candidat national-libéral, il est toujours revenu à la charge, gagnant du terrain à chaque élection, ne se laissant rebuter par aucun échec, redoublant de zèle et d'habileté d'une législature à l'autre. Au début, les libéraux se moquaient de ce nigaud de curé qui avait la maladresse et l'impertinence de mettre en doute la fidélité de leurs électeurs. L'abbé Schuler les laissa rire, et au scrutin du 20 février il les battit honteusement : Saeckingen est redevenu un siège catholique.

Que la tâche soit ardue ou non, le prêtre allemand

bavarois. Le siège d'Ingolstadt étant devenu vacant, il posa sa candidature. L'élection eut lieu le 18 août et Schaedler fut élu à une immense majorité.

ne recule pas dès qu'il s'agit d'arracher une position
à l'ennemi. Aux élections du 20 février 1890, il y a eu
des campagnes électorales désespérées où le candidat ecclésiastique a quitté le champ de bataille avec
tous les honneurs de la guerre. Un simple vicaire
de Trèves, l'abbé Dasbach, n'a pas craint de dis-
puter le siège d'Ottweil-Saint-Wendel « au roi
Stumm », le plus grand industriel du district. Malgré la pression épouvantable que ce patron a exercée sur ses ouvriers, le vicaire a failli le désarçon-
ner. « Ce sera pour la prochaine fois, me disait le
vaincu, quelques mois plus tard », et je n'en serais
pas surpris outre mesure. Il y a eu d'autres ecclésiastiques battus dans cette fameuse journée. L'abbé
Wolf perdit le siège de Hœchst, qu'il avait vaillamment conquis aux élections du septennat, l'abbé
Arenhold a échoué à Hersfeld, et Mgr Friske à
Deutsch-Krone. Il faut dire que dans ces circonscriptions les catholiques ne sont pas en majorité et
ils n'ont quelque chance de réussir que lorsqu'un
autre parti politique se ligue avec eux contre un ennemi commun. Les progrès du socialisme augmen-
tent cette chance à chaque législature.

Vingt-trois prêtres élus, quatre qui ont succombé,
voilà le bilan des candidatures ecclésiastiques aux
élections du Reichstag. Ce chiffre eût été encore
renforcé si quelques semaines avant le scrutin la
mort n'avait enlevé Mgr Moufang, député de Mulheim, et l'abbé Borowski, député d'Allenstein (district de Kœnigsberg), et si l'archevêque de Posen
n'avait pas interdit à son clergé de se présenter aux
élections.

On voit par ces indications rapides quelle situation importante le clergé d'Allemagne occupe au

Parlement de l'empire. Sur 397 sièges, il en a dis-
puté une trentaine et il en détient vingt-trois. C'est
plus qu'il n'en faudrait pour donner la fièvre jaune
aux radicaux et, disons-le tout bas, aux libéraux
modérés d'une Chambre française.

Le Reichstag est élu par le suffrage universel.
Pour y entrer, le clergé avait surtout à agir sur les
grandes masses. Tout autre est le système électoral des parlements de chaque État particulier. Les
membres des Landtag sont élus par le suffrage restreint qui varie avec les différents pays. Bien que
ce mode soit, en général, moins favorable aux catholiques allemands, le clergé est au premier rang
au moment de la lutte, et il y a également une trentaine de prêtres dans ces divers parlements.

D'abord à la délégation d'Alsace-Lorraine nous
trouvons l'abbé Winterer, le curé de Mulhouse.

Le Landtag badois compte de même un ou deux
prêtres; entre autres le chanoine Lender, qui a fait
beaucoup parler de lui il y a quelques années.

A la Chambre des députés prussienne siègent huit
prêtres qui sont presque tous d'éminents orateurs;
deux Silésiens, le curé Hasse et l'archiprêtre Munzer ; deux polonais, Mgr Jazdzewski, qui intervient
souvent dans les débats et l'abbé Stablewski ; l'abbé
Mosler, professeur au grand séminaire de Trèves,
un député dont la parole fait autorité au Landtag
pour certaines questions spéciales ; l'abbé Hitze,
que l'empereur Guillaume II a fait entrer au Conseil d'État, l'abbé Dasbach, la bête noire de tout le
clan libéral, et l'abbé Dauzenberg élu il y a quelques
jours seulement (le 19 août 1891) dans la circonscription de Mulheim. Comme bien l'on pense, la Bavière
est encore plus cléricale que la Prusse. Parmi les 159

membres de la diète de Munich il n'y a pas moins
de 20 prêtres, environ le 1/8! Dans la Franconie
inférieure seule j'en compte 5 : l'abbé Sauer, l'abbé
Haus, l'abbé Hendoerfer, l'abbé Huller et l'abbé
Frank. Il y en a 5 aussi dans la Bavière inférieure :
les abbés Sammereyer, Wille, Hennemann, Huber
et Zach. Citons encore rapidement les abbés Zill,
Schaedler, Giempf, Baeurlé, Triller, Kederer, Hau,
Reinde, Wildegger et Daller. L'abbé Daller est l'un
des chefs du parti catholique en Bavière et peut-être
l'orateur le plus éloquent de la Chambre de Munich.

J'aurai fini ma statistique des ecclésiastiques
députés si j'ajoute que Mgr Kopp, le prince-évêque
de Breslau, fait partie de la Chambre des seigneurs
prussiens, et que Mgr de Thoma, archevêque de
Munich, Mgr de Schorck, archevêque de Bamberg,
et Mgr de Stein, évêque de Wurzbourg, siègent au
Reichsrath de la Bavière.

Ce tableau, quelque aride qu'aient pu le rendre les
énumérations, a du moins l'intérêt de l'éloquence
des chiffres. Il est une réponse décisive à ceux qui
croient le prêtre inapte aux affaires publiques ou
qui voudraient le voir relégué toujours au fond du
sanctuaire. Au cours du *Kulturkampf*, le clergé allemand a prouvé que l'esprit de sacrifice et l'héroïsme
de la vertu lui étaient aussi faciles que les débats
bruyants des meetings électoraux. Mais il n'a pas
pensé que son rôle finissait avec la résistance pas-
sive et il est resté partout sur la brèche, rivalisant
d'ardeur et de courage avec les éléments laïques du
Centre. Hitze, Schaedler, Mosler, Franz, Dasbach,
Winterer, pour ne citer que quelques noms, figurent
dignement à côté des Porsch, des Huene, des Lieber, des Bachem, des Ballestrem, et sur le terrain

économique, social, financier, ils montrent autant de compétence que leurs adversaires de gauche et de droite. Si le Centre est une *tour inexpugnable*, comme le disait Windthorst à l'époque du septennat, le clergé forme la garde vigilante qui en écarte l'ennemi et contribue à maintenir l'ordre, la discipline et la concorde dans la garnison.

§ 4. — LE CLERGÉ ET L'ACTION POLITIQUE.

Pour que tant de prêtres puissent triompher aux élections, on devine *a priori* l'activité qu'ils doivent déployer au moment du scrutin. En quoi consiste cette activité ? Comment le clergé engage-t-il la lutte et prépare-t-il la victoire ? La chaire de vérité est-elle transformée en tribune aux harangues ? Ce serait se tromper grossièrement que de s'arrêter à cette supposition ! A l'église, le curé reste avant tout l'homme de la prière. Quelques jours avant les élections, presque tous les évêques adressent à leurs ouailles une lettre pastorale pour leur rappeler leurs devoirs d'électeurs et leur recommander de choisir exclusivement des candidats catholiques. Le curé lit cette lettre en chaire, la commente en peu de mots, et là se borne d'ordinaire l'intervention électorale du surplis et de l'étole. Mais dès qu'il a quitté l'autel il revendique tous ses droits de citoyen. Il préside ou assiste à toutes les réunions électorales, prend la parole pour réfuter un adversaire, stimuler les faibles, ébranler ceux qui hésitent et ramener les récalcitrants. Partout où la population entière est catholique il est l'âme et le centre du mouvement. Il le prépare du reste de longue date par la diffusion de la bonne presse, par l'organisation des cercles ouvriers et des *Gesellenverein*, par la création des banques agricoles et populaires, en un mot par le maniement judicieux et désintéressé des œuvres sociales. Dans les localités mixtes, il déploie plus d'ardeur encore parce que le danger y est plus pressant. Il y a très souvent un prêtre qui se glisse dans les réunions électorales des adversaires, même dans celles des socialistes. Attentif à tout ce qui s'y dit, il est prêt à saisir le mensonge au bond et à étouffer la calomnie dans son antre même. La campagne électorale du mois de février 1890 a présenté maints exemples de ce genre ; j'en rapporterai deux qui me paraissent typiques.

Herbede est un village presque entièrement protestant de la circonscription de Bochum. Le candidat national-libéral, Mullensiefen, se rendit dans cette localité pour prononcer un discours-programme, et il ne trouva rien de mieux que de commencer par une violente tirade contre « les doctrines immorales des Jésuites ». Il comptait sur le succès de cette arme de gros calibre. Mais voici qu'un vicaire, l'abbé Vaechter, se lève tout à coup, demande la parole et pose hardiment à l'orateur les trois questions suivantes :

1° Avez-vous déjà vu un Jésuite ?

2° Avez-vous déjà assisté au sermon d'un Jésuite ?

3° Avez-vous déjà lu un livre de Jésuite ?

Mullensiefen se troubla, chercha une échappatoire et, ramené à la question par l'intrépide vicaire, il fut obligé de répondre négativement. L'abbé Vaechter obtint presque une ovation de cette assemblée à moitié protestante, et l'orateur libéral se retira furieux et confus.

Les Jésuites sont généralement le grand cheval de bataille des matamores libéraux. Leur « morale relâchée » sert de thème ou de prétexte aux élucubrations haineuses de la plupart des candidats.

A Duisbourg, une feuille libérale avait prétendu que les Jésuites enseignaient le soi-disant principe : « La fin justifie les moyens », et ce mensonge fut ressassé dans diverses réunions électorales. Aussitôt un vicaire, l'abbé Richter, publia la déclaration qu'on va lire :

1° « Si un professeur de la faculté de droit de Heidelberg ou de Bonn produit un ouvrage de Jésuite qui contienne ce principe sous une forme quelconque, je m'engage à lui payer 1000 marcks.

2° « Quiconque attribue cette monstruosité aux Jésuites, oralement ou par écrit, sans fournir les preuves, est un infâme calomniateur ».

Quoiqu'il fût renouvelé plusieurs jours de suite, le défi ne fut pas relevé, et les libéraux de Duisbourg en ont été pour leurs frais d'invention.

Dans les deux cas, la courageuse attitude d'un prêtre a sauvé la situation et soulevé des sympathies catholiques au sein des réunions destinées à combattre le Centre. C'est ainsi que, lors des élections, le clergé reste sous les armes jusqu'à la dernière minute et ne laisse rien à la fortune de ce qu'il peut lui enlever par une action énergique et une grande présence d'esprit.

Son éducation politique le rend merveilleusement apte à remplir sa tâche.

Un souvenir du congrès catholique de Fribourg expliquera ma pensée.

De superbes discours furent entendus au mois de septembre 1888 pendant les quelques jours que les catholiques allemands tenaient leurs grandes assises dans la Perle du Brisgau. Un des plus émouvants et des plus applaudis fut

prononcé par un jeune étudiant en théologie.
On sait qu'à l'occasion de chaque congrès catholique les corporations studianesques donnent une de
ces fêtes du soir appelées *Commers,* une de ces
« beuveries » qui allient harmonieusement les flots
d'éloquence aux flots de bière, réunions amusantes
et bizarres qui mettent la jeunesse en contact avec
les *philistins* (1) dans lesquelles les orateurs à cheveux blancs retrouvent les gaietés du jeune âge et
les *fuchslein* (2) les plus dissipés un éclair de gra-
vité, où Windthorst disait des bêtises comme s'il
n'avait eu que dix-huit ans et où quelque étudiant
imberbe parlait avec l'éloquence entraînante d'un
tribun. Ces *Commers* révèlent quelquefois des talents
oratoires qui s'ignoraient eux-mêmes et plus d'un
jeune homme a reconnu sa voie et entrevu son avenir pendant qu'il adressait la parole à ses nombreux
« *commilitons* » et à la foule des congressistes. Le
jeune théologien de Fribourg fit jaillir de son cœur
une harangue enflammée qui arrêta un instant le cli-
quetis des verres et arracha des bravos enthousiastes aux tables les plus dévotement vouées à Gam-
brinus. Je me trouvais à quelques pas de Windthorst, et je vois encore le sourire qui épanouissait
son visage à mesure que l'étudiant parlait et s'ani-
mait. A la fin, il se leva comme mû par un ressort
et monta à la tribune pour féliciter publiquement
l'orateur juvénile. « Votre place, lui dit-il, sera un
jour dans les rangs du Centre. Travaillez encore

---

(1) Les étudiants allemands appellent *philistins* tout ce qui
n'est pas ou n'est plus étudiant.

(2) *Fuchs : renard.* C'est le nom que porte un jeune étudiant
pendant l'espèce de noviciat qu'on lui fait subir avant de le
recevoir dans le « corps » ou la « corporation ».

une dizaine d'années et nous serons heureux de vous recevoir parmi nous ».

Les applaudissements de l'assistance soulignèrent le compliment et le pronostic. L'un était parfaitement mérité et l'autre ne manquera pas de se réaliser. Le congrès de Fribourg aura ouvert de larges horizons au jeune abbé, qui tout en partageant son temps entre la prière et l'étude de la théologie, trouvera moyen de rêver aux grandes luttes politiques engagées pour la gloire de Dieu et la défense de l'Église. Placé dans d'autres conditions, ce futur député n'aurait sans doute jamais rompu les liens qui enchaînaient les ailes de son âme. C'est au milieu suggestif des congrès que l'Allemagne catholique devra peut-être un de ses plus ardents champions de l'avenir.

Ce qui est vrai pour ce jeune ecclésiastique l'est pour bien d'autres à divers degrés. L'assemblée générale des catholiques et des congrès nationaux et provinciaux (l'an passé, j'en ai compté près de 30 en Allemagne) sont pour tous une excellente école où ils se forment aux devoirs de la vie publique. On s'en convainc facilement quand on voit cette jeunesse groupée autour de la tribune des congrès, s'échauffant à la parole des grands orateurs, et s'enthousiasmant pour les plus saintes causes. Le jeune rhétoricien, l'élève de philosophie, le théologien qui a suivi les séances de ces vastes assemblées, retourne au séminaire ou à l'université, l'âme toute émue des joutes oratoires dont il a été le spectateur, l'esprit imprégné des graves problèmes sociaux religieux et politiques qu'il a entendu discuter, et dans ses moments de loisir, au lieu de s'endormir sur quelque opuscule ascétique affadissant, il étudie les ouvrages d'un Hitze, d'un Ketteler, d'un Ratzinger, d'un Albertus, d'un Hertling, il médite les discours d'un Windthorst ou d'un Mallinckrodt et se prépare ainsi sérieusement à marcher sur les traces de ses aînés. Sans que ses études professionnelles en souffrent, l'année scolaire éveille en lui l'homme politique et l'homme des œuvres sociales. Au retour des vacances, sa première ambition sera de revoir le même spectacle, de raviver les mêmes émotions, de se retremper dans les mêmes flots de l'éloquence politique et plus d'une fois il montera lui-même à la tribune.

Le jour où ce jeune homme ordonné prêtre ira prendre sa place dans le clergé paroissial, loin d'être dépaysé, il sera au courant du mouvement social, politique et religieux et deviendra sans retard cet admirable instrument électoral que nous avons vu fonctionner. Il a tout ce qu'il faut pour se rendre maître de la situation, et il s'en rend maître le plus souvent. La *Kreuzzeitung* avouait après les dernières élections que le « clergé catholique a conservé toute son influence sur les populations ouvrières et sur les classes élevées ». Cela est vrai. Le prêtre allemand tient les ouvriers par les œuvres sociales auxquelles il s'est initié dès les bancs du séminaire. Les classes élevées, il les tient par le souvenir d'une éducation commune, par la familiarité des rapports quotidiens, par sa science sans cesse renouvelée, par l'échange fréquent des vues et des idées. Un curé ou un vicaire est-il envoyé dans une petite ville du diocèse qui lui est étrangère? Il y trouve des médecins, des juges, des magistrats, des fonctionnaires, des rentiers, et il reconnaît fréquemment des condisciples du gymnase et de l'université.

Les vieilles amitiés se renouent au Casino autour
de quelques verres de bière. Ceux-là même que la
marche des temps a entraînés vers le pôle du scepticisme sont obligés de respecter ce prêtre qui, sur
les bancs de l'école, leur était quelquefois supérieur par le talent et toujours par le travail et les
succès.

Grâce à cette formation large et pleine d'initiati-
ves, et grâce aussi à cet ensemble de conditions
spéciales que nous avons signalées, le clergé catholique *existe* en Allemagne. On l'aime et on le respecte ; on le déteste et on le craint ; on ne peut ni
l'ignorer ni l'exiler dans son presbytère.

Il défend l'Église sur la place publique et l'empêche ainsi d'être attaquée et écrasée au pied des autels même.

§ 5. — LA PRESSE CATHOLIQUE : LES HETZKAPLAENE OU LES PRÊTRES JOURNALISTES.

Je n'ai jamais mieux compris l'expression *église militante* qu'en voyant à l'œuvre les prêtres catholiques d'Allemagne. Ce sont vraiment des lutteurs incomparables, et sans parler de l'échec du *Kulturkampf*, les cinquante députés ecclésiastiques qui siègent dans les Parlements prouvent que ce sont souvent des lutteurs victorieux. Ils ont fait reculer le puissant chancelier de fer, et dans les provinces catholiques ils arrêtent aujourd'hui la marée montante de la démocratie sociale. D'où cette force est-elle venue au clergé allemand ? Quelles armes invincibles tient-il entre ses mains ? La principale de ces armes, on l'aura deviné, c'est la presse.

Mgr de Ketteler disait un jour : « Si saint Paul revenait sur la terre, il se ferait journaliste », et, à l'appui de cette parole, l'illustre évêque de Mayence est resté lui-même journaliste jusqu'à la fin de sa vie.

Je n'aurai pas la naïveté de m'étendre longuement sur la puissance du journal. De nos jours, il n'est plus personne assez candide pour la mettre en doute. Les Allemands ont eu dès le commencement de ce siècle un exemple saisissant de ce que peut un homme armé d'une plume et d'une feuille de papier. Dans son *Rheinische Merkur*, dont le premier numéro parut le 23 janvier 1814, le grand Gœrres a soulevé les pays germaniques contre Napoléon Ier, et rien ne saurait donner une idée de

l'effet immense produit par ce journal. Il fut traduit
en anglais, les peuples et les souverains l'écoutaient
avec ravissement, Blücher le lisait avant de se mettre à table. Gœrres était, comme le disait l'empereur, la cinquième grande puissance. On pourrait
dire que c'est ce journaliste qui a vaincu la France
à Waterloo.

Le souvenir de Gœrres est resté très vivant parmi les catholiques d'Allemagne. Quand l'heure des
périls eut sonné pour eux, leur première pensée fut
de multiplier les *Mercures rhénans* et de donner une
forte extension à leur presse. Cette presse existait
à peine comme un germe imperceptible durant la
première moitié de ce siècle. Ainsi en Prusse on ne
comptait encore qu'un seul journal catholique en
1822, c'est-à-dire huit ans après l'apparition du
Rheinische Merkur. Les grands évènements religieux
de 1837 et de 1844 ne modifièrent que fort peu la
situation, et à la révolution de 1848 les catholiques
prussiens possédaient quatorze feuilles en tout. Ce
chiffre s'accrut insensiblement, et en 1870 on atteignit la cinquantaine.

Les libéraux avaient sous ce rapport une avance
énorme, parce que leurs organes étaient lus dans
un grand nombre de familles catholiques. Suivant l'expression pittoresque de l'abbé Hiss, l'ancien rédacteur du *Badische Beobachter*, les catholiques tressaient eux-mêmes le fouet avec lequel on
les flagellait. Le *Kulturkampf* changea la face des
choses. Du premier coup le clergé comprit que la
résistance serait impossible sans le secours de la
presse, et il se fit journaliste.

Des centaines de prêtres taillèrent leur plume
pour défendre chaque jour ou chaque semaine la

cause de la liberté de l'Église. Plusieurs d'entre eux fondèrent des journaux avec le concours des laïques et en prirent la direction effective Quelques-uns devinrent célèbres dans leur pays par la vigueur de leurs polémiques, l'intrépidité de leur caractère et le nombre de mois qu'ils passèrent en prison. L'abbé Matzner, qui est en quelque sorte mort sous le harnais au mois d'avril 1891 et qui a encore composé son journal le jour même de sa mort, a fondé en 1872 la *Reichszeitung* de Bonn et en a fait un journal de premier ordre. La *Germania* de Berlin doit également son existence et sa prospérité à un prêtre. L'abbé Majunke, qui y entra en 1871, après avoir transformé la *Volkszeitung* de Cologne, lui imprima dès le début une impulsion vigoureuse qui la rendit redoutable aux adversaires. Majunke était un merveilleux journaliste, comme il devint plus tard un député éloquent et un remarquable historien. Il resta à la *Germania* jusqu'en 1878 et fut ensuite remplacé par un autre prêtre, l'abbé Franz, qui siège aujourd'hui au Reichstag. L'abbé Falkenberg entra à son tour à la *Germania* — les prêtres s'y passaient le flambeau, si je puis parler ainsi, — et il n'en sortit qu'il y a deux ans, sur l'ordre formel de son évêque.

A cette époque du *Kulturkampf*, nous trouvons des prêtres à la tête de tous les grands journaux catholiques (1). Un vicaire, l'abbé Schnettler, rédige

---

(1) Ce qui est vrai pour les journaux politiques l'est encore davantage pour les Revues et les autres feuilles. Sauf les *Historische-politische Blaetter* de Munich, toutes les revues importantes des catholiques ont été fondées et sont rédigées par des prêtres. Le *Katholik*, fondé en 1820 à Mayence par les abbés Raess et Weiss (devenus plus tard évêques de Stras-

(1872) la *Westphaelische Volkszeitung* de Bochum ;
l'abbé Oberdoerfer, la *Tremonia* (1876) de Dortmund ;
l'abbé Munzenberger, le *Dusseldærfer Volksblatt*
(1872) ; l'abbé Warrich, les *Wupperthaler Volksblaetter*
(1872) d'Elberfeld ; l'abbé Thissen, le *Nassauer Bote ;*
l'abbé Bœddinghaus achète (1871) et transforme le
Westphaelische Merkur de Munster ; l'abbé B. de Florencourt fonde (1873) la *Neisser Zeitung,* etc. Que
d'autres noms à citer encore ! Le vicaire journaliste
s'appelait légion, et il avait toute la puissance d'une
légion. L'abbé Dasbach, de Trèves, était à lui seul
une armée. Il n'avait pas trente ans quand il créa
une imprimerie et fonda deux journaux à la fois :
la *Trierische Landeszeitung* et le *Paulinus Blatt*, qui
tire aujourd'hui à trente-deux mille exemplaires.
En 1884 il y en ajouta un autre, la *Sant Johanner
Zeitung,* et trois ans plus tard un quatrième, la
Metzer Presse. En même temps qu'il dirigeait et rédigeait ces feuilles, il poussa en 1877 à la formation
de l'*Augustinus Verein,* une association qui a pour

---

bourg et de Spire), fut ensuite rédigé par Mgr Moufang et le
chanoine Heinrich et est aujourd'hui entre les mains de l'abbé
Raich. Les *Stimmen aus Maria Laach,* une revue littéraire,
historique, philosophique, sont rédigées par les Jésuites. La
Literarische Rundschau est rédigée par l'abbé Krieg, professeur à l'université de Fribourg ; le *Literarische Handweiser,* par
Mgr Hulskamp ; l'*Archiv für Literatur und Kirchengeschichte
des Mittel-Alters,* par le Dominicain Denifle et le Jésuite
Ehrle ; l'*Arbeiterwohl,* par l'abbé Hitze ; le *Christlich-so-
ciale Blaetter* (fondées par l'abbé Schings), par l'abbé Broix ;
l'*Annuaire philosophique de la Gœrresgesellschaft,* par l'abbé
Gutberlet ; la *Zeitschrift für christliche Kunst,* par l'abbé
Schnutgen ; l'*Archiv für christliche Kunst,* par l'abbé Keppler, etc. Je ne parle pas des revues exclusivement théologiques, qui sont, comme bien l'on pense, entre les mains du
clergé. Il en est de même des revues de musique sacrée.

but de favoriser et de développer la presse catholique en Allemagne. C'est le *Presskaplan*, — le vicaire-journaliste — par excellence, un des hommes qui savent le mieux remuer un pays et transformer une population.

L'effet de cette activité prodigieuse du clergé ne se fit pas attendre. Le *Presskaplan* devint la terreur des libéraux et de la bureaucratie. On n'avait pas prévu que la persécution pourrait aboutir à ce résultat. Dès 1880, c'est-à-dire pendant les huit années du *Kulturkampf* aigu, le nombre des journaux catholiques prussiens s'éleva de 50 à 109. Il est aujourd'hui de 150.

La presse catholique est la gloire du clergé allemand, sa force aussi et son espérance ! En tracer le tableau exact, c'est expliquer les évènements religieux des vingt dernières années, la fin du *Kulturkampf* et l'échec partiel du socialisme.

Dans toute l'étendue de l'empire d'Allemagne. les catholiques (1) disposent d'environ 450 organes : 420 à 425 rédigés en langue allemande, 17 à 18 en langue polonaise et 3 ou 4 en français (2). Ce chiffre paraîtra surtout considérable si l'on songe que les catholiques ne forment que le tiers de la population totale (17 millions), et qu'en général ils ne sont pas

---

(1) Tous ces journaux sont rédigés dans un esprit *vraiment catholique ;* ce ne sont pas des journaux *vaguement conservateurs* ou respectueux du catholicisme. La preuve, c'est que des feuilles comme le *Vaterland* de Munich ne sont pas comprises dans ce nombre, bien que le rédacteur en chef, le Dr Sigl, se targue du nom de catholique.

(2) Ce sont : le *Lorrain de Metz*, le *Passe-Temps d'Alsace-Lorraine*, la *Revue catholique d'Alsace*, excellente revue provinciale dont le directeur, l'abbé Delsor, a su faire un organe d'une valeur sérieuse.

favorisés du côté de la fortune. Il faudrait à ce compte que les catholiques italiens eussent près de 800 organes et les Français plus de 1000 !

Sur les 450 feuilles catholiques, il y a environ 300 journaux politiques, dont *huit* paraissent *deux fois par jour* (1) et dont un très grand nombre sont quotidiens. Les autres paraissent une, deux, trois ou quatre fois par semaine. Inutile d'ajouter qu'ils ont tous le nombre de lecteurs voulus. Parmi ces journaux, il s'en trouve *neuf* qui ont de 20.000 à 50.000 abonnés. Ce sont :

Essener Volkszeitung (22.000 — 6 fois par semaine), *Koelnische local-Anzeiger* (22.600 — 7 fois par semaine), *Christliche Familie* d'Essen (26.000 — hebdomadaire), *Paulinus Blatt* (32.000 — hebdomadaire), *Westphœlisches Volksblatt* de Paderborn (21.000 — 7 fois par semaine), *Leo* de Paderborn (47.000 — hebdomadaire), *Schwarzes Blatt* de Berlin (20.000 — hebdomadaire), *Katholisches Volksblatt* de Stuttgart (37 000 — hebdomadaire), *Katholisches Volksblatt* de Mayence (20 000 — hebdomadaire).

J'en compte *seize* qui ont entre 10.000 et 20.000 abonnés :

Rheinisch-Westphœlisch Volksfreund (10 500 — 6 fois par semaine), *Tremonia* (10.000 — 6 fois), *Munster Morgenanzeiger* (11.000 — 6 fois), *Neue Augsburger Zeitung* (16.000 — 6 fois), *Munchener Fremdenblatt* (12.000 — 14 fois par semaine), *Bayrischer Kurier* (16.500 — 7 fois), *Regensburger Anzeiger* (10.000 —

---

(1) Ce sont : *Echo der Gegenwart*, d'Aix-la-Chapelle ; *Deutsche Reichszeitung*, de Bonn ; *Germania*, de Berlin ; *Kœlnische Volkszeitung*; *Westphœlische Merkur*, de Munster ; *Munster Anzeiger*; *Fremdenblatt*, de Munich ; *Schlesische Volkszeitung*, de Breslau.

CATH. ALL. — 7.

7 fois), *Katholische Volksbote* de Carlsruhe (12.000).
Katholisches Wochenblatt de Bopfingen (15.000), *Wochenblatt* d'Augsbourg (17.000), *Eichsfelder Volksblaetter* (13.500), *Essener Volksblatt* (1) (12.000), *Gé-
néral-Anzeiger* de Düren (13 000), *Volksfreund* de
Strasbourg (17.000) (2).

La plupart des autres journaux ont de 4000 à
10.000 abonnés et, d'après une statistique publiée
par Keiter à la fin de l'année 1890, il n'en existe que
24 dont le nombre des abonnés soit au-dessous de
10.000. La situation de la presse catholique est donc
florissante dans toute l'acception du mot.

On évalue, — les renseignements sur lesquels se
basent mes calculs sont absolument dignes de foi,
— on évalue à plus d'un *million* le nombre actuel
non seulement des lecteurs mais des *abonnés :* environ 656000 en Prusse, 298000 en Bavière, 70000 dans
le Wurtemberg, 38000 dans le grand-duché de Bade,
et ainsi des autres provinces. Il y a dix ans, — en
1880, — le chiffre des abonnés ne s'élevait encore
qu'à 596000. Il a donc doublé dans cet intervalle si
court.

---

(1) On remarquera que la ville d'Essen, — où se trouvent les
célèbres usines Krupp, — a quatre journaux catholiques qui
ont ensemble près de 80.000 abonnés; aussi l'esprit des ouvriers est-il encore très bon et, comme je le rappelais, le député du Centre a obtenu 23600 voix, alors que le socialiste n'en
a eu que 3000. Cette corrélation prouve amplement l'importance de la presse catholique.

(2) Tous ces chiffres ainsi que ceux qui suivent se rapportent
au commencement de l'année 1890 Depuis lors, il y a eu partout des progrès réalisés. Comme preuve, je citerai l'exemple
du *Paulinus Blatt* de Trèves. La statistique à laquelle sont
empruntés tous ces chiffres marquait pour le *Paulinus Blatt*
28.000 abonnés. Aujourd'hui, c'est-à-dire dix-huit mois après,
il compte 32.000 abonnés.

En dépit des pronostics des libéraux protestants,
le progrès a été continu. Lorsque la persécution fut
sortie de la période des violences, on prédisait que
ce développement *factice* du journalisme catholique
ne tarderait pas à disparaître. On espérait, en effet,
que les lecteurs catholiques reviendraient paisible-
ment aux journaux comme la *Gazette de Cologne* et
tant d'autres. Pour ces prophètes, la déception fut
cruelle. Bien que la pacification religieuse eût gagné
du terrain d'année en année, les familles catholiques restèrent fidèles à leur presse ultramontaine.
On ne les vit pas, selon le mot énergique de l'Écri-
ture, retourner à leur vomissement, c'est-à-dire aux
journaux indifférents ou anticatholiques. A qui veut
s'en convaincre, il suffit de consulter le tableau
comparatif des feuilles cléricales en 1880 et en 1890.

En 1880, les catholiques allemands possédaient :

60 organes paraissant 6 fois par semaine et au delà.
38   —   3 fois par semaine.
42   —   2   —
46   —   1   —

En 1890, nous trouvons tous ces chiffres bien gros-
sis :

94 organes paraissant 6 fois par semaine et au delà.
48   —   3 fois par semaine.
55 organes paraissant 2 fois par semaine.
75   —   1   —

Si nous examinons en particulier chacun des pays
de l'empire, nous voyons que ce progrès a eu lieu
sur toute la ligne. Prenons, par exemple, comme
points de comparaison, deux contrées qui peuvent
servir de types, la Prusse et le grand-duché de
Bade.

En Prusse, le mouvement catholique était très

prononcé en 1880 et, à la même époque, le sommeil
de l'indifférence paralysait encore terriblement les
populations badoises. Quelle a été la marche de la
presse catholique dans l'une et l'autre durant ces dix
années? Il y a eu progrès sensible dans les deux.
Pour la Prusse, ie nombre des journaux quotidiens
est monté de 27 à 50, celui des journaux paraissant
3 fois par semaine de 21 à 24, celui des journaux paraissant 2 fois de 33 à 46, et celui des journaux heb-
domadaires de 43 à 53. Passons dans le grand-duché
de Bade. En 1880, les catholiques badois n'avaient
que 2 feuilles quotidiennes ; ils en ont 6 à présent.
Ils ont également créé 2 journaux paraissant 2 fois
par semaine et 1 feuille hebdomadaire. Ainsi, leur
presse politique est arrivée à 13 organes, de 5 qu'elle
avait il y a dix ans. Elle a presque triplé.

Le mouvement ascensionnel n'a pas été moins
sensible en Bavière, en Wurtemberg, en Alsace-
Lorraine. Un seul pays fait exception, le grand-duché de Hesse-Darmstadt. En possession de deux
journaux quotidiens il y a dix ans, les catholiques
hessois n'en ont plus qu'un aujourd'hui. S'ils ont
deux journaux paraissant trois fois au lieu de n'en
avoir qu'un, ils ont en revanche perdu une de leurs
feuilles semi-hebdomadaires. Il y a donc une légère
perte à enregistrer sous ce rapport — la seule en
Allemagne — et voyez comme l'indifférence ou le
relàchement momentané s'expie vite ! La province
de Hesse est la seule où les catholiques aient dû
céder un mandat aux socialistes lors des dernières
élections du Reichstag (1).

_____

(1) L'élection de Mayence est la contre-partie de celle d'Essen. A Essen, les catholiques ont une presse magnifique, et

A ce développement rapide de la presse catholique devait correspondre — la chose était inévitable — une décadence parallèle de la presse neutre ou hostile à l'Eglise. Les centaines de mille abonnés qui venaient au clergé renonçaient par le fait même aux journaux qu'ils avaient tenus jusqu'alors. Plusieurs de ceux-ci moururent d'inanition, d'autres subirent des pertes sensibles. Ce revirement excita chez les libéraux une haine féroce contre le *Presskaplan*. Ni injures ni déboires ne lui furent épargnés. Dans l'espoir de le perdre, ils l'appelèrent *Hetzkaplan* — vicaire instigateur — essayant ainsi de jeter le discrédit sur sa personne et sur son œuvre. Rien n'y fit. Comme ils avaient le pouvoir de leur côté, la violence fut appelée au secours de la ruse et des manœuvres clandestines. Les procès-verbaux pleuvaient dans les salles de rédaction où le vicaire rédigeait tranquillement et courageusement ses articles ou ses manifestes. Les amendes étaient devenues son pain quotidien, et la prison le guettait au détour de chaque colonne de son journal. Si l'on connaissait le nombre de mois que les vicaires journalistes ont passé sous les verrous on serait stupéfié. « Nos rédacteurs, disait l'abbé Schaedler au congrès de Coblentz, sont allés en prison. Hiver et été on leur a fait goûter la fraîcheur de Plœtzenser (1) et d'autres endroits charmants. Ils y ont fabriqué des cornets de papier et épluché des pois et des haricots ; mais ils n'ont pas courbé le front, pas même devant l'homme qui faisait plier tout le monde.

ils ont vaincu au scrutin du 20 février ; à Mayence, il y a eu un mouvement de recul, et les élections ont mal tourné.

(1) Célèbre prison.

C'est là notre amour et notre joie ! Toute notre reconnaissance aux vicaires journalistes ! » Il y a eu de ces vaillants qui chaque année revoyaient plusieurs fois la cellule que dans d'autres pays on réserve aux voleurs et aux assassins. Malgré ce régime d'une sévérité inouïe, ils n'ont pas tu une seule vérité qu'ils croyaient bonne à dire, ni étouffé une critique qui leur semblait nécessaire ou simplement utile. Quelques-uns y ont laissé la vie ; j'en connais d'autres qui y ont ruiné irrémédiablement leur santé. Mais du moment qu'il s'agissait des intérêts de la religion, aucun sacrifice ne coûtait au *Presskaplan*, et il répétait chaque matin au gouvernement — fût-ce au péril de sa vie — le *Non licet* de l'Évangile.

Tant d'abnégation héroïque éveilla naturellement chez le peuple l'amour d'une cause si admirablement défendue. C'est ce qui explique en partie le revirement que je viens de signaler. A l'origine cependant, comme bien l'on pense, les choses n'allaient pas toutes seules. Les catholiques allemands, qui, il y a quarante ans, n'avaient que dix journaux, venaient de fort loin. La diffusion de la presse cléricale rencontra d'abord une opposition tacite dont il est aisé de se rendre compte. Si on voulait faire comprendre à certaines familles catholiques françaises qu'au milieu des tristesses actuelles de l'Église il leur sied peut-être mal de lire et de payer des journaux comme le *Temps*, de préférer la *Revue des Deux-Mondes* à quelque excellente revue catholique, de tenir, à côté d'une seule feuille catholique — on a d'ailleurs soin de ne pas la lire sous prétexte qu'elle est *ennuyeuse* — une série d'autres journaux légers, sceptiques, antireligieux, en un mot de faire vivre avec leur argent la presse hostile à

leurs principes et de tuer par leur abstentionisme
celle dont elles prétendent partager les idées, si un
prêtre, dis-je, tentait une pareille démarche, il se
heurterait sans doute à plus d'un obstacle et risque-
rait d'être renvoyé à ses chères études théologiques.
En Allemagne, où la foi est très vive parmi les catholiques, la difficulté était moins grande, mais elle
existait dans une certaine mesure. Il fallut combattre plus d'une habitude invétérée, forcer des portes
qui se montraient réfractaires.

Ici encore le clergé fut à la hauteur de sa mission. Les curés et les vicaires multipliaient leurs
instances auprès de leurs paroissiens pour les obli-
ger à remplacer le journal libéral ou indifférent par
des journaux franchement catholiques. Ils n'avaient
de cesse qu'ils n'eussent introduit dans chaque foyer
ce prédicateur courageux qui s'appelle le journal,
prédicateur cent fois plus puissant que le prêtre en
chaire, parce qu'il parle tous les jours, exerce une
action continue, la seule efficace.

Ce que les démarches personnelles du clergé commençaient, les grands congrès catholiques s'efforçaient de le mener à bonne fin en faisant tomber
les dernières hésitations. Chaque année, l'un des
principaux discours de ces réunions est consacré à
la presse, et c'est toujours un orateur très populaire
qui se charge de rappeler aux congressistes leurs
devoirs envers la presse.

A Fribourg (1888), pour ne citer que les derniers
congrès, ce fut l'abbé Werber, le rédacteur de la
Freie Stimme de Radolfzell, qui parla du journalisme, et il eut dès le premier mot un succès énorme : « Je suis, dit-il, faisant allusion à son vaste
embonpoint, je suis un exemplaire assez bien réussi

du *Hetzkaplan* », et poursuivant sur le ton humou-
ristique, il insinua à ses compatriotes badois une
série de dures vérités. Sa voix ne cria point dans le
désert. La même année, quelques mois après le congrès, trois nouveaux journaux (1) furent fondés dans
le grand-duché de Bade et les journaux déjà exis-
tants virent tous augmenter le nombre de leurs
abonnés.

Un curé westphalien, l'abbé Klagges, reprit l'année d'après le même thème au congrès de Bochum,
et au mois de septembre dernier, l'abbé Schaedler
parla — au congrès de Coblentz — de la presse catholique comme on n'en avait jamais parlé.

Différentes de forme, de ton, de couleur, ces harangues se résument toutes en trois mots qui expri-
ment un triple devoir : *Aboniren, inseriren, corres-
pondiren.* Il faut *s'abonner* aux journaux catholiques
et repousser la presse libérale. Les *annonces* jouent
un grand rôle en Allemagne : on rappelle aux catholiques que c'est pour eux une obligation stricte d'envoyer leurs annonces à leurs propres journaux.
Enfin, — et ce dernier point regarde spécialement
le clergé, — tout curé est, suivant la parole de l'é-
vêque de Lintz, le correspondant né de sa paroisse.

A ces avertissements, les avocats de la presse
catholique en ajoutent un autre sur lequel ils insis-
tent encore davantage. Ils mettent en garde contre
la *presse neutre* (*die farblose Presse*), la presse inco-
lore. On trouve en Allemagne une foule de journaux

---

(1) *Echo von Baden-Baden* (1888), *Neus Mannheimer Volksblatt* (1889), *Linzgaubote* (1889). Tout récemment dans son numéro du 28 avril 1891, la *Germania* de Berlin rapportait une
correspondance du grand-duché de Bade qui signalait de nouveaux progrès de la presse catholique.

qui affectent de n'être pas hostiles au Saint-Siège, qui, pour attirer la clientèle catholique, n'hésitent même pas à faire de temps à autre l'éloge du Pape ou de Mgr Kopp, le prince-évêque de Breslau. Ces loups qui se cachent sous la toison de l'innocente brebis, sont plus dangereux que les ennemis déclarés. Le premier péril de cette presse *neutre* est, comme le disait l'abbé Schaedler, « d'enlever la lumière, l'air et la nourriture à la presse catholique ». On entretient un ennemi déguisé et on condamne à mort « un champion qui défendait nos intérêts religieux ». Ce n'est pas tout. Au fond, ce journal *neutre* n'est neutre qu'en apparence, et à l'heure des élections il jettera son masque et combattra hardiment le candidat catholique. Sa tactique est très simple. Il élimine d'abord le concurrent catholique qui meurt faute d'abonnés ; une fois seul maître de la place, il endort la vigilance de ses lecteurs en parlant sans cesse du rétablissement complet de la paix religieuse. Arrivent les élections ; le peuple, persuadé que tout est pour le mieux dans le meilleur des mondes, donne sa voix à n'importe qui et ne se soucie plus du Centre.

La presse *neutre* est une des dernières formes du *Kulturkampf*. On essaie d'assoupir et d'enivrer la garnison pour pénétrer dans la citadelle. Le clergé s'en aperçoit et de là cette campagne vigoureuse dirigée contre les journaux incolores aux congrès et dans les autres réunions publiques. Le cri de ralliement contre cet ennemi est le même que celui qu'on a poussé contre la presse antireligieuse et immorale: « A la porte, ce poison ! et remplacez-le par son antidote! »

Il y a quelques années un publiciste libéral disait

que la presse catholique était une musique militaire derrière laquelle les troupes cléricales étaient obligées de marcher au pas. La comparaison n'est pas faite pour déplaire au *Presskaplan*. Son ambition est en effet d'entraîner tout le peuple catholique derrière la fanfare rétentissante de ses 450 journaux et il réussira. Qu'il y ait encore des progrès à réaliser, la chose est certaine. L'abbé Schœdler l'a reconnu. « Malheureusement, disait-il à Coblentz, il est encore plus d'une maison catholique empestée par un mauvais journal. On cède à la force inerte de l'habitude ; puis on veut avoir l'air d'être dans le mouvement, sans compter l'attrait d'un feuilleton pimenté qui chatouille agréablement les mauvais instincts.

Cette dernière résistance finira aussi par être brisée comme les autres, et au congrès de Munich, c'est encore l'abbé Schœdler qui a indiqué la marche à suivre. Il concluait son discours en ces termes : « Serrons les rangs, les volontaires en tête, et soutenons notre presse catholique de tous nos efforts, *durch dick und dünn !* » C'est grâce à l'emploi persévérant de ce moyen que la presse catholique d'Allemagne *a triplé en vingt ans* et est devenue la première presse cléricale du monde, un instrument de règne d'une force incalculable, un objet d'envie même pour le pays qui porte le titre glorieux de Monarchie apostolique ou de Fille aînée de l'Église.

§ 6. — SOLUTION DE LA QUESTION SOCIALE.

Il y a quelque mois, la *Christliche Welt*, une revue protestante, laissait échapper cet aveu significatif : « Le domaine de l'Église évangélique est la vraie patrie de la démocratie sociale », et au lendemain des élections du Reichstag, le libéral *Berliner Tagblatt* reconnaissait que « jusqu'ici les vagues du socialisme se sont brisées contre le roc de l'Église catholique ».

Jamais hommage plus éclatant ne fut rendu par des adversaires à l'influence conservatrice du catholicisme. Nous venons de voir que cet hommage est pleinement justifié par le résultat des élections du Reichstag. Les provinces ultramontaines, même très industrielles, ont résisté à la propagande socialiste, alors que plus de soixante districts protestants (1) ont été fortement entamés par les idées révolutionnaires. Cette différence, je crois l'avoir suffisamment montré, a son explication d'une part dans la fécondité des principes chrétiens et de l'autre dans le rôle politique et social du clergé catholique qui sait traduire en actes les enseignements sublimes de l'Évangile. Comme le disait la *Kreuzzeitung* · « L'Église catholique s'entend mieux que le protestantisme à faire l'éducation du peuple

---

1. Il s'agit ici, comme dans tout ce qui précède, non pas du protestantisme en tant que confession chrétienne, mais du protestantisme négatif, incrédule, qui ne croit plus à la divinité du Christ. Malheureusement c'est celui de l'immense majorité des protestants d'Allemagne.

et elle exerce même sur les classes élevées une action très grande ». Il ne me déplaît pas de pouvoir formuler cet éloge et cette critique avec les paroles même d'un journaliste protestant. L'un et l'autre en acquièrent plus de valeur à nos yeux en même temps qu'ils ferment la bouche à nos détracteurs.

Victorieuse pour le présent, l'Eglise catholique saura-t-elle rester maîtresse de ses positions dans l'avenir et le socialisme ne parviendra-t-il pas à forcer ses retranchements ? Il y a un demi-siècle on a raconté « *comment les dogmes finissent* », et ces mêmes dogmes sont aujourd'hui plus vivants et plus forts que toutes les philosophies du monde pour assurer le maintien de la paix sociale. Sans être prophète, on peut prévoir que la pratique du christianisme sera également dans les temps futurs l'unique solution des graves problèmes qui troublent et inquiètent notre époque. Ce que l'on peut affirmer, en tous cas, c'est que l'Église catholique a fait ses preuves en Allemagne, en plein dix-neuvième siècle, et qu'elle les fera partout où son activité bienfaisante pourra se déployer librement. L'instruction à outrance, les réformes libérales, le système des assurances ouvrières imaginé par Bismarck, tous ces palliatifs du rationalisme contemporain n'ont servi qu'à éveiller des appétits inassouvissables et à hâter l'épanouissement du socialisme. Nous assistons à la banqueroute sociale de la philanthropie sans foi et de la morale sans Dieu. En s'éloignant du christianisme l'État moderne a fait fausse route. Le peuple, qui ne croit plus en Dieu, se dresse de toute sa hauteur pour demander une autre répartition des biens de la terre, et l'État n'a presque rien à lui offrir. Qu'est-ce en effet qu'une augmentation

de salaire, une diminution des heures de travail,
une pension plus ou moins dérisoire, quand il s'a-
git de calmer des convoitises démesurément gran-
dies par le spectacle du luxe et des plaisirs les plus
effrénés ? Un gouffre ne se comble pas avec quelques
grains de sable ! Otez Dieu et la justice de la vie
future, et la révolution sociale est la conséquence
forcée de notre situation économique, qui présente
le contraste douloureux de l'extrême richesse et de
l'extrême pauvreté.

Pour échapper à cette conséquence, il faut un
médiateur qui impose la charité inépuisable aux
uns et prêche la douce résignation aux autres. Ce
Médiateur, nous le connaissons ; c'est le Christ qui
a maudit le mauvais riche et vécu pauvrement dans
l'échoppe d'un ouvrier de Nazareth. Celui-là seul
empêchera les millions de prolétaires de se ruer sur
la société, qui a dit aux pauvres : « Venez à moi
vous tous qui vous fatiguez au travail et portez un
fardeau, et je vous ranimerai. Prenez mon joug, il
est doux et mon fardeau est léger ».

Nous avons beau nous raidir, il n'y a qu'une solution possible à la question sociale ; c'est l'admirable
Sermon sur la montagne, et il faut ajouter que l'Église
catholique seule a su et sait faire accepter au prolétariat ce mystère des Béatitudes qui met, en quelque sorte, dans le sacrifice et la souffrance d'ici-bas
la condition de la félicité éternelle : « Bienheureux
ceux qui sont pauvres, ceux qui pleurent, qui ont
faim et soif, qui sont pacifiques, car ils seront appelés les enfants de Dieu ».

CHAPITRE III

LES OEUVRES CATHOLIQUES

ET LE

ROLE SOCIAL DU CLERGÉ

CHAPITRE III

LES ŒUVRES CATHOLIQUES ET LE RÔLE SOCIAL DU CLERGÉ EN ALLEMAGNE

On reconnaît l'arbre à ses fruits, l'homme à ses œuvres. Le figuier que rencontra un jour le Christ présentait un brillant feuillage et une apparence magnifique ; mais il avait un vice radical qui le fit condamner : il était stérile. Les paroles sans les actes ressemblent au figuier de l'Évangile. Si le clergé catholique d'Allemagne se contentait de prononcer de beaux discours et d'écrire des articles de journaux, si son action politique n'était pas appuyée sur son action sociale, il ne jouerait pas le rôle que nous lui voyons jouer. Ce qui fait sa force ce sont ses œuvres. Quand il se présente au peuple pour l'enrôler sous les étendards de l'Église, il est sûr d'être écouté, car il peut lui dire : « Je suis ton ami et ton bienfaiteur. Toi, paysan, je t'ai arraché aux griffes de l'usurier ; toi, artisan, j'ai veillé sur ton adolescence, ta jeunesse a été l'objet de ma plus tendre sollicitude, je suis avec toi à tous les moments de la vie ! Et toi, ouvrier industriel, regarde les nombreuses institutions que j'ai créées pour toi ; pour laquelle de ces œuvres me repousserais-tu » ? Et le peuple allemand ne repousse pas ses prêtres. Il les aime, il les honore, il les charge d'aller défendre à Berlin ses droits et ses intérêts ; il est prêt à partager avec eux le pain de la misère comme on l'a vu pendant le *Kulturkampf*. Sans doute les agitateurs révolutionnaires essayent d'ébranler l'autorité du prêtre, de ruiner son prestige, de saper son influence. Ce sont de redoutables rivaux, parce qu'ils ont des complices au fond de tout cœur humain. Mais le peuple catholique finit toujours par triompher de leurs assauts. Il demande des œuvres aux socialistes, et ceux-ci ne savent lui offrir que des promesses chimériques. Leurs véhémentes diatribes contre le capital n'ont aucun point d'appui dans la réalité : elles flottent dans le vide. Les ouvriers catholiques s'en défient. Ils comparent à cette vaine agitation l'activité féconde de leurs prêtres et leur choix est fait. Ils se rangent du côté de leur clergé.

Le prêtre allemand mérite cet amour et cette confiance. Il est l'homme du peuple sur le terrain politique, nous l'avons constaté dans le chapitre précédent ; il l'est encore davantage sur le terrain social. Après l'avoir vu dans les Chambres, aux congrès, au milieu des luttes électorales, entre les quatre murs des bureaux de rédaction, il sera intéressant d'étudier ses œuvres sociales. Le mouvement économique de notre temps a soulevé de graves problèmes qui mettent en péril l'organisation actuelle de la société. Quelle est l'attitude du clergé en face de ce nouvel ordre de choses ? Quels remèdes a-t-il à proposer ? Quelles sont les solutions qu'il apporte ? Questions importantes entre toutes et auxquelles nous tâcherons de répondre dans les pages qui vont suivre, en montrant ce que le clergé catholique fait pour les populations agricoles, pour les artisans et pour les ouvriers industriels !

I

Le clergé et les paysans.

§ 1. — SITUATION ACTUELLE DE L'AGRICULTURE.

Il n'y a pas de pire métier que l'agriculture, disait Rabbi Éléazar, il y a quelque mille ans. Ces
paroles pourraient servir d'épigraphe à l'histoire
des paysans de notre époque. Depuis un quart de
siècle environ leur situation n'a fait qu'empirer
dans tous les pays de l'Europe. On est presque tenté
de dire que leur décadence a été en raison directe
du développement progressif de l'industrie et du
commerce. Pendant que les industriels se multipliaient et multipliaient leurs millions, les paysans
se ruinaient, désertaient la campagne et allaient
grossir les rangs du prolétariat des grandes villes.
D'innombrables familles ont été déracinées, et ce
sont autant de foyers perdus pour la civilisation,
autant de recrues prêtes à passer à la grande armée
du socialisme.

En Allemagne, le mal est aussi intense que partout ailleurs. En 1882 les paysans constituaient encore 48,28 pour 100 de la population totale, et c'é-
tait déjà un recul sensible si l'on comparait ce chiffre à celui des recensements antérieurs. D'après un
article des *Historisch politische Blœtter*, le dernier recensement du 1er décembre 1890 a montré que le
mouvement de décroissance n'a fait que s'accentuer
— la proportion ne serait plus que de 42,50 pour

100 — et les statisticiens en conçoivent de vives inquiétudes. Le *Deutsche Landwirthschaftsrath* constatait en 1884 que « la propriété agricole se trouvait en majeure partie dans des conditions fort critiques ». — « Dans le nord-est, disait le rapport, il y a une tendance marquée vers la formation des *latifundia*, et dans le sud-ouest vers le morcellement excessif de la terre ». Les deux tendances sont également funestes aux paysans; elles sont un symptôme alarmant qui prouve que cette classe de la société — la plus importante au point de vue social — périclite sur toute la ligne.

Les paysans sont de moins en moins maîtres du sol qu'ils fécondent de leur travail et de leurs sueurs. Bien que les statistiques soient encore incomplètes, les évaluations des économistes sont effrayantes. Preser (*Erhaltung des Bauernstandes, Leipsig*, 1884) croit que la « patrie allemande » est endettée pour 80 pour 100 de sa valeur vénale. Jæger (*Agrarfrage der Gegenwart*) arrive après de nombreuses recherches à la conclusion suivante : « On ne se trompera guère en admettant que dans l'empire d'Allemagne l'agriculture est grevée de charges hypothécaires pour une somme de 10 milliards. Elle est donc obligée de payer au capital un tribut annuel de 500 millions ». Un autre économiste Stœpel (*Freie Gesellschaft*) va plus loin et déclare qu'il faut doubler ces chiffres, et que les intérêts payés annuellement par l'agriculture sont d'un milliard. Le baron de Thungen est du même avis, et le docteur M. Fassbender, auquel j'emprunte ces données, conclut en disant que dans tous les cas le mal dont souffre l'agriculture est profond. Les dettes dévorent le paysan : voilà le cri de détresse poussé par tous ceux qui se

sont livrés à une enquête agricole. Le 1er décembre
1887, le ministre de l'agriculture annonçait à la
Chambre prussienne que pour le seul exercice 1886-
87 les registres des hypothèques marquaient une
augmentation de 156 millions de dettes grevant le
sol. De tels chiffres se passent de commentaires et
en disent plus long sur la détresse de l'agriculture
que les plus éloquentes réflexions.

Les causes de cette crise sont multiples, et quand
on les examine de près on ne s'explique que trop la
ruine des paysans. Une des premières ce sont les
charges écrasantes que l'État et la commune font
peser sur les propriétés foncières. Les impôts aug-
mentent d'année en année parce que les préparatifs
militaires engloutissent des centaines de millions et,
proportion gardée, les paysans sont obligés de payer
plus que les autres classes de la société. A côté de
ces redevances variées il y a l'impôt du sang et celui-
là aussi atteint plus spécialement l'esclave de la glèbe.
L'industrie avec les vices ou les privations qui l'ac-
compagnent affaiblit la race ouvrière des villes et
la statistique des conseils de révision montre qu'on
réforme un grand nombre d'ouvriers industriels. Ce
sont les robustes fils de paysans qui servent sous les
drapeaux à leur place.

Le service militaire obligatoire frappe doublement
les populations agricoles. Lorsque l'ouvrier industriel est enrégimenté, sa famille le plus souvent n'a
pas à en souffrir ; car il s'émancipe avant sa vingt-
et-unième année et partage rarement son salaire
avec ses parents Ces derniers ne perdent donc rien
par le départ de leur fils. Toute autre est la condition du jeune paysan. Lui est presque toujours le
soutien de sa famille. S'il est appelé sous les armes,

il est indispensable de le remplacer par un domestique qui coûte fort cher, et, de plus, il faut lui
envoyer des vivres au régiment. Il en résulte donc
pour le paysan une dépense extraordinaire d'au moins
600 francs, et chez un bon nombre cette somme est
le point de départ de dettes dangereuses et quelquefois de la ruine. Par les milliards qu'il absorbe et
par l'universalité du service personnel qu'il impli-
que, le militarisme a été et est encore le grand fléau
de 'agriculture. Ce n'est pas tout. L'Etat multiplie
en quelque sorte les tentacules qui saisissent et étrei-
gnent le paysan et finissent par l'épuiser et le ruiner. Aux impôts directs se joignent les droits que
réclament l'enregistrement, les hypothèques, les
frais énormes de procédure, etc. Et comme si ce
n'était pas assez, les assurances obligatoires sont
encore venues augmenter les charges de la terre et
mettre le sceau au système d'épuisement. — Une
autre plaie de l'agriculture c'est la chèreté de la
main-d'œuvre. Tout le monde constate que les ouvriers agricoles deviennent chaque jour plus rares.
Quand arrive l'époque de la fenaison ou de la moisson le paysan a de la peine à trouver les journaliers
nécessaires à la rentrée de ses récoltes. Il est forcé
de les attirer par de gros salaires et encore n'y réus-
sit-il pas toujours, même à ces conditions onéreuses. Autrefois chaque village fournissait aux paysans
le nombre d'ouvriers voulu. Les conditions sociales
ont changé. Les familles d'ouvriers agricoles se sont
laissé séduire par les avantages que leur offrait l'industrie. Ils ont émigré vers les grandes villes où,
en échange du salaire un peu maigre que leur offrait
l'agriculture, ils trouvaient un travail régulier et
très rémunérateur.

Ajoutons que les progrès mêmes de l'exploitation scientifique ont conduit à cette situation. Les machines agricoles sont une admirable découverte. Il n'en est pas moins vrai qu'à certains égards elles ont été funestes non pas à l'agriculture mais aux paysans. L'affirmation paraît paradoxale ; elle est au contraire très fondée. Prenons un cultivateur dont les terres exigent l'emploi de trois ouvriers. Jadis il avait trois journaliers qui se contentaient de salaires assez modiques, car ils avaient du travail chez lui toute l'année. L'été ils étaient occupés aux champs et l'hiver ils battaient le blé. L'adoption des machines agricoles a complètement modifié l'économie de la ferme. Le paysan n'occupe plus ses trois ouvriers qu'un nombre de semaines restreint. La batteuse et les autres instruments diminuent énormément le travail manuel. Là où trois ouvriers étaient employés pendant douze mois ils ne le sont plus que pendant cinq ou six. Pour compenser le long chômage, auquel les condamne la machine, ils triplent leurs exigences. En réalité, le paysan débourse plus pour ses ouvriers qu'autrefois, et il a en outre la dépense de l'achat et de l'entretien du matériel d'exploitation.

Au lieu d'être compensé par quelque avantage palpable, ce surcroît de frais est aggravé par une diminution sensible de la valeur des produits agricoles. La concurrence des blés américains a porté un coup très rude à l'agriculture allemande. Les terres vierges du Nouveau-Monde produisent sans engrais et sans grands débours des quantités énormes de blé dont on inonde les marchés européens. Impossible de lutter contre cet ennemi redoutable, et les droits d'entrée actuels protègent le paysan

d'une manière insuffisante. La spéculation juive
aidant, le prix du blé allemand reste toujours si
bas que la culture des céréales cesse d'être rému-
nératrice.

Beaucoup plus de dépenses et un peu moins de
revenus que par le passé : tel est le bilan du budget d'un grand nombre de domaines ruraux. Ce
déficit, il faut le combler pour vivre. Le paysan est
obligé de recourir au capitaliste, soit en emprun-
tant une certaine somme, soit en acceptant à crédit les marchandises dont il a besoin. Dès lors la
porte est ouverte à l'usure. « Le crédit, disait récemment l'abbé Kohler, un prêtre alsacien qui a
beaucoup étudié cette question, le crédit est la
carte d'entrée qui autorise l'usurier à pénétrer chez
le paysan ; c'est la corde avec laquelle il étrangle
les familles ». L'usure est la cause la plus fréquente
de la ruine du paysan germanique. En Allemagne,
l'usurier est presque toujours le juif. Dans l'espèce
c'est la catégorie la plus dangereuse. Le juif ne se
contente pas de prendre dans ses filets ceux qui
viennent à lui. Il va trouver le paysan à domicile,
s'initie à toutes ses affaires, étudie ses faiblesses,
surprend ses secrets, et quand il suppose que la
proie est prête, il fond sur elle et la dévore. On
pourrait le comparer à l'araignée blottie dans un
coin de sa toile et qui se précipite sur le mouche-
ron dès qu'il a l'imprudence de s'aventurer dans le
piège. Au petit cultivateur il offrira une vache, un
champ, des semences, de l'argent. Si le malheureux
accepte il lui fait signer un billet et dans quatre-
vingt-dix cas sur cent le paysan est perdu sans
retour. Insensiblement, il devient la chose de l'usurier israélite. Il ne peut plus ni acheter ni vendre

sans le consentement ou sans l'intermédiaire du
juif. A celui-ci appartient tout ce qui mûrit sur
ses terres, tout ce qui grandit dans ses étables. Le
veau, la paire de bœufs, le grain des moissons,
c'est le juif qui en dispose à son gré. Le servage du
treizième siècle n'était que jeu au prix de cette dé-
pendance odieuse sous laquelle gémit le paysan
endetté. S'il fait mine de vouloir disposer comme
bon lui semble d'un poulet ou d'un mouton, le juif
arrive avec sa créance et en exige de suite le montant. Cette menace brise toute l'énergie du débiteur
et il passe sous les fourches caudines de l'usurier.
Il faut avoir assisté à ce spectacle douloureux pour
se faire une idée de la tyrannie qu'exerce le juif
dans les villages allemands. Il faut avoir vu le
monstre à l'œuvre pour s'expliquer comment plusieurs milliards de dettes hypothécaires grèvent
aujourd'hui le sol germanique. La crise économique
que nous traversons a naturellement favorisé les opérations financières du juif. Il y voyait l'avènement
d'un véritable âge d'or. Plus le paysan était malheureux, plus il avait prise sur lui. L'extension effroyable de l'usure était le terme fatal auquel abou-
tissaient les difficultés des populations agricoles.

Le mal était immense. Si l'on feignit d'abord de
ne pas s'en apercevoir, si la finance juive réussit
longtemps à dissimuler le chancre attaché au flanc
de la société moderne, le nuage ne tarda pas à cre-
ver sous la pression des évènements. La misère du
paysan éclata au grand jour. On en fut terrifié.
L'aristocratie, les Chambres, le gouvernement se
préoccupèrent sérieusement de sa situation. Le
frémissement d'une généreuse émulation courut à
travers tout le corps social.

Le clergé se distingua au premier rang parmi les avocats et les bienfaiteurs du paysan ! Issu du peuple et vivant au milieu du peuple, il avait de bonne heure constaté et dénoncé le mal et il l'a dès lors combattu dans la limite de ses ressources. Lorsque tout le monde entra dans le mouvement, son zèle fut loin de se ralentir. Dans les Parlements les députés ecclésiastiques furent les plus ardents à demander la protection de l'agriculture. Ils intervinrent partout où le danger était imminent et où le secours pouvait être le plus efficace.

§ 2. — LE « BAUERNVEREIN » WESTPHALIEN

Ce qui pèse lourdement sur le paysan, ce sont les dettes, c'est l'usure ; ce qui lui manque par-dessus tout c'est l'argent, le crédit. Afin de remédier à cette situation les catholiques allemands ont créé une œuvre admirable, les *Associations de paysans* avec tout ce qui gravite autour. La première de ces associations est née sur le sol de la Westphalie et elle doit son origine au baron de Schorlemer-Alst, l'un des plus vaillants chefs du centre allemand. Les commencements de cette œuvre furent très modestes. Le 10 juin 1862 le baron de Schorlemer-Alst créa dans le *Kreis* de Steinfurt une association composée de 37 membres qui s'engageaient à s'entr'aider mutuellement dans la sphère de leurs intérêts religieux, sociaux et matériels. On demanda les droits corporatifs qui furent refusés. Le mauvais vouloir du gouvernement n'empêcha point le *Verein* de fonctionner avec succès et de susciter plusieurs sociétés analogues. Comme en 1871, le ministre menaça de les placer sous la surveillance de la police, sous prétexte qu'on y faisait de la politique ; le baron de Schorlemer-Alst para le coup par une manœuvre habile. Il provoqua la dissolution volontaire de tous les *vercine* et quelques semaines plus tard il réunit 2000 paysans à Munster et fonda le *Westphœlische Bauernverein.*

L'œuvre du « Roi des paysans » — c'est le titre que lui décerna la reconnaissance publique — compte aujourd'hui plus de 30,000 adhérents et elle

a servi de type à une dizaine d'autres qui ont surgi
dans les différentes parties de l'Allemagne. On peut
dire sans exagérer que ces associations ont été
d'un secours inappréciable à l'agriculture allemande, car elles ont arraché à une ruine certaine
des miliers de paysans. Quelques mots sur leur
but, leur organisation, leurs résultats, permettront
de juger de leur importance sociale. A l'assemblée
générale du 7 juin 1887 les statuts de l'association
ont reçu la forme suivante qui n'a pas été modifiée
depuis.

But.

Le but du *Westphælische Bauernverein* (dont le siège
est à Munster) est d'unir en une société les posses-
seurs fonciers pour les relever moralement, intel-
lectuellement, matériellement, pour les constituer
en une puissante corporation rurale qui puisse défendre l'existence de la possession foncière.

Moyens.

a) Pour atteindre ce but, les membres de la Société se réunissent en assemblée, délibèrent ensemble sur leurs intérêts, étudient les moyens d'écarter
ce qui est nuisible à la possession foncière, d'éli-
miner les mauvaises habitudes, les abus et les dépenses successives.

b) La Société favorise la diffusion des connaissances utiles à l'agriculture.

c) Elle s'efforce de concilier les intérêts contradic-

toires, termine à l'amiable les différends et les procès, principalement à l'aide des *Vergleichsœmter*
(bureaux d'accommodement) et des tribunaux d'arbitrage créés par elle.

d) Elle fonde des institutions d'utilité publique
qui rendent service à la propriété foncière et à
l'agriculture, telles que les établissements de crédit,
les assurances, les sociétés coopératives.

e) Elle s'efforce d'empêcher l'endettement, le
morcellement, la vente de biens des paysans.

Pour faire partie de l'association il faut : 1) appartenir à l'une des deux confessions chrétiennes, en
remplir les devoirs, mener une vie morale et sobre ;
2) être majeur et jouir de ses droits civils ; 3) avoir
une propriété foncière en propre et exercer l'agriculture.

Les fermiers, les usufruitiers et les intendants
d'un domaine, ainsi que les frères et fils d'un pro-
priétaire dont ils cultivent l'héritage, et dont on
peut espérer qu'ils favorisent les intérêts de l'association, peuvent devenir membres au même titre
que les précédents.

Sur la proposition du comité directif l'assemblée
générale peut adopter comme membres honoraires
des hommes qui ont rendu des services signalés à
la propriété foncière.

Direction.

L'association est dirigée par un comité renouvelé
tous les trois ans. Ce comité comprend un président, deux vice-présidents et un certain nombre de
conseillers nommés par le suffrage de tous les mem-

bres. A côté de ce comité il y a une commission élue
de la même manière.

Cotisation.

Chaque membre du *Verein* verse 1 fr. 25 annuellement.

Telles sont les principales dispositions du *Westphœlische Bauernverein*. Les créateurs de l'Œuvre,
il est facile de le voir même par cette analyse rapide, ont clairement aperçu le mal et ils ont courageusement saisi le taureau par les cornes. Rester
ou redevenir chrétiens, maintenir les vieilles traditions, en même temps profiter des avantages économiques et scientifiques que les progrès modernes
offrent à l'agriculture, le salut du paysan est à ce
prix.

Ce programme de l'Association avait été conçu
de bonne heure par le baron de Schorlemer-Alst et
ses amis. Breuker de Kirchheim, qui avait créé
l'une des premières réunions westphaliennes, disait
en 1870 : « Notre point de vue est le point de vue
chrétien : notre but est la représentation des intérêts de la propriété foncière ; nos moyens, la discussion et l'élucidation de toutes les questions y relatives. Personne ne doute que notre société ne soit
sérieusement malade. L'évolution moderne renverse ses fondements. Elle détruit la famille par la
substitution du mariage civil au mariage religieux.
Elle veut extirper le christianisme en instituant
l'école non confessionnelle à la place des écoles con-
fessionnelles... Nous résisterons de toutes nos for-

ces à cette évolution et nous maintiendrons énergiquement notre ordre de paysans westphaliens qui
est la gloire et la force de notre province, le solide
rempart de l'État et de la société. Un ordre de paysans chrétien, libre, indépendant, éclairé, jouissant
du bien-être, mais compact et fidèle aux mœurs
de ses pères, voilà le programme que nous inscri-
vons sur notre drapeau ».

Breuker, qui rédigea plus tard le *Westphaelische
Bauer,* l'organe de la Société, avait déjà développé
ces idées dans un écrit remarquable publié en 1869
sous le titre de : *Buer et is Tied,* « *Paysan, il est
temps!* » et qui produisit une vive émotion dans les
milieux ruraux. Il fut l'un des collaborateurs les
plus intelligents du baron de Schorlemer-Alst.

Le *W. Bauernverein* a rendu à l'agriculture des
services dont la seule énumération exigerait un
long chapitre. Il a contribué à faire modifier d'une
façon très avantageuse les lois successorales. Par
une série de pétitions adressées aux Chambres et
au gouvernement, il a provoqué un grand nombre
d'excellentes mesures relatives aux impôts, aux
droits d'entrée, à la prohibition des lettres de
change, aux lois contre l'usure, aux caisses de toute
sorte. En même temps il s'est entendu avec les compagnies d'assurance contre l'incendie, la grêle, avec
les assurances sur la vie, et il a obtenu des primes
exceptionnellement favorables. Depuis 1883, à tout
cela est venu s'ajouter une vaste société coopérative
pour l'acquisition des engrais chimiques, des aliments nutritifs, des semences, des instruments
agricoles, etc. Les membres du *Verein* peuvent acquérir presqu'à moitié prix tout ce dont ils ont besoin pour la culture rationnelle de la terre. Et

comme les achats sont soumis à une expertise très sévère d'une commission spéciale, les marchandises livrées sont toujours de première qualité. A l'aide de cette organisation le *W. Bauernverein* a sauvé d'un désastre des centaines de paysans westphaliens et préservé de la gêne des milliers d'autres. Il a bien mérité de la société et de la patrie.

Je ne me suis pas écarté de mon sujet en parlant de la création et du développement de l'œuvre du baron de Schorlemer-Alst. Si le clergé n'a pas pris l'initiative sur ce terrain il est intervenu très efficacement lorsqu'il s'est agi de gagner des associés au *Verein*. Le paysan est en général très lent à adopter des réformes et à se laisser prendre dans un engrenage. Moitié routine, moitié défiance naturelle, il résiste à ceux qui, dans son intérêt, essaient de modifier ses habitudes. Les curés westphaliens, qui comprirent sans peine l'utilité de l'œuvre entreprise par le Roi des paysans, secondèrent énergiquement les efforts de l'illustre pionnier. Le clergé tendant la main à la noblesse pour venir en aide aux paysans, quel plus beau symbole des harmonies sociales !

§ III. — LE « BAUERNVEREIN » IE TRÈVES ET L'ABBÉ DASBACH.

Les succès du baron de Schorlemer-Alst excitèrent une généreuse émulation parmi les catholiques allemands. De toutes parts on vit naître des associations de paysans copiées sur celle de la Westphalie. Une des plus intéressantes et par son origine et par sa rapide expansion est sans conteste celle du pays de Trèves. Le *Trierische Bauernverein* est l'œuvre d'un prêtre dont le nom s'est déjà rencontré sous ma plume, je veux dire de l'abbé Dasbach, le célèbre redresseur de torts des pays rhénans, la terreur des Juifs et des libéraux. Dasbach, qui est membre du Landtag prussien et qui finira par forcer les portes du Reichstag, est entré dans la vie publique par la presse. Il était encore tout jeune quand éclata le *Kulturkampf* et cette lutte religieuse lui fut une occasion de déployer ses maîtresses facultés. En 1875 il fonda coup sur coup le *Paulinusblatt* qui tire à 38.000 exemplaires, et la *Trierische Landeszeitung* qui compte 3000 abonnés. Un peu plus tard l'infatigable champion de la cause catholique fit paraître à Linz sur le Rhin la *Rhein und Wied Zeitung*, à St-Johann la *St-Johanner Volkszeitung*, à Metz, la *Metzer Presse*. Non content de créer lui-même des journaux il poussa ses amis dans la même voie et les soutint de son argent et de ses conseils. Le *Pfælzer Volksbot* de Kaiserslautern et la *St-Ingerberte Zeitung* sont en partie son œuvre. Ces 6 ou 7 journaux qui ont certainement plus de 60.000 lecteurs constituaient une véritable puissance. Dasbach en profita pour défendre et protéger les faibles et les opprimés. Durant la persécution religieuse il encouragea et organisa la résistance. Une fois Bismarck sur le chemin de Canossa, il tourna ses armes contre d'autres ennemis et prit en main la cause des paysans et des ouvriers.

Le pays de Trèves a le triste privilège d'être particulièrement rongé par l'usure juive. Là le sémite aux âpres convoitises régnait longtemps en despote au milieu des populations rurales. Les paysans étaient les serfs du parasite hébreu qui, sous prétexte de négoce, exerçait les métiers les plus abominables. L'abbé Dasbach dénonça plusieurs fois ces manœuvres dans les journaux qu'il dirige. Un procès en diffamation qui lui fut intenté par l'un des coupables le mit à même de faire une vaste enquête dans la province. Il découvrit des monstruosités révoltantes. Les Juifs pratiquaient l'usure sous toutes les formes. Au paysan qui leur empruntait 100 francs ils faisaient signer un billet de 150 francs et même de 200 francs payable dans 3 mois. A l'échéance le malheureux ne pouvait pas rembourser, et l'usurier lui renouvelait l'effet; seulement la dette s'élevait à 300 francs. Ainsi un pauvre diable qui en réalité n'avait reçu que 100 francs reconnaissait en devoir 250 et 300 au bout de quelques mois.

L'abbé Dasbach trouva de nombreux cas de ce genre. Il en consigna plusieurs dans une brochure très intéressante intitulée : *L'usure dans le pays de Trèves.* Les publicistes français qui, comme M. Leroy-Beaulieu, prennent si chaudement la défense du

pauvre agneau juif, ne sauraient assez lire ce petit
livre. Ils verraient qu'Israël n'est pas aussi innocent qu'ils sont tentés de le croire, et qu'en Allemagne surtout (et en Autriche), il se livre à des tripo-
tages qui pourraient justifier et légitimer toutes les
réactions. L'abbé Dasbach s'aperçut bien vite que,
pour réagir contre le fléau de l'usure, il fallait
grouper les paysans et opposer à la ligue des ex-
ploiteurs la ligue des exploités. Dans une réunion
populaire tenue à Neuhaus le 10 février 1884 il fit
décider la création du *Trierische Bauernverein*, et le
6 avril suivant les statuts de l'association furent
définitivement adoptés et le bureau constitué. L'abbé
Dasbach fut nommé secrétaire et caissier, et un
autre prêtre, l'abbé Stolzenberger, curé de Wald-
bach, premier vice-président. A la réunion annuelle
du 9 août 1891 les membres du *Verein* durent procéder à la réélection du bureau. Le premier président, le député Limbourg, étant mort, on proposa
comme successeur l'abbé Dasbach. Il fut élu par
acclamation ; cette assemblée de paysans voulut par
ce vote témoigner sa reconnaissance à ce vaillant
prêtre auquel ils sont redevables de tant d'excellentes institutions. L'abbé Stolzenberger fut maintenu
dans sa charge de vice-président. C'est dire assez
que le clergé joue un rôle prépondérant dans le
Bauernverein de Trèves.

Dasbach trouva d'excellents soutiens dans ses
collègues du clergé. Tous prirent à cœur de tendre
la main aux victimes de l'usure. Ils expliquèrent
aux paysans les avantages précieux du *Verein*, et
leur firent comprendre que le salut était là pour
eux. Leur voix fut entendue, et en peu de temps le
Bauernverein trévirois ne réunit pas moins de 12.000

adhésions , c'est toute une armée qui marche sous
les ordres de l'abbé Dasbach.

L'armée créée, il s'agissait de la pourvoir d'armes
et de munitions. L'usure donne lieu à des procès,
et les procès ruinent les paysans. L'abbé Dasbach
introduisit dans les statuts du *Verein* l'article suivant : « Lorsqu'un de ses membres est impliqué
dans un procès ayant trait à l'usure ou au commerce des bestiaux, le *Verein* s'engage à conduire
ce procès à ses frais, si toutefois le comité de direction, après avoir pris connaissance du dossier, croit
que le susdit membre a été lésé dans ses intérêts ».
C'était porter un coup vigoureux aux manigances
juives : le *Verein* passa aussitôt des paroles aux
actes. La première année de son existence il s'occupa de 102 procès, en 1886 de 96, en 1887 de 176,
en 1888 de 77. D'après la statistique publiée le 9
août 1891 le nombre des procès s'élève à 734. 143
furent gagnés, 46 perdus, 289 arrangés à l'amiable.
Le *Bauerverein* n'instruisit pas le procès en 80 cas,
ses adversaires en 17 ; il retira sa plainte en 35 cas,
ses adversaires en 188 ; 15 procès sont encore pen-
dants.

Ce résultat est superbe : la *Kreuzzeitung*, le grand
organe *protestant* de Berlin, fut obligé d'en conve-
nir. « Les paysans, dit-elle, instruits par l'expérience, ont peur d'avoir des difficultés avec les usuriers. Une plainte du Juif dont ils redoutent la ruse
raffinée les intimide quelquefois jusqu'au désespoir,
et eux-mêmes ont rarement le courage d'accuser l'u-
surier. La situation changea lorsque l'abbé Dasbach
parcourut les campagnes et engagea tout le monde
à s'adresser à lui pour des affaires de ce genre. Les
paysans eurent confiance en lui, *parce qu'il était pré-*

tre, et bientôt le *Bauernverein* de Trèves entreprit une série de procès contre les usuriers juifs. Il sortit presque toujours victorieux de la lutte et *les usuriers furent bien plus effrayés par cette intervention de l'abbé Dasbach que par la loi contre l'usure* ». Voilà ce qu'à pu faire un prêtre hardi et zélé dont les entrailles se sont émues à la vue de la servitude où gémissaient les populations agricoles !

Mais le tout n'était pas de prendre en main les procès et de dévoiler les abominations de l'usure. Les besoins d'argent sont souvent très réels chez le paysan, et il fallait remplacer la source empestée de la juiverie par une autre qui fût plus saine. Le juif a surtout prise sur le paysan par l'achat des bestiaux. La ferme a besoin d'une vache le cultivateur n'a point les ressources nécessaires pour en acheter une. L'Israélite arrive et lui *prête* une vache. Seulement le malheureux est obligé de l'accepter à des conditions tout à fait ruineuses. L'abbé Dasbach corrigea ce système en créant une *Banque agricole* dont le capital primitif était de 30.000 marcks ; il est de plus d'un million aujourd'hui. 3000 à 3500 bêtes à cornes furent prêtées à des paysans avec des facilités de paiement qui leur permirent d'en devenir propriétaires en très peu d'années. Comme le Juif gagnait en moyenne de ce chef plus de 200 francs par tête de bétail, les paysans du district ont ainsi réalisé un bénéfice d'au moins un demi-million.

Une des meilleures affaires du Juif, c'est l'achat des protocoles de vente. Pour une raison ou pour une autre, un paysan a dû vendre aux enchères tout ce qu'il possédait. Le Juif, sachant qu'il lui faut de l'argent de suite, s'offre à lui acheter cette créance. Naturellement il exige un rabais de 10, 15, 20 pour

100. Outre le gain provenant de ce rabais énorme,
l'usurier trouve un autre avantage à cette transac-
tion. Du coup il tient dans ses griffes 30 ou 40 paysans qui deviennent ses débiteurs sans le savoir. Il
possède une clé qui l'autorise à entrer dans une maison dont l'accès lui était interdit jusqu'alors. La banque agricole a poursuivi l'ennemi sur ce terrain. Elle
achète les protocoles de vente avec un rabais de 5
pour 100 seulement et chasse ainsi l'usurier d'un de
ses retranchements les plus avantageux.

L'abbé Dasbach, qui est un homme éminemment
pratique, a aussi créé une société *d assurance contre
la mortalité du bétail.* Le malheur du paysan commence fréquemment à l'étable. Une ou deux bêtes
enlevées par la maladie font dans son budget un
vide qui se comble avec l'argent de l'usurier. La
Viehversicherung combat ce péril avec succès. En
payant une prime insignifiante, le paysan est dédom-
magé en cas d'accidents pour les 3/4 de ses pertes.
Des assurances de ce genre existaient déjà en Allemagne. Dasbach a donné à la sienne une base qui
offre des avantages introuvables ailleurs. Aussi le
nombre des adhérents a augmenté rapidement dans
le district. Le bétail assuré représente en ce moment un capital de près de 2 millions (1.951.243 fr.)
et le nombre des bêtes assurées est de plus de 6000 :
l'assurance a perçu, en 1890, 36.403 fr. 75 de primes et payé 26.723 francs de dédommagement. Si
l'on songe que ce sont presque exclusivement les
petits paysans qui assurent leur bétail on comprendra l'utilité sociale de cette œuvre.

On a dénoncé le Juif comme le grand ennemi de
l'agriculture et on n'avait pas tort. Le gros financier
accapareur exerce une influence néfaste sur le mar-

ché européen en réglant à sa guise le prix des produits du sol. Le petit Juif des campagnes ruine les paysans par l'usure qu'il pratique dans des proportions fantastiques. L'ennemi est donc là! Est-ce à dire qu'il faille lui courir sus et en triompher par la violence? Ainsi semblent le conseiller des esprits trop fougueux. Ils oublient que la violence ne résout aucun problème. L'exemple de l'abbé Dasbach et de tous les organisateurs des *Bauernvereine* prouve qu'on peut efficacement lutter contre le sémitisme sans sortir de la légalité. Si le clergé et les hautes classes voulaient partout prêter au paysan le concours de leur intelligence, si au lieu de se désintéresser, ils se rapprochaient de la population agricole, l'aidant de leurs conseils et même de leur argent, la crise par laquelle nous passons serait singulièrement atténuée. C'est ce qu'on a constaté en Allemagne. Les *Bauernvereine* permettent aux paysans d'économiser chaque année plusieurs millions et arrêtent au bord de l'abîme des milliers de petits propriétaires. Ils existent à peine depuis quelques années et ont déjà donné les résultats les plus magnifiques.

Ces *Vereine* sont aujourd'hui au nombre de 9 et comptent à peu près 100.000 adhérents. Celui de la province rhénane, fondé par le baron Félix de Loé, compte, à lui seul, 35.000 membres répartis en 819 associations locales. Son organe, le *Rheinische Bauer*, a un tirage de 32.000 exemplaires. Ce *Verein*, taillé sur le patron du *W-Bauernverein*, déploie une activité énorme. Pour en donner une idée il suffit de dire que 14 commissions spéciales, comprenant 1.460 membres, sont chargées de ses intérêts multiples. Parmi ces commissions je citerai celle qui s'occupe des questions de crédit, celle qui étudie les questions d'impôt, la commission chargée de tout ce qui concerne la culture de la terre, l'élève du bétail, la commission des tribunaux d'arbitrage, celle des assurances, celle des achats, etc.

Le *Hessische Bauernverein*, fondé à Bingen (26 août 1883), par le baron de Wambold, rend, dans le grand duché de Hesse, les mêmes services aux paysans que les sociétés sœurs de la Westphalie et de la province rhénane.

Le nombre des catholiques étant restreint dans le pays, il ne compte qu'environ 2.000 membres, mais il est outillé à la perfection, et fonctionne au grand contentement des paysans.

Il en est de même du *Nassauische Bauernverein*, qui comprend 3.000 à 4.000 adhérents, et dont la fondation remonte à dix ans ; du *West und Ost preussische Bauernverein*, fondé en 1882, à Deutshkrone, du *Bauernverein*, de l'Eichsfeld, qui, créé il y a six ans, a enrôlé 4.000 à 5.000 paysans ; du *Bauernverein* de la Silésie qui, sous l'habile direction du baron de Huene, est l'un des plus florissants, puisqu'il compte au delà de 9.000 membres ; du *Mittelbadische Bauernverein*, qui diffère des précédents en ce qu'il ne comprend que des petits paysans, au nombre de 5.000.

Il faut savoir gré à l'aristocratie catholique d'Allemagne d'avoir si bien compris son devoir social. Presque partout elle s'est mise à la tête du mouvement avec un zèle et une abnégation qui l'honorent. Elle vit toute l'année au milieu de ces populations rurales, si dignes d'intérêt, et par cette présence réelle et continue elle se les attache étroitement. Le baron de Schorlemer-Alst, le baron Félix de Loé,

le baron de Huene exercent une véritable royauté
parmi elles, et la reconnaissance de leurs protégés
leur a décerné le beau titre de *Rois des paysans*. Ils
sont, en effet, *rois* par l'autorité et le crédit dont
ils jouissent, par la bonté qu'ils témoignent aux
ouvriers de la terre, par les bienfaits qu'ils répandent autour d'eux. Et ce sont des rois qui n'ont pas
à craindre de révolution. Les 100.000 paysans qui
ont accepté leur patronage forment une garde
d'honneur que le socialisme s'efforce en vain d'entamer.

Le clergé est en quelque sorte le trait d'union entre l'aristocratie et les paysans. Il appartient à
ceux-ci par son origine, il se rapproche de celle-là
par sa science, son éducation, son caractère sacerdotal. Il est tour à tour l'avocat et le censeur des
uns et des autres, il est presque toujours l'ami
écouté de tous. Dans ces conditions il pouvait être
un instrument précieux quand il s'est agi de la formation du *Bauernverein*. Le rôle joué par l'abbé Dasbach montre qu'il a été à la hauteur de sa mission.
Si ces belles institutions agricoles ont réussi le
mérite en revient en grande partie au clergé paroissial.

§ IV. — LES CAISSES POPULAIRES D'ÉPARGNE ET DE PRÊT, SYSTÈME « RAIFFEISEN ».

L'activité sociale du clergé vis-à-vis des paysans ne s'est pas arrêtée à la création des *Bauernvereine*. Voyant que le grand mal provenait par-dessus tout du manque de crédit agricole, il s'est jeté hardiment dans une voie qui, de prime-abord, paraît étrangère à ses fonctions. Il s'est beaucoup occupé de la diffusion des *caisses populaires d'épargne et de prêt*.

En 1849, un philanthrope fondait à Flammersfeld, une petite localité de la province rhénane, la première caisse de prêt d'après un système qu'il avait imaginé lui-même. C'était le grain de senevé qui a produit depuis lors le grand arbre des caisses Raiffeisen, — elles sont aujourd'hui au nombre de 1500 en Europe, et y comptent environ 124,000 membres. — Bien que dans ces derniers temps de louables efforts aient été faits (1), on connaît encore trop peu cette admirable institution en France. Quand on parle des établissements populaires de crédit, le nom de Schultze-Delitzsch se présente seul à la mémoire. Dernièrement encore un publiciste de la *Revue des Deux-Mondes* n'a eu que quelques lignes, d'ailleurs inexactes, sur les caisses Raiffeisen. Pour s'expliquer ce silence, il suffit peut-être de rappeler que les catholiques et quelques protestants croyants sont les promoteurs de l'œuvre,

---

(1) Je citerai ceux de MM. Claudio Jannet, Durant, le P. Ludovic de Besse et l'abbé Gapp.

tandis que Schultze-Delitzsch était un libéral fanatique partisan du *Kulturkampf*. Je serais heureux
de pouvoir réparer une injustice et de dissiper les
préjugés courants en faisant connaître cette institution, dont le clergé catholique et protestant est partout la cheville ouvrière.

Schultze et Raiffeisen ont commencé leur œuvre à
peu près en même temps, l'un à Delitzsch en Saxe,
l'autre sur les bords du Rhin. Les deux institutions
sont basées sur la loi du 4 juillet 1838, possèdent par
conséquent les droits d'une personne juridique; toutes deux peuvent être juridiquement représentées
par leur comité de direction ; dans les deux, tous les
membres de l'association sont solidairement responsables des engagements sociaux. Mais là s'arrêtent
les points de ressemblance.

Les *banques populaires* de Schultze (*Vorschusskasse*
ou *Volksbanken*) ont pour but de faire des affaires
de banque. Leur sphère d'action n'est pas circons-
crite. Elles sont administrées par un comité, directeur, caissier, contrôleur, etc., qui *touchent presque
tous de gros appointements* et des *dividendes*. Dans les
petites banques, on emploie la tenue des livres en
partie simple, dans les grandes la tenue des livres
en partie double. Les crédits ne sont accordés que
pour trois mois. Le titre de créance ordinaire est
la lettre de change. La garantie se fait par hypothèques, cautions, dépôt de valeurs. Le fonds de
roulement provient des *actions* des sociétaires, et
si elles ne suffisent pas, d'emprunts. Les profits
sont partagés sous forme de dividendes ; une très
petite partie seulement est destinée au fonds de
réserve. Ce capital est lui-même distribué entre les
sociétaires en cas de dissolution de la société.

Tout autres sont les principes qui régissent les
caisses de prêt, Darlehns-kassen-Vereine, de Raiffeisen.
En vertu de leurs statuts, ces caisses cherchent avant
tout à améliorer les conditions matérielles et morales de leurs membres. Ainsi que le dit M. l'abbé
Jules Gapp, l'un des plus ardents avocats de cette
institution, « le but des caisses Raiffeisen est de recevoir des épargnes et de les rendre utiles, utiles
au prêteur sans doute, puisqu'il perçoit un modeste
intérêt, utiles surtout à l'emprunteur qui, dans des
conditions données, trouve facilement le crédit qui
le préserve de l'usurier et par conséquent de la
ruine ». Elles sont constituées par des groupes d'a-
griculteurs qui habitent la même paroisse ou tout
au plus des paroisses très voisines. Une seule personne ne saurait être membre de deux caisses. « Le
premier rouage de l'organisation de nos caisses, dit
encore l'abbé Gapp dans son excellent travail, c'est
l'assemblée générale des membres. J'aurais pu dire :
assemblée des actionnaires, vu que d'après la législation actuelle, les institutions de crédit ne peuvent
exister qu'en revêtant la forme de sociétés par actions. Nos sociétés remplissent les conditions de la
loi en fixant au plus bas possible, à 2, 5 ou 10 francs
le montant de l'action et en stipulant qu'aucun membre ne peut en posséder plus d'une. Seize membres suffisent pour constituer la Société. Pour devenir membre, il suffit de n'être pas absolument
pauvre, c'est-à-dire de posséder quelque chose en
propre, une maison, quelques pièces de terre, etc.
Il faut demeurer sur le territoire pour l'avantage
duquel la Société est appelée à fonctionner. Ce territoire ne doit pas dépasser celui de la commune
ou de la paroisse, ou tout au plus celui des commu-

nes tout à fait voisines. Cette condition est absolument requise pour la sécurité des opérations. Le comité directif et le comité de surveillance doivent être complètement à même de connaître l'état de fortune de tous les membres. L'assemblée générale se réunit régulièrement deux fois par an. Tout ce qui concerne l'état général de la Société doit lui être soumis. C'est à l'assemblée générale de fixer le montant de la somme que la Société accepte à titre de prêt ou d'épargne, d'établir le taux tant de l'emprunt que du prêt, etc. Une fois la décision prise de constituer une caisse selon le système Raiffeisen, les futurs sociétaires se réunissent pour élire deux comités, un comité de direction et un comité de surveillance. Le comité de direction se compose de cinq membres, à savoir : du président, du vice-président et de trois assesseurs. Le président convoque les membres de ce comité aussi souvent que cela lui paraît nécessaire. Le comité décide dans les limites fixées par les statuts et par les votes de l'assemblée générale s'il y a lieu d'accorder à tel membre l'emprunt qu'il sollicite.

« Le comité de surveillance se compose de neuf membres et quelquefois de douze. Il est élu par l'assemblée générale.

« Il se réunit régulièrement à la fin de chaque trimestre pour examiner les actes du comité directif. Il est convoqué extraordinairement lorsqu'il s'agit de consentir un prêt supérieur à celui que le comité directif est autorisé à accorder. Les fonctions de ces comités sont honorifiques et gratuites. La *seule* fonction qui soit rétribuée, et encore est-il admis que cette rétribution doit rester au-dessous de la valeur des services rendus, est celle de caissier ou trésorier. Le caissier fournit une caution, soit en argent, soit plutôt en la personne d'un garant solvable. La différence qui devra exister entre le taux du prêt et celui de l'emprunt sert à amasser un fonds de réserve. Ce fonds est *absolument inaliénable*. S'il devait atteindre une certaine hauteur, il pourrait être employé en partie à des travaux d'utilité publique. Jamais on ne songera à un partage. A la fin de chaque année, ou bien encore dans le courant de l'année les comptes seront revus par un inspecteur (*revisor*) chargé de ce soin, soit par l'autorité publique, soit, ce qui vaut mieux, par l'association générale des caisses ».

Cet exposé succinct de l'organisation des caisses Raiffeisen montre leur supériorité incontestable sur les banques de Schultze-Delitzsch. Le système Raiffeisen offre plus de garantie à ceux qui prêtent et à ceux qui empruntent, et en même temps ces derniers trouvent de l'argent à meilleur marché. Les fonctions étant toutes gratuites et les dividendes n'existant pas, les frais d'administration sont à peu près nuls et c'est autant de gagné pour les membres de l'association. A côté de ces avantages déjà considérables, la grande utilité des caisses Raiffeisen réside dans les sentiments moraux et religieux qu'elles supposent et qu'elles entretiennent. Le tout n'est pas de fournir du crédit aux paysans. Cette faveur peut même devenir dangereuse, car c'est une arme à deux tranchants. En ouvrant inconsidérément des crédits aux agriculteurs, on risque de les lancer dans des dépenses imprudentes et, loin de leur être utile, on prépare l'effondrement de leur fortune. Les banques Schultze-Delitzsch, comme toutes les affaires d'argent, se soucient assez peu de cette éventualité. A l'instar de l'usurier, elles avancent de l'argent aussi longtemps qu'elles se sentent couvertes par de sérieuses garanties. Tant pis si le paysan en abuse! Raiffeisen, qui était un fervent chrétien (1), pensait que sans l'influence morale, il est impossible de résoudre les problèmes sociaux. Le célèbre économiste allemand, Held, a reconnu la justesse de ce point de vue. « On peut très bien admettre, dit-il dans un de ses ouvrages, que sans l'intervention des forces morales du christianisme, il est impossible de résoudre la question sociale ».

L'œuvre de Raiffeisen est éminemment moralisatrice et chrétienne. Elle repose sur la charité bien entendue. Les caisses de prêt veulent, non seulement empêcher le paysan de tomber entre les mains de l'usurier, elles s'efforcent en outre de cultiver en lui le sens de l'épargne, de l'habituer à régler ses dépenses sur ses recettes, etc. Avant de faire des avances, elles s'assurent du but pour lequel ces avances sont demandées. Tout prêt est refusé s'il doit servir à des dépenses improductives. On accorde de l'argent pour payer des dettes onéreuses, acheter des semences, des bestiaux, des engrais, des instruments aratoires dont l'utilité est certaine. Autant l'usurier pousse aux dépenses, autant la caisse de crédit cherche à les modérer, agissant en véritable père de famille.

« Une caisse de prêt et d'épargne, dit F.-W. Raiffeisen, doit former en quelque sorte une fa-

_____

(1) Raiffeisen était protestant-croyant, tout à fait catholique par ses idées et par ses œuvres. Il est mort le 11 mars 1888 à 70 ans. Son fils, qui est à la tête de l'affaire, est un catholique très ardent.

mille, une confrérie où les faibles sont soutenus et portés, où l'on n'attend pas que les membres aient péri les uns après les autres, mais où l'on recherche ceux qui ont besoin d'être aidés, où on les assiste amicalement, où on les préserve de la ruine, où tout se fait pour le bien de chacun et le bien de toute la communauté. On y travaille pour Dieu ».

Si tout paysan avait le courage ou la facilité de confier ainsi ses affaires à la sage direction d'une collectivité charitable, les 9/10 des ruines foncières seraient évités.

L'institution Raiffeisen n'est pas moins utile sous la forme de caisse d'épargne. « Les caisses populaires, dit l'abbé Gapp, facilitent l'épargne. La caisse est là à deux pas dans la commune même. Sans frais et sans formalités gênantes, on peut y porter son argent et le retirer presque du jour au lendemain. Pourquoi ne l'y porterait-on pas ? Supposez que dans chaque village une caisse fonctionne, que de capitaux improductifs appelés à l'existence du fond des bourses où ils dorment ? » J'ajouterai : que de gaspillages arrêtés à temps, que de misères étouffées dans leur germe ! Le proverbe dit : l'occasion fait le larron. L'occasion fait aussi le paysan économe, soucieux de ses vrais intérêts ! Les caisses Raiffeisen rendent à ce point de vue d'excellents services à l'agriculture.

Une fois organisée, chacune de ces caisses peut offrir tous les avantages des grands *Bauernvereine* dont il a été question plus haut (1). Il est facile d'en

---

(1) Je n'ai pas besoin d'ajouter que les établissements de crédit populaire des *Bauernvereine* sont indépendants des caisses Raiffeisen. Ce sont deux œuvres très distinctes, poursuivant le même but avec des moyens plus ou moins divers.

faire le centre des institutions sociales les plus diverses, d'y rattacher par exemple un tribunal d'arbitrage. Les assurances contre l'incendie, contre la mortalité des bêtes, contre la grêle, se greffent sans difficulté sur la *Darlehnskasse*, et les compagnies d'assurances leur ont offert partout des réductions très sensibles sur les primes.

Ces avantages ont décuplé pour ainsi dire depuis qu'on a fondé (30 septembre 1876), à Neuwied, une *caisse centrale pour l'Allemagne — Landwirthschaft-central-Darlehnskasse —*. Les caisses locales peuvent être exposées à deux inconvénients opposés : les unes souffrent de pénurie, les autres de pléthore d'argent. C'est pour arriver à leur secours que M. Raiffeisen a établi une *caisse centrale* qui se charge de faire valoir l'argent des sociétés riches et de fournir les fonds nécessaires à celles qui ne se suffisent pas. La *caisse centrale* est constituée sous forme de société par actions et possède à peu près la même organisation que les caisses locales. Chacune de ces dernières y participe pour un nombre d'actions restreint. L'action est de 1250 francs dont 1/10 seulement est versé. La *Central-Darlehnskasse* avait à la fin de l'année 1890 un fond de réserve de 130000 francs. Son utilité est si incontestable que le chiffre de ses affaires a augmenté d'année en année. En 1887 les entrées et les sorties étaient à peu près de 5 millions de francs. Deux ans plus tard, en 1889, elles étaient montées au double (entrées : 4.808.478 francs, sorties : 4.780.355 francs). Le compte-rendu pour l'année 1890, publié le 7 juillet 1891, indique un nouveau progrès. Le chiffre des affaires était, dans le courant de l'année dernière, de 12.382.225 francs. La confiance des caisses locales a augmenté dans la même proportion. En 1888 il n'y en avait encore que 183 qui furent affiliées à la caisse centrale de Neuwied. En 1889 ce nombre s'est élevé à 290. A la fin de l'année 1890 il y en avait 484 dans le *Verband*. Tout porte à croire que peu à peu toutes se décideront à profiter des avantages que leur offre la caisse centrale.

A côté de la caisse centrale, Raiffeisen a établi une *direction centrale*, — *General-Anwaltschafts Verband*, — une association générale de toutes les caisses. On peut appartenir à celle-ci sans faire partie de la *Caisse centrale,* et de fait il y a plus de sociétés Raiffeisen dans le *General-Anwaltschafts Verband* que dans la *Central-Darlehnskasse*. En 1886, le nombre des caisses agrégées à la direction centrale de Neuwied était de 312 ; en 1887, de 359 ; en 1888, de 423 ; en 1889, de 684. Aujourd'hui ce nombre est de 855 (1), comme le proclamait M. Raiffeisen à l'assemblée générale tenue à Erfurt, le 7 juillet 1891. Une vive impulsion est donc donnée à l'œuvre, et on compte que l'année prochaine plus de 1000 caisses appartiendront à l'Association générale de Neuwied. Le nombre des caisses indépendantes,— *Wilden,* — tend à diminuer chaque année. Ce succès est naturel. En se soumettant au contrôle de l'*Anwaltschaft,* les caisses Raiffeisen jouissent de privilèges exceptionnels. Je ne citerai qu'un seul exemple. La direction générale se charge de procurer aux associations locales, — par l'intermédiaire des associations régionales quand elles existent, —

---

(1) D'après des renseignements que l'on m'a envoyés de Neuwied, les 855 caisses Raiffeisen ont un fonds de roulement d'environ 50 millions de francs.

les engrais chimiques à prix très réduits. On sait que les scories Thomas jouent un grand rôle dans l'amélioration des terres. Le prix actuel de cet engrais est de 125 francs. Or en vertu de contrats passés avec les fabricants, la direction de Neuwied obtient et livre à ses clients cette même matière à raison de 43 fr. 75. A la vue des bénéfices énormes qui peuvent être réalisés, les caisses locales n'ont plus hésité à entrer dans l'association et à acheter les engrais chimiques par son entremise. En 1886, la direction de Neuwied a procuré aux caisses affiliées 63.294 quintaux d'engrais; en 1887, 145.420 ; en 1888, 339.452 ; en 1889, 914.622 ; enfin, 1890, 1.166.202. Cette progression rend superflue toute explication.

Quoique Raiffeisen se soit maintenu sur le terrain du christianisme *sans distinction de confessions*, le clergé catholique a fait partout de louables efforts pour établir ces caisses de prêt et d'épargne. Dans bien des endroits, le curé ou le vicaire appartient au comité directif et plus souvent au comité de surveillance. Tel prêtre, comme le curé bavarois Kaiser (1), est président du syndicat régional des caisses Raiffeisen de Schwaben-Neubourg. — L'influence du clergé est partout très efficace. En Alsace, il a fondé en peu d'années 104 caisses Raiffeisen avec plus de 10,000 membres, une trentaine rien que pendant l'année 1890. Un simple vicaire, M. l'abbé Muller de Duttlenheim, en a déjà établi à lui seul 5 ou 6 qui sont florissantes. M. l'abbé Muller prend

(1) A la réunion de Strasbourg, en 1888, l'abbé Kaiser a prononcé l'oraison funèbre de Raiffeisen, qui est mort dans le protestantisme.

souvent la parole dans les réunions annuelles de la
Société, et récemment encore il a figuré parmi les
orateurs du congrès d'Erfurt. Je pourrais citer d'autres
prêtres alsaciens non moins zélés pour l'œuvre.
M. l'abbé Gapp, M. l'abbé Holder, M. l'abbé Kohler,
d'autres encore travaillent énergiquement à la
diffusion des caisses Raiffeisen par leurs écrits.
leurs discours, leurs démarches personnelles. Ils
considèrent cet apostolat comme faisant partie de
leur ministère pastoral, et avec raison. Les caisses
Raiffeisen, c'est l'amour du prochain et surtout l'amour
du paysan sous sa forme la plus moderne et
la plus appropriée aux conditions actuelles.

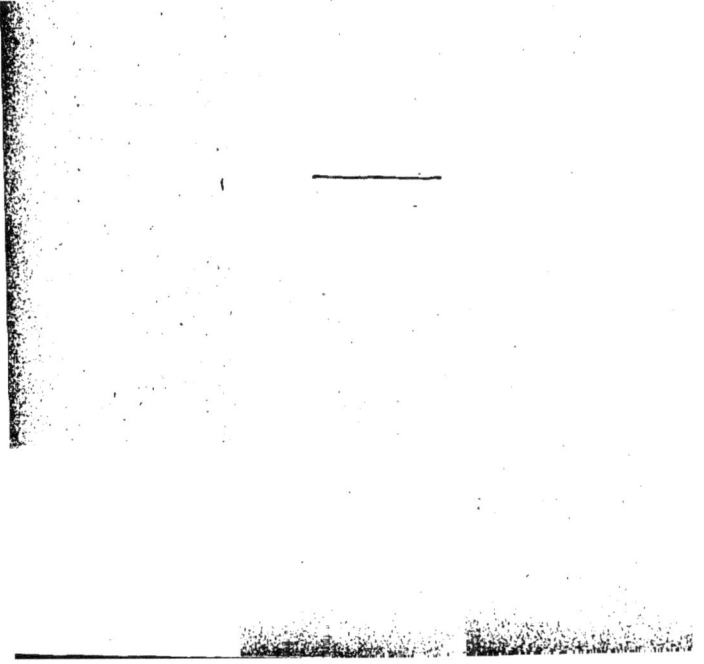

Le clergé et les artisans.

§ 1. — SITUATION DES ARTISANS.

Dans la hiérarchie ouvrière, nous rencontrons au-dessous du paysan et au-dessus de l'ouvrier industriel une classe de travailleurs qui a joué un rôle considérable au moyen-âge : ce sont les artisans. A cette époque, le corps des arts et métiers formait un édifice admirable qui abritait une population nombreuse et où chacun occupait une place en rapport avec ses aptitudes et ses mérites. Le jeune homme qui voulait apprendre un métier n'était pas abandonné au hasard des circonstances. Il était aussitôt introduit dans une association qui le prenait, pour ainsi dire, sous ses ailes maternelles et le préservait des misères matérielles et morales dont sa jeunesse imprévoyante était menacée! Sorti de sa famille, il entrait dans la famille de son patron, et celui-ci lui assurait, avec le salaire dû à son travail, le vivre et le couvert. Lorsqu'il quittait son pays pour se rendre dans une autre ville, la corporation dont il faisait partie le recevait comme l'un des siens. A l'hôtellerie de la corporation, il trouvait un bon gîte en attendant qu'il pût entrer chez un autre patron, et la grande fraternité catholique lui donnait un frère dans chacun de ses compagnons.

Toute cette organisation merveilleuse a disparu.

Notre société pulvérisée n'a plus de place pour les corporations. Elle ne connaît que les atomes humains. Chaque individu soutient comme il peut la lutte pour l'existence et la grande loi de la sélection élimine et anéantit moralement, et trop souvent matériellement, ceux qui ne sont pas assez forts pour résister. L'artisan ainsi isolé est peut-être plus exposé aux séductions du socialisme que l'ouvrier des usines lui-même. Ce dernier vit, du moins fréquemment, auprès de sa famille. L'influence, soit du foyer paternel, soit du sol natal, peut contrebalancer l'action des agitations révolutionnaires. Pour l'artisan il est presque toujours complètement déraciné. Il ne loge plus chez le patron comme autrefois ; il n'a plus l'hôtellerie avec son atmosphère familiale. La maison de pension mal famée, le bouge, le contre-maître libre-penseur au lieu du père de famille chrétien, la mauvaise camaraderie, voilà ce que la civilisation moderne lui offre partout où il arrive. C'est miracle si, dans ces conditions il conserve au fond de sa conscience quelques faibles restes de son éducation chrétienne. Il sera le jouet du premier séducteur venu. De fait, dans les grandes villes d'Allemagne, les plus mauvais éléments du socialisme se recrutent parmi les artisans.

Que ce soit là un danger pour un pays, personne ne le contestera. D'autant plus que d'après la statistique professionnelle de 1882, cinq à six millions d'Allemands vivent encore du métier. Les économistes et les hommes politiques s'en sont préoccupés à juste titre. Ils ont cherché des palliatifs ; ils ont écrit de beaux ouvrages pour montrer l'excellence du métier et la nécessité de le réorganiser. Hélas ! les paroles seules sont stériles. Les tirades les plus émouvantes sont incapables de résoudre un problème social, il faut des actes. Lorsque les apôtres sont allés à la conquête du monde, ils ont agi plus qu'ils n'ont parlé. Dans les contrées qu'ils traversaient, ils guérissaient les malades, soulageaient les misères, remettaient les péchés et ouvraient les portes du ciel. Ils ont triomphé par la charité. La charité active est encore de nos jours l'unique salut de l'humanité. Les beaux parleurs ont détruit la société chrétienne. Ce seront des apôtres et des apôtres seuls qui nous sauveront du socialisme.

C'est un prêtre catholique, un apôtre par conséquent, qui, en Allemagne, a fait plus pour les artisans que tous les législateurs et tous les économistes ensemble !

Si vous visitez à Cologne la magnifique église des Frères mineurs, vous trouverez au chœur devant l'autel de Saint-Joseph une pierre tombale sur laquelle sont gravés ces mots : « Ici repose Adolphe Kolping, il vous demande l'aumône de vos prières ! » Agenouillez-vous, ce tombeau renferme la dépouille mortelle d'un des hommes les plus admirables de ce siècle. Il y a deux ans, au mois d'août 1889, je me trouvais dans cette église, absorbé dans la contemplation d'un superbe autel à rétable. Pendant que j'admirais cette œuvre d'art, je vis entrer cinq ou six étrangers conduits par un autre jeune homme. Je n'eus pas de peine à reconnaître ce que les Allemands appellent des *Gesellen*, des *compagnons*, c'est-à-dire des artisans faisant leur tour d'Allemagne. Ils se prosternèrent pieusement sur la tombe de l'abbé Adolphe Kolping, et je vis des larmes dans leurs yeux. Des enfants, venus de loin, peut-être, payaient à un père vénéré le tribut de leur tendresse filiale !

Kolping est le créateur des *Gesellenvereine*, des associations de compagnons, et des centaines de mille d'artisans ont déjà goûté les bienfaits de son institution depuis les quarante ans qu'elle existe. Cette œuvre mérite qu'on s'y arrête ; car si elle se répandait partout, elle défendrait des millions d'ouvriers du métier contre les entraînements révolutionnaires. Elle résoudrait en partie cette terrible question sociale, dont le spectre toujours grandissant trouble tous ceux qui sont assis commodément au banquet de la vie.

Kolping a commencé par être artisan lui-même. Il est né le 8 décembre 1813, à Kerpen, dans les environs de Cologne. Ses parents, de pauvres laboureurs, étaient d'excellents chrétiens, restés profondément attachés à leur foi, malgré l'esprit d'impiété qui passait sur les pays rhénans à la suite des armées françaises. Adolphe, le cadet de la famille, était d'une constitution si faible qu'on ne pouvait songer à en faire un paysan. Il aimait l'étude, et sous la direction d'un zélé et pieux instituteur, il fit de rapides progrès à l'école paroissiale. Son désir le plus ardent était d'appartenir un jour à la classe des lettrés et bientôt, la piété aidant, il sentit naître et croître en lui la vocation sacerdotale. Il en parla à son curé. Malheureusement la pauvreté de ses parents mit obstacle à la réalisation de son dessein. Il ne se trouva personne qui pût ou voulût se charger des frais de son éducation. Dès lors, il fallut descendre du Thabor où il aurait désiré ériger une tente et demander un gagne-pain à un métier quelconque. Il se décida pour l'échoppe du cordonnier. On le mit d'abord chez un cordonnier à Kerpen même. Plus tard, lorsqu'il eut fait ses preuves, il alla travailler dans plusieurs villes rhénanes et entre autres à Cologne.

C'était un singulier *compagnon* qu'Adolphe Kolping! Non pas qu'il fût moins à son affaire que les autres ouvriers qui peinaient autour de lui. Mais il se distinguait entre tous par des qualités et des vertus inconnues dans le monde des jeunes cordonniers. Ceux-ci étaient bruyants, émancipés, mauvaises langues. Kolping était calme, paisible, mo-

deste, ne s'occupant que de son devoir et épargnant
le prochain. Dans son entourage on était souvent
dissolu et lui restait pur comme une vierge. Il était
une énigme et un objet de risée pour tous ses voisins. La surprise de cette jeunesse pervertie fut
surtout grande quand ils s'aperçurent que Kolping
se plongeait dans les livres aussitôt qu'il quittait
ses outils. Et quels livres ! Ils en découvrirent plusieurs dont les mots, voire même les lettres, leur
étaient un mystère. On plaisanta le savant cordonnier. Pourquoi sa science ne s'arrêtait-elle pas aux
récits des quatre fils d'Aymon ? Que prétendait-
il donc ? Ses souliers en valaient-ils davantage ?
Kolping les laissa dire, et un beau matin il ne reparut plus à la boutique. Bien plus, ses compagnons
stupéfaits le virent prendre le chemin du gymnase.
Un collégien de vingt-quatre ans et n'ayant fait
que des souliers jusqu'alors, quel inépuisable thème
à railleries !

Le jeune homme ne s'en offusqua point. Il con-
serva au fond de son cœur tout ce qu'il avait vu,
entendu et souffert, et marcha le front haut vers le
but que lui indiquait la Providence. Il se prépara
au sacerdoce. L'abbé Wollersheim, curé de Mœde-
rath, lui avait enseigné les éléments de la langue
latine. Grâce à ces études préliminaires, il put entrer en quatrième dans un collège de Cologne
(gymnasium Marzellen). Il était sur la voie, il n'a-
vait plus qu'à persévérer. Il persévéra malgré tous
les obstacles, tels que la maladie, la pauvreté, les
privations, et au bout de trois ans et demi il eut
achevé ses classes. Il avait vingt-huit ans, lorsqu'en 1841 il put commencer ses études théologiques. Quoiqu'il eût dépassé sensiblement l'âge où

le futur prêtre s'initie à la science divine, il n'avait
pas perdu son temps. Les épreuves avaient trempé
son caractère, et chemin faisant il avait acquis une
expérience qui lui permit de réaliser de grandes
choses. Sans l'échoppe du savetier, il est probable
qu'Adolphe Kolping n'aurait jamais fondé les *Gesellenvereine*. De même l'abbé Kneipp ne serait jamais
devenu l'illustre médecin qu'il est, s'il avait pu
faire régulièrement ses études. Tant il est vrai que
Dieu sait tirer le bien du mal apparent et faire des
obstacles même des leviers d'une puissance incalculable !

Kolping aurait pu suivre le cours de théologie à
l'université diocésaine de Bonn. Mais à cette époque
la jeune université de Munich jetait un très vif
éclat, et il préféra se diriger vers la capitale de la
Bavière. Le grand J. Gœrres vivait encore. Dœllinger était dans toute la force de l'âge et du talent, et
à côté de ces deux étoiles de première grandeur
l'université de Munich comptait une pléiade de professeurs, dont le prestige s'étendait au loin. Il suffit
de citer Haneberg, devenu plus tard évêque de
Spire ; Windischmann, Philipps, etc. La jeunesse
studieuse affluait à Munich ; Kolping céda au courant, et alla s'asseoir au pied de la chaire de ces
maîtres éminents. Il resta deux ans en Bavière, fit
ensuite sa troisième année de théologie à Bonn, et
en 1844 il entra au grand séminaire de Cologne
pour se préparer à la prêtrise ; au mois d'août 1845
l'archevêque l'ordonna prêtre, et quelques jours
après il l'envoya comme vicaire à Elberfeld, ville de
la province rhénane : Kolping avait trente-deux ans.

Les pays rhénans qui sont catholiques comptent
trois ou quatre villes où les protestants sont en ma-

jorité. Elberfeld est de ce nombre. Dans ces milieux
hétérodoxes l'existence des communautés catholiques est très difficile ; elles ont à lutter contre de
nombreux ennemis, à résister aux séductions les
plus perfides, à éviter des pièges habilement tendus
et plus habilement dissimulés. Mais, d'autre part,
ces difficultés même peuvent devenir un énergique
stimulant lorsque des prêtres zélés savent en tirer
parti. C'est ce qui eut lieu à Elberfeld au temps où
l'abbé Kolping y vint commencer son apostolat. Le
clergé, secondé par un excellent instituteur, avait
réuni un certain nombre d'apprentis et créé avec
ces éléments un cercle de jeunes gens. Le nouveau
vicaire d'Elberfeld s'intéressa aussitôt à cette œuvre.
Ces apprentis, ces compagnons, c'étaient ses camarades d'hier ; il connaissait à fond leurs besoins et
leurs misères, et il était d'autant plus porté à leur
venir en aide. Il s'en occupa si bien qu'il ne tarda
pas à devenir président du cercle, auquel il donna
le nom de *Gesellenverein*. Que voulait-il, avec cette
institution ? Quel en était le but, l'organisation ?
L'abbé Kolping se chargea de l'expliquer au public
dans un charmant petit livre qui a pour titre : *Le
cercle des compagnons* (der Gesellenverein), et qui
parut à Cologne en 1849. L'épigraphe qu'il plaça
en tête de sa brochure est l'épigraphe de sa vie
même : « La charité active guérit toutes les bles-
sures, les paroles seules ne font qu'augmenter la
douleur ». C'est pour s'être bien pénétré de cette
pensée qu'il est devenu le père et le bienfaiteur de
centaines de mille d'ouvriers.

La Providence permit bientôt à l'abbé Kolping de
transporter son activité sur un théâtre plus vaste.
Il fut appelé en qualité de vicaire à la cathédrale de

Cologne. Quel plus beau rêve que de créer un *Gessellenverein* dans la ville où lui-même avait été compagnon pendant de longues années ! Au souvenir des vices et des souffrances dont il avait été le témoin attristé, il se sentit ému jusqu'aux larmes. Il résolut de remédier à cette situation douloureuse en ouvrant immédiatement un *hospice* pour les artisans. La jeunesse répondit à son appel et plusieurs centaines de compagnons vinrent se placer sous sa direction et profiter de ses bienfaits.

§ 3. — LES « GESELLENVEREINE ».

Pour bien faire comprendre la nature de ces bienfaits, il est nécessaire d'expliquer en quelques mots en quoi consiste le *Gesellenverein*. Le *Gesellenverein* se propose de réunir les jeunes artisans dans une vaste association qui leur offre tous les avantages de la famille chrétienne. L'isolement et les mauvais camarades sont les deux principaux ennemis du jeune homme. Les *Gesellenvereine* le mettent à l'abri de ce danger ; ils exigent de lui une vie irréprochable, et en retour ils lui procurent une société agréable, des jeux, des amusements honnêtes, des cours instructifs, une sage direction, et, dans beaucoup de cas, le logement et la pension à bon marché.

Qui veut faire parti d'un *Gesellenverein* doit être et rester un ouvrier foncièrement chrétien. « Un membre du *Verein*, disent les statuts, sera un bon chrétien, et par conséquent remplira fidèlement et consciencieusement ses devoirs religieux... Tu dois confesser courageusement ta foi et suivre ses préceptes. Tu as besoin de la religion dans la vie et à la mort. Il faut plus de courage pour être un bon chrétien que pour être un mauvais chrétien. Sanctifie les dimanches et les jours de fête, ainsi le veut la loi divine. La meilleure profession de foi est une vie conforme aux préceptes du Décalogue. Assiste avec régularité aux offices du *Verein* pour t'édifier toi-même et donner le bon exemple à tes frères. L'auberge te procure des clients qui t'aideront à dépenser ton argent et nullement à en gagner... Le *Verein* sera considéré comme une seule famille; chaque membre a le devoir de sauvegarder l'honneur et le bien général de la communauté ».

Pendant la journée l'ouvrier travaille dans la boutique de son patron ; le soir venu il éprouve le besoin de se délasser, c'est là que les mauvaises occasions l'attendent. Les membres du *Verein* ont soin de se réunir dans leur local où ils trouvent les meilleures distractions, toutes sortes de jeux, excepté le jeu de cartes qui est absolument interdit. Ceux qui veulent lire ont à leur disposition un cabinet de lecture ; les studieux peuvent assister à des cours de comptabilité et de dessin qui leur sont donnés gratuitement. Le cercle a ses fêtes, où les membres les plus habiles s'essaient dans les exercices dramatiques. On étudie les rôles durant ces longues soirées, que d'autres passent à perdre leur âme et à ruiner leur santé. Le dimanche est spécialement consacré à la vie du *Verein*. Pour l'ouvrier abandonné à lui-même le jour du Seigneur est trop souvent le jour de perdition. Les membres du *Gesellenverein*, au contraire, en profitent pour se sanctifier, se délasser, se reposer. Tandis que les autres se réveillent le lundi avec des remords qui les troublent ou des malaises qui les empêchent de reprendre le travail, eux se sentent frais et dispos et se remettent à l'œuvre avec une nouvelle ardeur ; ce sont des ouvriers modèles.

Tels sont quelques-uns des avantages que les compagnons trouvent dans l'institution de l'abbé Kolping. Ils furent dignement appréciés par la bourgeoisie comme par les ouvriers de Cologne, et de là la sympathie et la faveur que le *Gesellenverein* rencontra dans toute la ville. Au bout de peu de temps la reconnaissance publique vint au secours

du vaillant prêtre et le mit à même d'acquérir une
demeure, un *heim*, où les compagnons fussent absolument chez eux. Il avait provoqué les souscriptions
par une brochure intitulée : *Für ein Gesellenhos-
pitium* (1852).

L'abbé Kolping avait apporté tous ses soins aux
Gesellen de Cologne. Rien de mieux. Mais les compagnons voyagent et ceux qui quittaient Cologne pour
une autre ville éprouvaient d'autant plus douloureusement les ennuis et les périls de la solitude. Ne
pouvait-on pas faire ailleurs ce qui existait à Cologne
et établir dans chaque ville un de ces foyers où les
intérêts matériels et moraux des artisans pussent
être sauvegardés? Cette idée germa tout naturellement dans l'esprit des amis de l'ouvrier. De vastes
horizons s'ouvraient devant l'âme charitable d'A-
dolphe Kolping. Il allait devenir le *père* de tous les
compagnons d'Allemagne. Un *Gesellenverein* fut
fondé à Dusseldorf, en 1849. C'est aujourd'hui l'un
des mieux organisés. Je l'ai visité il y a deux ans
(1889) ; il possède deux maisons, l'une pour les compagnons fixés en ville, l'autre pour ceux qui sont simplement de passage. Un peu plus tard, d'autres s'ouvrirent à Aix-la-Chapelle (1851), à Essen (1852), à
Crefeld (1852), à Düren (1853), dans toute les grandes
villes rhénanes. Quatre ans après la fondation de
celui de Cologne, c'est-à-dire en 1853, il y en eut déjà
près de 300. L'abbé Kolping s'était donné tout entier à son œuvre. Il parcourait l'Allemagne, soit
pour créer de nouvelles maisons, soit pour organiser ou réformer celles que l'on avait déjà fondées
sous son impulsion. Sa parole enflammée suscitait
partout des miracles de charité et de dévouement.
Le *père des compagnons*, comme on l'appelait fami-

lièrement, était connu dans tous les pays germaniques. A Berlin il dut exposer le mécanisme de son institut devant une assemblée de princes et de hauts fonctionnaires. A Vienne, la famille impériale voulut voir et entendre l'apôtre infatigable des *Gesellen*.

Kolping usa de son crédit et de la bienveillance dont il était l'objet pour donner une expansion toujours plus grande à son œuvre. Plusieurs centaines de maisons étaient créées sur les différents points de l'Allemagne et de l'Autriche. Il restait un dernier problème à résoudre. Ces diverses maisons, il fallait les relier entre elles par un lien étroit et faire de tous les *Gesellenvereine* une famille unique. L'abbé Kolping eut le bonheur de réaliser cette idée grandiose. En 1864, les présidents de tous les *Gesellenvereine* se réunirent à Wurzbourg afin de tenir leur congrès annuel. A cette occasion on mit la dernière main à l'organisation de l'union de tous les *Vereine*. Il y avait des cadres tout trouvés : les cadres diocésains. Kolping eut la sagesse de ne pas chercher autre chose et il organisa l'œuvre hiérarchiquement. A la tête de chaque *Verein* individuel est placé un président ecclésiastique élu par le bureau et approuvé par l'évêque du diocèse. Ce prêtre, choisi d'ordinaire parmi le clergé paroissial de la localité, a la direction suprême du *Verein*. Il est le père de cette famille d'adoption, et comme tel, chargé de ses intérêts spirituels et matériels. Les différents cercles d'un diocèse sont à leur tour placés sous la direction du président *diocésain* dont l'importance varie évidemment avec le nombre des *Vereine*. Le diocèse de Breslau, par exemple, compte 109 *Gesellenvereine* et a pour *praeses* l'abbé Laska.

Celui de Kulm n'en a que quatre et a pour président l'abbé Sawiéky. Il est clair que l'importance de
ce dernier est moindre que celle de l'abbé Laska.

Chaque pays possède, de son côté, un président
central qui est en rapport avec les divers présidents
diocésains. Ainsi la Prusse, la Saxe, la Bavière,
l'Autriche-Hongrie, la Suisse, la Hollande, la Belgique ont chacun un président central. La Hongrie
a de plus un *Landespraeses*. Enfin, au-dessus de
tous, au sommet de la hiérarchie, se trouve le président *général*, qui a son siège à Cologne. L'impulsion donnée en haut passe rapidement à travers
toute l'association et l'unité de direction assure à
l'œuvre une vitalité et une fécondité qu'elle n'aurait
pas sans cette organisation ecclésiastique.

Dans une famille tous les enfants ont droit à l'affection du père. Par suite du lien qui existe entre
tous les *Gesellenvereine*, les compagnons retrouvent
un foyer dans toutes les villes où l'œuvre existe.
Les avantages précieux de l'ancienne corporation
sont rétablis, mais appropriés aux conditions de la
société moderne. On n'exagère pas en disant qu'il
y a là le germe d'une véritable révolution dans
l'existence des compagnons. Vous souvenez-vous
d'avoir rencontré sur les grandes routes d'Allemagne le légendaire *Handwerksbursche* (artisan), avec
le sac au dos et le visage assombri par la fatigue et
peut-être les privations ? Il entre en ville en traî-
nant la jambe, et comme il est sans argent, ce qui
lui arrive quelquefois, il est obligé de chercher pé-
niblement un gîte qui ne coûte rien. Que de refus à
essuyer ! que de pleurs à avaler ! Souvent il est
obligé de demander un asile à la police, si la sai-
son ne lui permet pas de coucher à la belle étoile.

Les membres des *Gesellenvereine* n'ont pas à craindre le même sort. Ils sont munis de leur livret de voyage (*Wanderbüchlein*) qui leur indique méthodiquement les endroits possédant un *Gesellenverein* avec l'adresse de l'hospice et le nom du président. Ils s'arrangent de façon à arriver, la nuit tombante, dans une ville où le *Verein* existe. Là, ils se présentent au président ; s'ils se déclarent prêts à accepter le travail qu'on pourrait leur trouver, ils sont logés gratuitement et le lendemain on leur sert gratuitement à déjeûner. Dans le cas où on ne leur trouve pas d'occupations, ils reprennent leur marche (pour ceux qui arrivent samedi soir l'hospitalité dure jusqu'au lundi matin), sauf à retrouver le même accueil fraternel la nuit suivante dans une autre localité. Ceux qui ont obtenu du travail appartiennent de suite à la famille du *Gesellenverein* et jouissent de tous les privilèges des compagnons du lieu. Il est facile de voir par ces indications quels services les *Gesellenvereine* rendent aux pauvres ouvriers. Aussi les présidents ont-ils le droit d'être assez sévères dans l'admission des membres du *Verein*. Nous avons déjà parlé des qualités morales et religieuses qu'on exige des compagnons. Les statuts de l'association demandent, en outre, qu'ils remplissent des conditions d'un autre ordre. D'abord on n'admet que des ouvriers célibataires. Quand ils se présentent, ils doivent être âgés au moins de dix-sept ans et n'avoir pas dépassé la vingt-septième année. Cette limite d'âge est dictée par une haute sagesse. Les adolescents imberbes ne sauraient figurer dans une réunion d'hommes faits et aux approches de la trentaine il est difficile de corriger les défauts et les vices qu'un ouvrier a pu contracter.

Les *Gesellenvereine* de l'abbé Kolping sont surtout calculés pour des ouvriers catholiques. Cependant le comité directif peut recevoir, par exception, des protestants. Bebel, le fameux chef socialiste, a raconté lui-même dans une lettre devenue publique, que, dans son jeune âge, il avait appartenu à un *Gesellenverein* et il a rendu témoignage à l'esprit de tolérance et de charité qui régnait dans ce milieu.

Les membres du comité sont nécessairement catholiques.

Le compagnon qui désire être agrégé à un *Verein* est soumis à un *noviciat* de trois mois. Avant de l'adopter définitivement le président se réserve ainsi d'étudier son caractère et ses mœurs. Si l'ouvrier sort victorieux de l'épreuve il est inscrit sur le registre de l'association, reçoit sa carte de membre actif et acquiert aussitôt tous les droits des anciens.

Les jeunes gens se relâchent facilement. Un sage réglement prévoit tout, même le cas d'exclusion. Le président avertit avec bonté ceux de ses fils qui trébuchent ou qui se laissent aller sur une mauvaise pente. Si cette admonestation paternelle ne suffit pas, il en vient aux menaces. Un membre qui ne remplit plus ses devoirs religieux ou n'assiste pas régulièrement aux réunions du soir et à celles du dimanche est un danger et un sujet de scandale pour les autres. Il faut donc qu'il se convertisse ou qu'il soit exclu de l'association. Le comité, et, dans certains cas, le président tout seul ont le droit de prononcer ces exclusions.

Le *Gesellenverein* étant une famille, tous les compagnons sont frères. Partant ils se doivent aide et protection. Les occasions de s'entr'aider sont fréquentes ; un bon conseil, un avertissement charitable, un encouragement affectueux, suffisent quelquefois pour sauver un jeune homme du vice ou du désespoir. Le *Verein* est, en quelque sorte, une école d'édification mutuelle. Donner le bon exemple est la meilleure des leçons morales. Celui qui suit assidûment les exercices religieux du dimanche, qui évite toute conversation dangereuse, qui assiste avec exactitude aux réunions, ne peut manquer d'avoir une action salutaire sur les autres compagnons. Il y a une contagion du bien comme il y a la contagion du mal. Il faut opposer l'une à l'autre.

Kolping a condensé ses enseignements en quelques pages admirables, qu'on voudrait faire méditer à tous ceux qui ont à conduire des ouvriers.

Au temps des corporations, les voyages étaient prescrits aux compagnons : c'était pour eux un moyen de perfectionnement. En Allemagne, ils se déplacent beaucoup encore de nos jours, les uns par goût, les autres par nécessité. Kolping, qui connaissait les dangers de ces pérégrinations, leur fait les plus sages recommandations : « L'ouvrier, dit-il, qui veut faire son tour, doit avoir de bons principes et un caractère solide, sans quoi il fera bientôt naufrage. La lâcheté perd la plupart des jeunes gens. En voyage, il faut être poli envers tout le monde, modeste, prudent, éviter toute société équivoque. Autant que possible, le compagnon ne se mettra en voyage que quand il aura quelques fonds de réserve. Partout où il arrivera, il s'adressera d'abord au *Gesellenverein* s'il y en a un, sinon il tâchera de loger dans une auberge convenable. Il se gardera soigneusement de mendier en route sans une nécessité absolue. Le compagnon qui agira contre cet article du règlement sera repris avec sévérité et pourra même être exclu ».

S'il a l'occasion de demander l'hospitalité à un *Gesellenverein*, il se présentera à ses frères avec ce salut : « Que Dieu bénisse le métier honnête ! » Les frères répondront : « Que Dieu le bénisse ! » Je ne connais rien de plus touchant que cette manière de s'aborder.

En même temps qu'il inculquait ces principes à sa famille ouvrière, l'abbé Kolping les faisait connaître aux profanes par les brochures qu'il publiait et les journaux qu'il rédigeait. Il a déjà été question de quelques-uns de ses écrits de circonstance. Depuis son retour à Cologne, en 1849, il était rédacteur du *Rheinische Kirchenblatt* et du supplément littéraire *Feierabend*. En 1853, son œuvre avait pris de tels développements qu'il crut devoir lui donner un organe spécial. Il fonda les *Rheinische Volksblaetter*, qu'il rédigea jusqu'à la fin de sa vie et qui subsistent encore actuellement. Il était écrivain populaire dans la belle acception du mot. Il avait trouvé le ton qui convient au peuple, et son journal gagna dès la première année plus de 6000 lecteurs.

Là, ne s'arrêta point l'activité littéraire de Kolping. Dès l'année 1848, il fit paraître un *almanach* qui eut une très grande vogue. L'almanach a toujours été un hôte chéri des familles allemandes. Celui de Kolping sut gagner de nombreux amis parmi les ouvriers et les artisans. Les récits qu'il y a insérés ont tant d'intérêt qu'on n'a pas hésité à les rééditer et à les réunir en volumes. En Allemagne, de grands écrivains catholiques n'ont pas cru se ravaler en rédigeant des almanachs. Il suffit de citer Alban Stolz, dont les *Kalender für Zeit und Ewig-*

keit ont également reçu les honneurs de la réimpression.

Tant de travaux et tant de fatigues devaient affaiblir la santé de Kolping. Il avait abusé de ses forces et un mal implacable le conduisit prématurément au tombeau. Il mourut le 4 décembre 1865, à peine âgé de cinquante-deux ans. Vie trop courte hélas ! mais qu'elle fut admirablement remplie ! On peut lui appliquer en toutes lettres ce mot du livre de la Sagesse : « *Consommatus in brevi, explevit tempora multa* ». Kolping n'est devenu prêtre qu'à l'âge de trente-deux ans Dans une carrière si peu longue il parvint à réaliser une des œuvres les plus fécondes dont puisse s'honorer notre temps.

§ 4. — EXPANSION DE L'ŒUVRE DES « GESELLEN-VEREINE ».

A sa mort, elle compta plus de 400 *Gesellenvereine* répandus à travers l'Europe et surtout dans les pays germaniques. Une grande fraternité ouvrière existait : les parents chrétiens qui étaient obligés d'envoyer leurs enfants au loin étaient rassurés à la pensée qu'ils trouveraient partout la famille de l'abbé Kolping. Les patrons voyaient avec plaisir cette pépinière d'ouvriers honnêtes auxquels la confiance n'avait pas à être marchandée. Aux yeux du gouvernement, les *Gesellenvereine* étaient une digue puissante contre le vagabondage et ses suites funestes. Il n'y avait partout qu'une voix pour exalter l'entreprise de l'ex-cordonnier dont Dieu s'était servi pour accomplir de si grandes choses. Pie IX loua les *Gesellenvereine* dans plusieurs brefs et accorda à Kolping la dignité de camérier secret. En 1856, le roi Maximilien II visita le *Gesellenverein* de Munich. En 1863, l'empereur François Joseph fit le même honneur à celui de Vienne. En 1866, un ordre du cabinet du roi Guillaume permit que l'humble artisan d'autrefois fût enterré dans l'église où il avait désiré dormir le dernier sommeil.

Kolping pouvait mourir content ! Il avait doté l'Église et la société d'une institution durable dont le remercieront encore les générations futures.

Sa disparition ne changea rien au fonctionnement des *Gesellenvereine*. Il fut remplacé comme président général par un de ses meilleurs collaborateurs,

par M. l'abbé Schæffer, qui était alors président
diocésain de Trèves. Mgr Schæffer, qui occupe
encore aujourd'hui son poste d'honneur, avait hérité
du talent d'organisation et du zèle apostolique qui
faisait la force de Kolping. Il eut à traverser des
temps très difficiles. Les auteurs du *Kulhukarmpf*
en voulaient à toutes les institutions catholiques et
les *Gesellenvereine* ne devaient pas échapper aux
chicanes d'une bureaucratie persécutrice. A la suite
de l'attentat contre Bismarck, le gouvernement
ferma le *Gesellenverein* de Berlin et les autres furent
placés sous la surveillance de la police. Le nouveau président général manœuvra avec beaucoup
d'habileté à travers tous ces écueils. Les difficultés
locales qui surgirent çà et là furent surmontées et
l'excellent pilote sortit de l'orage sans que la barque eût éprouvé d'avarie. Non seulement il con-
serva intacte l'œuvre du fondateur : il la développa
dans des proportions que l'abbé Kolping lui-même
n'aurait osé espérer. Le 19 août 1891, les présidents de tous les *Gesellenvereine* tenaient leur congrès annuel à Cologne. La fête était plus imposante
que d'habitude (1), car on célébrait en même temps
le jubilé de Mgr Schæffer. Il y a vingt-cinq ans
que cet éminent prélat dirige les destinées de l'institution des *Gesellenvereine*. Avec quel succès, c'est
ce que nous révèle une charmante brochure —
Festschrift — qui a été distribuée aux congressistes.
D'après ce livre il existe en ce moment 794 *Gesellenvereine*. Le *Wanderbüchlein* de 1888 n'en indique
que 767 ; en deux ans on a donc créé vingt-sept nou-

---

1. Plusieurs évêques y assistaient entre autres le cardinal
Gruscha, prince-archevêque de Vienne.

velles maisons, ce qui est un chiffre considérable
pour une œuvre qui semblait déjà arrivée au maximum de son développement. Sur ces 794 *Vereine*, 610
appartiennent à l'Allemagne. C'est la part du lion.
En Allemagne même, il y a des diocèses plus favorisés les uns que les autres. Ceux de Metz et de
Strasbourg ne figurent pas dans le *Wanderbüchlein*.
Il y a un *Gesellenverein* à Strasbourg, mais il n'est
pas affilié à la fédération qui a son centre à Cologne. Le diocèse de Breslau, un des plus vastes de
l'Empire, compte le plus de *Gesellenvereine,* 109 ; le
diocèse de Cologne vient ensuite avec 56 *Vereine*.
Celui de Munster avec 53, celui de Paderborn avec
49, celui de Fribourg avec 45, celui de Munich avec
33, celui de Rottembourg avec 33, ceux de Trèves
et d'Augsbourg avec 31 chacun, celui de Ratisbonne
avec 27, celui de Wurzbourg avec 19, celui de Limbourg avec 16, celui de Bamberg avec 15, celui de
Passau avec 13, celui d'Osnabrück avec 12, celui
d'Eichstaedt avec 11, le royaume de Saxe avec 9,
les diocèses de Spire et d'Ermland avec 9 chacun,
les Missions du Nord avec 7, le diocèse d'Hildesheim avec 6, celui de Fulda avec 5, le duché de
Hesse avec 6, le diocèse de Kulm avec 4, celui de
Posen avec 2. L'œuvre de Kolping est éminemment
allemande, c'est ce qui explique sans doute que le
vaste diocèse de Posen ne compte que 2 *Gesellenve-*
reine. Peut-être aussi que les Polonais sont plus
réfractaires à cette organisation. Toujours est-il que
le *Wanderbüchlein* n'indique que deux *Vereine* pour
un diocèse qui est presqu'aussi grand que celui de
Breslau.

En dehors des pays de l'empire d'Allemagne, il
existe encore 184 *Gesellenvereine* qui se répartissent

ainsi qu'il suit. L'Autriche-Hongrie en compte 162,
dont le président central est Mgr Gruscha, prince-
archevêque de Vienne et l'un des premiers collaborateurs de Kolping. A Vienne même il n'y a pas
moins de 6 *Gesellenvereine* dans les différents quartiers de la ville. Le diocèse d'Olmütz en compte le
plus, 28. Il faut ajouter que la ville d'Olmütz a été
la première à suivre l'impulsion de l'abbé Kolping.
Sa maison remonte à l'anné 1848, et est par conséquent antérieure même à celle de Cologne. Le diocèse de Linz compte 17 *Vereine,* celui de Brixen 15,
celui de Seckau 17, les autres ont tous au-dessous
de dix. On remarquera qu'il reste encore beaucoup
à faire en Autriche.

Après l'Allemagne et l'Autriche, voici la Suisse
qui possède 30 *Gesellenvereine* répartis entre ses cinq
diocèses de Bâle, de Genève-Lausanne, de Saint-
Galles, de Coire et de Sitten La Hollande en a 8, le
Luxembourg 2, la Belgique 2, l'Amérique du Nord
4, l'Angleterre 1, ainsi que le Danemark, la Suède,
l'Italie, l'Égypte et la France.

Parmi ces *Vereine* il en est qui comptent au-delà
de mille membres. Celui de Cologne en a mille,
chiffre rond ; à côté de ces membres permanents le
Verein de Cologne donne chaque année l'hospitalité
à environ 3000 compagnons qui sont de passage.
Depuis l'origine il y en a au moins 70.000 qui ont
profité de ce bienfait. Il en est de même des *Gesellenvereine* de Munich, de Vienne, d'Elberfeld, de
Dusseldorf, de Mayence, de Stuttgard, en un mot
de tous ceux des grandes villes.

L'association fait mieux que d'entretenir gratuitement les membres nécessiteux. Elle les habitue
tous à l'épargne. Dans chaque *Verein* on a établi

une caisse d'épargne où l'on perçoit des quotités très minimes (15 à 20 centimes). Ces caisses ont un double avantage : l'ouvrier se prépare un petit pécule pour le moment où il voudra voyager ou s'établir, en même temps il s'enlève les moyens de dépenser inutilement son argent. Les caisses des *Gesellenvereine* ont donné les meilleurs résultats : celle de Cologne ne renferme pas moins de 250.000 francs. Aux caisses d'épargne sont souvent jointes des caisses de secours en cas de maladie. Mgr Schæffer, qui a eu l'obligeance de me fournir ces chiffres, m'apprend qu'à Cologne la caisse des malades compte environ 700 membres.

Comme on le voit par les statistiques précédentes. le réseau qui couvrit d'abord l'Allemagne s'étend aujourd'hui au monde entier. Par l'extension progressive de l'œuvre, il pourra envelopper des millions d'ouvriers dans les différents pays. Actuellement, il y a à peu près 80.000 compagnons, — tous Allemands, — dans les 794 *Gesellenvereine*. Ce chiffre n'est-il pas d'une merveilleuse éloquence, et quelle preuve plus convaincante de la fécondité de l'action sociale du clergé ! « L'Église catholique ne peut rien contre le socialisme, s'écrient les libéraux furieux de la banqueroute de leurs théories ! » Qu'ils regardent l'œuvre des *Gesellenvereine !* 80 000 jeunes gens, — les éléments les plus dangereux de la société, — se sont confiés volontairement à la direction paternelle d'un millier de prêtres. Ils forment une vaste corporation dont chaque membre s'engage à servir Dieu et à se rendre utile à l'humanité. Aux socialistes qui viennent leur prêcher la révolte contre Dieu et contre le travail, ils répondent : « Que Dieu bénisse l'honnête métier ! »

La haine sociale que le libéralisme athée a soulevée dans les classes ouvrières, ils la combattent en pratiquant la fraternité chrétienne. Or, c'est un prêtre qui a créé cette association; ce sont des prêtres qui la dirigent et qui la font prospérer. Des prêtres empêchent ainsi 80.000 ouvriers à devenir la proie du socialisme. Depuis quarante ans environ. 400.000 compagnons ont passé par les *Gesellenvere'ne* et sont devenus ou restés d'honnêtes ouvriers chrétiens, les colonnes de l'édifice social. Les adversaires du catholicisme, en réunissant tous leurs efforts, n'ont jamais rien produit d'analogue : il faut le redire bien haut quand ils se permettent de parler avec dédain du rôle social de l'Église catholique.

§ 5. — LES CERCLES DES APPRENTIS ET LES
CERCLES DES MAITRES.

Le clergé, nous venons de le constater, a fait
beaucoup pour les compagnons. Il s'occupe de leur
vie morale et de leurs intérêts vitaux avec une
bienveillance toute paternelle. Mais le corps des
arts et métiers ne renferme pas que des compagnons. Avant de devenir *Geselle,* il faut que le jeune
ouvrier fasse l'apprentissage de son métier : il est
apprenti. Les apprentis constituent une catégorie
assez nombreuse des artisans. Leur éducation
comme leur formation technique est d'une importance capitale. Tel apprenti, tel compagnon. Si
l'ouvrier de douze à dix-sept ans est déformé par
le vice et corrompu par les contacts pervers, on ne
pourra plus rien en tirer plus tard. On aura cultivé
de la semence de socialisme. Le clergé allemand s'est
efforcé d'empêcher l'éclosion de ce mal ; il a créé
des *cercles d'apprentis — Lehrlingvereine.* « Il en
existe un très grand nombre en Allemagne, m'écrivait, au mois de juillet 1891, Mgr Schæffer, mais
quelques-uns seulement sont agrégés aux *Gesellenvereine.* La question sera réglée à notre congrès
annuel ». L'organisation hiérarchique de cette œuvre manquait donc jusqu'ici. C'étaient des cercles
isolés sans liens par lesquels ils fussent unis entre
eux et reliés au *Gesellenverein.* D'où l'absence d'une
statistique qui nous renseignât sur leur nombre et
sur le nombre approximatif de leurs membres. Ces
données, on ne les aura que plus tard. Mais ce que

l'on peut affirmer, c'est que ces cercles existent à
peu près dans toutes les villes où il y a des *Gesellenvereine,* et qu'ils rendent les plus grands services.
Ils préparent d'excellents compagnons.

De l'apprenti naît le compagnon ; le compagnon
devient à son tour *maître,* soit qu'il s'établisse à son
propre compte, soit qu'il se marie. L'Église aban-
donnera-t-elle ses protégés à cette heure sérieuse
de la vie ? Non, sur les *Gesellenvereine,* elle a greffé
l'association des maîtres, des patrons, les *Meistervereine.* Tout compagnon qui se marie peut faire partie du *Meisterverein* s'il a su mériter cette faveur par
une conduite irréprochable. Un patron chrétien est
admis dans cette association même lorsqu'il n'a pas
appartenu au *Gesellenverein.* Les *maîtres* sont, pour
ainsi dire, les protecteurs nés des compagnons. Ils
assistent autant que possible à leurs réunions, prennent part à leurs fêtes, etc. Ils ont pour président le
président même du cercle des compagnons, afin
qu'on voie bien la relation étroite qui unit les uns
aux autres.

Ces *Meistervereine* sont très nombreux en Allemagne, presque aussi nombreux que les *Gesellenvereine.* D'après les données que m'a fournies Mgr Schœf-
fer, il y a plus de 40,000 maîtres qui appartiennent
à l'œuvre. A Cologne seule, on en compte 400. A
Olmutz, siège du plus ancien *Gesellenverein,* il y
en a 53, tandis que le nombre des compagnons est
de 87.

Ainsi *apprentis, compagnons, maîtres,* le clergé catholique les embrasse tous dans une même affection,
les dirige tous dans la bonne voie. Il en fait une
immense famille dont tous les membres tiennent
à honneur de remplir consciencieusement leurs

devoirs de catholique et leurs devoirs de citoyen.
Kolping avait raison quand il disait que le prêtre
est l'éducateur né du peuple. Il faut être fou ou
criminel pour le nier en face d'œuvres si admirables.

Au sortir de la Révolution française qui a brisé
l'organisation de la société chrétienne, un enfant
chétif est né dans un petit village des bords du
Rhin. La lutte pour la vie l'a conduit dans la boutique d'un cordonnier et tout semblait indiquer qu'il
mourrait l'outil à la main. Un jour, Dieu a saisi
cette faible créature et lui a insufflé la force in-
domptable des héros et des apôtres. Il l'a jeté au
milieu d'un monde troublé, pulvérisé, et lui a dit :
« Agis et édifie ! » Et ce cordonnier manqué a élevé
un édifice où près de 200,000 artisans se trouvent à
l'aise et défient la tempête révolutionnaire. Pour
opérer ce prodige Dieu n'a fait qu'une chose : il a
donné à Kolping une âme de prêtre !

III

Le clergé et l'ouvrier industriel.

§ 1. — CONDITION DE L'OUVRIER INDUSTRIEL

L'ouvrier industriel est le dernier né des enfants de la grande famille des travailleurs. Comme il arrive souvent aux cadets, il est aussi le plus turbulent, le plus mal élevé, le plus exigeant, celui qui donne le plus de souci à la société. Tandis que ses aînés acceptent avec une résignation relative le sort que leur ont fait les progrès de la civilisation moderne, lui se révolte à chaque instant et menace de tout renverser. Le sol tremble sous ses pas et si l'on n'y prend garde ses coups de tête amèneront tôt ou tard d'épouvantables catastrophes.

Tout le monde reconnaît aujourd'hui le péril de la question ouvrière. Le temps est loin où des politiciens naïvement légers ou sottement orgueilleux en niaient même jusqu'à l'existence. L'expansion rapide du socialisme allemand et les revendications audacieuses du prolétariat révolutionnaire ont ouvert les yeux aux moins clairvoyants. On ne ricane plus quand les économistes font entendre leur *caveant consules* ; on ne parle plus de la *canaille* comme en parlait Voltaire, l'ami du peuple. Si peut-être on continue à ne pas croire en Dieu, on croit certainement à la question sociale et on a peur. Les ouvriers forment une armée qui compte des millions de soldats ; il faut prendre cette armée au sérieux.

Elle s'organise de toutes parts ; des chefs s'imposent à elle ; des conquêtes merveilleuses lui sont proposées. Qui sera capable de lui résister, d'arrêter sa marche envahissante lorsqu'elle aura pris complètement conscience de ses forces? Ni les récriminations, ni les menaces, ni les concessions ne feront taire ses convoitises inassouvies! Elle s'avancera avec l'irrésistible élan de l'avalanche.

Mais alors que faire? La société est-elle irrémédiablement condamnée à une mort violente? Ne lui reste-t-il plus qu'à s'envelopper la tête dans un des plis de sa toge et à recevoir le coup fatal? Ainsi le pense le pessimisme contemporain qui prêche et pratique la théorie des jouissances illimitées en attendant que tout s'abîme dans le néant d'une révolution sociale. Tristes doctrines qu'il faut repousser avec l'indignation d'une âme honnête! Non, tout n'est pas perdu, le socialisme n'a pas encore entamé toutes les populations ouvrières. Un grand et généreux effort peut lui opposer une digue infranchissable. « Il faut être optimiste et hardi, s'écria un jour dans une réunion de jeunes gens notre éloquent ami, M. Léon Lefébure! » Conseil admirable que le clergé allemand a su pratiquer et qui lui a valu les plus étonnantes victoires! Il a été optimiste en ne désespérant pas de l'ouvrier, et hardi, en prenant l'offensive contre les socialistes. Nous avons vu qu'il est resté maître des ouvriers catholiques dans les plus grands centres industriels. Comment s'y est-il pris? Par quelle stratégie a-t-il arrêté le loup à la porte du bercail! Nous répondrons à ces questions en retraçant à grands traits le tableau des œuvres ouvrières dont peut s'enorgueillir l'Eglise catholique en Allemagne.

L'abbé Kolping a sauvé les artisans en les groupant, en les organisant, en multipliant les foyers de vie chrétienne et familiale ; c'est le principe d'association appliqué avec intelligence et persévérance qui l'a mis à même de réaliser de si grands desseins. Ce même principe, modifié selon les lieux et les conditions, le clergé catholique s'en est servi pour arriver aux ouvriers industriels. Dès qu'on a affaire à de grandes masses il faut réunir des groupes et atteindre l'individu par la collectivité. L'esprit de corps, l'exemple mutuel, le sentiment de l'honneur, l'assistance réciproque par le conseil et par les actes sont autant de secours qui aident l'ouvrier à accomplir le bien et à éviter le mal. Il s'agissait donc avant tout de créer des associations, de placer en face des clubs socialistes les cercles ouvriers. Le clergé allemand n'y a point failli.

§ 2. — L'ŒUVRE DES CERCLES.

L'impulsion est venue de Rome, de l'encycli-que *Humanum genus*. A vrai dire il existait déjà des cercles ouvriers antérieurement à l'année 1884. Mais Léon XIII — le Pape social — a la gloire d'avoir poussé spécialement le clergé dans cette voie. Quelques mois après l'apparition du document pontifical, l'Assemblée générale des catholiques allemands siégeait à Amberg, en Bavière. L'abbé Hitze porta à la tribune du congrès une motion dans le sens de l'encyclique. « La 31ᵉ assemblée générale des catholiques, y est-il dit, recommande la création des cercles ouvriers chrétiens comme le moyen le plus efficace pour combattre le courant des idées impies et corruptrices du temps ». La motion fut adoptée avec enthousiasme et le congrès discuta et fixa de suite les fondements de l'organisation des cercles.

A. — *Organisation.*

1) Pour les jeunes ouvriers jusqu'à 18 ans on créera autant que possible des cercles à part.

2) A la tête de chaque cercle se trouvera un prêtre délégué par les autorités ecclésiastiques. Il aura à ses côtés un comité directif et un comité protecteur formé par les membres honoraires de l'association.

B. — *But*.

1) Protéger les sentiments religieux et la moralité des ouvriers.

2) Cultiver en eux les vertus propres à leur état : amour du travail, sobriété, économie, esprit de famille.

3) Favoriser l'amitié vraie et les amusements qui ennoblissent l'âme.

4) Développer l'éducation intellectuelle et les connaissances techniques de l'ouvrier.

C. — *Moyens*.

1) Les membres du cercle s'approcheront des sacrements en commun ; ils prendront part aux fêtes de l'Église ; ils se mettront sous la protection d'un patron.

2) Il y aura des réunions régulières avec conférences religieuses et autres.

3) Une bibliothèque et une salle de lecture seront mises à la disposition des membres du cercle.

4) On leur offrira des distractions et des amusements tels que chant, musique, déclamation, jeux, excursions, des fêtes auxquelles leurs familles pourront assister.

5) On organisera des caisses d'épargne et on accordera des primes d'encouragement.

Ces principes élaborés par l'abbé Hitze ont servi de base à la plupart des cercles. L'expérience a

montré que ce jeune prêtre, dont la carrière a été
si féconde depuis, avait vu juste. Les ouvriers industriels possédaient leur Kolping, c'est-à-dire leur
homme providentiel. « Si nous pouvions, s'écriait
Hitze au congrès d'Amberg, lutter contre la démocratie sociale dans des réunions publiques, elle ne
tarderait pas à être isolée. Mais voici ce que la situation actuelle a de menaçant. Sous la blouse de
l'ouvrier les prophètes de l'impiété pénètrent par
milliers dans nos usines et nos ateliers ; ils travaillent avec nos ouvriers chrétiens à la même machine,
s'assoient à la même table, fréquentent les mêmes
auberges, et répandent ainsi à foison les semences
de l'incrédulité et de la défiance et nous ne pouvons
presque rien... En présence de ce danger il ne nous
reste qu'une chose à faire, combattre la démocratie
sociale par une forte organisation chrétienne. De
nos ouvriers nous devons faire une armée bien dis-
ciplinée, bien équipée, qui suive les socialistes à
l'usine et à l'atelier. Messieurs, organisons nos ouvriers pendant qu'il en est temps encore ; armons-
nous avant que l'ennemi ne soit dans nos murs.
Léon XIII a parlé : ses conseils sont des ordres pour
nous. A l'œuvre ! » Ces paroles du jeune économiste
eurent un profond retentissement en Allemagne.
Le clergé se mit à l'ouvrage avec cette ardeur qu'il
sait déployer quand les intérêts religieux sont en
cause. Le programme des cercles formulé au congrès d'Amberg (1884) fut soumis à l'épiscopat allemand en 1886 et tous les évêques eurent à cœur
d'encourager cette entreprise. Le prince-évêque de
Breslau et l'évêque d'Hildesheim en firent l'objet
de lettres pastorales. Les archevêques de Fribourg
et de Cologne, l'évêque de Trèves recommandèrent

la création des cercles dans des discours de circonstance. « Les associations, disait Mgr Korum à l'assemblée générale de l'*Arbeiterwohl* en 1887, les associations sont une nécessité de notre temps ; nous devons fonder des cercles. Si nous ne le faisons, l'enfer le fera. Est-ce que les catholiques, qui ont autrefois combattu victorieusement le paganisme, reculeraient devant le néopaganisme de la démocratie sociale ? » Le langage des autres évêques n'a pas été moins énergique et leurs actes répondaient à leurs paroles. L'évêque de Munster a nommé un président diocésain chargé d'ériger partout des cercles. Quelques prélats, comme les archevêques de Bamberg, de Fribourg, de Munich, ont directement provoqué la création des cercles ouvriers. La plupart d'entre eux, — je citerai ceux de Spire et de Fulda — ont fait distribuer à leurs prêtres la brochure dans laquelle l'abbé Hitze a consigné tout ce qui concerne l'organisation de l'œuvre. L'évêque de Limbourg a voulu que la question fût débattue dans les conférences ecclésiastiques de son diocèse. A Cologne, l'archevêque a nommé un comité diocésain chargé exclusivement des cercles. Ce comité, composé de neuf prêtres, — curés et vicaires du diocèse, — a pour mission de susciter partout des cercles, de les soutenir, de fournir des renseignements aux présidents, de publier une *correspondance* (*Correspondenz für die geistlichen præsides*) où les présidents trouvent toutes les indications qui peuvent leur être utiles.

Le Pape et les évêques avaient parlé, le clergé paroissial s'empressa de suivre leurs conseils. Il fonda des cercles de jeunes ouvriers, des cercles d'hommes et des associations d'ouvrières.

§ 3. — CERCLES DES JEUNES OUVRIERS.

La jeunesse ouvrière des cités industrielles présente souvent un spectacle fait pour déconcerter le moraliste et effrayer le sociologue. Le vice sous toutes ses manifestations y est plus précoce, plus raffiné, plus répandu que dans les autres milieux juvéniles. Lorsqu'on recherche les causes de cette dépravation prématurée, il n'est pas difficile de la découvrir. Dans la famille ouvrière l'éducation de l'enfant est fatalement incomplète, si elle n'est viciée. Pendant la semaine le père travaille à la fabrique du matin au soir ; il songe rarement à l'éducation des enfants. Le dimanche, pour peu qu'il soit léger, il ne se soucie pas davantage de remplir les devoirs que lui impose le quatrième précepte du Décalogue. Il préfère fréquenter l'auberge avec ses camarades. Dans bien des villes la mère est elle-même condamnée aux labeurs forcés de l'usine. Dès lors l'éducatrice par excellence manque aux enfants et les pauvres créatures poussent tant bien que mal seuls ou sous la surveillance d'une garde mercenaire. Fréquemment aussi la femme de l'ouvrier, qui a été ouvrière jusqu'à son mariage, ignore l'art de tenir un intérieur et d'élever une famille. Elle n'est pas à la hauteur de ses devoirs. Le jeune garçon, élevé ainsi, arrive à l'âge de 13 ou 14 ans et alors on le jette, lui qui n'a pas reçu une éducation morale solide, dans un milieu pervers et pervertissant capable de provoquer la chute d'un saint. Les pa-

trons sans conscience entassent leurs ouvriers pêle-
mêle, jeunes filles et jeunes garçons, dans des salles où les ouvriers plus âgés tiennent impunément
un langage qui ferait rougir les singes d'Afrique.
Presque tout ce que le jeune homme voit, entend,
dans ces enfers de la promiscuité est une atteinte
mortelle à son innocence et à sa vertu. A moins de
contre-poids puissant cette vertu vit ce que vivent
les roses. Elle se flétrit rapidement et le jeune
ouvrier cèdera à tous les entraînements et deviendra la proie des séducteurs socialistes.

Le clergé catholique, qui connaît ces douloureu-
ses conditions de la jeunesse des villes industrielles,
a porté ses efforts de ce côté, où le danger était si
pressant. Il a fondé partout des cercles de jeunes
ouvriers. La tâche était délicate. Il fallait attirer
les jeunes gens par l'appât de nombreuses distractions, et en même temps faire du cercle une forte
école morale et religieuse. Combiner les deux choses dans une juste mesure est plus difficile qu'on ne
pense. Suivant les circonstances ou suivant son
tempérament, le directeur inclinera dans un sens
plus que dans l'autre, et il compromettra l'œuvre.
Si les amusements prennent le dessus, le cercle
produit l'effet contraire à celui qu'on en attendait ;
on fait tomber les jeunes ouvriers du côté où ils
penchent naturellement. Quand, au contraire, sous
le pseudonyme de cercle, le directeur cherche à
ériger exclusivement une confrérie pieuse, son
entreprise meurt avant de naître : les ouvriers ne
viennent pas à lui. Quelque difficile que soit le problème, il a été résolu par beaucoup de prêtres. J'ai
visité en Allemagne une série de cercles de jeunes
gens qui fonctionnent tous admirablement et qui

comptent des centaines de membres assidus. Je
pourrais citer entre autres ceux de Munchen-Gladbach, de Cologne, etc., mais je préfère parler des
villes qui intéressent davantage le lecteur français.
Mulhouse et Colmar possèdent des cercles de jeunes ouvriers, le premier existe depuis plus de vingt
ans, le second depuis quelques mois seulement.
Dans les deux villes alsaciennes on a évité les
écueils dont je viens de parler, et atteint le but que
l'on se proposait.

Ce but est de maintenir les jeunes ouvriers dans
la pratique des devoirs religieux et de les faire marcher dans le chemin de l'honneur et de la vertu. Il
n'est pas nécessaire d'ajouter que les amusements
seuls ne conduiraient pas à ce résultat. Il faut entre
les membres du cercle un autre lien plus puissant
que celui de l'amour des plaisirs.

Les créateurs du cercle de Mulhouse ont trouvé
ce lien : c'est la congrégation. La congrégation vi-
vifie et porte en quelque sorte le cercle : elle en est
l'âme, le foyer. Elle fait des membres du cercle de
bons et solides chrétiens qui pratiquent leur religion sans rougir devant leurs camarades. Le cercle
avec ses distractions variées ne sert qu'à attirer la
jeunesse ouvrière et à la retenir au sein de la congrégation.

La congrégation de Mulhouse se recrute chaque
année parmi les enfants qui ont fait leur première
communion (à quatorze ans). Après avoir suivi régulièrement pendant une année le catéchisme de persévérance, on est reçu membre de la congrégation ;
par la même réception on devient membre du cercle. On ne peut faire partie du cercle sans appartenir à la congrégation.

Cette organisation est saine, et à mon sens elle est seule féconde.

Le cercle de Mulhouse a traversé des jours critiques parce qu'il naissait et grandissait dans des conditions extrêmement difficiles. Le clergé avait à lutter contre les préjugés des enfants et des parents, contre l'opposition du clan libéral qui dominait tyranniquement en ville, contre les railleries de la légion des scribes de tout ordre qui tournait la congrégation en ridicule. Malgré ces obstacles multiples le cercle se développa rapidement. Grâce à la générosité d'insignes bienfaiteurs, il put construire un superbe local qui coûta au-delà de 100.000 francs, et dont la grande salle peut contenir près de 1200 personnes. Au bout d'une quinzaine d'années il compta jusqu'à 900 membres.

A cette foule il s'agissait de trouver des emplois qui pussent les intéresser à l'œuvre. Le directeur s'ingénia à multiplier ces occupations et partagea le cercle en six sections. En tête figure la section de musique, avec 90 à 100 membres ; puis vient celle de théâtre, avec 30 acteurs ; la section d'orchestre, avec 25 exécutants ; celle de chant, avec 50. La section de gymnastique renferme 40 membres et celle des travailleurs 45. Cette dernière est chargée du service et de l'ordre matériel du cercle, des réunions et des fêtes. Au-dessus de toutes ces sections se tient la section de patronage choisie parmi les jeunes gens les plus sérieux, les plus pieux, les plus dévoués du cercle. Ce corps d'élite de 25 membres maintient le bon esprit dans les autres sections. En outre, elle forme une sorte de conférence de Saint-Vincent de Paul s'occupant des membres malades ou nécessiteux. Le directeur la réunit chaque semaine, soit

pour discuter les secours à distribuer, soit pour traiter des intérêts généraux de l'œuvre. Naturellement
tous les jeunes gens ne peuvent pas trouver de place
dans ces cadres limités. En dehors des sections il y
a les aspirants, qui remplacent plus tard leurs aînés
dans les diverses sections, et les membres mariés,
qui, sans faire à proprement parler partie du cercle,
y sont rattachés par le titre de membres *aînés*.

Il n'y a point d'armée sans chef. Les diverses sections ont chacune un comité de direction, un président laïque et un directeur ecclésiastique. Une fois
par semaine ces comités se réunissent pour examiner leurs situations respectives. La direction suprême est confiée à un comité général, qui se compose
de membres éminents du cercle et de quelques personnages influents de la ville. Le président de ce
comité est en même temps le président du cercle.
Bien que le comité ait une part effective dans l'administration du cercle, le maître-ressort de toute
l'organisation, c'est le directeur ecclésiastique. Son
action s'étend à tout, son dévouement intelligent
seul peut faire marcher le cercle et lui conserver la
vie. Il connaît chacun des membres en particulier,
s'informe de tout ce qui les touche, entre en relation
avec leurs parents. Comme la tâche est immense,
tout le clergé paroissial s'empresse de seconder ses
efforts, qui pour une chose, qui pour une autre. Les
vicaires se mêlent à la vie de tous ces jeunes gens
et par là exercent une influence sérieuse et quelquefois décisive sur leurs destinées.

Le prêtre est tout dans le cercle, et sans le clergé
le cercle ne vivrait pas. Je ne saurais assez insister
sur ce point. Toutes ces œuvres que je m'efforce de
faire connaître existent et prospèrent parce qu'elles

sont greffées sur la paroisse, parce que le clergé en
est l'âme et la cheville ouvrière. Dans quelques cas
très rares des laïques ont essayé de créer un cercle
un peu en dehors de la paroisse. Toutes ces tentatives ont avorté. Là où le clergé n'est pas la pierre
angulaire de l'édifice, on bâtit sur le sable. J'ajouterai qu'il ne s'agit pas d'un vague patronage, d'une
présidence plus ou moins honoraire; il ne suffit pas
d'assister simplement dans un beau fauteuil à une
fête ou à une représentation théâtrale, ni même de
prononcer occasionnellement un éloquent discours.
Si le clergé allemand entendait son action sociale
de cette façon olympienne, il n'aurait guère de succès à enregistrer. Pour comprendre à quel prix il
s'empare des jeunes ouvriers il faut voir le clergé
de Mulhouse à l'œuvre. Le directeur consacre presque tous ses moments au cercle. Ses collègues, imi-
tant sa généreuse abnégation, se font également tout
à tous. A l'origine plusieurs de ces prêtres donnaient eux-mêmes chaque soir, au local du cercle,
des leçons de français, d'allemand, d'anglais, de dessin, de comptabilité, etc. A présent cet enseignement est donné par les membres aînés du cercle
sous la direction du clergé. Les directeurs de section
s'occupent de tout ce qui touche les sections. Ils
assistent fréquemment aux réunions du soir, et le
dimanche ils se retrouvent encore au milieu de cette
jeunesse, l'hiver au local, l'été au jardin du cercle :
car le cercle de Mulhouse a un vaste jardin en dehors de la ville et c'est un des principaux attraits
de l'association. Des jeux y sont établis; la section
de travail y vend de la bière et la section de musique y exécute quelques morceaux de son répertoire.
Les parents des jeunes gens sont admis dans ce jar-

din les jours de fête, et alors une foule considérable
s'y presse pour entendre et voir tout ce qui se passe.
Les représentations théâtrales sont un autre diver-
tissement cher aux membres du cercle et à leurs
familles. Au cours de l'hiver il y a toute une série
de pièces exécutées avec beaucoup d'habileté par la
section dramatique. Enfin le lundi de Pentecôte
tout le cercle fait une excursion lointaine.

Ces divertissements et ces fêtes espacées judicieu-
sement tiennent toujours en haleine cette jeunesse
avide de nouveauté, et lui inspirent le désir de rester
fidèle au drapeau du cercle. La congrégation peut
compter sur les jeunes ouvriers et c'est le point es-
sentiel. Si les 850 membres du cercle se contentaient
de s'amuser honnêtement, sous les yeux et avec le
concours du clergé, ce serait déjà un beau résultat.
Mais on vise plus haut et voilà pourquoi la congrégation est à la base du cercle. Ce que l'on veut
atteindre c'est l'âme du jeune ouvrier. On veut en
faire un bon chrétien. Le cercle attire la jeunesse
à l'église. A l'église on lui parle de Dieu, de ses
devoirs, des vertus qu'elle doit acquérir. Le dimanche matin, à huit heures, les membres de la
congrégation se réunissent à l'église paroissiale
pour assister à la messe. On y fait une petite instruction de dix à quinze minutes. Pendant la messe
les jeunes gens chantent des cantiques aux sons de
l'orgue, et les jours de fête aux sons de l'orchestre.
Tous les quinze jours au moins, à une heure de
l'après-midi, a lieu la réunion de la congrégation
qui remplace alors le catéchisme de persévérance.
Le directeur du cercle y fait une instruction plus
longue suivie de prières et de chants. La congrégation célèbre trois grandes fêtes pendant l'année :

celle de Jésus adolescent, celle de saint Louis de Gonzague, et celle de saint Raphaël. A chacune de ces fêtes les membres du cercle sont invités à une communion générale. Il y a d'ordinaire ces jours-là au moins 400 à 500 communions de jeunes gens. Avec la communion pascale, la congrégation a donc 4 communions générales, une tous les 3 mois. La plupart y sont fidèles. Aussi ces fêtes sont-elles des jours de triomphe. Le soir, un salut solennel est donné en grande pompe avec sermon, chant et musique. L'affluence est énorme, car presque toute la population ouvrière y prend part et s'en réjouit.

Un cercle ainsi organisé rend les plus grands services à la classe ouvrière et à la société. Les jeunes gens restent en assez grand nombre bons et honnêtes jusqu'au moment du service militaire, et par le fait même ils sont sauvés pour le reste de leur vie. Les chutes seront inévitables sans doute, mais ils se relèveront, et une fois mariés ce seront d'excellents pères de famille. Les prêtres qui se sont dévoués aux cercles de jeunes gens ont fait œuvre éminemment sociale.

Jusqu'à ce jour, près de 4000 jeunes gens ont appartenu au cercle de Mulhouse. Le cercle de Colmar, qui est de création récente, ne peut évidemment revendiquer un tel passé. Mais ses débuts sont magnifiques. Il a commencé l'an passé avec 200 membres, ce qui est un chiffre respectable quand on songe que Colmar est plutôt une petite ville bourgeoise qu'un centre industriel. Et qu'on ne croie pas que l'attrait de la nouveauté ait seul provoqué ces nombreuses adhésions. Loin de décroître, le mouvement initial n'a fait que s'accentuer.

Aujourd'hui ce cercle compte 270 membres actifs et 140 membres postulants, en tout 400.

L'organisation du cercle de Colmar ressemble beaucoup à celle du cercle de Mulhouse. Le but est le même, les occupations et les divertissements aussi. Le cercle a une section de *chant à 4 voix* (40 membres), une section de *chant populaire* (50), une section de théâtre (30), une section de gymnastique (50) et une section de travailleurs (20). On remarquera l'absence d'une section de fanfare ; le directeur paraît vouloir se passer du concours d'une section de ce genre ; à ce point de vue il se sépare de presque tous ses collègues. C'est une innovation qui offrait quelque péril. A force de tact et de stratégie le coup d'essai a réussi ; il faut en féliciter le directeur. Il est toujours dangereux de mettre entre les mains des jeunes ouvriers des instruments de cuivre, car une fois qu'ils savent les manier ils deviennent impertinents, et il arrive qu'un certain nombre se réunit pour faire scission. Au lieu de travailler pour Dieu, on a formé des musiciens forains. Un petit orchestre avec violon, etc., est préférable, parce qu'il est difficile à un violoniste et à un flutiste d'aller donner des concerts dans quelque bouge des faubourgs. S'il faut absolument de la musique, le cercle de Colmar aura son orchestre.

Sous le rapport religieux ce cercle repose sur les mêmes principes que celui de Mulhouse. On ne peut en devenir membre que si on appartient à la congrégation. La vie religieuse du cercle est donc la vie même de la congrégation. Chaque dimanche les jeunes gens sont tenus d'assister à la messe et à une réunion de l'après-midi avec prières, allocutions,

catéchisme de persévérance ; la fréquentation du
catéchisme de persévérance est exigée jusqu'à l'âge
de 17 ans. Le cercle a 6 fêtes (2 de plus qu'à Mulhouse) avec communion générale ; les membres de
l'association sont très fidèles à ces communions : à
la dernière fête 450 jeunes gens se sont approchés
de la sainte table. Par cette vie religieuse le directeur a une action très puissante sur sa petite armée.
Il pétrit leurs âmes pour les grandes luttes de la
vie. Ce sont autant de victimes enlevées d'avance au
socialisme.

Je me suis arrêté peut-être plus que de raison à
l'organisation de ces deux cercles. C'est que je tenais
à montrer que des œuvres peuvent être appelées à la
vie, en dépit de tous les obstacles, quand leurs auteurs ont l'entêtement de l'apôtre. Que de villes
industrielles en France qui ne sont ni pires, ni meilleures que Mulhouse ! On s'emparera de leurs populations ouvrières le jour où l'on voudra agir énergiquement. Savoir et vouloir ! n'est-ce pas le secret
de toutes les grandes œuvres ?

A Colmar comme à Mulhouse on s'est adressé à
tous les nobles sentiments de l'ouvrier. On l'instruit,
on lui fournit des livres et des journaux, on cultive
sa *sociabilité*, on réveille aussi chez lui l'amour de
l'épargne. La jeunesse est dépensière dans toutes
les classes de la société ; l'ouvrier gaspille volontiers
une partie de ce qu'il gagne. On combat cette disposition dangereuse en lui offrant la facilité d'économiser des sommes minimes. Une caisse d'épargne est
rattachée à chacun des cercles ; celle de Colmar, qui
ne compte pas encore une année d'existence, a déjà
reçu près de 2000 francs provenant de 150 ouvriers
munis de livrets de caisse. La caisse d'épargne de

Mulhouse dispose de sommes considérables. On peut dire que c'est de l'argent trouvé ; en effet, s'il n'avait pas été recueilli par la caisse du cercle, il aurait passé en dépenses inutiles et peut-être coupables. En poussant à l'épargne, ces cercles travaillent pour les jeunes gens, pour leurs familles et pour la société.

3000 ou 4000 pères de famille qui ont pris dans leur jeune âge le goût et l'habitude de l'épargne constituent pour une ville un élément social d'une valeur inestimable.

Ainsi vivent, ainsi agissent les cercles des jeunes ouvriers de Mulhouse et de Colmar ; ainsi vivent les associations analogues de toutes les villes d'Allemagne. Il n'y a point de statistique récente donnant le chiffre exact de ces œuvres. Mais, d'après divers renseignements puisés à bonne source, elles sont nombreuses. Je sais qu'en Alsace il y en a près de 20, et que la ville de Cologne à elle seule en a 3. Dans ces dernières années leur nombre a augmenté dans des proportions extrêmement consolantes.

La diffusion des cercles d'hommes a été plus rapide encore. Depuis 1884 l'assemblée générale des catholiques d'Allemagne et le congrès de l'*Arbeiter-wohl* insistaient chaque année sur la nécessité de fonder de ces associations. Le péril était pressant; on ne pouvait attendre que les membres des *Junglingvereine* eussent atteint l'âge d'homme. Il fallait immédiatement englober toute la classe ouvrière. C'est ce que l'abbé Hitze disait au congrès de l'*Arbeiterwohl* de Munster en 1885, à celui de Cologne en 1886, à celui de Trèves en 1887. C'est ce qu'il avait démontré dans un grand discours à l'assemblée générale des catholiques tenue à Breslau en 1886. Les mêmes avertissements furent entendus à celles de Trèves en 1887, à celle de Fribourg en 1888, à celle de Bochum en 1889 et à celle de Coblentz en 1890.

Pour se faire une idée de l'activité que déploya le clergé sur ce terrain, il suffit d'emprunter quelques chiffres à la statistique que l'*Arbeiterwohl* publia dans son septième numéro de 1889. A l'occasion du Jubilé sacerdotal de Léon XIII, en 1887, l'abbé Hitze offrit au Saint-Père un *Vereins'album* contenant la liste (d'ailleurs incomplète) des associations ouvrières de l'Allemagne catholique. Une centaine de cercles d'ouvriers adultes figurent dans ce tableau d'honneur, sans compter les cercles de jeunes gens et les cercles d'ouvrières. Quelques

mois plus tard l'abbé Hitze constata au congrès de
Bochum qu'il fallait porter ce chiffre à 168. Tous
ces *Vereine* comptent des membres en très grand
nombre. Dès 1887 celui de Breslau en avait 3000,
les deux *Vereine* de Bochum 1800, celui de Crefeld
2000, celui de Düsseldorf 1500, les deux cercles de
Cologne près de 3000, les 3 cercles de Dortmund au-
delà de 1000, celui de Mayence 905, etc. Et s'il faut
citer des villes moins importantes par leur population et leur développement industriel, nous trouvons
encore des chiffres dont il y a lieu d'être pleinement satisfait. A l'époque du jubilé de Léon XIII
Bocholt avait déjà un cercle ouvrier avec 400 membres, Ehrenfeld un autre avec 576, Gelsenkirchen
avec 520, Kalk avec 600, Nippes avec 540, etc.,
etc. Depuis ce temps l'institution s'est développée
avec la vitesse d'une progression géométrique. Partout de nouveaux cercles ont surgi du sol, grâce
aux encouragements de l'épiscopat et au zèle apostolique du clergé paroissial. Si l'on veut rester
dans la vérité il faut au moins doubler les chiffres
de 1887. Dans ces derniers temps j'ai découpé au
hasard quelques renseignements fournis par les
faits divers de la presse catholique. Le 25 juin 1891
la *Germania* de Berlin, le principal organe du Centre, apportait un compte-rendu d'une réunion du
cercle ouvrier de Wurzbourg. A ce cercle n'appartiennent pas moins de 4500 membres. Et il est de
date récente, car il ne se trouve pas dans la statistique citée plus haut. Le 5 août 1891 le cercle ouvrier de Trèves tenait sa réunion annuelle au milieu d'une grande affluence. D'après la liste officielle
des membres que communiqua le directeur, le cercle comprend 700 ouvriers et 250 membres honorai-

res. Cette association ne figure pas davantage sur l'album que l'abbé Hitze offrit au Pape.

Au lieu de continuer cette énumération je m'arrêterai un instant au cercle d'hommes de Mulhouse, qui est de date tout à fait récente et qui a déjà de grands succès à son actif.

Le cercle des jeunes gens dont il a été question plus haut est établi dans la paroisse de Saint-Etienne, qui a M. l'abbé Winterer (1) pour curé. Outre Saint-Etienne, Mulhouse possède deux autres paroisses, celle de Sainte-Marie et celle de Saint-Joseph. Cette dernière est la plus jeune, — elle compte à peine quelques années d'existence ; la plus difficile et la plus ingrate, — elle comprend une population exclusivement ouvrière. C'est la paroisse de la cité ! Évangéliser une population ouvrière de 15,000 âmes n'est pas une tâche facile, surtout quand les patrons, protestants et francs-maçons, refusent tout concours efficace au clergé. Nous allons voir que le clergé a réussi au delà de toute attente. Il est vrai de dire que la paroisse de Saint-Joseph a le bonheur de posséder un pasteur fait tout exprès pour la garde d'un tel troupeau. L'abbé Cetty est bien connu des économistes français par ses remarquables monographies sur la famille ouvrière en

_____

(1) M. l'abbé Winterer est membre du Reichstag allemand. Il a publié plusieurs livres estimables sur le socialisme contemporain. Lors du conflit qui a éclaté au dernier congrès social de Liège, il s'est tenu à égale distance des théories des Jésuites français et de celles de l'abbé Hitze Mais je ne crois pas me tromper en affirmant que ses sympathies étaient plutôt pour le libéralisme du P. jésuite Forbes, du P. capucin Ludovic de Besse, en un mot pour l'école de M. Keller, de M. Claudio Jannet, de Mgr Freppel, l'illustre évêque d'Angers.

Alsace, monographies que les Allemands se sont
empressés de traduire. Écrivain et économiste de
talent, il possède également à un haut degré l'art
d'empoigner l'ouvrier, de lui parler de ce qui l'intéresse, de l'attirer à Dieu et à l'Église. Lorsqu'il
reçut de son évêque la mission d'administrer la paroisse de Saint-Joseph, il se mit à l'œuvre avec
tout l'entrain que donne la jeunesse, le zèle, l'amour
de Dieu et des âmes. Tout ou presque tout était à
faire et la propagande socialiste sévissait autour de
lui. Aux élections du mois de février 1890 le candidat socialiste Hickel fut même envoyé au Reichstag par les ouvriers de Mulhouse. Il s'agissait d'engager un duel formidable pour sauver les hommes
de la paroisse. L'abbé Cetty, qui avait préparé peu
à peu le terrain, fonda un cercle ouvrier en novembre 1890, quelques mois après les élections. Avec
le concours de ses vicaires — intelligents et zélés
collaborateurs, — il obtint dès les premiers jours
600 adhésions. Pour qu'un cercle puisse vivre il lui
faut un local. Le curé de Saint-Joseph acheta une
magnifique maison, une ancienne auberge, — y établit une salle pouvant contenir près de 800 personnes, installa des jeux dans la vaste cour qui entoure
la maison, en un mot prépara à ses hommes un lieu
de réunion des plus agréables. Le local fut inauguré le 7 juin 1891, au milieu d'une grande affluence.
L'abbé Guerber et l'abbé Simonis, les deux députés
du Reichstag, rehaussèrent la solennité par leur
présence et adressèrent de chaleureuses allocutions
aux ouvriers.

Le cercle existait, il comptait 750 membres actifs
en pleine cité ouvrière. Il ne tarda pas à trouver
l'occasion de se montrer et d'agir. Les élections mu-

nicipales approchaient : les partis allaient se livrer
une guerre à mort. « Trois partis, dit l'abbé Cetty
dans un article qui est un chant de triomphe, se
dessinaient nettement dès le principe : les socialistes, les libéraux, les catholiques, les trois bien organisés, bien disciplinés, bien décidés à vaincre et
à triompher. Il eût été téméraire de se prononcer
sur l'issue de la bataille avant les premiers engagements. Les trois marchaient au combat avec une
égale audace et une égale assurance ». Pendant de
longues années il n'y avait qu'un parti sérieux aux
élections de Mulhouse : celui des libéraux, des protestants francs-maçons qui considéraient les catholiques comme des gens taillables et corvéables à
merci. Aux élections législatives de 1890 les socialistes parurent et triomphèrent à la grande stupé-
faction des libéraux. Enfin, aux élections munici-
pales du mois de juillet 1891, les catholiques se mon-
trèrent à leur tour et remportèrent une éclatante
victoire. Je parle de cette victoire parce qu'elle est
en grande partie l'œuvre du cercle de Saint-Joseph.
Au début de la campagne les catholiques consenti-
rent à dresser une liste de conciliation avec les libéraux pour battre sûrement les socialistes. Mais à
la veille du scrutin ils apprirent avec indignation
que les libéraux les trahissaient en biffant leurs candidats sur la liste commune. Cette lâcheté ignomi-
nieuse devait coûter cher aux héros du libéralisme.
Dans la nuit des milliers de bulletins furent transformés et les libéraux furent battus. Pour le scrutin
de ballotage, ces soi-disant patriotes français
s'allièrent aux socialistes, aux Allemands immigrés,
dans l'espoir de vaincre les cléricaux. Vains efforts
et inutile bassesse ! La liste catholique l'emporta, et

la première fois depuis la Réforme il y a une
majorité catholique au conseil municipal de Mulhouse.

Mieux que tous les discours ce succès montre l'u-
tilité des cercles ouvriers, même au point de vue
des luttes politiques. Sans le cercle de Saint-Joseph
les catholiques étaient battus parce qu'ils ne pouvaient plus neutraliser l'effet de la félonie de leurs
faux alliés. L'excellente organisation du cercle leur
a permis de changer de tactique au dernier moment.
Voici comment le cercle fonctionne dans ces sortes
de circonstances. Il est partagé en vingt sections
ayant chacune un conseiller à sa tête. Ces conseillers choisis dans les divers quartiers de la paroisse,
ont sous leurs ordres autant de sous-conseillers
qu'il y a de fractions de cinq membres dans la section. Lorsqu'il y a un ordre à transmettre ou une
réunion à convoquer, le président s'adresse à ses
vingt conseillers, ceux-ci à leurs caporaux qui ont,
en un clin d'œil, fait la communication à leurs cinq
membres. Une ou deux heures suffisent pour que
tout le monde soit prévenu.

Il n'a pas fallu quatre mois pour donner au cercle de Saint-Joseph cette importance et rendre possible ce fonctionnement si simple et si efficace.
L'œuvre grandira avec les années et le jour n'est
plus loin où 1000 membres seront inscrits sur ses
registres. Une phalange de 800 ou de 1000 ouvriers
chrétiens dans un centre industriel peut faire un
bien énorme et arrêter les progrès des sectes révolutionnaires. Le cercle de Saint-Joseph obtiendra
ce résultat à Mulhouse. Le clergé aura soin d'entretenir le feu sacré qui a jeté de si admirables
flammes pendant la bataille électorale. Tous les

dimanches les ouvriers se réunissent après vê-
pres dans leur local pour boire un verre de bière et
discuter entre eux les questions brûlantes du jour.
Ces discussions et ces divertissements, à l'ombre du
clocher paroissial, servent puissamment à éveiller
l'esprit de corps et à maintenir le cercle au diapason voulu. Une fois par mois M. l'abbé Cetty réunit ses hommes pour leur faire une conférence sur
des questions politiques, économiques et sociales. Il
répand à pleines mains la semence de la bonne parole et fournit aux ouvriers des arguments pour réfuter les sophismes des socialistes et imposer silence
aux attaques des libéraux. Une conférence de ce
genre vaut mieux que dix sermons. « La chaire, a
dit à ce propos l'abbé Hitze, est trop haute, la parole de Dieu trop sacrée pour que nous puissions
nous permettre là le ton de la conversation, manier
le sarcasme ou l'humour, décrire la vie telle qu'elle
est ». A la conférence on peut dire à l'ouvrier des
choses très utiles qu'il n'entendrait pas à l'église.
Les enseignements religieux trouvent, du reste, leur
temps et leur place. Les membres du cercle sont à
peu près tous membres d'une congrégation d'hommes, et la congrégation a tous les mois une réunion à l'église. Le cercle s'empare ainsi de l'ouvrier
tout entier, de son cœur et de son intelligence, pour
les ennoblir et les élever au dessus du niveau où les
condamnaient l'isolement ou la mauvaise compa-
gnie. Il en fait des hommes, et surtout des chrétiens
sans peur toujours et sans reproche autant que
le permet la faiblesse humaine.

§ 5. — CERCLES D'OUVRIÈRES. — HOSPICES D'OUVRIÈRES. — ÉCOLE MÉNAGÈRE.

Dans les œuvres que nous avons étudiées jusqu'à présent il n'a été question que des hommes. N'a-t-on rien fait pour l'ouvrière? Le clergé ne s'est-il pas préoccupé de la mère et de la fille de l'ouvrier? C'eût été bien mal comprendre sa mission sociale! La femme est un élément de la plus haute portée dans la réorganisation de la société La démocratie révolutionnaire le sent et elle s'efforce d'enrôler les femmes sous ses drapeaux. Par la femme elle tiendrait le mari et les enfants et, par conséquent, l'avenir. Pour combattre le socialisme avec succès il faut donc, avant tout, s'emparer de l'ouvrière, la rendre apte au rôle qui lui incombe dans la famille préparer l'épouse et la mère chrétienne.

Aussi bien la sollicitude du clergé s'est-elle étendue aux ouvrières comme aux ouvriers. Ici sa tâche était à la fois plus facile et plus difficile. En général, la jeune fille cherche moins à se soustraire à la direction morale et religieuse. Tandis qu'au sortir de l'école le jeune ouvrier n'a rien de plus empressé que de déserter l'église et la société du prêtre, elle, plus docile, remplit volontiers ses devoirs religieux. N'étaient les séductions et les pièges qu'elle rencontre trop souvent chez les chefs de l'usine où elle travaille, rien ne serait plus aisé que de la conserver pure et pieuse dans les milieux les plus abominables. On rencontre dans les villes industrielles, — je pourrais citer Aix-la-Chapelle,

Mulhouse, Cologne, etc., — des centaines de jeunes
ouvrières qui sont des anges de pureté, de charité,
de dévouement, et fréquemment aussi ce sont de
vrais apôtres dont l'action est plus puissante que
celle du prêtre même.

L'ouvrière est donc plus facile à manier que l'ouvrier. Elle ne connaît ni les même dangers, ni les
mêmes dépravations. Mais, d'autre part, elle réclame des soins plus délicats que le jeune homme. Ce
que l'on demande à celui-ci c'est de rester bon chrétien, de s'habituer à l'épargne. S'il demeure fidèle
à ces principes, il est sauvé, la société ne lui demande pas davantage. Le problème est plus compli-
qué pour la jeune ouvrière. Il faut qu'on la prépare
aux devoirs multiples de la mère de famille. Lorsqu'on interroge des ouvriers qui ont mal tourné, on
découvre presque toujours que la faute en était à la
femme. L'ouvrier a-t-il pris son foyer en dégoût ?
s'en va-t-il à l'auberge, après son travail au lieu de
finir la journée au milieu des siens ? C'est que sa
femme n'a pas su l'attacher à la maison. Voyez deux
maisons voisines d'une cité ouvrière ! Dans l'une
tout est propre et coquet dès le matin ; tout y respire la joie et le bien-être ; les enfants ont bonne
figure, les repas, tout simples qu'ils soient, sont
appétissants. Et à côté quel spectacle répugnant !
La saleté envahit toutes les pièces, les lits sont en
désordre, sur la table traînent toute la journée des
restes d'aliments ou des assiettes non lavées ; à la
cuisine une harpie, les cheveux en broussailles,
gourmande des enfants malpropres, insolents. Le
premier de ces ménages coûte relativement peu ;
pour le second, l'ouvrier ne gagne jamais assez
d'argent. Et d'où vient cette différence ? Dans l'un

des cas l'ouvrier a trouvé une femme bonne ménagère, dans l'autre, la femme n'était pas préparée à
la vie de ménage. L'une de ces femmes poussera
son mari dans les bras du socialisme, l'autre en fera
un excellent père de famille.

L'un des grands devoirs sociaux de notre temps
sera de former des ouvrières qui sachent tenir con-
venablement un intérieur. Le bonheur du foyer
dépend de là. Les catholiques allemands, inspirés et
dirigés par leurs prêtres, ont tourné leurs efforts de
ce côté. On a créé, dans un assez grand nombre de
villes, des *associations d'ouvrières,* — *Arbeiterinnen-
vereine,* — *des hospices d'ouvrières, l'enseignement
ménager pour les ouvrières.* Comme cet enseignement
et le cercle sont presque toujours greffés sur l'hospice, il faut d'abord en dire quelques mots. Dans
tous les centres industriels il y a des ouvrières qui
vivent en dehors de la famille, soit que leurs parents
habitent à la campagne, soit qu'elles soient orphe-
lines. Ces malheureuses deviennent aisément la
proie du vice. Quelquefois, comme à Aix-la-Chapelle, elles passent la nuit sur des ballots de coton
dans une affreuse promiscuité. Ailleurs, elles sont
accaparées par des maisons de pension où leur vertu
n'est pas moins exposée. Dans tous ces milieux elles
sont mal soignées. On a remédié à cette situation
par la création d'hospices pour les ouvrières.

L'un des premiers hospices de ce genre qui ait
été ouvert en Allemagne est celui de Munchen-
Glabdach. Il remonte à l'année 1866 et commença
avec 7 jeunes filles. Peu à peu l'œuvre se développa
à travers mille obstacles, entre autres, l'expulsion
des religieuses qui le dirigeaient. En 1873, le nombre des ouvrières qui y trouvèrent un asile fut de

75 ; en 1887 de 93 ; en 1888 de 104. Je visitai cet établissement à la fin du mois d'août 1889, le nombre des pensionnaires était à peu près resté le même. Le directeur ecclésiastique de l'hospice, M. l'abbé Liesen, et Mlle Dommerque, qui est chargée du gouvernement de la maison depuis le départ des Sœurs, m'ont fait connaître en détail l'organisation de cette belle institution. Les ouvrières sont logées, nourries, blanchies, à raison de 1 franc par jour. Pour ce prix, elles sont très proprement et très commodément installées dans des dortoirs bien aérés, reçoivent de très bons repas et sont initiées à tous les travaux du ménage. C'est une vraie famille où règnent la gaieté, la charité, la politesse, tout ce qui rend un intérieur agréable. Outre les ouvrières qui passent la nuit à l'hospice, il y en a toujours trente à quarante qui n'y prennent que le dîner. On le leur accorde pour le prix modique de 30 centimes. Cet hospice, je n'ai pas besoin de l'ajouter, est dû à l'initiative du clergé. Non seulement le clergé paroissial, mais les autorités supérieures s'y sont intéressées. Dès le 20 mai 1867, l'hospice fut honoré de la visite de l'archevêque diocésain de Cologne, Mgr Melchers. Ce même prélat y retourna l'année suivante. Un peu plus tard ce fut le tour de l'évêque auxiliaire, Mgr Baudri. L'archevêque actuel, Mgr Kremenz, a déjà visité l'établissement à deux reprises, pour bien montrer combien l'Église prend à cœur les institutions ouvrières.

C'est encore au clergé qu'est due la création de l'hospice de Bocholt en Westphalie. Il a été fondé en 1883 sur le modèle de celui de Munchen-Gladbach et est dirigé par un vicaire de la ville, l'abbé Brachtesande. La pension y est encore plus modi-

que : nourriture, logement, blanchissage, le tout à
raison de 95 centimes par jour. L'enseignement ménager y est également donné. L'un des plus beaux et
en tout cas le plus important de ces hospices est celui
d'Aix-la-Chapelle. Il ne possède pas moins de 300
lits qui sont toujours occupés. Suivant le compte-
rendu que j'ai sous les yeux, 566 jeunes filles y ont
trouvé l'hospitalité pendant l'année 1890. Les conditions sont à peu près les même que dans les hospices précédents. L'hospice de Cologne, qui vient
d'inaugurer son nouveau local, a de la place pour
100 ouvrières. Mulhouse ne pouvait rester en
arrière. Depuis quelques mois, la paroisse de
M. l'abbé Cetty a son hospice, qui peut recevoir 100 jeunes filles. Jusqu'à présent il y a en a
de 50 à 60. C'est une maison superbe au milieu
d'un vaste jardin, où les ouvrières se récréent le
dimanche et à la fin de leur journée de travail.

Ce qui m'a frappé dans tous ces établissements,
c'est la joie qui rayonnait sur tous les visages. Pour
ces jeunes filles l'hospice est une famille, mais une
famille embellie où tout est propre, où tout respire
le bonheur du foyer, une famille sans les misères
matérielles et morales d'un trop grand nombre de
maisons ouvrières. Elles y contractent des habitudes saines, apprennent à aimer l'ordre, l'exactitude,
la propreté, l'économie, en un mot, tout ce qui,
dans la suite, les mettra en mesure d'être de bonnes
ménagères. Leur vertu est sauvegardée dans le présent et elles posent le fondement de leur bonheur à
venir. C'est à quoi ont visé les organisateurs de ces
hospices.

Pour atteindre le but plus sûrement et aussi pour
étendre le privilège à un plus grand nombre d'ou-

vrières, on a fait de l'hospice le centre des cercles
féminins et de l'enseignement ménager. Sous ce
rapport encore, le mouvement est parti de Munchen-Gladbach. On ne trouva pas le programme du
premier coup. Il fallut de longs tâtonnements pour
savoir ce qui y entrait strictement, ce qui était indispensable et ce qui ne l'était pas. Grâce au talent
pratique de l'abbé Liesen et au concours précieux
de M\ule Dommerque, ce programme put enfin être
fixé et on le reconnut si parfait qu'il fut adopté à
peu près partout. L'enseignement ménager complet
commença à être donné en 1880. Il embrasse la *couture* (avec tout ce qui s'y rapporte : coupe, raccom-
modage, etc.), le *repassage* et la *cuisine*. A Munchen-Gladbach cet enseignement est donné et aux
pensionnaires de l'hospice et aux 400 membres du
cercle des ouvrières. Il serait désirable qu'il pût
être donné pendant la semaine et au milieu de la
journée, c'est-à-dire avant que les ouvrières ne
soient complètement épuisées par le travail. Mais
pour cela il faudrait que les patrons accordâssent
cette faveur aux ouvrières en leur laissant l'une ou
l'autre fois par semaine une heure de liberté. Dans
quelques usines les choses sont arrangées de la
sorte, mais l'égoïsme de la plupart des patrons s'est
jusqu'à présent opposé à la généralisation de cette
mesure. A Munchen-Gladbach la couture, le repassage, la cuisine sont enseignés dans la journée du
dimanche. Ces cours sont suivis très assidument et
avec le plus grand succès. On se conforme au programme que l'abbé Liesen a tracé dans le *Wegwei-
ser zum haüslichen Glück,* un de ces petits livres
admirables dont il sera question tout à l'heure. Est-
il besoin d'insister longuement sur l'utilité d'un

pareil enseignement? Quelle noble entreprise que
de former chaque année, dans un centre industriel,
400 ou 500 jeunes filles aux travaux du ménage, de
leur apprendre à organiser pour le mari un intérieur où il se plaise! On ne saurait trouver de tactique plus sûre contre la démocratie révolutionnaire. Je pose en principe qu'un ouvrier qui est heureux dans son ménage devient difficilement socialiste.

Ce qui se passe à Munchen-Gladbach se répète à
Aix-la-Chapelle, où 224 ouvrières de la ville suivent l'enseignement ménager, à Bocholt où les 128
ouvrières du *Verein* assistent tous les dimanches
aux cours de cuisine, de repassage et de couture, à
Mulhouse, etc. Partout où il y a un hospice d'ouvrières est installée une école ménagère. Mais
comme ces hospices ne sont pas encore très nombreux, le clergé s'est empressé de créer des écoles
ménagères même là où des maisons de ce genre
n'existent pas. Dès qu'un cercle d'ouvrières est établi quelque part, on organise l'enseignement pratique des travaux du ménage. En 1889, l'abbé Hitze
disait au congrès de Bochum qu'il connaissait
vingt-six cercles d'ouvrières. On n'exagèrera pas en
admettant qu'aujourd'hui ce nombre doit être porté
à 40. A Mettlach, ce sont les patrons eux-mêmes, —
d'anciens élèves de l'Ecole centrale de Paris, — qui
ont créé l'école ménagère. Ailleurs, c'est presque
partout au clergé qu'il faut en rapporter la gloire.
A Crefeld, par exemple, c'est le curé Schmitz qui a
doté son cercle de ces cours si précieux. Aujour-
d'hui plus de 400 ouvrières jouissent de ce bienfait,
et pour rendre l'enseignement plus facile et plus
efficace, l'abbé Schmitz a constitué cinq groupes

différents qui ont chacun ses cours à part. Dans les villes où le clergé a des religieuses à sa disposition, c'est à elles qu'il confie le soin de se dévouer à ces jeunes filles. Sinon il tâche de trouver un comité de dames de bonne volonté qui veuille bien assumer cette charge. Il les stimule par ses encouragements et pour que l'élément surnaturel ne fasse jamais défaut, le directeur du cercle adresse chaque dimanche une allocution aux ouvrières et aux dames patronesses.

§ VI. — SOCIÉTÉ INDUSTRIELLE « ARBEITERWOHL ».

Les bonnes volontés individuelles ne manquent plus comme autrefois quand il s'agit de travailler à la solution de la question sociale. Ce qui fait plus souvent défaut ce sont les connaissances pratiques nécessaires à toute activité qui doit être féconde. On voudrait, mais on ne sait comment s'y prendre, et ainsi bien des élans généreux tombent sans qu'on ait pu leur imprimer une direction. L'abbé Hitze, dont le nom revient toujours sous ma plume parce qu'on le trouve à la tête de toutes les grandes institutions ouvrières, l'abbé Hitze a senti qu'il fallait faire quelque chose sous ce rapport pour stimuler et aider le bon vouloir des uns et rendre inexcusable la lâche et égoïste mollesse des autres. En 1880 il fonda, avec Mgr Moufang, M. Brandts, le baron de Hertling et plusieurs autres économistes catholiques, une société industrielle appelée *Arbeiterwohl*. Le nom même de *Arbeiterwohl* — *Bien-être des ouvriers*, — indique suffisamment le but et la tendance de l'œuvre. L'*Arbeiterwohl* envisage avant tout le côté *pratique* de la question sociale, il se préoccupe en première ligne des conditions *normales* de l'ouvrier *industriel*. Création, organisation, direction des associations ouvrières; institutions ouvrières telles que les caisses de tout genre; collège des anciens, réglements de fabrique; organisation intérieure de l'usine, ventilation, chauffage; séparation des sexes; question des logements ouvriers; guerre à l'ivrognerie : écoles ménagères, législation protectrice des ouvriers. Voilà quelques-uns des problèmes que l'*Arbeiterwohl* s'efforce de résoudre de concert avec les patrons, les autorités, le clergé et les ouvriers eux-mêmes. Toutes ces questions sont étudiées à fond et exposées dans l'organe de la société, qui porte le même nom et paraît chaque mois. Cette revue *Arbeiterwohl* est une mine précieuse pour quiconque s'occupe d'institutions ouvrières. Elle oriente et éclaire à merveille, fait connaître les œuvres les plus intéressantes de l'Allemagne et de l'étranger. En même temps l'abbé Hitze, qui est secrétaire général de la Société et rédacteur de la revue, se met à la disposition du clergé et des fabricants et leur fournit les renseignements dont ils peuvent avoir besoin pour mener à bonne fin une entreprise.

Les cercles pour les jeunes gens, pour les hommes, pour les jeunes filles, les écoles ménagères, les institutions des usines modèles, la plupart de ces œuvres que nous venons d'étudier, sont sorties de l'*Arbeiterwohl*. L'*Arbeiterwohl* s'est surtout signalé par une œuvre dont les effets bienfaisants ont été ressentis bien au-delà des frontières de l'Allemagne. Elle a créé une commission littéraire chargée de la publication d'ouvrages populaires touchant le ménage et la vie de l'ouvrier. Les auteurs auxquels elle s'est adressée sont si bien entrés dans ses vues qu'ils ont écrit de vrais chefs-d'œuvre. Je m'empresse d'ajouter que ces auteurs sont des prêtres. L'abbé Liesen, le fondateur-directeur de l'hospice des ouvrières de Munchen-Gladbach, a écrit trois petits livres qui ont eu un succès énorme et qu'on a traduit dans toutes les langues de l'Europe. Ce sont : *Le Bonheur du foyer*, destiné aux femmes mariées ; *Le Guide qui conduit au bonheur du foyer*, pour les jeunes filles ;

La Couronne du bonheur du foyer, pour les mères de famille.

Le premier de ces volumes, dont un demi-million d'exemplaires sont répandus en Europe, renferme tout ce qui se rapporte aux soins du *logement*, et tout ce qui concerne les soins de la *nourriture*, avec des menus variés et à très bon marché. Le second volume, — le guide, — enseigne aux jeunes filles l'art de devenir une excellente ménagère. Le troisième traite de l'éducation des enfants. De l'avis de tout le monde ces livres excellents ont déjà fait un bien immense à la classe ouvrière en Allemagne, et dans certaines régions les deux premiers sont devenus des livres de classe.

Un autre prêtre, l'abbé Bertrand de Hehn, a écrit une série de très bonnes *Boussoles :* 1° *Boussole pour les jeunes ouvriers ;* 2° *Boussole pour les ouvriers mariés ;* 3° *Boussole pour les fils de Kolping ;* 4° *Boussole de la santé.* Enfin l'abbé Loison, vicaire d'Oidlweiler, a écrit : *Schnaps* — eau-de-vie, — brochure qui a obtenu une récompense de la Société industrielle de Mulhouse.

L'*Arbeiterwohl* n'aurait-il à son actif que cette littérature populaire qu'il aurait droit à nos sympathies, à nos encouragements et à notre reconnaissance. Or, nous avons vu que ce n'est là qu'une branche de son activité sociale ! L'abbé Hitze a créé une œuvre qui lui assure, dans le panthéon des bienfaiteurs du peuple, une place à part à côté de l'abbé Kolping. le Père des compagnons ! Il portera dans l'histoire le nom de Père de l'ouvrier industriel.

*
* *

« Chose admirable, dit quelque part Montesquieu, la religion chrétienne qui ne semble avoir comme objet que la félicité de l'autre vie, fait encore notre bonheur dans celle-ci ». Ces paroles me sont revenues à la mémoire pendant que j'étudiais les œuvres sociales du clergé catholique d'Allemagne, et j'ai constaté qu'aujourd'hui elles sont plus vraies que jamais. Les milliers de prêtres qui consacrent leur talent, leur science, leur temps au soulagement de la classe ouvrière, que font-ils autre chose si ce n'est travailler « à notre bonheur d'ici-bas? » En effet, la première condition du bonheur c'est la paix sociale, et quelle meilleure garantie de cette paix que les institutions admirables d'un Kolping, d'un Hitze, d'un Dasbach? Quel boulevard plus puissant contre les assauts révolutionnaires? Si l'Allemagne n'est pas minée davantage par le socialisme, si les amis de Bebel ont échoué en Westphalie, dans la province rhénane, en Bavière, c'est au clergé catholique qu'en revient la gloire.

Il y a trente ans, un grand évêque qui méditait le *Misereor super turbam* du Christ, a donné une impulsion vigoureuse à l'étude de la question sociale par son bel ouvrage : *Die Arbeiterfrage*. Depuis lors le génie de Mgr Ketteler n'a cessé de planer sur l'épiscopat et le clergé allemand. Avec une ardeur et un désintéressement souvent héroïques, évêques et prêtres ont travaillé au relèvement des déshérités de la fortune et à la réconciliation de l'ouvrier avec le capital. Ils ont empêché la flamme des rancunes populaires de monter plus haut et de dévorer l'édifice de la société moderne. Cette chose admirable qui étonnait Montesquieu, nous la contemplons ainsi devant nous sous sa forme la plus saisissante. L'Église, instituée pour nous conduire à la félicité éternelle, est actuellement le facteur le plus énergique de notre bonheur en ce monde. Les ennemis du catholicisme finiront-ils par le reconnaître ? Qu'ils regardent les œuvres sociales du clergé allemand et qu'ils écoutent le langage que leur adressent ces œuvres :

Discite justitiam moniti et non contemnere cleros.

CHAPITRE IV

UN CHAPITRE DU KULTURKAMPF

CHAPITRE IV

UN CHAPITRE DU KULTURKAMPF

A l'époque déjà lointaine où vivait le meunier de Sans-Souci, il y avait des juges à Berlin qui obligeaient tous les sujets du roi à se conformer strictement au *Suum cuique* de la devise prussienne. A chacun ce qui lui appartient! et Frédéric II lui-même, dit la légende, s'inclina devant la résistance d'un voisin trop jaloux de ses droits et renonça à l'enclos vainement convoité. Monarque d'une admirable justice si dans ses moments de distraction il n'avait enlevé des provinces !

Le *Suum cuique*, qui est un principe éternel, n'existait pas seulement en faveur des meuniers de la Prusse. L'Église catholique prétendait avec raison que ses biens étaient sacrés comme le moulin de Sans-Souci. On l'oublia quelquefois à Potsdam aussi bien qu'à Berlin. Je n'irai pas jusqu'à dire que le gouvernement se permit de voler les propriétés ecclésiastiques. Il faut réserver ces mots sévères pour les méfaits de la vie privée. La diplomatie, qui n'est jamais embarrassée quand il s'agit de venir en aide à la politique, a inventé d'autres expressions qui sont de délicieux euphémismes. Elle dit très finement : on *annexe* des pays, on *délivre* des nationaux, on *sécularise* les Églises !

La Prusse a sécularisé comme le roi Henri VIII, comme l'empereur Joseph II, comme la Révolution

française. Pour être juste, il faut ajouter que, par
contre, elle s'est engagée solennellement à payer
des redevances aux évêchés et aux paroisses spo-
liées. Les traitements ecclésiastiques n'ont pas
d'autre origine en Allemagne. Sans doute ce n'était
là qu'une maigre compensation en retour des immenses richesses arrachées à l'Église. Du moins,
les engagements furent tenus et le *Suum cuique*
reprit tous ses droits pendant de longues années.

Il subit une nouvelle éclipse lors du *Kulturkampf*.
Les persécutions religieuses ont pour conséquence
immédiate d'obscurcir, chez leurs auteurs, les
notions les plus élémentaires de la justice. Le prince
de Bismarck, qui ne s'était jamais piqué d'être
scrupuleux, perdit complètement de vue la devise
de son pays. Au mépris des traités les plus formels
il fit voter en 1875 une loi qui supprimait les traitements ecclésiastiques. Cette mesure odieuse porte
devant l'histoire le nom de *Sperrgesetz* et peut être
considérée comme la clef de voûte du *Kulturkampf*.
Dans certains diocèses, les traitements ecclésiastiques restèrent confisqués au-delà de dix ans ; ils
le furent cinq ans au moins à travers tout le
royaume. On eût pu croire que dans cet intervalle les magistrats n'étaient plus à Berlin que
pour condamner le clergé à l'exil, à la prison, à la
famine. Le fameux moulin de Sans-Souci lui-même
n'eût pas été à l'abri de leurs arrêts s'il avait
appartenu à un évêque.

Les grandes idées font rapidement leur chemin
dans l'humanité. L'exemple tombé de si haut sus-
cita des imitateurs, et un jour les juges virent
paraître de terribles rivaux à leur barre. Les soci-
istes avaient trouvé que l'heure était venue de

séculariser la bourgeoisie et le capital, et comme le roi semblait un obstacle à la réalisation de leur plan, ils essayèrent de le supprimer. Les yeux s'ouvrirent alors. On se souvint de la parole biblique : *Firmabitur justitia thronus.* Le *Sperrgesetz* disparut de la législation, et l'État s'offrit même à rendre à l'Église les *Sperrgelder*, c'est-à-dire le capital confisqué.

L'épisode de la suppression et du rétablissement du budget des cultes est un des faits les plus curieux des annales prussiennes de cette seconde moitié du xixᵉ siècle. Maintenant qu'il a trouvé une solution définitive, il sera intéressant d'en parcourir les diverses phases. On verra quelle peine ont eu les juges allemands à sortir de leur subjectivité et à revenir à l'application franche et loyale de la devise : *Suum cuique!*

§ 1. — LES LOIS DE MAI ET LA SUPPRESSION DES TRAITEMENTS ECCLÉSIASTIQUES.

Acheronta movebo, s'était écrié le prince de Bismarck, et on l'a vu déchaîner réellement l'enfer sur l'Église catholique et ses institutions. A peine l'empire protestant fut-il sous toit, — le mot est de Lasker, — que la sarabande libérale se mit en mouvement sur toute la ligne. Par un aveuglement incroyable, la droite seconda les efforts de la gauche pour l'accomplissement de cette œuvre antichrétienne. La haine religieuse et le fanatisme avait troublé les esprits d'ordinaire les plus calmes et les plus lucides. Au Landtag prussien, le comte Udo de Stolberg n'hésita pas à dénier le droit d'existence aux catholiques. Un autre conservateur, le comte de Rath, ressemblait à un épileptique dès qu'il était question du « papisme ». « Arrière la longanimité germanique, s'écriait-il dans un de ses accès ; toutes les armes qui sont à ma portée, je veux les tourner contre Rome ». Ainsi parlaient les modérés d'antan. On juge de ce que devait être le langage des libéraux du *Protestantenverein*, des sectaires maçonniques, de cette armée qui avait pour chefs les Bluntschli, les Benningsen, les Gneist et qui regardait le Christ comme un ennemi personnel.

Avec de tels instruments d'oppression, le chancelier de l'empire pouvait tout entreprendre et tout oser. Il eut le plaisir de voir attelés à son char des coursiers qui, malgré leurs antipathies réciproques,

obéirent avec une admirable docilité au moindre de
ses signes. Avant de descendre dans l'arène du *Kulturkampf*, il les avait plongés dans les eaux du Léthé
pour leur faire oublier leurs dissensions de la veille,
et dès lors ils le conduisirent sans hésitation, *durch
dick und dunn*, suivant l'énergique expression populaire.

De 1871 à 1875, le Landtag prussien et le Reichstag allemand votèrent toutes les lois que désirait
M. de Bismarck. La conscience évangélique s'était
réveillée au cœur des protestants. Ils répétaient à
l'envie le mot hypocrite de leur chef : c'est pour
sauver mon âme que je me suis jeté dans le *Kulturkampf* ». La préoccupation de leur salut éternel leur inspira ces fameuses lois de mai qui rem-
plissaient les prisons d'évêques et de prêtres, et condamnaient les simples fidèles à mourir sans sacrements.

Mais, chose étrange ! cette législation implacable
ne donna point les résultats qu'on en avait atten-
dus. Dans l'entourage du chancelier, on caressait un
beau rêve ! « Lorsque enfin, disait, en 1873, la *Nord-
deutsche allgemeine Zeitung*, l'organe de la chancellerie, lorsque, enfin, après de longs et pénibles
efforts, tous les fanatiques de la religion, tous ces
ultramontains (*Rœmlinge*) sans patrie auront été
refoulés et remplacés par des prêtres *allemands,* alors
nos enfants et nos arrières-neveux tendront la main
à leurs frères protestants pour cimenter une alliance
fraternelle et fonder une Église *nationale,* dans
laquelle on n'imposera plus ni dogmes ni formu-
les (1) ». L'Église nationale qui aurait eu le chance-

---

(1) *Ohne Dogmenzwang und Formelkram.*

lier pour pape et l'apostat Dœllinger pour prophète
devait sortir du creuset du *Kulturkampf*. A la grande
surprise du gouvernement, elle n'en sortit pas. Le
clergé comme l'épiscopat résista aux lois anticatholiques, et ils préférèrent tous, l'exil, la prison, les
amendes aux défections les plus lucratives. Ces curés du xix⁰ siècle n'étaient décidément pas faits du
même bois que Luther et Mélanchton ; ils mettaient
les préceptes de Dieu au-dessus de la volonté des
landgraves de Hesse.

Heureusement le chancelier n'était pas à bout de
ressources. Dans les trésors de sa colère il y avait
encore d'autres armes en réserve. Le clergé, se disait-il, prétend ne pas craindre les cachots et le ban-
nissement. C'est possible ! Il se peut qu'il soit plus
héroïque que je ne le supposais, sans compter que,
sous sa forme actuelle, la persécution lui donne un
nimbe capable de flatter sa vanité. Il faudra que
mon *famulus* Wagener trouve autre chose. Ce qui
nous est nécessaire, ce sont des mesures qui atteindront le prêtre sans lui prêter le prestige du martyre, des mesures qui l'énerveront à la longue, qui
le corrompront au besoin ». Et l'on imagina le *Sperrgesetz*, c'est-à-dire la loi qui supprimait les traitements ecclésiastiques.

Suivant les calculs humains la nouvelle tactique
avait de quoi réussir, et le chancelier fondait avec
raison de hautes espérances sur cette loi qui était
comme le couronnement de l'édifice législatif du
Kulturkampf. Les amendes pécuniaires sont peu de
chose : on répare les déficits ; la prison se supporte
avec résignation parce qu'on en entrevoit la fin ;
quelque douloureux qu'il soit, l'exil lui-même est
une solution et par le fait même on finit par en pren-

dre son parti. La suppression des traitements était
une épreuve peut-être plus pénible que toutes les
autres mesures persécutrices. Elle frappait le prêtre dans sa vie de chaque instant sans lui prêter les
ailes du martyre pour l'élever au-dessus de terre.
Le coup était d'autant plus rude qu'en Allemagne
on traitait le prêtre avec moins de parcimonie que
dans d'autres pays. Le concordat français condamne
le curé de campagne à la misère officielle. Si on n'a
pas l'air de s'en douter, c'est que ce pauvre prêtre
a toutes les abnégations d'un héros. Il faut dire à
l'honneur de la Prusse qu'elle avait su montrer plus
de dignité. Elle croyait que l'État, qui s'était appro-
prié les biens de l'Église par la sécularisation, devait
au clergé une indemnité en rapport avec sa position sociale. En France, le curé succursaliste touche 900 francs annuellement, un peu moins que n'en
reçoit le dernier garde-champêtre dans la principauté de Schwarzbourg-Rudolstadt. Je n'appren-
drai rien à personne en disant que c'est plus du double qu'on lui accorde en Allemagne. Depuis l'annexion, les curés d'Alsace eux-mêmes ont vu leur
traitement *augmenter de* 600 *francs.* Les radicaux
qui cultivent l'anticléricalisme au Palais-Bourbon
feraient bien de méditer ce dernier chiffre. Il pourra
leur suggérer de salutaires pensées.

Plus la situation du clergé prussien avait été
satisfaisante, plus il allait être sensible aux inconvénients du *Sperrgesetz.* Du jour au lendemain il
était privé de presque tous ses revenus et réduit à
des conditions absolument précaires. Comment ne
faiblirait-il pas sous le fardeau de la misère? Cette
fois, il était évident que le prince de Bismarck
avait trouvé le moyen de donner de la souplesse à

l'échine cléricale. Dans une note adressée au gouvernement, un des chefs du vieux-catholicisme
avait dit : Elevez un peu plus haut le râtelier —
der Brodkorb — où mange le clergé infaillibiliste, et
il ne tardera pas à céder ». La *Spener'sche Zeitung*
disait de son côté : « La persécution sanglante, les
cachots, la prison, n'ont pas tué l'ancienne Église ;
essayons une *cure de faim, eine Hungerkur !* » L'idée
était la même de part et d'autre. On voulait affamer le clergé dans l'espoir que la torture de la faim
lui ferait comprendre les beautés du *pur Evangile*.
Aussi le *Sperrgesetz* a-t-il reçu le nom caractéristique de *Brodkorbgesetz,* loi du panier au pain !

Pour rendre cette loi plus efficace, on l'a rédigée
avec une perfidie vraiment infernale. C'est un pur
chef-d'œuvre où éclate dans tout son jour le machiavélisme des légistes que le chancelier de fer avait
à sa solde. Au premier abord, il semblait que l'idée
gouvernementale fût très simple et ne laissât nulle
place aux subterfuges de la bureaucratie. Du
moment qu'on voulait affamer le clergé, il suffisait
d'un article conçu en ces termes : « Le gouvernement cessera de payer à l'avenir les allocations inscrites au budget des cultes ». De fait, le premier
article de la loi a cette teneur à peu de chose près.

§ 1. — « A partir du jour, y est-il dit, où la présente loi sera publiée, on suspendra le paiement de
tout ce que le gouvernement allouait jusqu'ici aux
diocèses, aux institutions et aux ecclésiastiques qui
font partie de ces diocèses... La même mesure sera
étendue aux fonds ecclésiastiques que l'Etat admi-
nistre d'une façon permanente ».

Comme on le voit, cette disposition législative ne
laisse rien à désirer en fait de netteté et de radica-

lisme. C'est la suppression du budget des cultes pour la population catholique de la Prusse.

Que ce fût là une violation odieuse de tous les principes de justice, les gens de bonne foi ne pouvaient en douter un instant. L'État confisquait ce qui ne lui appartenait pas. Il était tenu par une série de contrats synallagmatiques de servir au clergé non pas le salaire qu'on jette à un fonctionnaire révocable à volonté, mais une rente représentant les intérêts des biens ecclésiastiques sécularisés. Ces contrats, aucune majorité n'avait le droit de les déchirer sans le consentement des co-intéressés, c'est-à-dire de l'Église. Le vote d'une Chambre ne constitue pas le droit, et Windthorst disait avec beaucoup de raison : « Si l'État est omnipotent et peut légiférer comme il lui plaît, le tout est de savoir qui tient le gouvernail. Aujourd'hui, c'est le prince de Bismarck qui gouverne en Prusse et en Allemagne ; demain, ce sera peut-être le socialiste Hasenclever ». Le premier article du *Sperrgesetz* ouvrait donc les portes toutes larges au socialisme. En revendiquant la confiscation de tout le capital, Bebel et Hasenclever ne font que tirer les dernières conséquences des prémisses que posaient par le *Sperrgesetz* les industriels nationaux-libéraux de la Chambre. Les libéraux votent la suppression des traitements ecclésiastiques ; les socialistes, qui sont logiques comme le démon de Dante, exigent à leur tour l'expropriation des libéraux et avec le même droit. Ils ont tort en ce moment parce qu'ils n'ont pas la majorité, ils auront raison le jour où ils entreront au Reichstag en nombre suffisant.

En 1875, le prince de Bismarck et ses mamelouks millionnaires ne se préoccupaient nullement de l'évolution de leur principe socialiste. Ils n'avaient qu'une ambition, celle d'écraser la hiérarchie ecclésiastique et de pousser le peuple dans les bras du protestantisme. Après tant d'efforts infructueux, ils espéraient que la famine — la *Hungerkur* — leur assurerait la victoire sur le clergé. Ils y comptaient avec une confiance d'autant plus grande que les différents articles du *Sperrgesetz* étaient de nature à corrompre ceux que la misère avait déjà entamés. Avec la violence seule on réussit difficilement : on s'en était aperçu à Berlin. Mais ne pouvait-on pas la combiner avec une certaine dose de corruption adroitement calculée? Le chancelier, qui connaît le cœur humain (il le croit du moins), s'imaginait qu'il avait découvert son « Sésame, ouvre-toi » pour pénétrer dans la forteresse du catholicisme.

Le but du premier article était de châtier le clergé récalcitrant. Les articles suivants faisaient briller aux yeux des lâches le denier de Judas.

§ 2. — « Les traitements ecclésiastiques seront rétablis dès que l'évêque en fonction ou l'administrateur diocésain se sera engagé par écrit d'observer les lois de l'Etat ».

Voilà le levain du schisme déposé dans le corps de l'Église. On faisait dépendre la *faveur* gouvernementale de l'attitude du pasteur suprême du diocèse avec l'intention hautement affichée de semer la discorde parmi le clergé. Rien de plus efficace que la manipulation de cet article. Les émissaires bureaucratiques allaient trouver le prêtre en lui disant : « Vous êtes un excellent homme et nous serions heureux de vous payer votre trimestre, car nous voyons combien vous souffrez de cette situation. Mais que voulez-vous? votre évêque, qui reçoit de grasses subventions des Jésuites (1), s'obstine à désobéir ». De tels discours étaient faits pour jeter le trouble dans les âmes et provoquer insensiblement les défections.

Soulever les curés et les vicaires contre l'épiscopat était un premier pas. Il s'agissait également de rendre le Pape odieux. Les auteurs du *Sperrgesetz* n'y ont pas failli. Dans les diocèses de Posen-Gnesen et de Paderborn, le gouvernement avait déposé les titulaires. L'article 3 du *Sperrgesetz* dit :

« Dans les diocèses de Posen-Gnesen et de Paderborn les traitements ecclésiastiques seront rétablis dès qu'un nouvel évêque sera nommé de concert avec le gouvernement ».

Et le commentaire était le même. On disait aux curés frappés par la loi : « Voyez-vous ce Pape millionnaire qui trône au Vatican ? Il ne tiendrait qu'à lui de faire cesser la suppression de vos traitements. On lui demande simplement de s'entendre avec nous pour vous donner un évêque, et il s'y refuse ».

Il fallait tout prévoir. Supposé que les évêques fissent leur soumission, ne pouvait-il pas se rencontrer des curés qui désobéiraient aux lois de mai malgré l'exemple donné par les administrations diocésaines ? Le gouvernement avait besoin d'être armé contre ces insubordonnés, et c'est ce que l'article 5 de la loi avait sagement prévu.

« Si dans un diocèse où les traitements ecclésiastiques ont été rétablis, quelques prêtres refusaient l'obéissance aux lois de l'État malgré les engage-

---

1. Je n'invente pas ces calomnies. Bismarck disait lui-même en plein Landtag que le pape et les jésuites envoyaient de gros subsides aux évêques allemands.

ments pris par l'évêque, le gouvernement est autorisé à supprimer de nouveau toute allocation à ces récalcitrants ».

La sollicitude du législateur est admirable. Après avoir défendu les simples prêtres contre les évêques, ils défendent les évêques contre leurs prêtres.

Sommes-nous au bout ? Les germes de division sont-ils assez nombreux ? Bien que la chose paraisse invraisemblable, le chancelier a trouvé mieux que cela encore. L'article 6 de la loi renferme, pour ainsi dire, la quintessence du système corrupteur inauguré par le *Brodkorbgesetz*. Il y a des âmes indécises auxquelles les déclarations catégoriques répugnent, qui consentent à bien des compromissions à condition de n'en avoir pas l'air, des âmes molles, honnêtes au fond, mais qui n'ont rien de l'inflexibilité propre aux héros, de ces êtres dont la tête est brumeuse et le cœur tiède, et qui, dans les siècles de schisme ou d'hérésie, se réveillent un beau matin parmi les ennemis, ne sachant pas trop pourquoi et sans avoir le courage de s'avouer leur félonie inconsciente. Le prince de Bismarck était persuadé que le clergé allemand renfermait beaucoup de ces mollusques tonsurés, et il leur a voué une attention toute spéciale,

« Le gouvernement, dit l'article 6, est autorisé à rétablir le traitement des prêtres qui, *par leurs actes, manifestent* l'INTENTION d'obéir aux lois de l'État. Si, dans la suite, il leur arrive de violer la loi, la suppression des traitements entrera en vigueur pour eux ».

Je ne crois pas qu'on ait jamais poussé plus loin la cafarderie des pouvoirs discrétionnaires et le système de la corruption légale. Comme le faisait

remarquer le baron de Schorlermer-Alst, on pous-
sait les prêtres à vendre leur foi contre le salaire de
Judas, et on avait soin de dissimuler les traces du
marché. Pour livrer son Maître aux bourreaux, il
suffisait à Judas d'embrasser le gendarme et de
faire les yeux doux au percepteur. « De telles dispositions législatives, disaient les *Historisch politische Blætter* de Munich, échappent à toute critique ;
il n'y a qu'à les lire. Tout au plus pourrait-on ajouter qu'elles indiquent qu'en Prusse et en Allemagne
toute la catégorie des scrupules moraux a disparu ».

Certes, il y avait longtemps que le dernier scrupule moral s'était évanoui dans le cœur du chancelier, et, à cette époque, ce terrible despote personnifiait à lui seul l'Allemagne. La majorité du Landtag prussien vota le *Sperrgesetz* sans broncher, ne
voulant pas être en reste avec son chef. A l'origine
du *Kulturkampf*, quelques conservateurs eussent
peut-être reculé d'effroi si on avait déroulé sous
leurs yeux toute la suite des iniquités qu'on leur
ferait parcourir. A présent, ils n'hésitèrent plus, et
on les vit adopter toutes les monstruosités inscrites
dans le *Sperrgesetz*. Après tout, ce devait être une
œuvre agréable à Dieu que d'anéantir le catholicisme, et Luther tressaillirait au fond de sa tombe
en voyant que Bismarck comprenait si bien sa
pensée.

Conservateurs et libéraux étaient convaincus qu'a-
vec ce complément du *Sperrgesetz*, les *lois de mai*
porteraient leurs fruits. M. de Dressler, procureur
général à la cour de Posen, disait le 7 octobre 1875,
lors d'un procès ecclésiastique. « Il ne faut pas
être prophète pour affirmer avec certitude que
l'heure de Sedan a sonné pour la hiérarchie catho-

lique en Prusse. Dans trente ans au plus tard, les
paroisses catholiques seront toutes privées de pasteurs et les églises seront fermées ». Et qu'aurait
dit ce fier magistrat si quelque pauvre vicaire se
fût levé dans l'assemblée pour lui répondre : « Et
moi non plus, je ne suis pas prophète, mais je vous
déclare que dans quinze ans au plus tard, le prince
évêque de Breslau et l'archevêque de Cologne entreront au Conseil d'État et seront honorés à la
table de l'empereur, tandis que le chancelier que
vous adorez et qui nous persécute sera précipité du
pouvoir et exilé à Friedrichsruhe ! » C'est que si
les chanceliers et les procureurs s'agitent, c'est toujours Dieu qui les mène, et quelquefois, pour châtier
leur orgueil, il les mène à leur perte.

Une fois le *Sperrgesetz* publié (25 avril 1875), le
chancelier et ses acolytes s'efforcèrent de l'appliquer
avec tout l'entrain que donne la perspective du
succès et aussi avec toute la prudence qu'inspire la
crainte d'un échec. On joua de tous les articles à la
fois, mais comme les évêques tinrent bon, ce fut
surtout aux *soli* de l'article 6 qu'on eut recours. La
bureaucratie prussienne fut héroïque pour la circonstance : là où elle voyait faiblir quelque prêtre
infortuné elle redoublait d'amabilité et de préve-
nances. « Un petit grain d'encens, monsieur le curé,
et on vous soldera même l'arriéré ! » et le fonctionnaire présentait la cassolette avec toute la candeur
d'un blond séraphin. Quelquefois il se dispensait
d'exiger le simulacre du sacrifice et il remettait au
curé son mandat trimestriel en roulant des yeux
plus attendris que ceux de Tartuffe. On cite des cas
où le curé recevait son traitement sans avoir fait
de déclaration et sans avoir donné le moindre signe

de faiblesse. On employait surtout ce moyen à l'égard des plus pauvres, ou de ceux qui étaient vieux et infirmes. On pensait que la séduction aurait plus de prise sur un prêtre plus ou moins désarmé en face des difficultés de la vie. Dompter les forts par la violence, séduire les faibles par l'étalage d'une hypocrite sympathie, entraîner les lâches et les cupides par les menaces ou les promesses fallacieuses, tel devait être le rôle du *Sperrgesetz*, de la plus redoutable des lois de mai.

Ajoutons de suite que cette tentative suprême des persécuteurs échoua aussi misérablement que les autres. L'arme sur laquelle ils avaient particulièrement compté s'était brisée entre leurs doigts en les blessant. Julien l'apostat ne fut pas plus heureux que Néron.

Le clergé fut magnifique de fermeté, de constance,
de désintéressement. Le vénérable M. de Gerlach, ce
député protestant, que la lâcheté de ses collègues de
Droite avait poussé vers le Centre, raconta un jour
au Landtag ce trait touchant. « Le dimanche *Lœtare*,
j'ai entendu un curé catholique qui disait à ses ouailles, à propos de l'Evangile sur la multiplication des
« pains : « Je ne crains pas la *cure de faim* dont on
« nous menace ; j'ai confiance en mes paroissiens et
« je sais que dans chaque chaumière il y a un pot-
« au-feu dans lequel je pourrai plonger ma cuiller ».
Et M. de Gerlach ajoutait : « Messieurs, sur de tels
hommes vous n'avez aucune puissance ! »

M. de Gerlach avait raison. Les prêtres allemands
ne craignirent pas la faim et ils repoussèrent avec
horreur le denier de la trahison qu'on faisait miroi-
ter à leurs regards. Le nombre des traîtres fut si
minime que le gouvernement n'eut jamais le courage d'en indiquer le chiffre exact au Landtag.

Le peuple ne fut pas moins ferme que ses pasteurs. On ne voulait pas que le curé acceptât son
traitement dans des conditions un peu louches.
Quand les fidèles savaient qu'un prêtre avait reçu
son allocation du gouvernement, ils le fuyaient jusqu'à ce qu'il eût renvoyé ce gage ou ce signe de la
trahison. Toujours de bonne humeur en dépit de
leurs épreuves, ils avaient trouvé un jeu de mots

charmant pour désigner leurs prêtres. Ils les appelaient : *Sperrlinge*, mot qui signifie à la fois passe-
reau et personne à laquelle on supprime son traitement. On pardonne volontiers un calembour à des
héros ! Les catholiques tenaient à ce que leurs
passereaux fussent sans tache, et ils eurent le bonheur d'être exaucés. Justement fiers d'un tel clergé,
ils se firent une gloire de le soutenir en ces jours de
profonde tristesse. Ils partagèrent avec lui le dernier
morceau de pain qu'ils possédaient.

C'était un spectacle bien émouvant que ces prêtres
dépouillés de tout, qui sortaient des prisons pour
vivre dans la pauvreté au milieu de leurs paroissiens
et qui étaient de nouveau arrachés à leur ministère
sacré pour revoir la prison ou prendre le chemin de
l'exil. Quelle misère, mais quelle grandeur en même
temps ! Jamais le clergé n'avait exercé une plus large influence sur le peuple, et quand on y réfléchit,
on comprend qu'ils aient conquis le monde, les
vaillants d'autrefois qui s'en allaient à travers
l'Europe avec la crosse de bois à la main et la be-
sace du pauvre sur les épaules !

Cette situation dura au-delà de cinq ans sans que
le courage des catholiques se fût lassé. Les persécuteurs furent les premiers à trouver la lutte impossible. Bismarck battit en retraite après avoir vainement essayé d'écraser ou de séduire ces mendiants
de catholiques conduits par ces va-nu-pieds de curés.
Il y a dans cet épisode du *Kulturkampf* une grave
leçon qu'il est bon de retenir. Si le clergé allemand
avait faibli devant le fantôme de la misère, s'il s'était
cramponné au budget des cultes sous prétexte d'éviter de plus grands maux, le catholicisme était perdu
en Prusse. Il a fini par triompher de son puissant

adversaire pa.'ce qu'il a poursuivi la liberté de l'É-
glise au prix de toutes les privations.

Deux ans après la publication du *Sperrgeselz*,
Bismarck disait au Reichstag : « Le soleil du *Kulturkampf* est arrivé à son zénith, il s'y arrêtera ».
A cette époque, en effet, c'est-à-dire en 1877, ce soleil était bien haut dans le ciel de la Prusse. Les
lois de mai semblaient avoir fait merveille. Plus de
sept cents paroisses étaient privées (ou à peu près)
de pasteurs, parce que l'exil, la prison ou la maladie avaient décimé les diocèses. Mais la victoire fut
plus apparente que réelle, et le soleil du *Kulturkampf*,
loin de s'arrêter, pencha rapidement vers son déclin. L'équipage du chancelier de fer prit la direction
de Canossa en attendant qu'il allât demander lui-
même au pape la croix de l'ordre du Christ. Le revirement fut si complet, qu'il dépassa les espérances des
catholiques les plus optimistes. En 1881, des évêques
furent de nouveau rétablis dans cinq diocèses prussiens. Mgr Droste fut nommé vicaire capitulaire de
Paderborn (25 février), Mgr. Hœting évêque d'Osnabrück (18 mars), Mgr Korum évêque de Trèves
(14 août), Mgr. Gleich administrateur de Breslau
(26 octobre), Mgr. Kopp évêque de Fulda (13 novembre). Avec le veuvage de ces églises cessa la suppression des traitements ecclésiastiques. L'article 4
du *Sperrgeselz* stipulait en effet que les traitements
ecclésiastiques seraient de nouveau payés dès que
l'évêché vacant viendrait à être pourvu avec l'agré-
ment de la couronne.

Le 1er janvier 1884 le *Staatsanzeiger* annonçait que
le *Sperrgeselz* cesserait également d'être en vigueur
dans les diocèses d'Ermeland, de Kulm et de Hildesheim.

Le 21 janvier de la même année, la grâce fut étendue au diocèse de Munster, et le 27 mars à celui de Cologne. Lorsque le 19 février 1885, Mgr Roos (devenu plus tard archevèque de Fribourg) monta sur le siège de Limbourg, ce diocèse vit à son tour cesser la suppression des traitements ecclésiastiques.

Le *Sperrgesetz* n'était plus appliqué que dans le diocèse de Posen-Gnesen. Le 20 janvier 1886, Mgr Dinder devint archevêque de Posen et avec cette nomination la loi disparut pratiquement dans tout le royaume. A partir de 1886, les évêques, les curés, les vicaires, les établissements diocésains, touchèrent régulièrement l'allocation annuelle que le gouvernement avait à leur assurer en vertu d'anciens pactes.

Onze années auparavant, les libéraux étaient hardiment partis en guerre persuadés que le *Sperrgesetz* serait la mort de l'église catholique. On méditait déjà les obsèques de cette récalcitrante, et les pasteurs protestants qui applaudissaient à la persécution creusaient la fosse où serait jeté le cadavre de l'ultramontanisme. Cruelle déception ! l'Eglise d'Allemagne est sortie de l'épreuve, jeune de gloire et d'immortalité.

§ 3. — RESTITUTION DU CAPITAL CONFISQUÉ : LA LUTTE PARLEMENTAIRE ET LA VICTOIRE.

L'abrogation du *Sperrgesetz* résolvait la question pour le présent et l'avenir. On revenait au *statu quo ante*, qui était la meilleure garantie de la paix religieuse. Mais il restait un autre point à élucider. Il était stipulé dans l'article 7 de la loi de 1875 que les traitements ecclésiastiques supprimés constitueraient un fonds spécial dont le Parlement fixerait ultérieurement l'emploi. En chiffre rond, ce capital, connu sous le nom de *Sperrgelder*, représentait la somme considérable de 20 millions de francs. Qu'allait devenir cet argent ? La question fut agitée dans la presse catholique aussitôt que les préliminaires de la paix furent signées entre Rome et Berlin. Une vive polémique s'engagea sur ce sujet brûlant. Comme de juste, les catholiques étaient d'avis que les 20 millions devaient être restitués aux légitimes propriétaires, c'est-à-dire au clergé et à ses œuvres. — Le doute, disaient-ils, n'est pas possible à cet égard. L'État ne saurait garder ce qui ne lui appartient à aucun titre. — Les libéraux et les protestants conservateurs, au contraire, émettaient la prétention que l'État n'avait pas le droit de se dessaisir de ce capital. De quel côté allait se ranger le gouvernement ? On était curieux de le savoir. Le chancelier connaissait trop la fermeté du Centre pour oser porter l'affaire au Landtag. Il ne se souciait pas d'être mis au pied du mur par l'Excellence Windthorst, dont la stratégie lui avait

donné tant de fil à retordre. Comme il avait souvent fait dans les circonstances analogues, il chercha un biais et essaya de négocier la chose directement avec Rome. Grâce à Dieu, l'expérience avait
profité au Vatican et on s'y montra fort habile.
M. de Schlœzer, malgré les nombreux tours qu'il
avait dans son bissac, fut éconduit par le cardinal secrétaire d'État et on lui fit comprendre que
le Pape s'en remettait au Centre et à l'épiscopat
prussien. Depuis lors il ne fut plus question de négociations avec le Saint-Siège, et les journaux inspirés par la chancellerie annoncèrent que le Landtag réglerait lui-même la question des *Sperrgelder*.

Ce furent pendant plusieurs années des promesses trompeuses sans cesse renouvelées. En vain les
catholiques, Windthorst en tête, mirent le ministre
des cultes en demeure de tenir parole. M. de Gossler faisait la sourde oreille et usait du procédé si
commode des mesures dilatoires. « La loi est en
préparation, disait-il quand la Petite Excellence
venait à la rescousse, elle vous sera soumise inces-
samment », et à part lui il ajoutait sans doute :
« D'ici là, le roi, l'âne ou moi nous mourrons ».

Ces délais ne laissaient pas que de rendre les catholiques soucieux. Il était si facile de restituer les
millions injustement détenus ! Pas n'était besoin
à cet effet d'une législation compliquée. Si donc le
gouvernement hésitait, il fallait en conclure que ses
pensées de derrière la tête redoutaient la lumière
du grand jour. Ainsi conjecturaient les hommes
politiques du Centre, et au mois d'avril de l'année
dernière Windthorst laissait percer ses préoccupations et ses inquiétudes dans un de ces magnifiques

discours prononcés au Landtag! Il était visible que, même les lois de combat disparues, l'esprit du *Kulturkampf* persistait dans les sphères gouvernementales et parmi les députés conservateurs et nationaux-libéraux. Tous ces sectaires trouvaient qu'on avait fait trop de concessions au Saint-Siège et pour couper court aux revendications ultérieures des catholiques, M. de Gossler et le conservateur Limbourg-Stirum se vantèrent d'avoir mis fin au *Kulturkampf*. Windthorst les réduisit au silence par cette foudroyante réplique : « Le *Kulturkampf* a été commencé par le prince de Bismarck, mais c'est aussi lui seul qui a ramené la paix religieuse dans la mesure dont nous en jouissons. Lui seul avait la puissance de faire triompher l'œuvre de la pacification ici et ailleurs (à la cour). Je suis heureux de saisir cette occasion pour lui en exprimer publiquement ma reconnaissance ». Il ne faut pas perdre de vue que ces paroles furent dites quelques jours après la chute du chancelier. La séance où elles furent entendues et celle des jours suivants (avril 1890) sont au nombre des plus importantes de ce temps. Les discours qu'on y prononça, les manifestations haineuses de la majorité, l'absence voulue du général de Caprivi, les déclarations évasives du ministre des cultes, l'attitude énergique du Centre, tout a contribué à en faire un spectacle mémorable. Windthorst y a pris deux fois la parole, et ses deux grands discours renferment comme dans un tableau les *desiderata* multiples des catholiques prussiens. Rarement son éloquence s'était élevée aussi haut. Tour à tour véhément et ironique, amer et insinuant, il a flétri avec une logique impitoyable les contradictions, les abus, les injustices de la politique religieuse de Berlin. Le ministre était accablé, la majorité du Cartel en proie à une fureur indescriptible. Il y avait longtemps que les tribunes n'avaient plus été à pareille fête.

Une telle séance prouva à M. de Gossler qu'il fallait enfin s'exécuter sous peine de lasser la patience publique. Quelques jours après il déposa au bureau du Landtag son fameux projet de loi des *Sperrgelder*.

Grande fut la déception des catholiques ! Eussent-ils été pessimistes autant que leur compatriote Schopenhauer, ils avaient le droit d'attendre mieux d'un gouvernement présidé par un jeune noble souverain et dirigé par le chancelier de Caprivi, un vaillant et loyal soldat. Leurs craintes étaient tristement réalisées. Au lieu de réparer une monstrueuse iniquité, le projet de loi Gossler ne faisait que substituer une injustice à une autre. « C'est une confiscation, s'écriait la *Germania*, ce n'est pas une restitution ! » — « Il y a longtemps, reprenait à son tour la *Trierische Landeszeitung*, que nous n'avons rencontré une semblable déconvenue ! » Ces exclamations attristées n'étaient que trop justifiées. En effet, le projet de loi peut se formuler en ces quelques mots : L'État confisque les 20 millions qui formaient jusqu'à présent un fond spécial et, en échange, il garantit aux douze diocèses prussiens une rente annuelle de 700.000 francs.

Les *Sperrgelder* disparaissaient donc dans le gouffre des fonds d'État. Sans doute, à première vue, cette rente de 700.000 francs formait une compensation qui n'était pas une quantité négligeable ; mais ce qui en diminuait singulièrement l'importance, c'est que le législateur enveloppait sa loi de tant de clauses que les catholiques étaient à la merci du ministre. La somme allouée à chaque diocèse était fixée d'avance, et M. de Gossler se réservait la faculté d'en régler l'emploi. En d'autres termes, le gouvernement restait maître absolu de l'allocation et pouvait la concéder ou la refuser à volonté. C'était, comme toujours, le triomphe du caprice ministériel. On accorderait leur rente aux évêques s'ils... étaient bien sages et bien soumis. Sinon, ils n'auraient rien !

Ce n'est pas tout. Les *Sperrgelder* étant engloutis dans les caisses de l'État, en réalité les catholiques ne recevaient rien de plus que ce qu'on leur accordait déjà. Il y a plusieurs années qu'on devait augmenter le traitement des curés comme on a augmenté celui des pasteurs : la parité l'exige. Désormais, si le Centre remettait la question à l'ordre du jour, on lui répondait : « Vous allez être satisfaits, nous allons consacrer les 700.000 francs à ce supplément d'allocation », et le tour était joué.

Les catholiques entrevoyaient cette conséquence dès le premier instant : de là leurs protestations indignées. Leurs adversaires évangéliques la pressentaient de même : de là cette jubilation qui se manifesta aussitôt dans la presse protestante. En général, ils n'eurent même pas l'habileté ou la pudeur de dissimuler leur contentement. Seul, le *Reichsbote,* l'organe du célèbre pasteur Stœcker, eut une note à part digne de cet antisémite rageur. Il approuva le projet ministériel avec des roulements d'yeux de comédien. Oh ! le bon dévot ! « J'espère, glapissait-il, que les catholiques sont enchantés. Le gouvernement leur fait une faveur énorme, un cadeau de 20 millions. Nous ne trouvons pas à y redire. Seulement la justice distributive exige qu'on accorde la même dotation au clergé protestant. Si on ne le fait pas, on viole l'égalité ! » Ce raisonnement n'est-il pas admirable? Un fripon me rend une partie de ce qu'il m'a volé. Vous vous en apercevez et vous venez me dire : « Je ne m'oppose pas à cette restitution, mais il est juste que le voleur m'octroie une égale somme ». Les catholiques pouvaient répondre: « Et pourquoi, grand Dieu? Le pasteur Stœcker se moque du monde. L'État ne fait pas de largesses aux catholiques; il restitue simplement ce qu'il détient au mépris de la justice. On ne voit pas ce que le clergé protestant aurait à voir en cette affaire ! » Aussi la *Francfurter Zeitung*, une feuille démocratique, se moqua-t-elle avec raison des prétentions outrecuidantes des ministres du pur Évangile. « Qu'ils commencent, disait-elle, par se faire supprimer leurs gros traitements durant quelques années, et alors l'État leur assurera de même une rente en capitalisant leurs *Sperrgelder* ». La réflexion est très juste et on s'étonne que Stœcker ait été assez naïf pour s'attirer cette cruelle raillerie. La *Francfurter Zeitung* termina son article par une pointe que les gens du *Reichsbote* eurent de la peine à supporter : « Si on supprimait, dit-elle, le traitement aux pasteurs, en les soumettant au régime de la loi du 22 avril 1875, c'en serait bientôt fait du protestantisme ! » Pour qui connaît la situation actuelle du protestantisme allemand, cette insinuation est plus qu'une méchante boutade.

Au commencement du mois de mai 1890, le projet de loi des *Sperrgelder* fut discuté au Landtag en première lecture. Les débats furent très vifs, ainsi qu'on pouvait s'y attendre. Windthorst, tou-

jours au premier rang, prit le taureau ministériel
par les cornes et le terrassa. Il n'eut pas de peine
à démontrer que cette reute annuelle qu'on offrait
aux catholiques était un vol déguisé. Dans un discours d'une grande vigueur il protesta contre la
confiscation proposée par le ministre et déclara que
lui et ses amis ne voteraient jamais une telle loi.
Désireux de se justifier M. de Gossler avait affirmé
que les autorités ecclésiastiques étaient d'accord
avec lui. Le chef du Centre demanda les preuves de
cette assertion : « Ni le Pape, dit-il, ni les évêques
réunis à Fulda n'ont fait une concession d'une telle
portée. Ils ont proclamé, au contraire, que l'État
devait restituer à l'Église les 20 millions qui sont en
jeu ». Le ministre des cultes, sommé de produire
ses preuves, se retrancha derrière le secret d'État.
L'excuse équivalait à une défaite.

Windthorst avait pour lui le bon droit, la raison,
la justice. Malheureusement ces puissances abs-
traites étaient seules de son côté. A peu près toute
la Chambre prit fait et cause pour le ministre. On
assista une fois de plus au spectacle écœurant d'une
majorité sectaire toujours prête à écraser la minorité catholique. Ce fut sans succès que Windthorst
et P. Reichensperger défendirent les intérêts de
leur Église avec toute la science et toute l'éloquence
qui distinguent ces deux grands jurisconsultes catholiques. Le siège des protestants était fait. Les
nationaux-libéraux raillaient et insultaient, les conservateurs prenaient hypocritement l'offensive et
se plaignaient que l'État voulût favoriser le catholicisme au détriment de l'Église évangélique.

Le projet de loi fut renvoyé à une commission
de 21 membres.

Si cette commission avait offert les garanties
nécessaires d'impartialité et de justice, le Centre
aurait applaudi de tout cœur à une pareille mesure.
Mais, hélas ! le choix même des députés ne trahissait que trop les intentions perfides du ministre et
de la majorité. On ne fit entrer dans cet aréopage
que 8 catholiques et les 13 autres membres étaient
presque tous des partisans fanatiques du *Kulturkampf*. En effet, le professeur Cuny est un vieux
huguenot tout imprégné de haines religieuses ; l'ex-
ministre Hobrecht est suffisamment caractérisé
quand on dit qu'il a trouvé la loi d'exil des prêtres
« modérée et humaine » ; le sectaire von Eynern a
des crises de bile à la seule vue d'un catholique et il
s'est fait une spécialité d'insulter Windthorst ; le
nom du conservateur-libéral von Zedlitz rappelle
quelques-unes des plus grandes atrocités des lois de
mai ; les deux conservateurs, le comte de Limbourg-
Stirum et le baron d'Erffa s'étaient fait remarquer
par leur intolérance lorsque le projet de loi des
Sperrgelder fut discuté en première lecture.

Ce choix de six protestants, adversaires acharnés
et reconnus du catholicisme, était déjà un acte
d'hostilité incontestable de la part du gouvernement.
On est allé plus loin encore. On a fait entrer dans
la commission deux vieux-catholiques, Olzem et
Schumacher, dont l'un est national-libéral et l'autre
conservateur-libéral. Les deux, rhénans d'origine,
sont fonctionnaires de leur nature et ont trahi leur
foi et leur Dieu. Ils complétaient la collection et
méritaient de figurer à côté des Hobrecht et des
von Eynern.

C'est par de telles gens que le projet de loi des
Sperrgelder devait être discuté au sein de la com-

mission. Ce qui en résulta, on le devine. Non seulement on ne voulut pas améliorer les propositions ministérielles, on s'efforça même d'en aggraver la rigueur. Les députés catholiques bien en cour essayèrent de faire adopter des amendements qui eussent rendu la loi acceptable ; leur démarche échoua contre le mauvais vouloir de la majorité. Le ministre des cultes donna d'ailleurs le ton, il fut aussi cassant que possible. Windthorst avait demandé qu'on prouvât que le Pape avait honoré le projet d'un *tolerari posse*. M. de Gossler lut alors une lettre d'un personnage romain (dont il refusa de dire le nom) dans laquelle le Vatican était censé se résigner à la combinaison d'une rente annuelle. De qui était cette lettre ? Sur l'autorité de qui s'appuyait-elle ? Le ministre se garda bien de donner une explication. Il fut cependant obligé de reconnaître que Léon XIII s'en remettait absolument au Centre dans cette question et on sut depuis que le négociateur de Berlin avait caché au Vatican les clauses les plus dangereuses du projet de loi. Pour dire le mot, on avait trompé le Saint-Siège, et on cherchait à jeter de la poudre aux yeux des catholiques allemands.

Par un coup de théâtre imprévu, l'article 1er du projet de loi fut rejeté par la commission. Les nationaux-libéraux avaient proposé un amendement destiné à exaspérer encore davantage les catholiques. Les conservateurs n'eurent pas le courage de se joindre à eux, et cet amendement fut repoussé par la coalition du Centre et de la Droite. Furieux de cet échec, les nationaux-libéraux jouèrent au gouvernement le tour de s'unir au Centre pour rejeter l'article 1er, le pivot de la loi. Il se trouva ainsi que

le ministre, les nationaux libéraux, les conservateurs, le Centre, tout le monde, fut battu, qui
pour une question, qui pour une autre. Le drame
finissait en comédie au grand étonnement des acteurs et de la galerie.

A la suite de cette aventure imprévue, le projet
de loi ministériel revint au Landtag intact comme il
en était sorti, et les 3 et 4 juin il fut discuté en
seconde lecture.

Le premier jour se passa sans incident particulier. Le lendemain, ce fut le pasteur Stœcker qui
ouvrit le feu par une de ces harangues fanatiques
dont il est coutumier et pour lesquelles il cherche
l'inspiration (*sit venia verbo*) dans les *Tischreden* de
Luther. Il fut d'une violence inouïe, parlant à tort
et à travers de l'Inquisition, des bulles ponti-
ficales, de l'Immaculée Conception, du Syllabus, de
l'Infaillibilité, soufflant la haine à pleines narines, et
allant jusqu'à faire une apologie triomphante des
lois les plus odieuses du *Kulturkampf*. Un député
hanovrien *protestant*, le docteur Bruel, s'était permis la veille de critiquer la législation persécutrice
et avait appelé le projet de loi Gossler une *loi de combat de la pire espèce*. Cet acte de loyauté généreuse
souleva chez l'apôtre antisémite une véritable ex-
plosion de colère. « Ah! je voudrais que le docteur
Martin Luther vous eût entre les mains! » exclama-
t-il en s'adressant à M. Bruel ; et, n'eussent été les
réglements de la Chambre, il lui aurait jeté au visage quelques-unes de ces épithètes savoureuses que
le grand réformateur du XVIᵉ siècle avait sans cesse
au bout des lèvres. Ce qu'il y avait de pénible, c'est
que cet énergumène fut souvent interrompu par
les applaudissements de la Droite. L'intolérance

protestante se manifesta bruyamment comme aux
plus mauvais jours du *Kulturkampf*. On reproche
souvent aux pays catholiques d'être des foyers d'intolérance religieuse et, pour peu que nous protes-
tions, on nous cite à grand renfort d'érudition les
massacres de la Saint-Barthélémy, les dragonnades,
les autodafés, la révocation de l'édit de Nantes,
que sais-je encore. Il faut une forte dose de mauvaise foi pour oser tirer de ces faits une conclusion
favorable au protestantisme et défavorable à l'É-
glise catholique. La persécution trois fois séculaire
que la protestante Angleterre a fait peser sur l'Irlande catholique, les lois effroyables qui existaient
contre les catholiques en Suède et en Norwège jusqu'en ces derniers temps, la tyrannie des prin-
cipicules allemands au xvie, au xviie et au xviiie
siècle, l'histoire toute récente du *Kulturkampf*,
prussien et suisse, sont de terribles témoins à
charge contre le protestantisme.

Le discours du pasteur Stœcker et la joie féroce
de ses amis évoquèrent devant l'imagination des
députés catholiques le souvenir de ces persécutions
protestantes et ils durent se dire que l'esprit négatif
et destructeur de la Réforme est plus vivant que
jamais.

Nous avons le droit de rappeler ces pages san-
glantes de l'histoire du protestantisme quand on
nous parle d'intolérance ultramontaine. A ceux qui
citent la révocation de l'édit de Nantes et les dragonnades, nous répondons : « Restons dans la
seconde moitié du xixe siècle et voyons ce qui
se passait autour de nous en pleine civilisation
téléphonique. Un puissant royaume se trouvait gêné
par la présence de quelques millions de chrétiens,

et il a résolu de les extirper ou de les convertir. Il a traqué leurs prêtres comme des bêtes fauves, les a jetés en prison, poussés en exil, privés de toutes leurs ressources, et à la vue de ces horreurs, les ministres et les députés de ce pays trouvaient que « c'était une joie de vivre! » Est-ce l'Espagne, le Portugal, la Belgique, qui ont offert ce régal des dieux ? Non ces choses se sont passées hier encore dans la patrie de Gœthe et de Kant, de Hegel et de Schopenhauer, de Mommsen et de Virchow, dans cette Allemagne *protestante*, si fière de sa science et de ses progrès! »

Les pays catholiques n'ont vraiment pas à rougir de leur histoire !

En disant : *hier encore*, je me trompais : je devais dire : *aujourd'hui même*, comme le prouve la harangue de Stœcker et toute l'histoire des *Sperrgelder*. Le choral huguenot, pour me servir d'une expression célèbre, retentit à travers les discours de Gossler, de Cuny, de Hobrecht, de Krœcher, de Zedlitz, de tous les orateurs de la majorité. Ils se maintinrent au diapason de Stœcker avec une unanimité touchante. Le progressiste Rickert avait raison de conclure : « M. Stœcker attise et nourrit la haine et la discorde ; il a de nouveau élevé les débats sur les sommets du *Kulturkampf* ».

Lorsque, le 7 juin, le projet ministériel fut discuté en troisième lecture, son sort était décidé. Le Centre ne voulait pas l'accepter sans modification, et ses adversaires repoussaient tout amendement. Dès lors l'entente était impossible et l'échec de M. de Gossler certain.

Le vaincu de la journée fut en effet le ministre des cultes. Les catholiques n'avaient qu'à se féliciter

du vote de la Chambre, qui laissait la question
ouverte et évitait des humiliations au clergé. Cette
rente de 700.000 francs aurait pu devenir pour les
évêques la source des plus graves périls, parce
qu'elle était le bâillon qui les transformait en chiens
muets. La liberté d'action de la hiérarchie catholique était entravée ; or, dans un pays comme l'Allemagne, elle est l'unique sauvegarde du fonctionnement normal du gouvernement de l'Église. On le
savait dans la phalange du Centre, et c'est pour ce
motif qu'il repoussa avec obstination l'aumône perfide que tendait le ministre. Windthorst redisait à
M. de Gossler le mot de l'apôtre : *Pecunia tua tecum
sit in perditionem.*

La colère et l'embarras du ministre furent également grands. Il était irrité de voir crouler le château de cartes de ses espérances et se demandait
avec ennui ce qu'il fallait faire des 20 millions des
Sperrgelder. En disposer en dehors de l'assentiment
de la Chambre eût été un acte souverainement in-
constitutionnel, puisque, de l'aveu même du ministre
de Falk, l'auteur du *Sperrgesetz*, la constitution prussienne de 1850 n'autorisait pas une telle hardiesse.
On ne pouvait donc pas y songer. D'autre part, le
Landtag venait de démontrer qu'il était incapable
de résoudre le problème. Comment alors sortir de
l'impasse? Comment tirer du pied cette douloureuse
épine, *der Pfahl im Fleisch?* M. de Gossler ne le savait pas trop et on aurait pu écrire une comédie
ravissante sur ce thème tout à fait original : « Un
ministre qui ne sait que faire de vingt millions ».

À vrai dire, il avait son idée au lendemain du
vote. Pourquoi ne laisserait-il pas dormir cette
maudite affaire jusqu'aux calendes grecques ? On

avait bien attendu quatre ans (de 1886 à 1890) avant
de la produire au grand jour. La tactique était excellente; elle le serait encore. Le Centre deviendrait
certainement plus traitable si on mettait sa patience
à une longue épreuve, et, au besoin, les évêques, qui
ne dédaignent pas l'argent, se chargeraient de ramener Windthorst à résipiscence. Le clergé se dira que
700.000 francs de rente valent mieux que la perspective d'un capital qu'on n'est pas sûr d'obtenir.

Ce raisonnement semblait très fort au ministre, et
il s'en applaudissait. Mais il avait compté sans les
exigences de la diplomatie prusienne. Il est facile
de bouder les gens quand on peut se passer des
services de leurs amis. Par malheur, M. de Gossler
avait besoin du Saint-Siège en maintes circonstances. Il y a, par exemple, des évêques à nommer, et
il est tout naturel qu'on veuille des candidats dont les
idées politiques, sinon les idées religieuses, cadrent
avec le joséphisme gouvernemental. Comment faire
accepter ces choix quand on n'a rien à offrir au Vatican? Il est clair qu'ici les *Sperrgelder* pouvaient être
de la plus grande utilité. Avec ce mirage enchanteur
des 20 millions, on espérait faire triompher les candidatures les plus invraisemblables. Le prétendu
mot de Henri IV : « Paris vaut bien une messe »,
trouve en ce monde des applications aussi variées
qu'inattendues.

Malgré ses colères rentrées, M. de Gossler s'exécuta une seconde fois au mois de janvier 1891, et je
dois ajouter que le sacrifice fut complet. En lisant ce
nouveau projet de loi, paru six mois après le premier, les malins disaient qu'on avait évidemment
de grosses dettes ou de fortes arrhes à payer. Ce qui
est certain, c'est qu'il est d'une générosité inouïe

dans les fastes de l'histoire prussienne : le meunier de Sans-Souci rattrapait son moulin.

Un résumé succinct du projet de loi montrera que M. de Gossler avait fait des progrès énormes dans la voie de la justice depuis le mois de juin 1890. A la place d'une rente maigre et fort incertaine, le projet stipule que les 20 millions seront partagés au *prorata* entre les quinze diocèses atteints par le *Sperrgesetz*. Chaque diocèse recevra le montant des sommes confisquées à son clergé et à ses institutions.

C'est ainsi que le diocèse de Cologne aura 3.267.619 marks ; celui de Posen, 1.954.205 ; celui de Kulm, 983.565 ; celui d'Ermeland, 1.037.239 ; celui de Breslau, 1.482.893 ; celui de Hildesheim, 681.334 ; celui d'Osnabrück, 325.865 ; celui de Parderborn, 1.182.364 ; celui de Munster, 1.536.266 ; celui de Trèves, 2.122.421 ; celui de Fulda, 823.819 ; celui de Limbourg, 570.416. On sait que trois diocèses étrangers ont des enclaves en Prusse, et ces enclaves furent aussi soumises aux rigueurs du *Kulturkampf*. Comme de raison, on leur restitue ce qui leur revient. Le diocèse de Prague figure dans le projet de loi pour une somme de 33.893 marks, celui d'Olmütz pour 6.865, et celui de Fribourg pour 1.561.

L'évêque de chaque diocèse restituera d'abord une partie de ce capital aux ayants-droit — personnes ou instituts — qui feront valoir leurs titres. Une commission de cinq membres nommés par l'évêque, trois ecclésiastiques et deux laïques, examinera ces titres et décidera en dernier ressort. Le reste du capital devra être consacré par les Évêques à la construction ou à la restauration des églises ou autres édifices religieux, à la création de caisses de

retraite pour les prêtres ou de bourses pour les
séminaristes, à l'augmentation du traitement des
chanoines et de tout le personnel administratif des
évêchés, etc.

On voit par cette analyse rapide que les catholiques pouvaient être satisfaits du projet de loi.

Sans doute, la restitution n'est pas complète, puisqu'on ne paie pas les intérêts qui représentent au
moins 7 ou 8 millions. Mais il n'en est pas moins
vrai que le Centre a lieu de se féliciter de son énergie et de sa fermeté.

L'accueil que les journaux firent au projet de loi
fut très divers, suivant la nuance de leur politique.
Une partie de la presse libérale mit surtout en
relief ce que le projet avait de flatteur pour Windthorst. « L'État capitule devant le Centre », ricanait la *Gazette de Cologne*. « L'État se livre sans conditions à la curie », ajoutait la *Vossische Zeitung*.
D'après la *Francfurter Zeitung : Windthorst impera-
tor* et « Canossa » étaient le mot de la situation.

Je n'ai pas besoin d'ajouter que pour le coup le *Reichsbote* de M. Stœcker fut au paroxysme de la colère.
Le pasteur ruait et mordait comme s'il portait le
prophète Balaam sur ses épaules. « Qu'on jette
donc, s'écria-t-il, ces 20 millions au plus profond de
la mer ! » Et ce noble vœu était agrémenté de toutes les injures que le délire du fanatisme peut ins-
pirer à un pieux ministre du pur Évangile.

En somme, le projet de M. de Gossler rencontra
fort peu de sympathie en dehors des rangs catholiques. L'esprit du protestantisme était plus fort que
l'esprit de justice.

L'hostilité du Cartel s'étala avec une naïve im-
pudence le jour où le ministre des cultes revint au

Landtag avec sa loi métamorphosée. Les députés Cuny, Stœcker, Zedlitz, Eynern, Arendt opposèrent au gouvernement un farouche : *Non possumus*. Sur la demande du comte Limbourg-Stirum, la question fut renvoyée à une commission de 21 membres, comme l'année d'avant.

Favorable ou hostile aux catholiques, l'infortuné M. de Gossler avait toujours une majorité contre lui. Son heure était évidemment venue, et on pouvait déjà voir les pieds de ceux qui allaient emporter le mort. Depuis le jour où il avait reçu le portefeuille des cultes des mains de M. Puttkammer, il avait sans cesse montré des dispositions grincheuses vis-à-vis des catholiques. Le hasard a voulu qu'il tombât du pouvoir la première fois qu'il s'efforçait d'être juste à leur endroit.

Avant sa chute, survenue il y a quelques mois, il eut la douleur de voir ses amis de la Droite s'acharner contre son projet de loi. On répandait à milliers d'exemplaires une pétition qui suppliait les députés protestants de contribuer *par tous le moyens* à faire échouer l'œuvre du ministre, et au bas de ce document se lisaient les noms les plus illustres du parti évangélique.

Si quelque chose put consoler M. de Gossler dans cette posture désagréable, ce fut un article à sensation que Delbrück publia au mois de mars 1891 dans les *Preussische Jahrbücher*, sous le titre significatif: *Une apologie de la loi des Sperrgelder*. Delbrück oublie un instant qu'il est protestant et national-libéral, et il se place exclusivement sur le terrain des affaires. « Nous ne pouvons, dit-il, faire abstraction du Centre, qui dispose de plus d'un tiers des voix au Reichstag et d'un quart au Landtag. C'est

un parti avec lequel nous aurons à compter de plus
en plus. Puisque nous ne pouvons nous entre-dévo-
rer, il faut vivre de concessions réciproques et faire
un usage judicieux du contrat : *Do ut des*. Les catholiques nous demandent pour le moment trois choses : le retour des Jésuites, la réforme scolaire et la
restitution des *Sperrgelder*. De ces trois revendications la dernière est la plus anodine. Cédons sur ce
point pour empêcher momentanément Windthorst
de nous fatiguer avec le reste ».

Encore qu'il sente terriblement son maquignon,
ce calcul donne assez bien la note de la situation. Il est très adroit et aurait pu convaincre des
esprits moins prévenus. Mais la plupart des conservateurs étaient hypnotisés par l'exaltation de
M. Stœcker et il fut impossible de leur faire entendre raison. Sauf de rares et honorables exceptions,
ils s'entêtaient à vouloir ruiner l'œuvre pacificatrice
du ministre des cultes. Le projet de loi fut bouleversé par la commission et rendu méconnaissable à
l'œil même d'un père aussi perspicace que M. de
Gossler.

Le projet de loi gouvernemental, comme je le
disais plus haut, instituait une commission de 5
membres nommés par l'évêque. Dans leur contre-
projet, les conservateurs maintiennent la commission ; seulement sur 5 membres, 3 sont nommés
par le ministre, et la présence de 3 d'entre eux suffit pour permettre à la commission de délibérer. —
C'est exclure en partie l'influence de l'épiscopat et
faire de la commission une annexe du ministère des
cultes.

A ce premier manque d'égards les conservateurs
en ajoutent un autre. Le gouvernement proposait

de remettre les 20 millions aux évêques avec l'obligation pour eux de se charger de la répartition et du paiement des indemnités. Une telle marque de confiance accordée à l'épiscopat déplut aux conservateurs, et l'article 5 de leur projet stipule que les ayants-droit toucheraient directement leur argent aux caisses de l'État.

Les autres articles ne sont pas moins impertinents que les deux que je viens de résumer. La haine du catholicisme se fait jour partout, et le projet de loi en est en quelque sorte saturé.

Que Stœcker, Erffa, aient signé ce document, on le conçoit : il est l'image fidèle des idées qui hantent leur esprit. Mais on est douloureusement impressionné quand on voit figurer à côté de ces sectaires des hommes respectables comme le baron de Hammerstein et M. de Rauchhaupt. C'est donc que le parti est irrémédiablement voué au fanatisme, et on s'explique que le Centre ne puisse pas contracter d'alliance avec les conservateurs. On a vu les progressistes, les démocrates, les socialistes même, émettre des votes favorables à l'Église catholique. Stœcker et ses amis ne se sont jamais élevés sur les hauteurs où règne l'impartialité et la tolérance. Tôt ou tard ils seront dévorés par le rationalisme et le socialisme, et ce sera justice.

Au moment où paraîtront ces lignes, le projet de loi Gossler sera revenu au Landtag en même temps que celui des conservateurs. Un nouveau ministre des cultes sera là pour défendre le gouvernement, et parmi les catholiques on regrettera de ne plus voir Windthorst, dont l'éloquence persuasive avait emporté tant de votes. Le résultat définitif ne saurait être douteux. Que la majorité adopte le projet gouvernemental, ou celui des conservateurs, ou — ce qui est possible — une combinaison de l'un et de l'autre, les 20 millions seront RESTITUÉS aux catholiques (1). — La lutte entre le sacerdoce et l'empire aura duré seize ans et, en fin de compte, ce sont les oppresseurs qui cèdent devant les victimes.

Le 22 avril 1875, le Landtag prussien a supprimé les traitements ecclésiastiques. De 1881 à 1886, le gouvernement a été obligé de les rétablir, et aujourd'hui, après bien des hésitations, il est prêt à renoncer au capital provenant de la suppression.

L'abnégation héroïque du clergé avait rendu le *Sperrgesetz* inoffensif et inutile ; l'habileté et la persévérance du Centre ont rendu nécessaire la restitution intégrale des *Sperrgelder*. Cette double victoire sera l'éternel honneur de la population catholique de la Prusse.

*
* *

Il me souvient d'avoir assisté un jour à une conversation très curieuse où plusieurs Allemands discutaient sur ce qu'ils considéraient cumme la plus grande force morale de ce monde. « A mes yeux, disait l'un, ce qu'il y a de plus fort c'est un stratège comme de Moltke, dont l'intelligence fait mouvoir des millions d'hommes et gagne de grandes batailles. » — « Pour moi, dit un autre, je verrais volontiers le symbole, la personnification de la force dans

---

(1) Depuis que ces lignes ont été écrites la loi des Sperrgelder a été adoptée par les Chambres prussiennes et ratifiée par le gouvernement. Comme je le prévoyais la loi décide la restitution des 20 millions.

un homme d État tel que Bismarck, qui dompte les
parlements par son éloquence et domine l'Europe
par son génie politique — ». — « Eh bien, hasarda
un troisième, je connais une puissance supérieure
à tout cela, c'est le clergé catholique qui, pour obéir
à la voix de sa conscience, a tenu tête au chancelier
de fer et qui a fini par le vaincre ».

N'avez-vous pas eu la même impression en reli-
sant dans l'histoire du *Kulturkampf* prussien ce chapitre si émouvant de la suppression des traitements
ecclésiastiques? Y a-t-il quelque chose de plus fort
en effet que ces évêques, que ces milliers de prêtres qui souffraient l'exil, la prison, les privations
les plus dures plutôt que de sacrifier un seul des
droits de l'Église? En apparence, ils étaient vain-
cus, écrasés, terrassés, et déjà leurs ennemis chantaient victoire. Le Christ s'était sans doute endormi
dans la barque de l'Église, et on annonçait qu'elle
allait sombrer. Qu'on y regarde cependant de près :
ce clergé n'a jamais été aussi puissant et il pouvait
dire avec saint Paul : *Cum enim infirmor, tunc po-
tens sum.* Sa faiblesse a triomphé du gouvernement
le plus énergique de l'Europe, et dans la lutte qui
s'était engagée entre le *petit vicaire — der Kaplan -*
et l'invincible chancelier, ce fut le petit vicaire qui
l'emporta.

Dans les quelques pages que je viens de transcrire j'ai essayé d'exposer les péripéties et le
dénouement d'une partie de ce drame de la persécution. On y a vu que le clergé prussien a repoussé tous les assauts de la séduction et de la violence. Point de lassitude, point de regrets, ni compromissions, ni capitulation, mais jusqu'au bout
l'accomplissement ferme du devoir et de tout le de-

voir. La lettre collective que les évêques prussiens réunis à Fulda adressèrent en 1885 au clergé et au peuple catholique disait avec raison : « Le Seigneur vous a fortifié d'une manière admirable ; vous avez combattu le bon combat ; les lourdes et amères souffrances auxquelles vous n'avez pas voulu échapper, vous les avez endurées avec une grande force d'âme. Vous avez été un spectacle pour les anges et pour les hommes ».

Ce spectacle est un des plus réconfortants qui puissent être donnés aux catholiques des autres pays. Que de politiciens en Europe dont le cerveau est en travail de quelque *Sperrgesetz* dirigé contre le clergé ! La suppression du budget des cultes est le spectre qu'ils agitent au-dessus du Saint-Siège chaque fois qu'un prêtre ou un évêque a l'audace de protester publiquement contre des lois iniques. Sont-ils bien sûrs, ces faux braves, que leurs mains ne seraient pas ensanglantées par ce glaive à deux tranchants ? Se croient-ils donc plus de génie ou plus de ressources que n'en avait le superbe Atride (1) qui a mis Calchas aux fers ? Lorsqu'on contemple la merveilleuse efflorescence catholique qui est sortie du *Kulturkampf* prussien, on est presque tenté de leur dire : « Nous attendons vos lois de mai, et on verra à qui restera le dernier mot ».

Le clergé catholique a partout la même vitalité, le même élan, la même force de résistance qu'en Allemagne. Si cent évêques et cinq mille prêtres italiens étaient jetés en prison, le souverain le plus embarrassé ne serait pas celui qui réside au Vati-

---

1. On sait que, durant le *Kulturkampf*, Bismarck s'est une fois comparé lui-même à l'Atride aux prises avec Calchas.

can. Ce qui est vrai de l'Italie l'est également des autres contrées, et les ennemis du catholicisme se garderont soigneusement de renouveler la tentative du chancelier de fer.

Les catholiques n'ont ni le droit ni le désir de provoquer ces grandes crises politiques et religieuses, et il faut répéter bien haut que dans cette querelle d'Allemands qui s'appelle le *Kulturkampf,* le prince de Bismarck a commencé les hostilités. Mais ils n'ont pas davantage à trembler pour leur cause au moment de l'attaque. Ils se diront que la distance n'est pas très grande de la colonne de Canossa à l'exil de Friedrichsruhe et entre les deux se placent le rétablissement de la paix de l'Église et la chute de la plupart de ses persécuteurs.

CHAPITRE V

UN CONGRÈS CATHOLIQUE

CHAPITRE V

UN CONGRÈS CATHOLIQUE EN ALLEMAGNE

(FRIBOURG, 1888).

Pendant la tourmente du Kulturkampf, un célèbre professeur d'une Faculté de théologie d'Allemagne disait un jour à l'abbé Duchesne, l'historien
bien connu de Paris : « *Volo Ecclesiam catholicam
sed non liberam* ». Ainsi une Eglise catholique asser-
vie et enchaînée suffisait à l'ambition modeste de
ce disciple de Febronius ! Heureusement ces tendances joséphistes n'ont trouvé que de rares partisans parmi le clergé, et les fidèles, je m'empresse de l'ajouter, ne se sont pas montrés moins
jaloux que leurs prêtres de l'indépendance de
l'Église romaine. Ils rendent à César ce qui est
à César, car l'empire ne compte point de patriotes
plus ardents que les catholiques, mais ils veulent
aussi qu'on rende à Dieu ce qui est à Dieu, c'est-à-
dire qu'on respecte les droits de l'Épouse du Christ.

En 1887, j'eus l'honneur d'avoir un long entretien
avec le cardinal Gibbons, le vaillant archevêque de
Baltimore. L'éminentissime prélat revenait de
Rome où il avait prononcé un discours magnifique
sur les bienfaits de la liberté. Dans le cours de la
conversation je fis allusion à cet éloge enthousiaste
qui avait été fait à quelques pas du Vatican. « Mes
paroles, me dit alors le cardinal, vous ont peut-être
étonné. Eh bien, je le répète, vaut mieux la liberté

que l'oppression ; or, en Europe vous êtes presque partout opprimés sous prétexte de maintenir l'union entre l'Église et l'État. Ne cessez de revendiquer l'affranchissement complet de l'Église ; à notre époque le salut ne peut venir que de là ».

Je me suis souvenu de ce discours en assistant à l'assemblée générale des catholiques qui tint ses grandes assises à Fribourg en 1888. A n'en pas douter, l'esprit de liberté planait au-dessus de cette multitude accourue des quatre coins de l'horizon. Windthorst a rappelé que saint Bernard avait prêché la Croisade dans la perle du Brisgau. C'est une Croisade aussi que sont venus prêcher tous les grands orateurs catholiques d'Allemagne, mais la croisade pacifique de la liberté. La paix par la liberté : voilà ce qu'ils demandent et ce qu'ils finiront par obtenir. Sans doute ils rencontreront encore de nombreux obstacles et de nombreux ennemis. Il y a deux ans, l'ascendant du prince-chancelier eut de la peine à triompher de l'opposition du parti national-libéral qui refusait de signer les préliminaires de la paix avec Rome. Windthorst a cloué ses adversaires au pilori et il a déclaré qu'il ne les craignait pas.

A côté des ennemis déclarés de la paix et de la liberté religieuses il en est d'autres qui sont bien plus dangereux : ce sont les champions de la *fausse paix*, les lâches qui capitulent avant d'avoir épuisé toutes leurs cartouches, les traîtres qui passent à l'ennemi à la faveur d'un armistice, les faibles qui jettent les armes dès qu'on leur tend la main. L'Allemagne catholique a été témoin de défections de ce genre. En Bavière comme dans le Grand-Duché de Bade, le Centre a eu à déplorer des faiblesses dont il a subi les tristes conséquences lors des élections, et on s'explique les plaintes que Léon XIII a exprimées à ce sujet aux pèlerins allemands de la Palestine. Au congrès de Fribourg plus d'une voix s'est élevée pour protester contre la fausse paix et flétrir les agissements de ces faux apôtres. A la séance du 2 septembre, le député Wasserburg (Philippe Laicus) s'est écrié aux applaudissements de tout l'auditoire : « La liberté dont nous jouissons ne nous satisfait point. Aussi longtemps que l'Église est à la merci des pouvoirs discrétionnaires, nous ne sommes pas en possession de nos droits et nous vivons dans une fausse paix ». « Au point de vue religieux, dit à son tour M. Edouard Muller, le président du Congrès, la situation n'est pas telle que nous puissions nous reposer sur les lauriers du Centre. A nos adversaires déclarés se joignent les ennemis masqués, les demi-amis qui ne veulent se brouiller ni avec Dieu ni avec le monde, et qui, s'il faut choisir, préfèrent rompre avec Dieu, toujours bon enfant. D'après une rumeur digne de foi cette espèce est également représentée dans le duché de Bade ». Le président du comité local, Mgr Knecht, adresse un avertissement semblable au clergé badois. « Prenez garde, insiste-t-il, de vous laisser corrompre ! Que la crainte d'une disgrâce, ou l'ambition inassouvie ne pousse aucun prêtre à abandonner le drapeau de l'Église ». « Quand les renards parlent de la paix, dit le P. Weiss (1) dans une causerie pleine d'humour, il faut

---

(1) Le P. Weiss, fils de saint Dominique, est actuellement professeur à l'Université catholique de Fribourg (Suisse). Il s'est fait connaître par une série de travaux remarquables et entre autres par une « *Apologie du Christianisme* » en 5 volumes qui est une œuvre de la plus haute valeur.

veiller à ses œufs. Chat échaudé craint l'eau froide, et
le chat qui a appris à se défier de l'eau froide a toutes les raisons de redouter l'eau *tiède*. Les mêmes renards qui voudraient nous faire croire qu'ils pondent
des œufs, c'est-à-dire qui prêchent la paix, s'efforcent
de nous désunir. Or le proverbe dit : celui qui prêche la discorde est le missionnaire du diable ». Le
Père Weiss, qui a résidé longtemps à Vienne, a vu de
près les misères et les dangers de cette fausse tran-
quillité, le fléau de l'Autriche. Par suite des ravages
du joséphisme, la situation religieuse de la Monarchie apostolique est lamentable. Là-bas sur les rives
bleues du Danube la plupart des catholiques dorment
tranquillement du sommeil de l'indifférence, et le
gouvernement est heureux de voir *cette* paix se pro-
longer : *ubi solitudinem faciunt pacem appellant.* On
comprend que des protestations énergiques se fassent
entendre pour dénoncer cette quiétude plus dangereuse que la mort, et personne n'a été étonné lorsque
Mgr Scheicher de Saint Pœlten est venu nous entretenir de la vie catholique et du *marasme.* Le courageux prélat n'a pas craint de soumettre à une critique très vive ce qui se passe dans son pays. « Notre
clergé, dit-il, conforme sa conduite aux ordres de la
bureaucratie, reste indifférent aux misères sociales
qui l'environnent et par cette apathie ébranle sa
position vis-à-vis du peuple. On n'aime pas en Autriche qu'on parle de tout cela à l'étranger ; mais
c'est un devoir pour tout catholique de flétrir et de
combattre ce marasme. Le prêtre surtout doit être
une sentinelle vigilante et préférer son indépendance, fût-elle doublée de disgrâce, à la fausse tran-
quillité qui tue la religion dans les âmes ». — A en
juger par les applaudissements qui soulignaient

plusieurs de ces allusions, les catholiques allemands sont décidés à combattre le marasme religieux par tous les moyens. C'est pour lutter contre cette peste que le docteur Kleitner de Munich a proposé de réunir le prochain congrès dans sa patrie ; car, disait-il, le Kulturkampf persiste toujours silencieusement au milieu de nous. Singulier pays que cette Bavière où le ministre Lutz persécutait l'Église et portait des toasts au Pape, où l'abbé Rittler de Passau faisait échouer les candidats catholiques pour assurer la paix... à la religion ! — A tous ces défenseurs de la fausse paix les catholiques du congrès de Fribourg ont opposé la plus énergique résistance pour arriver à la liberté de l'Église !

Ce qui fait du reste leur force dans cette grande lutte c'est qu'ils se sont placés sur le terrain qui leur assurera tôt ou tard la victoire. S'ils demandent la liberté pour leur propre compte, ils sont loin de la refuser aux autres. « Il n'y a point, disait Windthorst, de représentants plus solides de la liberté religieuse que les catholiques et les hommes du Centre. Nous réclamons pour tout le monde ce que nous désirons pour nous-mêmes... D'aucuns soutiennent que nous ne sommes pas libéraux. Je suis prêt à accepter avec n'importe quel soi-disant libéral une discussion publique où je lui démontrerai que nous catholiques nous sommes *seuls* vraiment *libéraux* et que nos adversaires qui se targuent de ce nom sont les singes de la liberté ! » L'attitude de Windthorst justifie parfaitement ce défi plein de fierté. Pendant que l'association de Gustave-Adolphe et le congrès des vieux catholiques injuriaient l'Eglise et le Saint-Siège à Halle et à Heidelberg, les catholiques de Fribourg n'ont eu que des paro-

les de respect pour leurs frères séparés. Bien plus,
le chef du Centre a loué les protestants qui l'ont soutenu lors du Kulturkampf, et dans les vingt ou trente
discours que nous avons entendus on ne relèvera
pas un mot capable de blesser la conscience des autres. La charité la plus parfaite a présidé à toutes
les réunions, et quand on revendique la liberté avec
ce calme et cette possession de soi-même on a le levier
qui soulève le monde.

Dans le cadre étroit qui m'est tracé il me serait
impossible de rendre compte de l'activité prodigieuse déployée à l'assemblée de Fribourg. Il faudrait un volume pour analyser les admirables discours des séances publiques, et les intéressantes
discussions soulevées dans les diverses commissions de la presse, des arts, des sciences, de la question romaine, des écoles, des œuvres pies et des
questions sociales. Mais le grand ressort qui faisait
mouvoir tout l'organisme du congrès c'était *l'amour
de la liberté,* l'idée maîtresse qui se dressait derrière toutes les questions débattues, c'était l'*idée de
la liberté.* L'œuvre du congrès n'était pour ainsi dire
que le développement harmonieux de cette affirmation de Windthorst. « Les catholiques allemands
sont les amis nés de la liberté et les amis du peuple.... Dès qu'il s'agit des droits et de la liberté du
peuple, de ses intérêts, de la question sociale, le
Centre est toujours au premier rang » ! — Je tâcherai de mettre en relief ce caractère dominant du
Congrès de Fribourg et de faire voir qu'on y a successivement défendu et revendiqué la liberté personnelle, la liberté du travail, la liberté de la foi de l'enfant, la liberté des associations religieuses, la liberté
de l'Église et celle du Souverain Pontife.

§ 1.— LA LIBERTÉ PERSONNELLE ET L'ESCLAVAGISME.

La première liberté à laquelle l'homme ait droit
est sans contredit celle d'être maître de soi-même,
de son corps. L'esclavage ne devrait plus être qu'un
souvenir historique dans ce siècle de haute civilisation. Par malheur, il n'en est pas ainsi et nous
savons que le continent africain est le théâtre d'un
trafic épouvantable qui, suivant l'expression de
Léon XIII, considère l'homme comme un bétail destiné au joug — *nata jugo jumenta*. Une coïncidence
des plus curieuses a voulu que le Congrès de Fribourg eût à s'occuper de l'abolition de l'esclavage
et à revendiquer ainsi la première et la plus essen-
tielle des libertés humaines. Le grand cardinal Lavigerie qui prêche en Europe sa « croisade de la miséricorde » avait été invité à exposer devant l'assemblée catholique les motifs, le but, et l'importance
de sa campagne anti-esclavagiste. Des raisons de
santé l'empêchèrent d'accepter cette invitation à
laquelle « il eût répondu avec bonheur ». Il se fit
représenter par Mgr Brincat, son vicaire-général,
et adressa au Congrès un long Mémoire dans lequel
il propose la création d'une société anti-esclavagiste
en Allemagne. « L'Allemagne, y dit-il, ne peut rester en arrière, et je vois avec joie que la création
d'une association catholique est en ce moment même
proposée dans ce but, par quelques-uns de vos écrivains, aux chrétiens de leur patrie. C'est à tous les
titres un acte de justice. Vous le devez à ce qu'ont
déjà fait pour l'Afrique, quelques-uns avec héroïsme,

les fils les plus distingués et les plus courageux de
votre nation : vous le devez à l'empire nouveau que
vous venez d'acquérir sur nos rivages ; vous le
devez à l'appel du Vicaire de Jésus-Christ qui vous
y convie par sa voix paternelle ; vous le devez à
l'honneur chrétien qui ne vous permet pas de laisser se continuer impunément les horreurs qui souil-
lent et ensanglantent l'Afrique et vos propres ter-
ritoires où les traitants ont établi l'un des centres
de leur infàme commerce ».

La séance close du 5 septembre fut presqu'entièrement consacrée à cette grave question. Le comte
de Loë proposa et défendit la motion suivante qui
fut saluée avec enthousiasme. « C'est avec joie et
reconnaissance que l'assemblée générale des catholiques prend acte des efforts que font Léon XIII
et le cardinal Lavigerie pour mettre fin à l'odieuse
traite des nègres dans l'Afrique centrale. Elle déclare que c'est une affaire d'honneur pour les catholiques d'Allemagne de soutenir cette œuvre philan-
tropique et civilisatrice ». Lorsque le noble vieillard descendit de la tribune au milieu des acclamations de l'auditoire, on y vit tout à coup apparaître
la silhouette de Windthorst. L'illustre leader tenait
à payer son tribut d'admiration au cardinal primat
d'Afrique. Il flétrit la plaie abominable de l'esclavage. « Que l'apôtre du continent africain, dit-il, ne
cesse de réclamer l'action des gouvernements contre
ce commerce de chair humaine. Les catholiques se
feront partout une gloire de lui venir en aide... J'ai
moi-même adopté deux petits nègres auxquels on a
donné le nom de Windthorst et je propose d'appeler Lœwenstein le premier noir qui recevra le baptême ».

Le Père Geyer, missionnaire apostolique du Soudan, vint ensuite parler en témoin oculaire des horreurs que l'islam commet en Afrique. Il termina son récit par cette apostrophe qui a fait couler plus d'une larme: « Le jour où la race nègre sera arrachée à l'esclavage elle viendra à vous en s'écriant : « Salut, nobles libérateurs, toute *liberté* nous vient du christianisme ».

§ 2. — LA LIBERTÉ DU TRAVAIL ET LA QUESTION OUVRIÈRE.

Grâce à Dieu l'ouvrier de nos usines n'est plus un esclave comme aux temps antiques ; il n'est même plus ce serf du moyen-âge qui était si malheureux au dire de quelques historiens. Et cependant lui aussi voit sa liberté étrangement compromise et amoindrie dans certaines contrées. Les catholiques allemands peuvent être fiers d'avoir pris en main sa défense au nom du christianisme et des intérêts sociaux. On sait avec quelle ardeur l'abbé Hitze et ses collègues du Centre se préoccupent des conditions de la classe ouvrière, avec quelle sollicitude ils tâchent d'élargir les entraves du pauvre travailleur. Déjà leurs efforts ont été en partie couronnés de succès et au congrès de Fribourg ils ont raconté les victoires remportées par eux sur le terrain de l'économie sociale. Plus d'une liberté a été arrachée à des adversaires trop longtemps dominés par les principes de l'école de Manchester. Le repos dominical, la réglementation du travail des enfants et des femmes sont autant de questions soulevées par le Centre et résolues par le Reichstag, grâce à l'initiative de l'abbé Hitze et de ses amis. Il est vrai que le Conseil fédéral n'a pas encore ratifié les lois protectrices votées par la Chambre (1). Comme le

_____

(1) Depuis que ces lignes sont écrites la situation a changé. Le conseil fédéral a modifié sa ligne de conduite et adopté définitivement la législation protectrice des ouvriers. Cette victoire est due à la persévérance du Centre.

disait le secrétaire général de l'*Arbeiterwohl*, une volonté supérieure empêche jusqu'à présent la mise en pratique du repos dominical. Mais le moment arrive, où il ne sera plus possible de résister au courant qui entraîne les nations vers une législation ouvrière plus chrétienne et plus *libérale*, dans la vraie acception du mot.

Pour hâter cette heure, un économiste distingué, M. Decurtins, conseiller national du pays des Grisons, proposait au Congrès de Fribourg une motion tendant à régler par voie internationale ces grandes libertés ouvrières. L'éloquent orateur suisse a développé ses vues dans la séance plénière du 4 septembre, et son exposé à la fois scientifique et oratoire a été l'un des discours les plus applaudis du Congrès. « Le gouvernement helvétique, s'est-il écrié dans la péroraison, a fait demander à toutes les puissances de l'Europe si elles étaient disposées à adopter une législation ouvrière internationale. On ne peut qu'applaudir à cette démarche. Si au moyen âge l'Église est parvenue à imposer la Trève de Dieu, elle réussira également ne nos jours à rétablir la paix sociale ! » — A la commission de la question sociale, M. Decurtins a défendu le lendemain son projet d'une législation internationale protectrice des ouvriers. Quatre points étaient indiqués : 1° limitation *respective,* réglementation du travail des enfants ; 2° *item* du travail des femmes ; 3° repos dominical ; 4° journée normale de travail. — Le problème fut élucidé avec beaucoup de verve et de talent et nous applaudissions tous M. Brandts de Munchen-Gladbach, lorsqu'il remercia et félicita l'orateur.

Toutefois l'abbé Hitze qui demanda ensuite la

parole pria M. Decurtins de retirer sa motion pour
des raisons le tactique parlementaire. « Rien de
plus désirable qu'une législation internationale.
Mais étant données les conditions actuelles de l'Europe, il est impossible d'en espérer la réalisation
immédiate ou même prochaine. En attendant des
temps meilleurs, chaque pays devra, comme l'a fait
la Suisse, créer une législation *nationale* plus favorable à l'ouvrier. Si l'assemblée générale des catholiques allemands se lance à la poursuite d'une législation internationale, le prince de Bismarck en
profitera pour couper l'herbe sous les pieds des
députés catholiques et il repoussera *a priori* toutes
les motions du Centre sous prétexte que les questions seront réglées par voie internationale. Proté-
geons l'ouvrier chez nous jusqu'à ce que l'Europe et
le monde entier s'entendent pour le prendre sous
leur égide ».

Pendant que j'assistais à ces débats si intéressants et que je voyais tant de talent dépensé au
service du prolétariat, je me suis demandé, si cette
intervention de l'État qu'on invoquait pour affran-
chir l'ouvrier, était une arme absolument inoffen-
sive à notre époque. L'obligation du repos dominical, la fixation de la journée normale, la réglementation du travail des enfants et des femmes sont
certainement des mesures excellentes que l'État a
le droit et le devoir d'imposer aux patrons. Mais
en est-il de même des diverses assurances ouvrières et de tout cet ensemble de dispositions législatives qui ressemblent à s'y méprendre à du vrai
socialisme d'État? Sans doute dans un pays comme
l'Allemagne où le gouvernement se trouve entre les
mains de gens sages et pondérés, le danger ne doit

pas être si grand et j'en crois volontiers l'expérience d'économistes comme Hitze, Brandts, Lieber et Windthorst. Mais qu'arriverait-il en France où les passions politiques flattent sans cesse les basses convoitises d'un prolétariat esclave du socialisme cosmopolite ? Serait-il prudent de confier à un gouvernement radical une législation ouvrière qu'il se hâterait d'exploiter contre la bourgeoisie et le capital ? A n'en pas douter, on se verrait bientôt forcé, comme le disait spirituellement Mgr Freppel, de protéger le patron contre l'ouvrier. Lors du mouvement révolutionnaire qui a éclaté en Belgique il y a trois ans, on a vu des ouvriers prendre un bain de pieds dans le champagne pour vexer *le bourgeois*. Dès qu'on s'aventure sur ce terrain social il faut se dire : *incedo per ignes* et user de modération et de prudence.

Cette sagesse, les économistes catholiques d'Allemagne la possèdent à un haut degré et voilà pourquoi ils peuvent aller très loin dans leurs revendications sans péril pour eux-mêmes et pour la société. En hommes pratiques qu'ils sont, ils agissent directement sur les patrons et les ouvriers par l'admirable association de l'*Arbeiterwohl* en même temps qu'ils demandent aide et protection à la loi. C'est le meilleur moyen d'assurer à l'ouvrier ces libertés essentielles nécessaires au développement de sa vie de famille et de son bien-être matériel et moral.

§ III. — LA LIBERTÉ DE LA FOI DE L'ENFANT ET L'ÉCOLE.

On l'a dit avec raison : celui qui est maître de l'école tient l'avenir entre ses mains. L'influence de l'école est décisive pour la vie, et les vices ou les vertus d'une génération sont presque toujours le développement naturel des germes que l'éducation a déposés dans le cœur de l'enfant. Tous les partis politiques et religieux le savent et de là cette lutte scolaire qui est devenue si aiguë de notre temps. Il ne s'agit de rien moins que de conserver ou d'anéantir la foi et le patrimoine moral de la société chrétienne. Dans certains pays les catholiques ont eu le bonheur de prendre d'assaut la liberté d'enseignement et de se créer ainsi un boulevard inexpugnable contre les envahissements du scepticisme et de l'impiété. La Belgique et la France sont au nombre de ces contrées privilégiées et l'Église trouve dans cette liberté de l'école l'une de ses plus grandes forces. Hélas! les catholiques d'Allemagne ont lieu d'envier à leurs voisins une conquête si précieuse. Pour eux il ne peut même être question d'espérer la liberté d'enseignement. A la commission scolaire du congrès de Fribourg, un prêtre avait timidement fait allusion à ce bienfait et on lui fit comprendre aussitôt qu'il ne fallait pas se complaire dans des rêves chimériques. On demande la liberté, mais simplement celle de l'enseignement religieux. Une série de motions scolaires furent soumises au congrès et à peu près toutes se contentaient de revendiquer pour l'Église le droit exclusif de donner l'enseignement religieux aux enfants catholiques. La plupart de ces résolutions furent adoptées par l'assemblée générale et à voir le zèle qui fut déployé dans la discussion il était facile de deviner combien la législation scolaire actuelle est fatale au catholicisme.

L'hiver dernier (27 février 1888) Windthorst avait déposé au Landtag prussien un projet de loi scolaire qui fait à l'Église sa part dans l'éducation religieuse de l'enfance. Cette initiative a été approuvée avec enthousiasme par tout le Congrès et les catholiques se plaisent à croire que l'influence de l'empereur et du chancelier contribuera à réaliser une des plus chères espérances de l'épiscopat et de Léon XIII. En tout cas ils tiendront ferme et ne cesseront de réclamer par toutes les voies de la publicité la liberté d'élever leurs enfants dans les principes de l'Église catholique. Les échecs ne les rebuteront point : la persévérance active est la première condition de la victoire, comme le disaient l'abbé Keller et l'abbé Eisenring, les deux orateurs du Congrès qui ont traité la question des écoles (1).

---

(1) La question scolaire n'est pas encore résolue. En 1890 le ministre des cultes, M. de Gossler, a présenté lui-même un projet de loi scolaire à la Chambre prussienne. Mais il était inacceptable pour les catholiques, et les libéraux le repoussaient à leur tour comme trop clérical. M. de Gossler tomba du pouvoir avant que son projet ne fût discuté. Ainsi la question reste toujours ouverte. La lutte sera très chaude. Je raconterai un jour les péripéties de ce duel que le christianisme et le libéralisme ont engagé sur le terrain scolaire.

§ IV. — LA LIBERTÉ ET LES ORDRES RELIGIEUX.

Il y a quelques années les libéraux badois criaient de toutes parts : *plutôt la famine que les ca-pucins*, et voici les catholiques d'Allemagne qui se réunissent au cœur même du « Musterlændle » et choisissent pour mot d'ordre : *La liberté pour tous, même pour les moines !* En effet, une des grandes libertés qu'ils revendiquent c'est celle des Ordres religieux expulsés par le Kulturkampf. Il est étrange qu'on soit réduit à remuer ciel et terre pour avoir le droit de servir Dieu et de suivre les conseils évangéliques. Un orateur du congrès a stigmatisé cette situation anormale par une hypothèse des plus pittoresques : « Supposons, disait-il, qu'un jeune Badois s'approche de Jésus-Christ et lui adresse cette prière : « Seigneur que dois-je faire pour avoir la vie éternelle? — L'Homme-Dieu lui répondra : « Si tu veux être parfait, vends tout ce que tu possèdes, donne le prix aux pauvres et suis-moi ! — Vous le dites, Seigneur, répliquera le jeune homme, mais que dira la police ? » Le Kulturkampf a chassé les religieux de l'Allemagne et la police leur en interdit l'entrée ou du moins le séjour. Je sais bien que les efforts combinés du prince chancelier et de Mgr Kopp ont rouvert les portes de la Prusse à quelquesunes congrégations (1). Mais le grand

(1) En Prusse les dominicains, les capucins, les franciscains ont pu rentrer dans leurs couvents avec l'autorisation préalable du gouvernement. En Bavière ces ordres n'ont jamais été expulsés. Les Badois ne veulent entendre parler d'aucun ordre

duché de Bade reste encore fermé à tous les religieux. En face de cet ostracisme ils ont résolu de
venir personnellement défendre leurs droits et leur
liberté au Congrès de Fribourg. Capucins et jésuites,
bénédictins et fils de saint Dominique ont été fidèles
au rendez-vous et plusieurs d'entre eux ont fait
entendre leur mâle éloquence et leur cri de liberté.

C'était un moment solennel que celui où le premier
moine parut à la tribune du congrès. Un frémissement de joie et de surprise traversa la foule et soudain
on vit éclater sur tous les points de la salle des applaudissements qui ne voulaient plus finir. L'abbé bénédictin d'Emaus (Prague) était sous le coup d'une
vive émotion. Son visage d'une beauté toute sculp-
turale trahissait les sentiments de reconnaissance,
d'amour et d'humilité qui agitaient son âme. Quand
le calme se fut rétabli, ses lèvres s'entr'ouvrirent et
il prononça le plus beau discours que j'ai entendu
de ma vie. Jamais on n'avait plaidé avec autant d'é-
loquence la cause des moines ni exposé avec plus
de clarté la haute signification et l'utilité des trois
vœux de la vie monastique. L'auditoire était trans-
porté d'admiration. Lorsque vers la fin du discours
l'orateur retraça à grands traits l'histoire des illustres abbayes badoises, aujourd'hui en ruines, et em-
prunta les paroles du prophète en s'écriant d'une
voix vibrante : « Pensez-vous que ces ossements re-
prendront la vie? » tout le monde se leva comme un
seul homme et une ovation indescriptible répondit à
la question de ce fils de saint Benoît.

religieux. Les Jésuites et les congrégations affiliées (Rédemptoristes, Lazaristes, Sacré-Cœur. Pères du Saint-Esprit), sont
exclus de toute l'Allemagne, par une loi d'empire de 1873. Le
centre demandera prochainement l'abrogation de cette loi d'exil.

Le moine avait gagné son procès. A la dernière séance du congrès, des laïques sont arrivés à la rescousse et ils l'ont fait avec le plus grand succès. Le député Rake de Mayence a prononcé une harangue qui est un vrai chef-d'œuvre de bon sens, de finesse et de verve caustique. « Aussi longtemps, s'écria-t-il, qu'il n'est pas démontré que le Christ a dit à un ministre badois : Tu es Pierre, pais mes agneaux — je me permettrai de croire que l'Église seule peut décider dans les questions ecclésiastiques. Si depuis plus de dix siècles les Ordres religieux sont le plus solide boulevard de l'Église, si une légion glorieuse de papes, d'évêques, de saints, de docteurs, est sortie de leurs rangs, nous aurions perdu tout sentiment de reconnaissance, et nous serions des renégats, en ne levant pas la main au ciel pour jurer devant le pays entier que nous n'aurons de repos qu'au moment où la dernière sœur d'hôpital, le dernier capucin, le dernier jésuite sera rentré en Allemagne ! »

Une cause qui rencontre des avocats comme le Père Sauter d'Emaus et le député Rake est assurée de son triomphe.

Ce n'était pas tout. Windthorst vint à son tour jeter dans la balance le poids de son autorité et confirmer les revendications des deux orateurs précédents. « La question des Ordres religieux, dit-il, n'est encore résolue *nulle part* en Allemagne, pas même en Prusse... En effet, en Prusse nous dépendons du bon vouloir du gouvernement et toute une série de congrégations restent exclues de leur patrie. Eh bien, je dirai avec Rake : elles doivent toutes revenir les congrégations d'hommes comme les congrégations de femmes, les franciscains comme les jésuites ». Mais il faudrait citer tout le discours car il a fait époque.

Ce qui ressort clairement de ces débats c'est qu'on veut la liberté pour tous les Ordres religieux et dans toutes les contrées de l'Allemagne. Telle a été l'une des dernières paroles du Congrès de Fribourg, plaise à Dieu qu'elle se réalise bientôt!

§ V. — LA LIBERTÉ DU SAINT-SIÉGE.

Il est pour les catholiques une liberté plus précieuse que toutes les autres, la liberté du Père commun des fidèles. L'abolition de l'esclavage, l'affranchissement partiel de l'ouvrier, la liberté de l'école, la liberté du clergé et celle des ordres religieux, sont des biens chers à nos cœurs. Mais combien l'indépendance du Saint-Siège nous passionne davantage ! La France a versé le plus pur de son sang pour cette cause sacrée et les martyrs de Castelfidardo proclament hautement que la Fille aînée de l'Église sait aimer jusqu'à mourir pour sa Mère. Les catholiques allemands nourrissent pour le Pape des sentiments non moins profonds. Que de fois ils ont déjà protesté contre l'usurpation romaine dans leurs grandes assemblées religieuses ! A Fribourg également leurs paroles vengeresses ont flétri l'injuste détention du patrimoine de saint Pierre. De Windthorst au simple étudiant en théologie presque tous les orateurs du Congrès ont eu un cri d'amour ou d'espérance pour le prisonnier du Vatican. Peut-être cette redoutable *Quest on romaine* que l'Italie officielle essaie d'enterrer chaque jour n'a-t-elle pas été empoignée avec autant de vigueur qu'on eût pu le désirer. Certes, le cardinal Pie et Monseigneur Dupanloup savaient traiter le problème avec plus d'ampleur et plus de liberté : il y avait moins de réticences dans leur langage et moins de concessions dans leur politique. Saint Paul parlait par leur bouche et saint Paul ne se gênait guère. Mais il faut tenir compte des lieux et des circonstances et à tout prendre, l'attitude du Congrès de Fribourg a été, ce qu'elle pouvait être, réservée et courageuse à la fois. Dès le premier soir, Windthorst a déclaré qu'on s'occuperait de la situation du Pape. A la séance suivante, Mgr Knecht a protesté contre la violence faite au Saint-Siège et en même temps on créa une commission nouvelle spécialement chargée de la *question romaine* (1). L'élan était imprimé et cet admirable mouvement devait aboutir au discours magistral que la petite Excellence consacra au Souverain Pontife, à la séance de clôture. Ce que le curé Arenholt (Auheim) avait dit à propos du jubilé sacerdotal de Léon XIII, ce que le docteur Moufang avait insinué à la commission de la question romaine, ce que le Président du *Piusverein* suisse, M. Wirz, avait exprimé dans son beau discours, ce que M. Edouard Muller avait affirmé avec l'accent pathétique d'un O'Connel, Windthorst le résuma et le compléta avec cet art merveilleux dont il a seul le secret. « Le thème le plus important, dit-il, qu'ait eu à traiter la 35e assemblée générale des catholiques d'Allemagne, est certainement la situation faite au Pape. Nous serions des fils dénaturés si dans une réunion si nombreuse nous n'avions pas songé à Lui. Nous savons tous que le crime de l'usurpation romaine n'est

_____

(1) J'ai vu siéger cette commission au Congrès de Bochum en 1889. Au congrès de Coblenz en 1890 il n'en fut plus question, parce qu'on n'avait à discuter aucune motion relative à la situation du Pape. Mais la question romaine fut néanmoins l'objet d'un beau discours. Au récent congrès de Dantzig il fut de nouveau beaucoup question de la situation du Pape. Malheureusement les passions soulevées par la triple alliance ont déteint d'une façon très fâcheuse sur les discours du baron de Schorlemer-Alst et du comte Ballestrem.

pas encore expié. Il le sera un jour, car aucune injustice ne saurait rester impunie. Seulement Dieu se réserve l'heure du châtiment... Qu'actuellement tout espoir d'une réparation semble anéanti, je l'accorde ; mais il y a eu dans l'histoire plus d'un moment de ce genre...

« Pour remplir avec succès sa haute mission le Pape a besoin de l'indépendance la plus absolue. En effet, comment pourrait-il sans la liberté faire pénétrer partout ses enseignements, ses conseils et ses réprimandes ? Ceux qui se sont constitués ses geôliers s'érigeraient contre lui dès qu'il essaierait de leur faire sentir son autorité. De là l'indiscutable nécessité d'une souveraineté territoriale. Crispi, qui est un témoin peu suspect, disait en 1864, que le Souverain Pontife ne pouvait descendre de son trône pour prendre place parmi les sujets d'un roi, et un autre Italien ajoutait : « Le Pape doit posséder au moins *une* ville et cette ville ne peut être autre que Rome »...

« Messieurs, tous les gouvernements et tous les peuples ont un égal intérêt à la restauration de la souveraineté temporelle du Pape, tous, même les États qui n'appartiennent pas à l'Église catholique. Il est hors de doute pour tout homme politique sensé que la disparition du Saint-Siège, c'est-à-dire de la puissance la plus conservatrice du monde, amènerait un véritable chaos. C'est donc dans leur propre intérêt que princes et peuples doivent prendre en main la cause du pouvoir temporel de la Papauté. L'été dernier nous avons formulé au Congrès de Trèves une résolution qui exprimait pleinement notre pensée sous ce rapport et je me suis permis de dire alors que cette résolution devait être répétée partout où nous serions réunis au moins au nombre de trois. Les journaux hostiles à notre cause nous apostrophaient ironiquement en disant que c'était là une vaine démonstration. Messieurs, ceux qui tenaient ce langage prouvent que *politiquement*, ils ne sont que des enfants. Une idée saine, une idée juste, une idée nécessaire, ne restera jamais irréalisée. Sans doute, il faut quelquefois du temps jusqu'à ce que les idées les plus saines se soient fait jour dans toutes les têtes. Mais la lumière une fois faite, l'idée ne tarde pas à trouver sa réalisation »...

« Je prie Monsieur le Président de lire la résolution du Congrès de Trèves et l'assemblée d'y donner son assentiment ».

« L'occupation permanente des États de l'Église
« et de Rome de la part du gouvernement italien
« constitue un attentat contre les droits de l'Église,
« une grave atteinte aux principes du droit des
« gens et un empiètement intolérable sur la liberté
« du Vicaire de Jésus-Christ. La restauration de
« la pleine indépendance du Chef de l'Église catho-
« lique est exigée par la justice et nécessaire dans
« l'intérêt commun des princes et des peuples ».

Cette résolution est saluée par de chaleureux applaudissements et Windthorst poursuit ainsi son discours : « Messieurs, je voudrais que le Saint Père eût pu être témoin de l'enthousiasme avec lequel vous avez adopté cette déclaration... Je regrette d'être obligé de m'arrêter ici, car avec des auditeurs comme vous on est tenté de donner libre cours à ses idées tant que la voix le permet et je ne sais combien de fois il me sera encore donné de vous adresser la parole. A mon âge le soir approche et

alors on ne sait quand la nuit arrive. Je prends
donc aujourd'hui congé de vous en vous demandant
de me conserver un souvenir aussi amical que l'accueil que vous avez bien voulu m'accorder et de
penser un peu à moi dans vos prières. Et maintenant je vous prie de mêler vos voix à la mienne et
de saluer d'un vivat retentissant comme le tonnerre,
Notre Saint Père le Pape Léon XIII ! »

Ces dernières paroles, vrai chant du cygne, mirent
une larme dans tous les regards, un cri d'enthousiasme sur toutes les lèvres, une émotion poignante
dans tous les cœurs (1).

---

(1) A la page 37 de ce même volume, j'ai eu l'occasion de rappeler cette mémorable journée et de citer une partie de la péroraison du discours de M. Windthorst. Que le lecteur me
pardonne cette répétition que je crois nécessaire !

§ VI. — UTILITÉ DES CONGRÈS CATHOLIQUES.

Quand on sort des rues de Fribourg et que l'on gravit le sommet du Schlossberg un panorama splendide se déroule sous les yeux du spectateur. Au pied de la colline s'étale la cité coquette avec la flèche dentelée de sa vieille cathédrale et ses villas modernes qui surgissent du milieu d'élégants bouquets de verdure. Du côté de l'est s'ouvre la vallée ombreuse du Kirchgarten qu'arrose la Dreisam et que ferme l'entrée du Hœllenthal. Dans la direction opposée on voit briller la magnifique chaîne des Vosges encadrant avec le Rhin ce paradis de délices qui s'appelle l'Alsace. Montagnes, cités, villages, plaines, rivières, vallons et forêts, la nature et l'œuvre de l'homme se fondent dans une unité harmonieuse ; les laideurs et les détails disparates qu'on avait remarqués le long du chemin s'effacent insensiblement et rien ne trouble plus la quiétude, le bonheur, l'admiration qui envahissent votre âme et la font chanter.

C'est un spectacle analogue que présente le Congrès catholique de Fribourg lorsqu'on embrasse d'un seul coup d'œil et d'une certaine hauteur l'ensemble de ses discours et de ses travaux. Il se peut que l'une ou l'autre parole vous ait incomplètement satisfait ; il est possible que telle question, vous l'eussiez envisagée autrement ou traitée avec plus de hardiesse. Il n'en est pas moins vrai que l'impression générale laissée par ces tournois oratoires est excellente. Durant les quelques jours que nous

avons passés dans la Reine du Brisgau nous avons
été témoin d'une des manifestations catholiques
les plus grandioses que l'on puisse imaginer.

On a prétendu que ces réunions étaient stériles
pour le bien et ne conduisaient à aucun résultat
pratique. Rien de plus faux que cette assertion.
L'histoire, au contraire, est là pour attester la
fécondité indéniable de ces congrès : ils ont été
le principal instrument de la Renaissance catholique en Allemagne. C'est de ces assemblées que
partait la commotion électrique qui allait réveiller
toutes les torpeurs, ranimer toutes les flammes,
éclairer toutes les ténèbres religieuses de la grande
patrie allemande. Voilà près d'un demi-siècle
qu'elles ont été appelées à la vie et depuis lors
elles n'ont cessé d'agrandir leur sphère d'action,
et d'étendre le champ si vaste de leurs admirables travaux. « Elles ont fait naître ou prospérer
parmi nous, dit l' « *Echo der Gegenwart* », toutes
les grandes et belles œuvres de la vie catholique ».
L'association de Saint-Boniface est due à leur initiative. Les associations de Saint-François Xavier,
de Saint-Charles, de la Sainte-Enfance, du Saint-
Sépulcre y ont trouvé leur point d'appui et leur
force d'expansion. Il suffit de prononcer le nom des
Gesellenvereine, des sociétés de Sainte-Élisabeth, de
Saint-Joseph, de Saint-Raphaël, des conférences de
Saint-Vincent de Paul, pour se rappeler tout ce que
ces œuvres doivent aux encouragements des Congrès. Ce qui est plus précieux encore, ils ont permis aux catholiques allemands de résister victorieusement à toutes les tentatives de schisme qui ont
été faites dans ces derniers temps pour les détacher
du Saint-Siége... *Los von Rom !* Ce cri de guerre

qui a retenti en Allemagne est resté sans écho parce
que les congrès annuels avaient groupé étroitement
les fidèles autour du rocher sur lequel le Christ a
bâti son Église. En vain la coterie de quelques professeurs mécontents et la faiblesse de quelques ho-
bereaux rénégats avaient dressé au peuple allemand
le double piége du vieux-catholicisme et du catholicisme d'État. La conscience catholique de ce peuple
a poussé le cri d'alarme au sein des congrès et le
schisme fut étouffé dans son germe.

Il ne faut donc pas mesurer l'intérêt ou l'importance des congrès catholiques aux quelques résolutions qui y sont formulées. Un résultat plus sérieux
et plus immédiat c'est qu'ils impriment un élan
irrésistible au mouvement catholique, renouvellent
la sève vitale qui circule dans le corps de la nation,
suscitent de nobles dévouements et de fécondes ini-
tiatives, fortifient le sentiment de la solidarité
chrétienne et maintiennent la cohésion parmi toutes
les communautés sporadiques disséminées à travers
l'empire. Ces milliers de catholiques qui se sont
chauffés à la parole de Windthorst, de Hitze, d'Ed.
Muller, du P. Sauter, du P. Weiss, de Decurtins, de
Brandts, ils rentrent dans leurs foyers, l'âme remplie de généreuses pensées, et la flamme qui les
dévore eux-mêmes, ils la répandront autour d'eux et
centupleront ainsi l'action du Congrès. En racontant
à leur famille, à leurs voisins, à leurs amis les fêtes
merveilleuses de Fribourg ils se souviendront des
touchants adieux que leur a adressés M. Ed. Muller, le président du Congrès : « Ne laissez pas
éteindre le feu qu'on a allumé dans vos âmes ; em-
portez-le dans votre pays et défendez partout la
liberté de l'Église ! »

Liberté de l'Église ! oui, c'est bien là le résumé du Congrès de Fribourg et le mot d'ordre qui doit pénétrer dans toutes les régions de l'Allemagne et de l'Europe ; car, comme le disait, en 1887, notre cher ami, l'éloquent évêque de Trèves, elle est libre cette Église qui est sortie du cœur transpercé du Christ et elle le doit rester !

CHAPITRE VI

L'ABBÉ HITZE ET LA LÉGISLATION PROTECTRICE DES OUVRIERS

CHAPITRE VI

L'ABBÉ HITZE ET LA LÉGISLATION PROTECTRICE DES OUVRIERS EN ALLEMAGNE (1).

Protection à l'ouvrier! — Sous ce titre modeste, l'abbé Hitze vient de publier un volume remarquable qui traite quelques-uns des problèmes les plus intéressants de notre temps. Par ses rescrits fameux du 4 février 1890 l'empereur d'Allemagne avait pris en main la cause de l'ouvrier. Le Conseil d'État, réuni un peu plus tard, avait soumis la question à une étude sérieuse. La conférence de Berlin, faisant un pas de plus, mettait en commun les lumières des principaux économistes de l'Europe. Enfin, au mois d'avril 1890, le Conseil fédéral a présenté au Reichstag un projet de loi qui est comme la quintessence des travaux du Conseil d'État et de la conférence de Berlin. Ainsi, grâce à l'initiative de Guillaume II, tous ces grands problèmes sociaux : repos dominical, travail des femmes et des enfants, salaire, surveillance des usines, etc., ont pu être réglés par le Reichstag de concert avec le gouvernement.

Le livre de l'abbé Hitze arrive donc à son heure. Au moment où tout le monde s'occupe ou se préoccupe de la législation protectrice, le plus souvent sans y rien entendre, le secrétaire général de l'*Arbeiterwohl* indique aux hommes politiques et aux

---

(1) *Schutz dem Arbeiter* : von Frantz HITZE. Cologne, 1890.

industriels une série de mesures capables de protéger la santé, la moralité, la liberté, les intérêts matériels de l'ouvrier.

Personne n'était mieux préparé que lui pour ce travail difficile et délicat.

Une longue expérience, une science consommée, le maniement des affaires, un dévouement sans bornes ont assuré à l'abbé Hitze une place à part dans l'aréopage économique de son pays. Ce jeune prêtre westphalien n'a pas atteint la quarantaine, et voilà plus de dix ans qu'il déploie une activité infatigable sur le terrain des questions ouvrières. La providence lui ménagea des conditions spéciales qui l'ont puissamment secondé dans sa tâche. A peine eut-il fini ses études universitaires à Wurzbourg et à Rome qu'il fut envoyé comme vicaire dans la grande ville industrielle de Munchen Gladbach.

Dans ce milieu éminemment suggestif, ses talents ne tardèrent pas à se révéler et à s'épanouir. Il s'était fait connaître dès 1877 par son livre : *De la question sociale et des efforts tentés pour la résoudre*. Trois ans plus tard parut sa *Quintessence de la question sociale*. En même temps il entra en rapport avec les principaux économistes catholiques d'Allemagne, avec les Moufang (1), les Hertling, les Albertus, les Ratzinger et d'autres encore. Pour faciliter l'expansion de ses doctrines économiques, il contri-

---

(1) Mgr Moufang, mort en 1889, était supérieur du grand séminaire de Mayence et l'un des collaborateurs les plus éminents de Mgr Ketteler, l'illustre évêque sociologue. Il s'est beaucoup occupé de la question sociale, au Reichstag, dont il était membre, dans les Congrès catholiques dont il était l'un des orateurs les plus chaleureux.

bua, en 1880, à la fondation de la société industrielle de l'*Arbeiterwohl*. On peut dire qu'il devint
aussitôt la cheville ouvrière de cette grande œuvre,
et, en sa qualité de secrétaire général, il se chargea
de la rédaction de la revue qui devait divulguer les
idées du *Verband*.

La théorie qui ne s'appuie pas sur les faits reste
le plus souvent stérile. Hitze évita cet écueil en
traitant toujours les sujets au point de vue des
résultats pratiques. Il avait trouvé à Munchen-
Gladbach des ressources admirables. Un des grands
industriels catholiques de cette ville, M. Brandts,
était tout disposé à organiser une usine modèle.
Sous l'inspiration et la direction de l'abbé Hitze,
il créa pour ses ouvriers un ensemble d'institutions
qui, généralisées, résoudraient du coup la question
sociale. Le jeune économiste observait, méditait,
organisait, et quand une tentative avait réussi, il
consignait le fruit de ses expériences et de ses
travaux dans sa revue l'*Arbeiterwohl*.

La vie politique attendait naturellement ce réformateur social. Il y entra en 1882 comme membre
du Landtag prussien, et en 1884 comme membre
du Reichstag. Depuis lors, il n'a cessé d'appartenir
à ces deux Parlements, et on sait qu'il est devenu très
vite l'un des orateurs les plus marquants du Centre.
On le voit prendre part à tous les débats sociaux et
économiques, et lorsque ce vicaire colossal surgit à
la tribune, il sait se faire écouter et souvent applaudir par ses adversaires eux-mêmes. Il a attaché son
nom à plusieurs projets de loi, entre autres à celui
de la protection des ouvriers, et il a vaillamment
tenu tête aux philippiques manchestériennes du
prince-chancelier. Aujourd'hui, il est considéré

comme l'un des avocats les plus énergiques et les plus intelligents des populations ouvrières.

Pendant de longues années l'abbé Hitze et ses amis se sont heurtés à la résistance obstinée de Bismarck et du conseil fédéral, c'est-à-dire du gouvernement tout entier. Si le duc de Lauenbourg se montrait quelquefois enclin au socialisme d'État, il n'a jamais voulu entendre parler de la législation protectrice des ouvriers (car il ne faut pas confondre ces deux choses) : « Tant que Bismarck sera au pouvoir, me disait l'abbé Hitze il y a deux ans, nous n'avons rien à espérer ». Mais il ne se découragea point et le Centre poursuivit sa campagne protectrice. A la chute du chancelier, les idées de l'abbé Hitze triomphèrent. L'empereur appela au conseil d'État ce vaillant prêtre catholique, et ses travaux exercèrent une influence décisive sur les résolutions du *Bundesrath.* Il suffit de rappeler que le projet de loi Lieber-Hitze, élaboré en 1885, a été introduit. sauf de légères modifications, dans le projet de loi ministériel qui a été discuté et adopté par le Reichstag pendant la session d'été 1890.

Le gouvernement est converti. Reste à vaincre les préjugés d'un certain public, à lui offrir les meilleurs documents pour le procès économique qui a été gagné devant la Chambre de l'empire. Le livre de l'abbé Hitze remplira très bien ce but. Ce volume mériterait, en effet, de devenir le manuel de quiconque s'intéresse au sort de l'ouvrier, et, par conséquent, à l'avenir de la société.

Ne pouvant rendre compte de tout l'ouvrage (car il faudrait un volume pour cela), je détacherai de l'un ou l'autre chapitre quelques vues d'une portée générale, et je tâcherai de mettre en relief les idées dont la réalisation me semblera le plus utile.

Dans l'une des parties intitulée « Protection de la liberté et de l'exécution équitable du contrat ouvrier », l'auteur parle de l'organisation des fabriques et des rapports entre le patron et les ouvriers. Il attache une grande importance à cette question. Il veut que les conditions de l'ouvrier soient nettement stipulées dans un règlement qui lui sera remis à son entrée à l'usine. Admission et renvoi de l'ouvrier, durée du travail, jours de travail (quels sont les jours fériés), travail supplémentaire, fixation des salaires, paie, punition et amende, primes, participation aux caisses, devoirs des directeurs, contremaîtres, employés, ouvriers, etc. : tous ces détails doivent être fixés d'avance de façon que l'ouvrier sache bien à quoi s'en tenir. On coupe ainsi court à l'arbitraire et on prévient bien des exaspérations et bien des révoltes.

Il est vrai que le règlement ne saurait arrêter tous les malentendus et tous les mécontentements. D'après l'abbé Hitze il faut que l'ouvrier participe lui-même, dans une certaine mesure, au gouvernement intérieur de l'usine. Des représentants élus par lui — comité, délégations ouvrières, collège des anciens, peu importe le nom — doivent être le trait d'union entre les patrons et le travailleur, jouer le rôle d'intermédiaire et de médiateur, veiller à l'exécution stricte du règlement, appuyer en haut les revendications légitimes des ouvriers, et exercer en bas une action moralisatrice par leur exemple et leurs conseils.

« Il est clair, dit l'abbé Hitze, que cette intervention de l'ouvrier agit d'une manière conciliante sur l'ensemble, fortifie le sentiment de l'honneur chez lui et rend les abus de l'administration plus difficiles. Cette espèce de *self-government* est une école excellente, puisqu'il développe également le sentiment du bien général, facilite l'obéissance à l'ouvrier qui se soumet à des règles formulées par ses propres représentants... Rien n'est plus propre à combattre le socialisme que cette organisation. Les ouvriers élus (et le tour d'un chacun peut arriver) apprendront à distinguer le vrai du faux dans les théories socialistes. Ils ne pourront plus se contenter de la critique négative toujours facile ; on leur demandera des projets de réforme positifs, et la difficulté que leur offrira ce travail leur apprendra à être plus équitables dans leurs appréciations ou leurs exigences, à distinguer le possible du chimérique ».

La justesse de ces réflexions saute aux yeux. L'expérience confirme du reste la théorie de l'abbé Hitze. A Munchen-Gladbach (1) lui-même a organisé un collège des anciens à l'usine Brandts, et cette institution a donné les plus heureux résultats.

C'est au fonctionnement régulier du collège des anciens que cet établissement est en partie redeva-

_____

(1) Munchen-Gladbach est un grand centre industriel de la province rhénane, situé entre Aix-La-Chapelle et Dusseldorf. C'est une des villes qui se distingue le plus par l'excellence de ses institutions ouvrières. J'ai visité moi-même les établissements de M. Brandts et ils présentent un spectacle vraiment consolant. L'ordre, la propreté, la politesse règnent parmi ces ouvriers à un degré que je n'ai retrouvé nulle part ailleurs. L'esprit de discipline ne laisse rien à désirer et les meneurs socialistes n'essaient même pas d'entamer cette population.

ble de sa supériorité morale et matérielle. Quèlques autres maisons ont adopté le même système et partout les patrons ont eu à s'en louer. Leur responsabilité et leur tâche sont beaucoup diminuées et, aux heures difficiles, le collège est pour eux un appui et un secours précieux.

D'ailleurs, l'existence du collège des anciens ne réduit en rien l'autorité du patron. Bien que les représentants ouvriers aient voix délibérative, le chef d'industrie conserve toujours le droit de *veto* par lequel il annule tout vote déplaisant. Les abus possibles sont ainsi étouffés dans leur germe et le collège n'est pas tenté d'outrepasser ses droits. Afin d'éviter des conflits pénibles, il se renfermera strictement dans ses attributions.

Il est facile de voir, par ces quelques mots, que le collège des anciens doit procéder de la libre initiative des patrons. Ici l'État ne peut guère intervenir d'une manière efficace. Sans doute la création des comités ouvriers peut être exigée par la loi, mais, en somme, le patron conservera forcément le droit de *veto*. S'il est mal disposé la loi sera presque toujours éludée.

Pour que le collège des anciens atteigne son but, il faut que patron et ouvriers travaillent d'un commun accord au bien général. Seule une pareille concorde produira des fruits de salut. Malgré toutes les précautions, la loi viendrait échouer contre le mauvais vouloir du chef d'industrie. Tout au plus l'État pourra-t-il stimuler les sceptiques et les récalcitrants, en prêchant d'exemple dans ses propres exploitations et en aidant les patrons qui seront entrés dans la voie des réformes fécondes. En dehors de ce rôle plus suggestif qu'autoritaire, l'État ne pourra rien en ce qui concerne le fonctionnement du collège des anciens. Cette impuissance radicale de l'État sur ce terrain est un des côtés faibles de la législation protectrice des ouvriers. Ici rien ne remplacera l'initiative personnelle du patron.

Il est un autre point où éclate plus évidemment encore cette stérilité de l'intervention de l'État, je veux parler de la composition du personnel administratif de l'usine. L'abbé Hitze ne fait qu'effleurer cette question en passant — pour des causes faciles à deviner — mais je connais ses vues sous ce rapport et je sais les principes auxquels ont obéi les chefs d'industrie qui ont le mieux réussi.

Une population franchement chrétienne est à l'abri de toute agitation socialiste, personne ne saurait en douter. Il n'est pas moins incontestable que les ouvriers seront en général chrétiens si le patron choisit des directeurs, des contre-maîtres, des employés qui, sous ce rapport, donnent le bon exemple.

La force d'un personnel de ce genre est incalculable. Hélas ! faut-il l'ajouter ? cette question est la dernière dont se préoccupent les chefs d'industrie, même ceux qui passent pour catholiques. M. Brandts, de Munchen-Gladbach, et quelques rares autres ont compris leur devoir et ils en ont été récompensés. Mais l'immense majorité considère cette question comme absolument accessoire. On se contente d'un minimum de religion (je parle toujours des patrons catholiques). On croit avoir satisfait à sa conscience quand on peut se dire : « J'ai choisi des directeurs et des contre-maîtres qui sont respectueux ».

Ces employés respectueux sont le fléau des usines.

Comme ils ne sont point pratiquants, ils autorisent et encouragent l'indifférence chez les ouvriers et préparent ainsi de la semence socialiste. Souvent même leur attitude est plus désastreuse encore. Je connais une grande ville industrielle où les jeunes ouvrières sont trop souvent corrompues par leurs chefs. Des désordres du même genre se produisent ailleurs. Si les mœurs de tant de populations ouvrières sont abominables, neuf fois sur dix la faute en est aux directeurs et contre-maîtres, dont la conduite légère, ou l'irréligion, ou simplement le scepticisme sont une pierre d'achoppement pour leurs ouvriers. Le grand effort des patrons devrait donc porter sur ce point. Mais combien en est-il qui y songent ? Combien qui ont la volonté ou le courage d'exiger de leurs subordonnés des sentiments religieux en même temps que des connaissances techniques ? Il y aurait là un levier d'une puissance inouïe, et les patrons refusent de se servir de ce levier avec lequel ils soulèveraient le monde des ouvriers. N'est-ce pas un aveuglement inconcevable ?

La solution de ce problème dépend exclusivement de la libre initiative du patron. Aucune loi ne saurait être appliquée dans cette sphère. L'abbé Hitze le sait, et pour ce motif il en parle à peine dans son volume. Mais ce n'est pas à dire pour cela que la législation protectrice n'ait pas sa raison d'être. Nous allons voir, qu'il y a d'autres domaines où l'État doit et peut intervenir efficacement pour résoudre la question sociale. Je m'y aventurerai en prenant toujours pour guide le beau livre de M. l'abbé Hitze.

L'abbé Hitze consacre un long chapitre à la situa-

tion de la femme dans l'industrie. Il a raison. Sur
ce terrain, en effet, l'intervention de l'État est pleinement justifiée : elle est très utile et, en bien des
cas, tout à fait nécessaire.

La femme est une créature faible qui a droit à la
protection de la société. Comme l'industrie moderne
est souvent sans cœur, la loi doit assurer aux
ouvrières ce que l'égoïsme refuse de leur accorder.
A peu près tous les pays ont reconnu l'obligation
qu'il y a pour l'État de protéger la femme contre
l'exploitation du capital.

On a adopté des dispositions législatives excep-
tionnelles pour les jeunes filles, les femmes en couches, les mères de famille. Ici on les soustrait au
travail de nuit, là au travail dominical ; ailleurs on
réduit le nombre des heures qu'elles peuvent passer à l'usine. Mais la question est loin d'être définitivement réglée.

L'abbé Hitze propose une série de réformes dont
quelques-unes sont adoptées dans certains pays,
mais qui, la plupart, n'ont pas encore passé dans
nos mœurs industrielles.

Le savant économiste range sous six rubriques
les mesures protectrices qu'il demande pour la
femme : 1° interdiction du travail de nuit et du travail dominical ; 2° interdiction de tout travail nuisible à la santé et à la moralité ; 3° interdiction ou
limitation du travail des femmes mariées ; 4° limitation des heures de travail ; 5° protection de la
moralité : séparation des sexes, etc. ; 6° éducation
des femmes.

Nous allons passer rapidement en revue ces quelques points.

1° Que le travail de nuit soit en général préjudiciable à la santé, c'est ce que personne n'osera mettre en doute. Mais, imposé à la femme, ce travail est simplement monstrueux. La constitution de la jeune fille est trop frêle pour qu'elle puisse sans danger être soumise à un pareil labeur. Elle s'étiolera comme une plante privée de lumière et des autres conditions vitales. Pour la femme mariée qu'on enferme à l'usine ou dans la houillère, il y a plus d'inconvénients encore.

L'éducation des enfants devient impossible, le ménage est forcément négligé, la vie de famille se trouve reléguée dans le domaine des chimères.

Jusqu'au 1er avril 1890, les ouvrières allemandes pouvaient travailler le dimanche et la nuit après leur seizième année. A présent, l'Allemagne est régie par la même loi que la Suisse (1). Ce qui prouve que le vote du Reichstag n'était pas inutile, c'est qu'une enquête de 1885 constatait qu'en Allemagne le travail de nuit était pratiqué par 13,301 ouvrières réparties entre 566 exploitations. En ce qui concerne le repos dominical, l'abbé Hitze demande qu'il commence dès samedi (ou veille des fêtes) à 6 heures du soir (2). Par suite de cette disposition de la loi, les femmes ont encore le temps de

---

(1) La loi fédérale du 23 mars 1877 interdit absolument aux femmes le travail nocturne et le travail dominical. Nulle part, du reste la législation protectrice des ouvriers n'est aussi avancée qu'en Suisse. Sous ce rapport, dit l'abbé Hitze, la Suisse marche à la tête des nations civilisées.

(2) Lorsque le *Reichstag* discuta la question du repos dominical, l'abbé Hitze proposa le repos de 36 heures pour les dimanches ordinaires et le repos de 60 heures les cas où deux fêtes chômées se suivent (dimanche et lundi de Pâque : dimanche et lundi de Pentecôte); mais la Chambre repoussa cette motion.

faire leurs raccommodages le samedi soir, et le dimanche est tout entier consacré au repos et aux joies de la famille. L'Angleterre et la Suisse sont entrées dans cette voie, et l'Allemagne vient de suivre l'exemple de ces deux pays.

2° L'homme est capable des travaux les plus rudes et les plus pénibles. Un Italien me disait un jour : « Là où les bêtes ne passent plus, les chrétiens passent ». Mais il n'en est pas de même et il ne doit pas en être de même des femmes. Il est des occupations qui ne leur conviennent pas.

Le paragraphe 139 a du code industriel allemand a prévu certains cas où le Conseil fédéral peut interdire le travail aux femmes, par exemple dans les verreries, dans l'industrie du plomb, etc. Mais l'abbé Hitze trouve ces dispositions restrictives insuffisantes. Il déclare qu'il y a beaucoup d'autres industries qui sont au-dessus des forces physiques de la femme, soit qu'elles nuisent à la santé, soit qu'elles présentent un danger matériel ou moral. Une femme ne devrait pas être employée dans les constructions en qualité de manœuvre, comme cela arrive dans le sud de l'Allemagne. Le travail des mines ne convient pas davantage à la femme, et pourtant, dans la Haute Silésie seule, plus de 12000 ouvrières y sont employées. L'abbé Hitze donne sous ce rapport des détails épouvantables. Les rapports des inspecteurs de fabrique (pour l'année 1888) citent plusieurs industries où les femmes ne devraient pas être admises parce que leur santé ou leur moralité y sont en danger. Bref, il reste encore beaucoup à faire sous ce rapport en Allemagne, comme dans les autres pays.

3° Certains économistes exagérés se sont élevés

contre l'admission de la femme dans les usines. Cet
ostracisme est inutile et pourrait devenir dangereux.

A quoi s'occuperaient, en effet, les jeunes filles des
centres industriels si on leur fermait la porte de la
fabrique? Sauf de rares exceptions, elles n'auraient
rien à faire dans leur famille, et le désœuvrement
est toujours un terrible ennemi pour la femme. Les
jeunes filles et les femmes non mariées ont leur
place toute marquée dans les industries, telles que
les filatures, les tissages, etc.

Autrefois, les femmes filaient, tissaient, trico-
taient à la maison, et cette occupation était leur
partage naturel. Pourquoi ne feraient-elles point, à
la fabrique, ce qu'en d'autres temps elles faisaient
chez elles?

Rien ne s'oppose donc à ce que la femme soit oc-
cupée dans l'industrie textile et dans quelques autres.
En est-il de même de la mère de famille? Ici les avis
sont partagés.

A priori, il vaudrait mieux que la mère fût tout
entière à son ménage et à ses enfants. Dans certains
établissements, par exemple chez M. Brandts de
Munchen-Gladbach, la femme mariée ne travaille
point à l'usine et ce point de vue est le vrai. Il est
impossible qu'une femme soigne son ménage, élève
ses enfants, si elle est obligée de passer la journée
à la fabrique. Sous prétexte d'augmenter le salaire
de son mari, elle détruit la vie de famille. Les
enfants, abandonnés à une garde étrangère, poussent comme ils peuvent, la nourriture préparée en
toute hâte est souvent mauvaise, le ménage est en
désordre, parce qu'après les fatigues de la journée,
la femme ne se sent pas la force de remplir ses
devoirs d'épouse et de mère.

Les conséquences morales et économiques de cette situation sont lamentables. La vie de famille manque de charme: le mari qui n'a pas d'intérieur agréable s'en va au cabaret et il dépense en une séance plus que sa femme n'aura gagné pendant toute la semaine.

De là des mécontentements, des disputes, des désespoirs, la ruine de la paix et un terrain admirablement préparé pour le socialisme.

L'abbé Hitze traite cette question avec une véritable éloquence. On voit qu'il l'a étudiée à fond et que le travail de la mère de famille s'est présenté à lui comme la source de misères sans nombre. Il voudrait que l'exemple de M. Brandts fût suivi partout.

Mais hélas! cet idéal est loin d'être atteint. On se heurte à un égoïsme sauvage qui s'oppose même à la limitation des heures de travail de la femme. On avait demandé au Reichstag que la journée des femmes mariées fût de 10 heures au plus.

Cette proposition fut vivement combattue par la Société industrielle d'Allemagne. « Il ne faut pas, disait-elle, que les ouvrières mariées soient traitées autrement que les femmes non mariées ». Heureusement le Reichstag ne s'est pas laissé arrêter par les scrupules des capitalistes libéraux ; il a accordé aux femmes mariées à peu près la même protection qu'aux enfants en réduisant les heures de travail. Mais, en somme, il a montré de la pusillanimité sous ce rapport. On avait demandé pour les femmes en couches un congé de quatre semaines au lieu de trois. Cette motion n'a été votée que par une très petite majorité, alors que la justice et l'humanité exigeaient au moins six semaines.

On sait que, depuis longtemps, les industriels de

Mulhouse interdisent le travail des femmes en couches pendant six semaines et leur donnent des secours. L'État n'a pas eu le courage d'aller aussi loin que n'était allée l'initiative privée de toute une grande ville industrielle. Et pourtant il serait temps de réagir contre de tels abus. La statistique nous apporte de terribles leçons. Le travail des femmes mariées et des enfants existe en Saxe, dans des proportions beaucoup plus grandes que partout ailleurs. Or, on sait que la population ouvrière de cette contrée est tout entière entre les mains du socialisme. N'y aurait-il pas de la naïveté à croire que cette coïncidence est purement fortuite ?

L'abbé Hitze attache une grande importance à la protection de la moralité des femmes. Il est certain que la corruption des masses a marché de pair avec le développement de l'industrie. L'usine, avec sa promiscuité, est un danger permanent pour la femme. On peut la protéger d'une manière très efficace. L'abbé Hitze demande avant tout que les femmes travaillent dans des salles où elles soient autant que possible séparées des hommes. Cette séparation des sexes a eu des résultats excellents partout où elle a été mise en vigueur. On a remarqué que, dans les fabriques où on l'a introduite, le niveau de la moralité s'est élevé d'une manière sensible. Malheureusement les chefs d'industrie se sont peu inquiétés de ce côté de la question sociale. Pour éviter une dépense, relativement minime, on enferme pêle-mêle dans une même salle jeunes gens et jeunes filles, et cela des journées entières. Ajoutez à cette promiscuité une surveillance médiocre (pour ne pas dire davantage) de la part des contremaîtres et des directeurs, et on se fera une idée des

dangers de ce système. En été surtout le péril est
considérable : l'atmosphère des salles est surchauf-
fée, les ouvrières allègent leur costume d'une façon
inquiétante ; le résultat se devine. La plupart des
chutes viennent de là.

Je sais bien qu'en 1887 le Reichstag allemand a
adopté une motion dans le sens d'une réforme, mais
cette loi est demeurée plus ou moins lettre morte.
Il reste encore beaucoup à réaliser dans cette
sphère. Il faut que les femmes aient des salles de
travail à part, des salles de toilette, des lieux d'ai-
sances séparés. Ce sera la meilleure garantie de la
moralité de la fabrique et par là on évitera bien
des misères et bien des déboires aux ouvrières. La
majorité des patrons se montrent récalcitrants sous
ce rapport. Ils n'ont qu'à s'en prendre à eux-mêmes
si la loi leur force la main et leur impose ce qu'ils
auraient dû faire de leur propre mouvement.

En finissant son étude sur l'ouvrière, l'abbé Hitze
parle de l'éducation supplémentaire qu'il faut lui
donner. Ce qui manque généralement à la mère de
famille ouvrière ce sont les connaissances pratiques
qui lui permettraient de tenir son ménage. La jeune
fille se marie sans avoir appris ces mille détails
qui sont indispensables à une bonne ménagère. Cette
ignorance est un malheur qui en entraîne beaucoup
d'autres. Pour y remédier on a créé l'enseignement
de la cuisine, de la couture, etc., pour les jeunes
ouvrières. A ce point de vue, les industriels catholiques de Munchen-Gladbach ont fait merveille, et
ces institutions, qui sont en partie l'œuvre de l'abbé
Hitze, mériteraient d'être propagées. L'Etat a imposé cet enseignement ménager, mais sans fruit, à
ce que disent les inspecteurs. Cet échec s'explique.

On a placé ces cours après la journée de travail,
c'est-à-dire quand les malheureuses jeunes filles
sont épuisées de fatigue. C'était aller à l'encontre
du bon sens. Aussi l'abbé Hitze insiste pour que
l'enseignement ménager soit donné *pendant* la journée de travail. On agit ainsi à Munchen-Gladbach
et les résultats sont excellents.

Voilà, en résumé, ce que l'abbé Hitze réclame
pour la protection des ouvrières. Le projet de loi
du Conseil fédéral fait en partie droit à ses revendications, mais il ne va pas aussi loin qu'on pouvait
l'espérer. Il faudra forcer les barrières du libéralisme égoïste et assurer de nouveau à la femme le
respect et la protection qui lui sont dus comme
épouse et comme mère. La question sociale ne sera
résolue que si l'on prend sérieusement à cœur cette
parole de Le Play : « Le respect accordé au caractère de la femme est l'une des clefs de voûte de l'é-
difice social ».

Au mois d'avril 1891, les *Historisch-Politische Blætter* (1), de Munich, consacraient un article très élo-
gieux au volume de l'abbé Hitze. « C'est, disaient-
elles, un commentaire ou plutôt *le* commentaire par
excellence des rescrits impériaux et du projet de loi
ouvrier qui les a suivis. Seulement on ne peut analyser un pareil ouvrage, il faut l'étudier ». En présence de ces pages bourrées de faits, j'éprouve le

---

(1) Les *Historisch-Politische Blætter* appelées aussi les *Feuilles jaunes* sont la plus importante revue catholique d'Allemagne. Fondée par *Goerres*, cette Revue ne tarda pas à acquérir
une réputation européenne et elle l'a conservée jusqu'à ce jour.
Les articles politiques qu'y publient Jœrg, et Binder attirent
toujours l'attention publique tant en Allemagne qu'en Autriche.

même embarras que le critique bavarois, et renvoyant mes lecteurs à l'abbé Hitze lui-même, je ne dirai plus qu'un mot de ses idées sur le travail des enfants.

Le chapitre du travail des jeunes ouvriers figure en tête du livre et cette place lui convient en tout point. L'enfance c'est l'avenir. Si vous négligez la santé physique et morale de cette semence d'hommes, la société concevra dans ses flancs les germes de terribles maladies.

Le socialisme, qui a étendu son réseau sur l'Europe entière, est en partie l'effet de la négligence à laquelle on s'est laissé aller sous ce rapport.

On n'a pas jugé à propos de cultiver les sentiments religieux de la jeunesse ni d'ouvrir son âme du côté du ciel. Sans horizon surnaturel, l'ouvrier à peine adolescent a concentré toutes ses convoitises sur les biens de la terre et comme d'autres les détiennent le renversement de l'état de choses actuel est devenu le rêve de sa vie.

Dans ces derniers temps, de cruelles expériences ont ramené l'attention des économistes vers l'enfance. Il existe à peu près partout — du moins en théorie — des lois qui protègent le travail des jeunes ouvriers. L'abbé Hitze passe en revue la législation protectrice en vigueur dans les divers pays de l'Europe. Je ne puis le suivre sur ce terrain : il me suffira de vous donner un rapide aperçu de ce que l'on a fait en Allemagne.

Le code industriel (§ 135-139 *a*) distingue deux catégories : 1° les enfants âgés de moins de 14 ans ; 2° les adolescents de 14 à 16 ans, et il désigne les deux sous la dénomination de *jeunes ouvriers*. Il interdit le travail des usines aux enfants qui n'ont pas atteint leur douzième année; ceux de 12 à 14 ans peuvent être occupés au plus six heures par jour. Les adolescents peuvent aller jusqu'à dix heures, mais pas davantage. Le travail des uns et des autres doit être coupé par des repos que détermine la loi. Le travail de nuit et le travail dominical sont interdits aux enfants comme aux adolescents. Les patrons doivent également les laisser libres aux heures que le clergé assigne pour l'instruction religieuse. Ce point est à remarquer. Dans l'empire *protestant* d'Allemagne la loi assure aux enfants la possibilité de suivre régulièrement le catéchisme. Et que fait la France républicaine? Les enfants ont à fréquenter l'école au moins trois heures par jour.

Dans certaines industries dangereuses, les jeunes ouvriers ne peuvent pas être admis. En vertu d'une décision du Reichstag (1837) postérieure au Code industriel, les enfants âgés de moins de treize ans ne peuvent plus travailler dans les usines depuis le 1er avril dernier. En ce moment même, le Reichstag discute d'autres mesures restrictives et protectrices non moins utiles; j'aurai l'occasion d'y revenir quand la loi sera votée.

On comprendra la nécessité de ces réformes quand on songera que, pendant l'année 1888, le nombre des jeunes ouvriers atteignait en Allemagne le chiffre énorme de 155.642. L'abbé Hitze montre que de 1884 à 1888 ce nombre n'a fait qu'augmenter. Il y a quelques mois, les conseillers industriels (*Gewerberœthe*) prussiens ont publié leurs rapports pour 1889. D'après ce document que j'ai sous les yeux, le nombre des ouvriers de 14 à 16 ans a sensiblement grossi, de même celui des enfants. On peut donc dire de ce fléau : *crescit eundo*, et par le fait même, l'intervention de l'État est amplement justifiée.

Malheureusement l'État a surtout en vue la santé physique de la jeunesse ouvrière. Il néglige trop le côté moral de la question.

Il ne fait pas assez (1) pour protéger l'âme de l'enfant, pour éveiller et entretenir ses sentiments religieux. Sauf le repos dominical et quelques autres mesures moins importantes, la loi vise exclusivement l'animal.

Pour atteindre le but désiré il faudrait faire l'un et ne pas omettre l'autre. Soignez le bien-être matériel de la jeunesse et préoccupez-vous aussi de son âme. Autrement vous ne ferez que former des monstres plus vigoureux et partant plus dangereux.

Il est vrai qu'ici il est plus difficile à l'État d'intervenir et un vaste champ est laissé ouvert à l'initiative privée. Ah! si les patrons voulaient! s'ils comprenaient bien leur devoir social comme M. Harmel ou comme M. Brandts de Munchen-Gladbach, la situation serait tout autre aujourd'hui. Mais l'égoïsme recule devant les sacrifices personnels qu'exigerait la pratique de ce régime patriarcal. L'immense majorité des patrons (eux-mêmes sceptiques ou antireligieux) n'a rien fait et rien voulu faire sous ce rapport.

J'emprunterai ici l'autorité d'un économiste bien connu en France et en Allemagne, celle de l'abbé Cetty, curé de la grande ville industrielle de Mulhouse. « La fabrique, dit-il à propos des grèves, qui éclatèrent au printemps de 1890, est encore trop

---

(1) Hélas! en France l'État s'occupe beaucoup de la jeunesse, mais pour la pervertir, pour lui arracher la foi religieuse et lui prêcher la révolte contre Dieu.

souvent un foyer d'impiété, et l'usine une école
d'immoralité. On n'a rien fait pour sauvegarder le
respect dû à la femme, rien fait pour préserver la
vertu de la jeune fille, rien fait pour protéger
l'innocence de l'enfant, rien fait pour la séparation des sexes dans les ateliers, rien fait pour
punir les menées odieuses et les pressions coupables
de certains solliciteurs haut placés, rien fait pour
permettre à l'ouvrier de sanctifier le dimanche, rien
fait pour soutenir l'autorité des parents contre la
révolte d'enfants dénaturés, rien fait pour grouper
la famille ouvrière dans une unité morale faite de
vertu et d'honnêteté ».

Hélas ! ces paroles justement sévères s'appliquent
à tous les centres industriels. Nul part on n'a réellement cherché à former une population ouvrière
morale et religieuse. C'est ce qui ressort avec évi-
dence de l'ouvrage de l'abbé Hitze.

Ce vaillant économiste qui a créé des usines admirables à Munchen-Gladbach s'est tourné du côté
de l'État, parce que depuis dix ans il prêche dans le
désert et fait en vain appel à l'initiative privée.

Les patrons n'ont pas voulu suivre l'exemple de
M. Brandts et de quelques généreux émules. En désespoir de cause, l'abbé Hitze a invoqué la loi pour
arriver au secours des classes ouvrières et de la société.

Et maintenant s'il fallait résumer l'impression
que m'a laissée une lecture de ce beau livre, je serais
tenté d'émettre une appréciation pessimiste non pas
sur l'ouvrage mais sur la situation économique au
milieu de laquelle nous nous agitons.

Le mal social est immense.

Si la richesse publique s'est développée dans des

proportions merveilleuses, grâce à l'expansion de l'industrie et du commerce, il semble que la misère ait monté de front avec ce progrès matériel. Pour un millionnaire qui a surgi, nous voyons des centaines de mille de prolétaires qui vivent au jour le jour sans être sûrs de leur lendemain. Jamais le contraste entre le riche et le pauvre n'a été plus frappant.

On me dira qu'il y a toujours eu des pauvres en ce monde et qu'à bien des époques la misère a été plus sombre qu'elle ne l'est à l'heure actuelle. Je l'accorde volontiers; mais il n'en est pas moins vrai qu'aujourd'hui nous sommes arrivés à une crise sociale plus périlleuse que toutes les crises analogues du passé. D'abord, les prolétaires sont beaucoup plus nombreux et réunis en masses beaucoup plus compactes. Ces énormes agglomérations sont par elles-mêmes déjà un danger sans exemple dans l'histoire. Un million d'ouvriers éparpillés à travers un pays sont presqu'inoffensifs. Entassés dans quelques centres ils constituent une puissance redoutable que rien ne saurait briser.

Bien plus nombreux qu'autrefois, ces prolétaires sont également plus exigeants et plus âpres aux jouissances. Au moyen-âge, l'ouvrier était en général croyant. Lorsqu'il souffrait de sa triste condition, il levait les yeux au ciel, et la religion calmait ses révoltes intérieures par la perspective d'un bonheur sans fin. Il trouvait un frein au fond de sa propre conscience éclairée et fortifiée par le christianisme. De nos jours, l'ouvrier interroge en vain son âme, elle ne lui répond que par un cri de haine antisociale. On a tué en lui l'idée du surnaturel. Les savants, les philosophes, les hommes politiques ont

détruit à l'envi les espérances consolantes de l'au-
delà. Le roman. la presse libérale ont lancé ces
théories nihilistes dans les foules, et de ces semences est sortie une effrayante moisson révolutionnaire. On a dit à ceux qui peinent et qui souffrent :
« Il n'y a plus de ciel et plus d'enfer ! » Faut-il
s'étonner que le pauvre qui s'appelle légion se dise :
« Eh bien! dans ce cas, je veux posséder la terre ! »

N'était-ce pas de la naïveté ou de la folie d'espérer que le scepticisme et l'athéisme (ce qui revient
au même) ne sortiraient pas de la sphère des dilet-
tanti renanistes à une époque où le journal est
devenu la pâture quotidienne du dernier des prolétaires? Le quatrième État a compris la leçon des
riches et des lettrés. Il a rejeté la foi au Christ,
mais il a en même temps tiré toutes les conséquences
de ces principes funestes. Il réclame la liquidation
sociale, c'est-à-dire la part du lion au banquet de
la vie.

Voilà ce qui caractérise la situation actuelle du
monde ouvrier et ce qui le distingue du prolétariat
des siècles passés. Ses forces, son intelligence, ses
convoitises, ont centuplé, et il n'y a aucun contre-
poids religieux au fond de son être.

Dans de telles conditions, que peuvent les lois
protectrices? Retarder un peu l'inévitable catastrophe. Tout ce que l'État accordera ne sera accepté
que comme un premier paiement. Le gouffre ne
pourra pas être comblé. Comme le dit encore très
bien l'abbé Cetty dans sa causerie sociale : « Nos
plus ingénieuses combinaisons, la participation aux
bénéfices, la construction de maisons ouvrières, les
caisses de secours, les retraites pour la vieillesse,
ne seront acceptées que comme des acomptes sur

la liquidation sociale. Il faut aller à l'ouvrier avec un cœur aimant et désintéressé, lui faire accepter son travail non comme un fardeau, mais comme un honneur ; le relever à ses propres yeux dans sa dignité par la foi ».

Il n'y a qu'une solution efficace, celle que le Fils de Dieu a apportée sur la terre en sanctifiant le travail dans l'atelier d'un humble charpentier.

Le vieil empereur Guillaume avait dit le mot vrai : « Conservons la religion au peuple ! »

Quoi qu'on pense et quoi qu'on fasse, le problème social ne sera résolu que par la religion. L'ouvrier cessera d'être un danger pour la société quand il sera redevenu chrétien. Nos économistes ont beau me répondre : « C'est là une solution de curé de campagne ». Je les défie de trouver autre chose. Parlez à l'ouvrier tant que vous voudrez de conscience (sans Dieu), de dignité, d'honneur, de respect de soi-même et d'autrui, de solidarité entre le capital et le travail (comme le fait Jules Simon), il se moquera (et avec raison) de vos enfantillages.

Pour lui, l'honneur et la dignité c'est de ne rien faire, de jouir de tous les biens de la vie comme vous, capitalistes, qui lui prêchez pieusement la modération des désirs et le respect de la propriété.

Pourquoi ne serait-il pas à votre place ? Soyez sûrs qu'il voudra y arriver. Ne lui dites pas qu'une révolution ruinerait les riches sans enrichir les pauvres. Et quand même ! Comptez-vous pour rien le plaisir de vous voir vous, les riches de la veille, ramenés au même niveau que lui ? Il n'ira peut-être pas en voiture à votre place, soit, mais vous, vous irez à pied comme lui et il y a là un assouvisse-

ment de rancune sociale qui est une satisfaction
très vive.

Votre argument de la pauvreté ou de la ruine universelle ne fait aucune impression à l'ouvrier socialiste. D'abord il n'y croit pas, et ensuite le croirait-
il, cette situation qui répond mieux à ses instincts
égalitaires lui plaira mieux que le contraste actuel
du luxe insolent des riches et de la misère extrême
des pauvres. Les économistes libéraux se récrient
contre ce raisonnement. Ils oublient que les faits
sociaux ont renversé le château de cartes de leurs
réformes purement humanitaires. Il y a longtemps
que les ouvriers connaissent la panacée libérale, et
néanmoins le socialisme se répand avec une
effrayante rapidité. Les ouvriers athées — ceux
qu'on forme aujourd'hui — se rient des sages conseils de ces économistes repus qui veulent leur
imposer une vie d'abnégation et nient en même
temps les compensations de la vie future.

Les promesses les plus séduisantes et la réalisation même de ces promesses n'assouviraient pas leur
soif de toutes les jouissances. En voulez-vous une
preuve sans réplique? Lors des grandes grèves de
la Belgique en 1886, je passais l'hiver et le printemps
aux environs de Charleroi. Je voyais beaucoup
d'ouvriers, entre autres ceux du grand industriel
verrier M. Beaudoux. Ils gagnaient des sommes
fantastiques. Parmi eux j'en connaissais dont le
salaire annuel dépassait le traitement d'un général de division français. Ces ouvriers qui, le dimanche, se grisaient régulièrement avec du champagne
et jouaient au bouchon avec des louis, furent les
premiers instigateurs de la grève et les plus féroces
destructeurs. Ils pillèrent et incendièrent le château

de leur patron et ses usines avec une rage inouïe!
Que manquait-il donc à ces seigneurs prolétaires?
La religion. Beaudoux n'avait admis que des
ouvriers francs-maçons et il leur faisait distribuer
chaque matin des journaux antireligieux.

Que conclure de ce fait et d'autres du même genre,
sinon que la solution sans Dieu est une chimère?
Les plus belles institutions économiques et les salaires les plus exorbitants ne feront qu'aiguiser ces
basses convoitises si vous ne donnez en même temps
à l'ouvrier le pain religieux. Impossible de sortir
de là. Les expériences de toutes sortes ont été con-
cluantes. Les ouvriers de M. Brandts ne seront jamais socialistes et ne se sont jamais mis en grève.
Ceux de M. Beaudoux étaient tous socialistes malgré leurs salaires excessivement élevés. C'est que
les premiers sont des chrétiens pratiquants, et les
seconds des radicaux athées. On a constaté partout
le même phénomène. On travaillera donc en vain si
on ne rend ou si on ne conserve pas la foi au peuple.
La parole de l'empereur Guillaume est — et restera
sans doute longtemps encore — le premier et aussi
le second précepte du décalogue social.

CHAPITRE VII

UNE GRANDE MANIFESTATION RELIGIEUSE

OU L'OSTENSION

DE

LA SAINTE ROBE DU CHRIST

A TREVES

CHAPITRE VII

UNE GRANDE MANIFESTATION RELIGIEUSE OU L'OSTENSION DE LA SAINTE ROBE DU CHRIST A TRÈVES.

« La sainte relique sera exposée et toute l'Allemagne catholique sera témoin de la vénération de la ville de Trèves pour son plus précieux joyau. Nous adressons à tous cette invitation : Venez prier Celui dont la sainte humanité a été revêtue de cette tunique, Celui qui l'a arrosée de son sang, et qui nous l'a léguée comme le symbole de l'unité de son Église et de son impérissable amour ». C'est en ces termes que Mgr Korum annonçait au congrès catholique de Trèves (1887) les fêtes splendides qui se déroulent depuis quelques semaines sur les bords de la Moselle. L'appel de l'éminent évêque a été entendu et par son diocèse et par le monde catholique tout entier. Lorsque sa lettre pastorale du 1ᵉʳ juin 1891 fixa l'époque de l'ostension de la relique sacrée, il s'éleva de toutes parts un cri de sainte allégresse, et les peuples attendirent avec impatience le moment où la cloche de Sainte-Hélène les convierait à l'auguste solennité. Le 20 août cette solennité commença au milieu d'une influence énorme. L'antique capitale des Césars s'était revêtue pour la circonstance de ses plus beaux habits de fête. Toutes les maisons étaient pavoisées et ornées de guirlandes de feuillage. Une foule compacte remplissait la cathédrale jusqu'à la dernière place, et quand le cantique : *O Trèves trois fois heureuse !* retentit sous les voutes du dôme, un enthousiasme indescriptible s'empara de toute l'assistance. La robe du Christ venait d'être débarrassée du voile blanc qui la cachait aux regards, et les fidèles émus purent contempler le vêtement que portait le Sauveur du monde en gravissant le Calvaire. A la fin de la cérémonie Mgr Korum se fit l'interprète de la joie universelle et prononça une de ces allocutions chaleureuses dont son admirable éloquence a seule le secret. « Réjouissez-vous avec moi, s'écria-t-il, ô mon peuple de Trèves, et vous, étrangers, accourus pour vénérer la sainte robe, tressaillez de joie ! Regardez cette tunique sous laquelle palpitait le cœur adorable du Christ et dites-vous : c'est là que battait le cœur de l'Homme-Dieu, c'est là qu'il souffrait, c'est là qu'il s'est immolé et qu'il s'est offert comme rançon pour nous ! » Voilà cinq semaines que cette joie de l'évêque et du peuple de Trèves se transmet de foule en foule et d'innombrables pèlerins se suivent comme le flot succède au flot sur une mer houleuse. Plus d'un million et demi de fidèles ont déjà défilé devant l'insigne relique : des princes et des évêques, d'humbles paysans et d'illustres savants sont venus prier en face de cette robe d'où sortaient des vertus il y a dix-neuf cents ans.

A son déclin, notre siècle de scepticisme et d'incrédulité est obligé d'assister à une manifestation religieuse sans égale qui rappelle les plus beaux rayonnements de la foi au moyen-âge. On croyait en avoir fini avec le christianisme et ce christianisme a des réveils superbes qui déconcertent tous ses adversaires. A la vue de ce spectacle irritant, plus d'un savant d'Allemagne qui aura consacré sa vie à détruire l'œuvre du Christ descendra dans la tombe en se répétant comme malgré lui le cri de désespoir de tous les apostats : « Dieu des chrétiens, tu l'emportes! »

I

Histoire de la sainte Robe.

§ 1. — ATTAQUES DIRIGÉES CONTRE LA SAINTE ROBE DE TRÈVES.

« Nous avons eu notre joie et notre consolation, disait Mgr Arnoldi après l'ostension de la sainte relique en 1844, soyez sûrs que le diable voudra avoir sa part ». Et de fait le diable entra en lice sous le manteau de la fausse science, avec les armes d'une polémique déloyale. La sainte Robe du Christ rencontra des contradicteurs qui mirent tout en œuvre pour nier l'authenticité de cet inestimable trésor. Le premier adversaire qui s'éleva contre la relique de Trèves fut un prêtre apostat Ronge, le père du *catholicisme allemand*. Le cas de Ronge était celui de tous les apostats, à commencer par Luther. Un jour vint où le célibat ecclésiastique pesa trop lourd à ses épaules. Il le secoua à l'exemple de la plupart des novateurs, et afin de colorer son apostasie il affecta un grand zèle pour la pureté et l'intégrité de l'Église. C'est ainsi que Luther stigmatisait la corruption romaine au moment où lui, prêtre et moine, violait ses vœux entre les bras d'une nonne défroquée. Ronge ressemblait à Luther sur ce point et voilà pourquoi il créa la secte des *catholiques allemands*. Malgré l'appui qu'il trouva dans les sphères gouvernementales, sa réforme n'obtint pas le succès attendu. L'oubli — ce vengeur terrible,— descendait peu à peu sur le schisme mort-né de Ronge. Les fêtes de Trèves lui fournirent l'occasion de faire parler un peu de sa personne. Il adressa à Mgr Arnoldi une lettre publique dans laquelle il insultait le vénérable prélat, lui reprochait de favoriser l'idolâtrie et l'appelait le Tetzel du dix-neuvième siècle. Chaudement applaudi par les protestants et les libéraux, ce pamphlet fit grand scandale en Allemagne et valut à son auteur une heure de célébrité.

Une autre attaque non moins perfide partit de l'Université de Bonn. Deux jeunes professeurs, Gildemeister et de Sybel essayèrent leurs forces en s'en prenant aux traditions trévéroises. Le titre seul de la première partie de leur travail montre quel en est l'esprit et la tendance. « *La sainte robe de Trèves et les vingt autres robes sans couture !* » Avec une mauvaise foi remarquable ces deux jeunes savants s'efforçaient de dénaturer ou d'escamoter les faits, de torturer les textes, d'éluder les difficultés à l'aide de plaisanteries d'un goût douteux.

Par cette levée de boucliers, les incrédules espéraient atténuer l'effet immense qu'avait produit l'ostension de la sainte Relique. Leur plan fut déjoué. Loin de nuire au mouvement religieux, ces polémiques eurent un résultat aussi heureux qu'inattendu. Elles obligèrent les catholiques à défendre vigoureusement leurs traditions, à vérifier leurs titres, à fortifier leurs croyances par des arguments solides. A l'encontre de leurs espérances, Ronge, Sybel, Gildemeister, etc., contribuèrent à donner une base historique inébranlable au culte de la sainte Robe.

§ 2. — PREUVES HISTORIQUES DE L'AUTHENTICITÉ DE LA SAINTE ROBE DE TRÈVES.

Un grand nombre de travaux catholiques parurent à cette époque. Ils ont été repris, résumés et complétés dans ces derniers temps par le jésuite allemand Beissel, dont l'*Histoire de la sainte Robe* (1) est une œuvre magistrale sur laquelle la dent de la critique n'a eu aucune prise. Le P. Beissel avait écrit pour les savants. Il s'agissait de songer également au grand public, car la curiosité des fidèles allait être de nouveau éveillée par les fêtes de Trèves.

Le secrétaire de Mgr Korum, le docteur Willems, se chargea de ce travail et, profitant des recherches les plus récentes, il fit paraître, il y a quelques semaines, une *Étude archéologique et historique* très intéressante sur la sainte Robe de Notre-Seigneur. Les ouvrages de Beissel et de Willems sont le dernier mot de la science actuelle en ce qui concerne

---

(1) *Geschichte der heiligen Rockes*, von Stephan Beissel, S. J. Cet ouvrage remarquable forme la seconde partie d'un ouvrage plus étendu intitulé : *Geschichte der Trierer Kirchen*. Le premier volume est la *Gründungsgeschichte* (*Histoire des origines*). Le second est consacré à la sainte Robe. Il paraîtra encore deux autres volumes qui traiteront de l'histoire du dôme et des autres églises de Trèves, depuis le cinquième jusqu'au dix-neuvième siècle. L'œuvre du R. P. Beissel n'est pas traduite en français.

Le volume de l'abbé Willems a pour titre : *der h. Rock zu Trier*. Il a été traduit en français. Les deux ouvrages, ainsi que la traduction de l'ouvrage de l'abbé Willems, se publient à Trèves chez les éditeurs Dasbach et Keil (Paris, Lethielleux).

la relique de Trèves. Il n'entre pas dans mon dessein de reproduire tous leurs arguments. Je me contenterai d'indiquer rapidement l'état de la question et quelques-unes des sources historiques où ont puisé les deux savants.

« La sainte Robe, dit l'abbé Willems, a ceci de commun avec les reliques insignes de l'antiquité conservées dans les vieilles églises du monde chrétien, qu'il n'existe à son sujet que fort peu de témoignages écrits et que ceux-ci ne sont point contemporains, mais de date postérieure ». Les ennemis de la relique de Trèves se sont basés sur cette rareté et cette modernité relative des documents historiques pour en nier l'authenticité. Mais, à ce compte, on pourrait supprimer les 9/10 de l'histoire ancienne, parce que les faits qu'elle relate sont rarement consignés dans des documents contemporains arrivés jusqu'à nous. Autant dire qu'il n'y aurait plus d'histoire ! On s'explique, d'ailleurs, très bien cette absence de témoignages écrits. Durant les premiers siècles, on entourait les reliques d'un si grand respect qu'on n'osait même pas les exposer à la vénération des fidèles. C'est seulement à partir du neuvième siècle qu'on commença à les retirer des caveaux et à les placer sur les autels. Par suite de ce mystère qu'on laissait planer sur les reliques on avait peu d'occasions d'en parler. Il ne serait donc pas étonnant que les historiens des dix premiers siècles eussent gardé le silence au sujet de la sainte Robe.

Et, en eussent-ils parlé, quoi de surprenant que leurs témoignages écrits se soient perdus ! « Nous savons, dit l'historien Krauss, que, dans leurs funestes invasions, les Normands ont ravagé non seu-

lement notre ville (Trèves), mais aussi la plupart
des monastères et des bibliothèques de la Basse
Lorraine, et qu'ils ont anéanti presque tous sinon
tous les anciens documents relatifs à notre histoire
nationale. L'histoire de Trèves, comme le sol même
de l'antique capitale ensevelie sous une triple couche de cendres, se dérobe aux recherches des savants ». L'archéologue Wilmowski, qui exécuta des
fouilles sur divers points de la cité, découvrit à 7
pieds de profondeur une couche de cendres recou-
vrant le sol de l'époque romaine sur une épaisseur
de 2, 4, 6 et parfois de 8 pouces. A 2 pieds plus haut,
il trouva une seconde couche de cendres s'étendant à
toute la ville, comme la première. Ce sont les traces des invasions barbares du cinquième et du neuvième siècle, qui mirent tout à feu et à sang. Dans
ces conditions, d'innombrables monuments écrits
ont dû périr, comme le reconnaît le professeur Wattenbach (*Deutschlands Geschichtsquellen*, p. 246), et les
titres de la sainte Robe auront disparu avec tout le
reste.

C'est à partir du onzième et surtout du douzième
siècle que nous trouvons des témoignages écrits
qui font allusion à la sainte Robe. Voici, par exemple, ce que nous lisons dans les *Gesta Trevirorum :*

« Le jour de la dédicace de la cathédrale qui
coïncide avec la fête des saints apôtres Philippe et
Jacques, l'archevêque (Jean) consacra le maître-
autel avec une grande solennité et piété, et, le
même jour, au milieu des témoignages de profonde
vénération d'un pieux entourage, *il déposa la tunique
de Notre-Seigneur dans l'autel de Saint-Pierre ;* c'était
en l'an 1196 après la naissance de Jésus-Christ ».
L'annaliste probablement contemporain de l'arche-

vêque Jean parle de la relique comme d'une chose peu extraordinaire, ce qui suppose qu'à la fin du douzième siècle elle était connue.

Elle l'était, en effet, comme le prouve la fameuse lettre de Frédéric Barberousse à l'archevêque Hillin de Trèves. L'empereur était en lutte avec le pape, et il provoqua l'archevêque à la résistance contre le Saint-Siège. « Comme vous êtes, lui dit-il, le primat en deçà des Alpes et que votre métropole, l'illustre ville de Trèves, *unique entre toutes par la possession de la tunique sans couture de Notre-Seigneur* est le cœur de notre empire... » Que cette lettre de l'empereur Barberousse soit authentique ou non, elle n'en est pas moins précieuse, car elle se rencontre dans les manuscrits du douzième siècle, ce qui montre que, dès cette époque, on croyait à l'existence de la tunique du Christ dans l'église de Trèves.

La relation de l'*Invention et des Miracles de Saint-Mathias*, relation écrite en 1185 par le bénédictin Lambert de Liège, confirme cette opinion. « Sainte Hélène, y est il-dit, fit remettre à saint Agrice, par le pape Sylvestre (pour les emporter dans sa ville), des reliques insignes, à savoir : *la tunique sans couture de Notre-Seigneur*, etc ».

Déjà au commencement du douzième siècle l'un des auteurs des *Gesta Trevirorum* dit à propos de l'an 1101 : « Les ossements de l'apôtre saint Mathias ont été inhumés à côté des corps de saint Euchaire et de ses compagnons ; *la tunique de Notre-Seigneur a été déposée* avec le clou et les autres reliques dans le temple de saint Pierre ».

Les historiens du douzième siècles ont donc unanimes sur ce point. Ils attestent tous qu'à cette épo-

que la cathédrale de Trèves possédait un vêtement
du Christ que tout le monde considérait comme la
Robe sans couture.

Cette même tradition se retrouve au siècle précédent. La biographie de saint Agrice, écrite durant
la première moitié du onzième siècle (selon Waitz
entre les années 1050 et 1072) la mentionne en termes
explicites. De cette vie, surtout précieuse pour les
évènements contemporains du biographe, il ressort
que « *du temps des anciens déjà* il était de notoriété
publique que l'on gardait dans la cathédrale de
Trèves une châsse renfermant un vêtement de Notre-
Seigneur et l'on supposait que ce vêtement était la
Robe sans couture ». Cette hypothèse fut confirmée
plus tard quand on examina la relique de près.
L'historien de saint Agrice invoque le témoignage
des *anciens* et on voit par un autre passage de son
livre que ce mot *anciens* désigne chez lui les témoins
des premiers siècles du christianisme.

Outre ces documents, les défenseurs de la relique
de Trèves, Marx, Clémens, Binterim, Gœrres, etc.,
ont invoqué pendant longtemps le fameux *diplôme
de saint Sylvestre* dont il faut dire un mot. On donne
ce nom à une sorte de charte par laquelle le pape
saint Sylvestre accorde à l'évêque de Trèves, saint
Agrice, la primauté spirituelle sur les Gaulois et
les Germains. On y raconte que sainte Hélène envoya à l'évêque plusieurs reliques parmi lesquelles
la Robe sans couture. Si ce document était absolument authentique on aurait une pièce du quatrième
siècle qui mettrait fin à tout litige. Malheureusement le texte original — s'il a jamais existé — a
péri pendant une invasion. Au cinquième siècle l'é-
vêque Volusien le rétablit, à ce que déclarent les

chroniqueurs trévirois. Les *Gesta Trevirorum* le re-
produisirent vers l'an 1100, et au quatorzième siècle
l'archevêque Baudoin (1307-1354) classa ce document dans sa collection officielle des chartes.

Même sous cette forme le diplôme de saint Sylvestre pourrait encore avoir une valeur testimoniale
sérieuse, puisqu'il serait l'écho des traditions du
temps de saint Volusien, c'est-à-dire du cinquième
siècle. Ainsi le pensaient les historiens dont il a été
question plus haut. Mais le P. Beissel l'écarte définitivement et avec raison, semble-t-il. Il existe, en
effet, plusieurs versions du texte même de saint
Volusien, les unes plus courtes, les autres plus longues. Or, le P. Beissel démontre que les textes les
plus courts sont les plus anciens, et ceux-là ne men-
tionnent pas la sainte Robe. Il n'est question de la précieuse relique que dans les textes allongés qui sont
évidemment interpolés. L'examen critique du savant
jésuite ne laisse subsister aucun doute à cet égard
et il conclut d'une manière judicieuse en disant :
« Il est visible, d'après cela, que l'on ne peut rien
tirer du diplôme de saint Sylvestre en faveur de la
sainte Robe ». Mais il ajoute aussitôt: « D'autre
part ce document ne saurait pas davantage être invoqué contre la relique tréviroise » et il le prouve
par un fait péremptoire. Le codex de Verdun, qui
renferme le plus ancien texte du diplôme de saint
Sylvestre, passe sous silence le clou de la croix aussi
bien que la sainte Robe. De même les sandales de
saint André et la dent de saint Pierre n'apparaissent que dans le codex de Rufin, qui est du douzième siècle (1191). Et pourtant une inscription du
dixième siècle raconte que l'archevêque Egbert (975-
993) fit faire des enveloppes pour ces trois reliques

conservées dans le trésor du dôme, etc. On connaissait donc et on possédait ces reliques bien avant
que l'un des textes de la charte de saint Sylvestre
n'en fasse mention. Du silence d'un codex plus ancien on ne peut donc rien inférer contre une relique
et les adversaires de la sainte Robe seraient malvenus
d'exploiter à leur profit le diplôme de saint Sylvestre. Ce que l'on peut dire après les belles études du
P. Beissel, c'est que ce document laisse la question
absolument intacte.

En fait de témoignages écrits il n'y a de certains
que ceux du onzième et du douzième siècles qui ont
été cités tout à l'heure. Ces documents, nous l'avons
vu, ont une haute importance parce qu'ils sont l'expression d'une tradition constante à cette époque.
Ils parlent incidemment de la sainte Robe en termes
qui montrent assez qu'on croyait la posséder depuis
de longs siècles. Ainsi que le dit l'historien de saint
Agrice, déjà les *anciens* admettaient que la tunique
du Christ avait été donnée par sainte Hélène à la
ville de Trèves sa patrie.

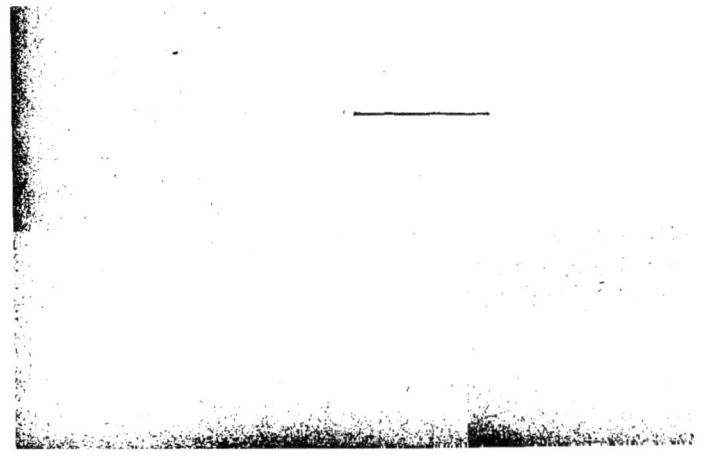

§ 3. — EXAMEN ARCHÉOLOGIQUE DE LA SAINTE ROBE DE TRÈVES.

Cette haute antiquité est attestée par la relique elle-même, et une enquête minutieuse entreprise l'année dernière a confirmé admirablement les traditions écrites et orales de l'église de Trèves.

Avant d'exposer de nouveau la sainte Robe, Mgr Korum a voulu qu'elle fût soumise à un examen de juges très compétents. En conséquence, le 26 juin 1890, le coffre où elle était déposée fut tiré du maître-autel où il avait été muré, et les 5, 7 et 8 juillet la relique fut étudiée de près par un certain nombre de personnes qui s'étaient engagées sous serment à garder le secret. Les témoins ainsi admis à l'enquête étaient, outre Mgr Korum, Mgr Feiten, son coadjuteur; M. Schenffgen, prévôt du chapitre; M. de Lorenzi, le doyen du chapitre; M. le chanoine Ditscheid, M. de Nys, bourgmestre de Trèves; M. Wirtz, architecte de la cathédrale; M. le chanoine Schnütgen, de Cologne, un archéologue de grand renom qui dirige la *Revue de l'art chrétien;* le P. jésuite Beissel, l'historien de la sainte Robe. Ces trois derniers furent appelés à titre d'experts. Les résultats de cet examen furent déposés dans une série de procès-verbaux signés par tous les témoins. Voici quelques passages de ces documents qui nous renseignent sur la nature de la relique et sur son âge probable. « Dans son ensemble, dit le procès-verbal du 8 juillet 1890, la relique se compose de trois couches d'étoffes superposées; celle de dessus est, sur le devant, pour la plus grande partie, une étoffe de soie damassée ; du côté du dos, une sorte de gaze (crêpe de Chine) superposée. Il est impossible de déterminer l'antiquité de cette gaze. Quant à l'étoffe de soie damassée, on peut admettre comme pays d'origine l'Orient et comme temps une époque comprise entre le sixième et le neuvième siècle... L'étoffe interne est incontestablement du côté du dos une serge de soie unie ; à l'intérieur on y voit des lisières. Ces lisières limitent de deux côtés une grande pièce carrée. Tout le reste de l'étoffe interne paraît être également de la soie. L'antiquité de cette étoffe interne entièrement unie ne peut pas être déterminée avec exactitude.

« Entre l'étoffe externe, et l'étoffe interne se trouvent des parties d'étoffe adhérentes, malgré des lacunes, et qui s'étendent entre les deux couches d'étoffe. *Ces parties d'étoffe avec leurs lacunes ont indubitablement à l'origine formé le vêtement tout entier.* La matière de ce tissu de couleur brunâtre uni est, selon toute apparence, de la toile ou du coton. Évidemment les étoffes interne et externe avaient pour objet la conservation du vêtement étendu entre elles, c'est pourquoi elles paraissent avoir été insérées à des époques différentes suivant que le besoin s'en est fait sentir. Il est absolument impossible de déterminer l'antiquité de cette étoffe médiane ; en tout cas elle est plus ancienne que celles qui la protègent. Ni la matière ni le genre du tissu ne sont de nature à infirmer la tradition relative à la sainte Robe.

« De ce qui précède, il ressort que l'examen n'a rien révélé qui fût en contradiction avec l'antique tradition de l'église de Trèves. En particulier, on n'a pas trouvé « une pièce d'étoffe de grandeur notable, adhérente au côté du dos » signalée par le chanoine de Wilmowsky et décrite par lui comme étant de couleur gris pâle, et par conséquent tranchant essentiellement sur le reste de l'étoffe interne. Peut-être a-t-il été induit en erreur par la présence d'une large pièce, faisant partie de l'enveloppe de gaze, qui est repliée de l'extérieur à l'intérieur et qui, n'étant pas tendue, forme une espèce de poche. Il ressort en outre de la description de l'étoffe damassée extérieure que le dessin présente des différences notables avec celui qu'a publié le chanoine de Wilmowsky ».

Je n'ai pas besoin d'insister sur l'intérêt exceptionnel des résultats de cette enquête. Il saute aux yeux. Dans une brochure retentissante publiée en 1876, le chanoine Wilmowsky avait insinué que Trèves ne possédait qu'un lambeau d'un vêtement du Christ. Il avait pris une des étoffes enveloppantes pour la relique elle-même.

On mettait en doute l'antiquité de la relique. D'après l'enquête, l'enveloppe protectrice date d'une époque comprise entre le sixième et le neuvième siècle et la relique remonte par conséquent à des temps bien plus anciens. Puisqu'on a enveloppé la relique d'étoffes précieuses dès le sixième ou le septième siècle, on la possédait donc, et puisqu'on éprouvait le besoin de la protéger d'une façon si minutieuse, c'est qu'elle était déjà ancienne à cette époque. Et la somptuosité même des étoffes dont on enveloppa la relique montre le grand prix qu'on y attachait.

On avait dit que la relique de Trèves n'était pas une tunique, mais un manteau. Cette hypothèse est également controuvée. Les pièces enveloppantes ont parfaitement la forme d'une tunique et on a constaté la présence de la sainte relique sur tous les points de l'enveloppe. La relique a donc elle-même la forme d'une tunique.

Ainsi pour nous résumer, l'église de Trèves possède une tunique d'une origine certainement antérieure au sixième siècle. Des documents écrits du onzième et du douzième siècle attestent que ce vêtement est la Robe sans couture du Christ et ces témoignages supposent une tradition orale répandue avant le dixième siècle.

Sybel et d'autres historiens ont parlé de supercheries, d'évêques trompeurs ou trompés. Dans une de ses dernières lettres pastorales, Mgr Korum a repoussé cette calomnie avec une éloquente indignation. « La vérité exige, dit-il, que nous ayons confiance dans la vénérable et constante tradition de notre Église, que sans preuves péremptoires nous n'accusions pas nos ancêtres de légèreté et de mensonge, et puisqu'aucun soupçon de cette nature n'est justifié, comment admettrai-je que dans une matière si importante mes prédécesseurs n'aient pas tenu compte des conseils de la prudence et de la vigilance et cela en dépit des prescriptions répétées et solennelles de l'Église ou qu'ils aient favorisé par leur silence une supercherie avérée?

« Et dire que précisément à l'époque où la relique attirait de nouveau l'attention, des prélats éminents, les Egbert, les Poppo, les Eberhard, les Udo, les Bruno, presque tous issus de nobles familles, de pieux et saints archevêques aussi remarquables par leur haute culture intellectuelle qu'ils étaient vénérables par leurs vertus sacerdotales, occupaient le siège de saint Euchaire ! Et de pareils hommes, dans une question aussi grave que la vénération de la relique la plus sainte de leur cathédrale, auraient fait abstraction de toutes les lois de l'Église et se seraient montrés légers et sans conscience ! Non, la piété, la simple équité que nous devons au souvenir de ces princes de l'Église proteste contre un pareil soupçon » !

Et le noble prélat ajoute avec l'accent d'une touchante humilité : « J'ai la conscience, et vous me pardonnerez de vous le déclarer, que pour rien au monde je n'aurais voulu, moi, coopérer à une aussi odieuse tromperie, que jamais je n'aurais attiré la dévotion de mon peuple sur une telle imposture. Et que vous dirai-je de mes glorieux devanciers ? Sans fausse humilité mais avec une juste fierté je vous affirme qu'ils valaient mieux que moi. Gardien des traditions, tant de fois séculaires de ma cathédrale et de l'honneur de ses évêques, je vous déclare que ces vénérables traditions reposent sur la vérité et que les archevêques de Trèves ne se sont ni trompés ni laissé tromper ».

§ 4. — MIRACLES ÉCLATANTS QUI PROUVENT L'AU-THENTICITÉ DE LA SAINTE ROBE DE TRÈVES.

Dieu lui-même avait du reste pris soin de venger l'honneur des évêques trévirois par plusieurs miracles. En 1844 une série de guérisons extraordinaires ont été opérées par l'intervention de la sainte relique, et il est évident que le ciel n'aurait pas sanctionné une imposture. Ces miracles ont été dûment constatés et consignés dans quelques brochures. La plus importante de ces relations est l'œuvre d'un médecin, le docteur Hansen, dont la science et la bonne foi étaient hors de conteste. Son *Exposé des guérisons miraculeuses d'après les documents authentiques* a soulevé beaucoup de poussière en Allemagne. Devant ce témoignage rigoureusement scientifique les adversaires du christianisme se taisaient ou se tiraient d'embarras a l'aide d'un jeu de mots, comme l'a fait Sybel. Mais le silence pas plus que les plaisanteries n'était capable d'anéantir les faits rapportés par le docteur Hansen. Le médecin trévirois expose 18 cas miraculeux, et à la suite de chaque cas il donne les certificats et les attestations des médecins, des bourgmestres, des curés, etc. Il y ajouta les procès-verbaux renfermant les dépositions des témoins entendus sous la foi du serment et des malades eux-mêmes. Parmi ces guérisons figure celle de la jeune comtesse de Droste-Vischering dont on s'occupa longtemps dans la presse. Par suite d'un épanchement scrofuleux au genou, la jambe droite de cette personne était tellement déviée qu'elle formait à peu près un angle droit. La malade ne pouvait marcher qu'avec le secours de deux béquilles et il lui fallait l'aide d'un domestique pour aller à l'église. Après avoir essayé en vain, comme raconte le docteur Willems, de l'efficacité des eaux de Kreuznach, elle mit sa confiance dans Celui dont la Robe renfermait une telle vertu que son simple contact guérit la femme atteinte d'un flux de sang.

Elle obtint la permission de toucher la sainte Robe. Dieu récompensa sa grande foi et elle fut guérie instantanément. Ecoutons-la raconter elle-même ce prodige de la miséricorde divine. Douze jours après l'évènement miraculeux elle écrit de Kreuznach à l'une de ses amies : « Assurément tu auras entendu parler de divers côtés de la grande grâce que Dieu m'a faite dans sa bonté ; je veux pourtant te raconter moi-même comment les choses se sont passées... Dès que j'appris que la véritable Robe sans couture du Christ allait être exposée dans la cathédrale de Trèves à la vénération des fidèles, je ressentis un vif désir d'y aller et une grande confiance que je recouvrerais l'usage de mon pied, si je pouvais obtenir la permission de toucher la sainte Robe. Mais en même temps je fis le ferme propos de ne pas prier pour être délivrée de mes douleurs, mais uniquement pour obtenir le soulagement de mes souffrances physiques, limité à la grâce de me servir un peu de mon pied et de marcher sans béquilles... M'étant préparée par le sacrement de pénitence et par la sainte communion, ma foi et ma confiance inébranlables dans la toute-puissance de la miséricorde de Dieu en furent accrues au point que je n'avais plus la patience d'attendre le moment de notre départ... Les sentiments qui s'emparèrent de moi au moment

de partir, je ne saurais les retracer ici. En voiture.
je tâchais de me préparer de mon mieux par la
prière à la grande grâce qui allait m'être donnée
de prier devant la sainte Robe... Oh ! que j'étais
émue quand nous entrâmes à Trèves ! mon cœur
palpitait à la pensée que le lendemain on nous
ferait entrer à la cathédrale... Nous y fûmes introduits par le magnifique cloître. Je fondis en larmes et plus j'approchais de la sainte relique, plus
j'éprouvais de la peine à avancer. Enfin nous mon-
tons avec la procession l'escalier de marbre blanc
et noir au haut duquel la sainte Robe entièrement
déployée est exposée dans une vitrine. Me voilà
enfin à cette place tant désirée. Nous dûmes nous
reculer un peu pour laisser passer la procession.
Je tâchai de me recueillir et je renouvelai encore
une fois au bon Dieu la prière de me rendre l'usage
de mon pied... On m'avait accordé la permission
de toucher la sainte Robe parce que c'était mon vœu
le plus ardent. Mais lorsque je voulus le faire, ma
grand'mère me dit que ce serait bien difficile en
ce moment à cause de la foule et que nous pour-
rions revenir le soir. Alors le Saint-Esprit m'inspira la pensée de regarder la sainte Robe et d'appor-
ter à cet acte la même foi et la même confiance que
si je l'eusse vraiment touchée... Je le fis avec tout
le respect dont j'étais intimement pénétrée et mettant toute ma confiance dans l'aide de Dieu, j'es-
sayai au nom de Notre-Seigneur Jésus-Christ, d'é-
tendre le pied ; au même instant je sentis qu'il tou-
chait la terre. Quel moment ! Tout en donnant mes
béquilles à ma grand'mère et en lui disant ce qui
venait d'arriver je tombai à genoux devant la sainte
Robe de Notre-Seigneur Jésus-Christ ; je pleurais,

je sanglotais, je ne savais plus ce qui se passait autour de moi. Ainsi après trois années de souffrances, il m'était pour la première fois permis de prier Dieu à genoux devant la sainte Robe de son Fils. Ce que j'éprouvais, je ne saurais le décrire... »

La guérison de la jeune comtesse fut si réelle et si persistante qu'elle put entrer chez les Filles de charité de Saint-François et qu'elle soigna les malades jusqu'à sa mort. J'aurais pu citer des miracles plus éclatants, mais je me suis arrêté de préférence à ce cas à cause de la haute situation de Mlle de Droste-Vischering et du bruit qui s'est fait autour de sa guérison. Tous ces prodiges étaient de nature à fortifier la confiance et à accroître la piété des fidèles. La nouvelle de ces guérisons miraculeuses s'étendit au loin, l'enthousiasme gagna de proche en proche toutes les populations allemandes, et l'ostension de la sainte robe, qui eut lieu en 1844, devint la manifestation religieuse la plus extraordinaire de la première moitié de ce siècle.

II

Grands pélerinages de Trèves.

§ I. — OSTENSIONS DE LA SAINTE ROBE DEPUIS LE XVIᵉ SIÈCLE JUSQU'EN 1844.

Gœrres avait appelé les pèlerinages de 1844 « une migration de peuples pour une poignée de laine ». Et c'était en effet une migration de peuples que ces onze cent mille catholiques accourus à Trèves de tous les points de l'Allemagne et de l'Europe.

On avait vu dans le passé des assemblées plus brillantes autour de la sainte relique. En 1512, lors de la première ostension de la Robe sans couture, l'empereur Maximilien et toute la diète de l'Empire se trouvaient à Trèves pour honorer le vêtement du Christ. Des princes ecclésiastiques et laïques, des évêques, des ducs, des comtes, des barons, les ancêtres de presque toutes les maisons souveraines de l'Allemagne, mêlaient leurs hommages à ceux de la foule ; le pape, les rois de France, d'Angleterre et de Navarre étaient représentés par leurs ambassadeurs. L'ostension dura vingt-trois jours, et des centaines de mille de personnes vénérèrent la sainte relique. Une bulle de Léon X, en date du 26 janvier 1516, ordonnait que l'ostension eût lieu tous les sept ans. Mais, par suite des guerres et des invasions, cette disposition de la bulle ne put être strictement observée et, entre la première ostension de 1512 et la première qui eut lieu en ce siècle, en

1810, on ne compte que neuf ostensions solennelles
de la sainte robe. D'après le livre du P. Beissel, ces
fêtes eurent lieu aux dates suivantes : 1517, 1524,
1531, 1538, 1545, 1553, 1585, 1594, 1655. La dernière,
celle de 1655, attira une foule considérable, au delà
de deux cent mille personnes. Dans ce nombre il y
avait les princes électeurs de Mayence et de Cologne, le comte Palatin, sa fille Éléonore, qui épousa
plus tard l'empereur Léopold Ier, etc.

Plus d'un siècle et demi se passa sans que la sainte
Robe fût exposée à la vénération publique. Il fallut,
à diverses reprises, l'enlever de Trèves et la mettre
en lieu sûr ailleurs. La forteresse d'Ehrenbreitstein
lui servit d'asile pendant de longues années. Mais
les guerres de la Révolution la chassèrent même de
cette retraite, et elle fut transférée successivement
à Wurzbourg, à Bamberg et à Augsbourg. C'est à
Augsbourg qu'on la chercha, lorsqu'en 1810 Mgr
Mannay, l'évêque de Trèves, résolut d'exposer
de nouveau la vénérable relique. Mgr Mannay
eut toutes les peines du monde à recouvrer le
précieux trésor de son église. Il n'arriva à ses
fins que grâce à l'influence que lui donnait ses relations personnelles avec l'empereur Napoléon. Il ne
faut pas oublier qu'en ce temps-là Trèves était
incorporée à l'empire français. Le vicaire général
Cordel ramena la relique d'Augsbourg, et son
entrée à Trèves fut l'occasion d'une joie indescriptible. « Les larmes, dit un témoin oculaire, cou-
laient de tous les yeux ; chacun considérait ce jour
comme le plus heureux de sa vie et bénissait celui
qui le lui avait procuré ». L'ostension de la relique
dura trois semaines ; on estime à 227.217 le nombre
des pèlerins qui vinrent prier devant la sainte Robe.

« Ce furent, écrit le vicaire général Cordel, ce furent
véritablement des jours de salut plus efficaces
qu'un jubilé ; ils ramenèrent au tribunal de la pénitence et à Dieu bien des gens qui s'en étaient éloi-
gnés depuis de nombreuses années. Les hommes
sans religion étaient réduits au silence et beaucoup
rentrèrent en eux-mêmes ».

§ 2. — PÉLERINAGE DE 1844.

Mais toutes ces fêtes, si magnifiques fussent-elles, ont été éclipsées par celles de 1844. Lorsque le 18 août, Mgr Arnoldi exposa la relique, toute l'Allemagne catholique, pour ainsi dire, se mit en mouvement. Un concours de peuples immense se pressa durant sept semaines dans les murs de Trèves. La grande majorité de ces fidèles arriva à pied.

« Toutes les routes et tous les chemins, écrivait Gœrres dans une brochure célèbre, se couvrent de processions ; les bannières flottent au vent et on dirait que le siècle célèbre son jubilé. L'aurore d'une grande Fête-Dieu s'est levée sur les forêts et sur les plaines ; les multitudes des nations s'avancent et se pressent pour trouver dans un court moment la récompense de longues fatigues ».

Ces milliers de cortèges et de processions donnaient au pays un aspect étrange et imposant. « De toutes parts, raconte l'abbé Willems, d'après le témoignage des contemporains, on n'entendait que prières et pieux cantiques : il semblait que tout le pays autour de Trèves fût transformé en une vaste église. C'était un spectacle à la fois beau et pittoresque que celui de ces pèlerins marchant bannières déployées, sous la conduite de leurs prêtres ; de ces longues processions descendant des hauteurs de l'Eifel et du Hochwald, serpentant sur les routes le long des deux rives de la Moselle, ou remontant et descendant le cours de la rivière dans des bateaux pavoisés, salués partout à leur passage par les

joyeuses sonneries des cloches. Quand les pèlerins
voyaient poindre au loin, au-dessus d'une mer de
toits, les tours de la cathédrale et surtout le clocher
surmonté d'un drapeau blanc orné d'une croix rouge,
dont les ondulations semblaient un salut de bienve-
nue, les cœurs battaient avec violence et un éclair
de bonheur illuminait tous les visages : alors ils
entonnaient un joyeux cantique, que répétaient les
échos des forêts et des rochers. Mais qui pourrait
décrire les sentiments des pèlerins lorsqu'après les
épreuves d'un long et pénible voyage, arrivés au
but, ils attendaient leur tour devant l'entrée de cette
cathédrale où avaient prié autrefois un saint Athanase, un saint Ambroise, un saint Martin, un saint
Bernard? lorsqu'introduits dans la nef centrale du
temple, ils apercevaient dans le lointain, au haut de
la tribune de marbre, au milieu d'une couronne de
lumières, l'objet de leurs brûlants désirs, la sainte
Robe du Sauveur? lorsqu'après avoir enfin gravi
l'escalier de marbre, il leur était permis de voir de
près et de vénérer la tunique du Christ? Le sentiment de son indignité s'emparait de chacun ; à peine
osait-on lever les yeux sur cette sainte Robe, qui
devint éclatante comme la neige sur le Thabor et
qui fut rougie du sang de l'Agneau divin. Qui comp-
tera les larmes répandues à cette place, les saintes
résolutions qui y furent prises? Bien souvent, les
membres de la garde d'honneur furent témoins des
scènes les plus touchantes ; plus d'une fois, ils virent
des impies et des railleurs, subitement transformés
revenir, le cœur contrit et repentant, au Dieu de
leur jeunesse ».

Le P. Beissel cite plusieurs conversions de ce
genre et, en général, on constata sur toute la ligne

un réveil admirable de la foi chrétienne. Les protestants eux-mêmes furent obligés de le reconnaître. La *Deutsche Allgemeine Zeitung*, de Berlin, disait avec raison en s'adressant aux rationalistes allemands qui niaient la divinité du Christ : « Dans votre présomption, vous vous en êtes pris à son être, à sa doctrine, à sa sainteté invulnérable, et voici que les peuples s'agenouillent dévotement devant sa Robe, et cela, non pas en secret, à l'ombre de la superstition, mais en plein jour de la civilisation dont vous êtes si fiers. De même que le premier rayon du soleil levant chasse les ombres de la nuit, de même le scepticisme de notre temps s'est évanoui devant le rayonnement de la foi. Le cœur du peuple est resté pieux et simple et l'Église a le droit d'entonner un chant de triomphe au spectacle que donne sur les bords du Rhin l'union des esprits ».

L'impression produite par les fêtes de 1844 fut durable. Il y eut à partir de ce moment une magnifique renaissance catholique en Allemagne. Quand éclata la Révolution de 1848, le roi de Prusse n'eut pas de sujets plus dévoués que ces catholiques qui avaient retrempé leur foi dans les grands spectacles de Trèves. Plus tard, lorsque les ministres de ce même souverain déclarèrent la guerre à l'Église, une guerre sans merci, la résistance des catholiques fut admirable de spontanéité et d'énergie. Le souvenir de la Robe sans couture du Christ empêcha l'éclosion du schisme que le chancelier de fer s'était efforcé de provoquer parmi les catholiques allemands.

§ 3. — GRANDS PÈLERINAGES ACTUELS.

La première épreuve du *Kulturkampf* est traversée. Il est vrai qu'en Prusse la paix est loin d'être rétablie entre l'Église et l'État, comme on le croit quelquefois à tort. C'est plutôt, et le mot est de Léon XIII lui-même, un acheminement vers la paix. Après de longues et pénibles négociations on a abouti à un *modus vivendi* plus ou moins acceptable. Mais la situation religieuse reste tendue et les hostilités peuvent reprendre d'un jour à l'autre. Les pouvoirs discrétionnaires dont le gouvernement s'est armé vis-à-vis de l'Église sont l'épée de Damoclès suspendue au-dessus des catholiques.

Mgr Korum a profité de cette halte, de cet armistice entre deux assauts pour inviter l'Allemagne catholique à venir se prosterner devant la Robe symbolique du Christ. Le vaillant évêque a été exaucé au-delà de toute espérance. D'après les renseignements que j'ai recueillis à Trèves même trois millions de pèlerins sont annoncés et près d'un million et demi ont déjà vénéré la sainte relique. C'est une migration de peuples qui laisse en quelque sorte dans l'ombre même les grands pèlerinages de 1844.

J'ai voulu assister à cette grande manifestation religieuse dès la première semaine de l'ostension de la sainte relique, c'est-à-dire vers la fin du mois d'août. Le spectacle qu'offrait Trèves était à la fois imposant et édifiant. La ville, coquettement assise sur les bords de la Moselle, semblait rayonnante de joie avec ses innombrables drapeaux. Une foule immense se pressait le long des rues, sur les places,

dans les églises. Sans doute tous ces pèlerinages
n'avaient plus le cachet d'autrefois. Au lieu de venir
à pied par les chemins poétiques des charmantes
vallées qui aboutissent à Trèves, la grande majorité
des fidèles arrivaient en chemin de fer. Outre les
trains ordinaires, vingt à trente trains spéciaux
déposent chaque jour des milliers de pèlerins à la
gare de Trèves. Les chemins de fer facilitent les
pèlerinages, mais en même temps ils leurs commu-
niquent quelque chose de prosaïque qui fait presque
regretter le pittoresque des processions de 1844. Heureusement la poésie reprend tous ses droits dès qu'on
a quitté la gare et qu'on est sorti de cette fumée de
charbon qui fait songer à l'enfer plutôt qu'au ciel.

On peut rencontrer des foules dans toutes les
grandes villes. Mais celle que l'on coudoie à Trèves
présente ce caractère particulier qu'elle est absor-
bée par une pensée unique : la sainte Robe. Cette
sainte Robe, on la voit partout sous une forme ou
sous une autre. Trèves est transformé en un vaste
bazar d'objets religieux ! Tout autre commerce a été
relégué au second plan. Jusqu'au 20 août, on ven-
dait du coton, de la laine, des chapeaux, des para-
pluies, que sais-je encore. A présent les vitrines des
devantures ne connaissent plus que les médailles,
les chapelets, les images pieuses. Les juifs et les
protestants eux-mêmes vendent des articles de piété
et rien n'est piquant comme de voir ces légendaires
nez israélites qui vous offrent des médailles et des
représentations de la sainte tunique. Et toutes ces
boutiques sont inondées de chalands et de curieux.
Ce spectacle vous saisit aussitôt qu'on a franchi la
Porta nigra pour entrer dans la vieille ville. La
Porta nigra ou Porte romaine est un des monuments

romains les plus splendides en deçà des Alpes, une porte fortifiée dans le genre de celle d'Aoste, d'Autun, de Nîmes, de Vérone, mais beaucoup plus grandiose. Elle raconte la magnificence de l'antique *Trevir*, qui a été longtemps la capitale préférée des Césars.

Les pèlerins ne s'attardent guère devant cette construction noircie par le temps. Ce qui les attire, c'est le dôme avec le précieux trésor qu'il renferme. Ma première visite fut également pour la cathédrale que je connaissais déjà. Une multitude énorme stationnait sur la place et débordait jusque dans les rues voisines. Il faut dire que ce jour-là — c'était le 24 août — 45.000 pèlerins devaient défiler devant la sainte relique.

Maintenir l'ordre dans une telle foule n'est pas un problème facile à résoudre. L'administration ecclésiastique a arrangé admirablement les choses pour éviter les cohues et les bagarres. Les pèlerinages du diocèse de Trèves et des diocèses environnants sont échelonnés par séries pour toute la durée des fêtes. Il en arrive chaque jour cinquante ou soixante, conduits par le clergé paroissial. Des rendez-vous sont fixés dans les diverses églises de Trèves. A une heure déterminée tous les pèlerins d'une paroisse se réunissent dans une église d'où ils se dirigent, croix et bannières déployées, vers la cathédrale. Comme il y a aussi énormément de fidèles qui ne font pas partie d'une procession officielle, il a fallu s'en préoccuper. Ceux-là sont invités à se rendre à l'église des Jésuites, à dix heures du matin ou à six heures du soir. Des prêtres désignés par l'évêque se chargent de les organiser en procession et de se rendre avec eux au dôme. Pendant tout le trajet les pèlerins prient avec beaucoup de ferveur.

A la porte du dôme ils se placent sur une file et une fois leur tour arrivé ils pénètrent dans la nef, du fond de laquelle ils aperçoivent déjà la sainte relique. Cette apparition les émeut au plus haut degré, ainsi que j'ai pu m'en convaincre en assistant au défilé à l'entrée du chœur. On dirait que leur piété redouble à mesure qu'ils approchent du but. Les uns prient, un peu plus loin une autre procession chante, et les larmes coulent sur les joues hâlées de ces montagnards de l'Eifel, de ces paysans de la vallée du Rhin et de la Moselle, de ces mineurs du bassin de la Saar.

Il est très heureux que la sainte Robe soit exposée à une assez grande hauteur, car autrement ces braves gens la verraient à peine un éclair de temps. En effet, chaque personne ne peut rester devant la sainte relique que l'espace d'une à deux secondes, juste de quoi l'entrevoir. Cela se comprend si l'on pense au grand nombre de fidèles qui se présentent en une journée. En admettant que 30 pèlerins défilent en une minute, on aura pour une heure 1800 personnes, pour dix heures 18.800 et pour 18 heures 28.800 ! Or, même avec 28.800 nous sommes loin de compte. Voici le relevé officiel des pèlerins qui ont défilé devant la sainte Robe du 20 août au 3 septembre (1) :

(1) Voici, à titre de curiosité, les chiffres des pèlerins de 1844 pour la même période :

20 août.	22.300	27 août.	22.400
21 —	22.400	28 —	24.000
22 —	22.500	29 —	20.800
23 —	22.400	30 —	22.500
24 —	24.000	31 —	22.400
25 —	24.800	1er septembre . . .	22.300
26 —	23.000	2 — . . .	20.800

20 août	24.600	27 août	30 012
(rien que les gens de Trèves)		28 —	36 320
21 août	41.253	29 —	41.470
22 —	37.846	30 —	47.286
23 —	44.300	31 —	36 347
24 —	45.000	1ᵉʳ septembre . . .	45.100
25 —	42.360	2 — . . .	45.625
26 —	30.344	(1)	

La moyenne est donc de 40.000 pèlerins par jour.

Dans ces conditions il est évident qu'on ne peut pas leur permettre de s'arrêter devant la sainte Robe. Des journées de vingt-quatre heures n'y suffiraient pas.

La première procession entre à la cathédrale à six heures du matin. Ensuite elles se suivent sans interruption jusqu'aux environs de minuit. En réalité, il y a une procession unique qui dure 18 heures consécutives! Et le même phénomène se répètera pendant cinquante jours. Voilà un démenti éclatant infligé à ceux qui prétendent que la foi religieuse a disparu de ce monde.

De minuit à six heures du matin, il descend un peu de calme sur la ville de Trèves. Ou plutôt, quand la foule des pèlerins s'est écoulée, les portes de la cathédrale se ferment et alors commencent des scènes encore plus émouvantes. Les malades sont admis à toucher la sainte Robe du Christ Mon vénéré maître. Mgr Korum, a bien voulu permettre à son ancien élève d'assister à ce spectacle. A quatre heures et demie du matin je fus introduit dans

(1) Ces chiffres ont été dépassés dans le courant de septembre. Ainsi, le 22 septembre, 56,128 pèlerins ont défilé devant la sainte relique.

le dôme avec une cinquantaine de religieuses et une vingtaine de malades.

Je n'oublierai jamais cette heure bénie que j'eus la vive satisfaction de passer à deux pas de la sainte relique. Il me semblait que je fusse sur quelque chemin de la Samarie ou dans quelque bourgade de la Galilée. Le divin Maître était là qui enseignait, consolait, guérissait et pardonnait, enveloppant d'un regard d'infinie miséricorde ses disciples et les saintes femmes pressées autour de lui. Les malades et les pécheurs venaient en foule auprès de Celui qui savait parler si admirablement du royaume de Dieu et de sa justice. Pendant ce temps, au loin l'empire romain s'agitait dans le délire de la corruption et de l'incrédulité. Tibère avait de grandes armées, le Sénat était à ses pieds, les philosophes et les orateurs exaltaient ses *vertus*, les poètes préparaient son apothéose. N'était-il pas le maître du monde? Il le pensait dans son fol orgueil! Et pourtant le vrai maître du monde c'était ce rabbi galiléen qui n'avait ni armées, ni Sénat, mais un nom faisant plier tout genou au ciel et dans les enfers. C'était ce rabbi qu'un subalterne de Tibère allait faire mettre en croix, et qui, une fois élevé au-dessus de terre, devait, selon la prophétie, attirer tout à Lui.

Après dix-neuf siècles, la tunique de l'Homme-Dieu continue à attirer des millions de fidèles. Cette vision passait devant mon imagination tandis, que sous mes yeux les malades s'approchaient de la vénérable relique.

Pour obtenir cette faveur insigne, ces malades avaient à présenter un certificat du médecin et du curé indiquant la nature de leur mal. A cette condi-

tion on les autorisait à toucher la Robe du Christ;
Mgr Korum était assis à côté de la relique. Dès
qu'un malade se présentait, l'évêque commençait à
prier avec lui, puis il lui passait la main par une
petite ouverture pratiquée dans le reliquaire.

Rien ne saurait donner une idée des sentiments
qui se réflétaient sur le visage de ces pauvres malades. Si la grâce d'une guérison miraculeuse (1) ne
leur est pas accordée, ils emportent par contre des
trésors de consolation et de joies intimes. Désormais
le fardeau que Dieu leur a imposé leur paraîtra plus
léger ; un miracle invisible s'est opéré en eux. Comme l'écrivait un pèlerin en 1844 : « Ils ont reçu mi-
raculeusement le contentement et la force d'accepter
et de porter la croix du Sauveur dont la Providence
divine a chargé leurs épaules et dont elle n'a pas
jugé à propos de les soulager ».

Lorsque les malades ont eu ainsi leur heure pri-
vilégiée, les processions reprennent leur cours.
Quelquefois, quand ce sont des pèlerinages étrangers, ils sont conduits par l'évêque diocésain. Ainsi
le 27 août, c'est l'évêque de Metz, Mgr Fleck, qui a
amené environ deux mille pèlerins à Trèves.
Mgr Korum leur a adressé un discours en français (2), et des cantiques français furent chantés par

(1) On parle de quelques guérisons. Mais en attendant que les
cas aient été examinés minutieusement par les autorités
ecclésiastiques, on ne les communique pas au public.

(2) Les journaux libéraux ont vivement reproché à Mgr Korum ce discours français adressé aux pèlerins de Metz. Ils se
sont demandés hypocritement si pareil scandale eût été toléré
en France. Ces excellents chauvins berlinois ne paraissent pas
se douter que chaque année on peut entendre à la basilique
de Lourdes des discours et des cantiques allemands. Cela n'a

les pèlerins. Le 6 et le 7 septembre les pèlerinages de Cologne furent amenés par l'archevêque, Mgr Kremenz, et par l'évêque auxiliaire, Mgr Fischer. Plus de 30 évêques ont déjà vénéré la sainte relique, entre autres le cardinal prince-archevêque de Vienne, Mgr Gruscha. D'autres encore sont annoncés.

A côté de ces princes de l'Eglise, d'éminents laïques s'empressent de venir prendre place parmi la garde d'honneur qui veille auprès de la sainte Robe. A l'ouverture des fêtes, on a remarqué, dans le cortège de l'évêque, les chevaliers de Malte en grand uniforme. Quelques jours plus tard, j'ai rencontré dans le dôme Son Altesse le prince de Lœwenstein avec toute sa famille. Toute l'aristocratie catholique d'Allemagne y aura passé !

Mais ces fêtes de Trèves sont avant tout les fêtes du peuple. On s'en aperçoit non seulement à la cathédrale, mais en parcourant la ville à toutes les heures de la journée. Ces multitudes innombrables qui encombrent les rues avec leurs croix et leurs bannières, c'est le peuple des paysans et des ouvriers, le peuple de la petite bourgeoisie. Leur foi est robuste comme leur carrure et malheur aux scribes et aux pharisiens qui se permettraient d'insulter à leur piété. Ce sont des *fils du tonnerre* qui se chargeraient de faire descendre eux-mêmes le **feu du ciel** sur leurs imprudents railleurs. Je dois ajouter que l'apologie du christianisme à coups de poing était inutile. Je n'ai pas entendu une parole mo-

---

rien d'étonnant. L'Eglise parle aux fidèles la langue que ceux-ci comprennent. Aux pèlerins de Metz Mgr Korum a parlé en français parce qu'ils n'auraient pas compris un sermon allemand.

queuse à l'adresse des pèlerins, ni même vu un sourire désobligeant. Partout le plus grand respect et la politesse la plus parfaite. Trèves est une ville de garnison : tous les soldats catholiques venaient se joindre aux processions et l'attitude de ceux qui n'étaient pas catholiques était très convenable.

Sans doute, les insultes n'ont pas manqué à la sainte Robe ; mais elles venaient de plus loin. Les pasteurs protestants de l'*Alliance évangélique* se seraient crus déshonorés s'ils n'avaient protesté contre l'idolâtrie ultramontaine. De même qu'en 1844, ils ont donné libre cours à leur jalousie haineuse. Leurs temples sont de plus en plus vides, tandis que des millions de catholiques font de longs trajets pour satisfaire leur dévotion. Le contraste est trop douloureux et ils se vengent en attaquant le catholicisme et le culte des reliques. Comme si ces mêmes pasteurs ne trouvaient pas tout naturel qu'on conservât pieusement une plume de Luther ou un uniforme de l'empereur Guillaume ! Heureusement ces vaines déclamations ne trouvent d'échos nulle part et l'Allemagne catholique peut sans obstacle se transporter à Trèves et honorer Jésus-Christ devant sa sainte Robe.

§ 4. — POURQUOI LE SYMBOLE DE L'UNITÉ DE L'ÉGLISE A ÉTÉ CONFIÉ À L'ALLEMAGNE.

Quid existis videre? Qu'êtes-vous venus voir ici,
s'écriait Mgr Korum en s'adressant au pèlerinage
de Metz? Ce que les centaines de mille pèlerins allemands sont allé vénérer à Trèves, nous venons de
le raconter. La tunique sans couture a attiré ces
migrations de peuples. Le divin Sauveur a laissé à
son Église ce gage précieux en signe de l'unité
indéfectible qu'il lui avait promise. Par une disposi-
sition que je croirais volontiers providentielle,
l'Allemagne fut choisie pour être la gardienne de ce
trésor. Dieu a voulu que ce vêtement symbolique
fût conservé précisément dans le pays où l'unité de
la foi serait le plus souvent menacée. Or, le danger
le plus sérieux sous ce rapport a toujours été du
côté de l'Allemagne. Sans remonter aux grandes
luttes du sacerdoce et de l'empire, sans même parler de la Réforme qui a porté un si rude coup à
l'Église catholique, sans insister davantage sur la
plaie redoutable du joséphisme, presque aussi dangereux que le protestantisme, regardons ce qui
s'est passé autour de nous à notre époque même.
Quel pays a tenté avec le plus d'opiniâtreté de déchirer la Robe sans couture du Christ? L'histoire
contemporaine répond que c'est l'Allemagne. Il y a
vingt ans, deux ennemis terribles sont partis en
guerre contre le catholicisme, la science et la force
brutale. Dœllinger et un certain nombre de savants
catholiques — les plus en vue, — ont levé le dra-

peau de la révolte contre le Saint-Siège et le chef
du nouveau schisme avait le ferme espoir que des
milliers de prêtres et des centaines de mille de
fidèles le suivraient dans la défection.

Le vieux catholicisme est un produit essentiellement germanique.

D'autre part, une partie de l'aristocratie catholique faiblit à son tour, et dans le conflit qui s'éleva
entre Rome et Berlin elle préféra se mettre du côté
de Berlin. Le catholicisme d'État poussa comme un
champignon sur le sol de l'Allemagne.

Le chancelier de fer, qui connaissait le prix de
toutes ces félonies, les encouragea et les soutint
avec l'énergie obstinée que donnent la conscience
d'un pouvoir illimité et le stimulant d'une ambition
sans frein. On pouvait lui appliquer ces paroles
qu'Alexandre, évêque d'Alexandrie, prononçait à
propos des Ariens : « Ils ne se font pas scrupule de
déchirer la tunique indivisible du Christ, que les
bourreaux eux-mêmes n'ont pas voulu couper en
morceaux ». Mais, grâce à Dieu, cette entreprise
scélérate, pour me servir de l'expression que Thio-
frid de Trèves emploie dans ses « *Fleurs des tombeaux des saints* », cette entreprise scélérate échoua
misérablement. Dœllinger mourut de la mort d'A-
rius, et sa secte expire dans le ridicule et le mépris.
Le catholicisme d'État, le plus perfide de tous ces
ennemis, est obligé de dissimuler ses visées. Le
gouvernement lui-même a été contraint de remettre
au fourreau le glaive avec lequel il avait voulu rompre la tunique du Christ.

La politique, la diplomatie, la science, se sont en
vain conjurées contre l'unité de l'Église en renouve-
lant à la fois les procédés de l'empereur Henri IV,

de Luther, de l'empereur Joseph II et de Ronge.
L'Allemagne catholique avait les yeux fixés sur le
dôme de Trèves et sur « le sacrement de l'unité »
(saint Cyprien), qu'il renferme. Elle s'est souvenue
de la robe du Christ, et plus forte que du temps de
Luther, plus énergique qu'à l'époque de Joseph II,
elle a repoussé avec indignation les avances schis-
matiques de Dœllinger comme elle a méprisé courageusement les violences d'un chancelier tout puissant ! Une vertu, la vertu de l'unité, est sortie du
vêtement inconsutile du Christ. Par ce signe les
catholiques ont vaincu, et dans quelques jours, à la
clôture des fêtes, l'évêque de Trèves pourra répéter avec confiance ces paroles que son prédécesseur
Mgr Arnoldi, prononçait, en 1844 : « Seigneur, Dieu
de mes pères, conservez cet esprit dans votre
peuple ».

APPENDICE

DŒLLINGER

APPENDICE

DŒLLINGER.

Voici une notice biographique que nous consacrions à Dœllinger au lendemain de sa mort (10 janvier 1890). Bien qu'il se soit éteint en dehors de l'Église catholique, le rôle qu'il a joué pendant la plus grande partie de sa vie nous permet de le faire figurer à la fin de ce volume « *Catholiques allemands* ».

En 1832 un prêtre français déjà illustre, revenant de Rome, traversait la Bavière qui commençait à devenir vers cette époque un foyer de vie chrétienne. Il s'arrêta à Munich pour consulter sur une grave affaire un professeur de l'Université qui jouissait d'un certain renom en attendant qu'il devînt célèbre.

Le premier était vivement irrité contre la cour de Rome avec laquelle il avait eu des démêlés. Le second plus positif, plus jeune, calma sa fièvre de révolte et l'exhorta à la soumission. Vous avez reconnu la fameuse entrevue de Lamennais et de Dœllinger.

Ces deux hommes furent pendant une grande partie de leur vie d'admirables défenseurs de l'Église catholique. Engagés dans les ordres sacrés l'un et l'autre, ils devaient finir tristement dans l'apostasie et il faut ajouter dans l'oubli.

On se souvient de la mort désespérée de Lamennais qu'une logique impitoyable avait poussé de la

désobéissance au schisme, du schisme à l'hérésie
pour le faire échouer définitivement sur les plages
arides du socialisme et de l'athéisme ! Dœllinger
vient de mourir à son tour en dehors de cette Eglise
qu'il avait servie avec tant de zèle et de talent. Le
télégraphe annonça tout à coup qu'il avait succombé
à une attaque d'apoplexie après être sorti victorieusement d'une crise d'influenza.

A propos de Lamennais on a prononcé le nom de
Tertullien. De fait, il existe plus d'une analogie entre l'apologète africain et l'auteur de l'*Indifférence en
matière de religion*. Même fougue, même irascibilité,
même talent d'écrivain chez l'un et l'autre. Dœllinger — cet autre ange déchu — a de commun avec ses
deux devanciers la supériorité de l'esprit et la re-
bellion. Mais il s'en distingue par le calme et la possession de soi-même. En se séparant de Rome, il
n'a ni rompu avec les principes de la morale comme
Tertullien, ni rejeté tout le passé comme Lamennais. Je suis logique, dit le démon du Dante. Tertullien et Lamennais ont répété et réalisé ce mot
profond du mal ; Dœllinger, au contraire, a été in-
conséquent et son histoire des vingt dernières années est très curieuse à ce point de vue.

Grâce à l'autorité dont il jouissait, il est devenu
après le concile du Vatican le centre du mouvement
janiste ou vieux catholique. Il personnifiait, pour
ainsi dire, l'opposition doctrinale qui voulait faire
échec à la proclamation de l'infaillibilité du Pape.
Seulement, tandis que ses amis allèrent jusqu'au
bout de leurs idées, Dœllinger eut la force de s'arrêter presqu'au sommet de la pente et de se maintenir à cette hauteur. « Gardez-vous bien, avait-il
dit au congrès vieux catholique tenu à Munich les

23-24 septembre 1871, gardez-vous d'élever autel
contre autel, et de vous infliger à vous-mêmes la
flétrissure de secte religieuse ! » Sa voix ne fut pas
écoutée et il quitta plus ou moins son parti.

Au moment où la tombe va se fermer sur cet
étrange hérétique, il ne sera pas inutile de retracer
sa vie, de rappeler les mérites éclatants qui nous
l'avaient rendu cher et de dire quelques mots de la
stérilité du schisme qu'il a provoqué. Dœllinger était
plus que nonagénaire. Il est né, en effet, à la fin du siècle dernier, le 28 février 1799. *Grandis ævi spatium*!
Son père était un physiologue remarquable, dont
les ouvrages avaient quelque retentissement même
au delà des frontières de l'Allemagne. Admirablement doué du côté de l'intelligence, le jeune Dœllinger fit de brillantes et rapides études à Wurzbourg, et à Bamberg sa ville natale. Ordonné prêtre
en 1822, il fut employé quelques mois dans le ministère paroissial, et l'année suivante on le nomma
professeur d'histoire et de droit canon au lycée
d'Aschaffenbourg. Bientôt après il fut appelé à
enseigner l'histoire à l'Université de Landshut
transférée à Munich.

La science catholique avait alors en Allemagne
quelques représentants de grande valeur, tels que
Mœhler, Klee, auxquels ne tardèrent pas à se joindre Gœrres, Windischmann, Haneberg, Allioli et
d'autres non moins connus. Dœllinger conquit de
bonne heure le premier rang parmi cette élite. Son
premier ouvrage théologique, *La doctrine de l'Eucha-
ristie durant les trois premiers siècles de l'Eglise* parut
en 1826, et attira sur lui l'attention du monde
savant. Une fois lancé, il publia coup sur coup une
série d'ouvrages historiques dont la plupart font

encore autorité aujourd'hui. Il commença par donner une nouvelle édition de l'*Histoire ecclésiastique de Hortig,* qu'il rendit plus conforme aux vraies doctrines. Les *Origines du Christianisme* suivirent de près cet ouvrage (1833-35), ainsi que le *Lehrbuch der Kirchengeschichte* (1836-38) et la *Religion de Mahomet* (1838).

Le vaillant historien prépara ensuite pendant dix ans ses trois magnifiques volumes sur *La Réforme, son développement intérieur et ses effets.* Cet ouvrage (1847) d'une érudition étonnante fut le premier coup de bélier historique dirigé contre le protestantisme. On sait avec quel succès Janssen et ses disciples achevèrent de nos jours cette grande œuvre de justice. A Dœllinger revient la gloire d'avoir entrepris cette croisade à un moment où les mensonges des historiens protestants régnaient encore sans conteste dans toutes les universités d'Allemagne. Quelle douleur ce devait être pour lui de voir la plupart de ses amis passer au protestantisme! La *Réforme* témoignait de la connaissance parfaite que Dœllinger avait du seizième siècle. Mais son vrai domaine, c'était surtout les premiers temps du christianisme. Il ne tarda pas à y revenir en publiant *Hippolyte et Calliste ou l'Eglise romaine dans la première moitié du troisième siècle,* et *Paganisme et Judaïsme* (1857).

Pour ne pas trop allonger cette nomenclature aride, je ne citerai plus que son ouvrage ; *Kirche und Kirchen, Pasthum und Kirchenstaat* (1861). Ce volume n'est que la réunion de plusieurs conférences publiques que l'historien a faites à l'Odéon de Munich au mois d'avril 1861. Je le signale, parce qu'il a fait sensation dans le monde catholique et

contient déjà les germes du conflit de Dœllinger
avec le Saint-Siège. C'était le moment où l'inva_
sion des Piémontais dans les États pontificaux
avait donné à la question romaine une poignante
actualité. Au lieu de protester contre cet odieux
sacrilège, Dœllinger parla de la nécessité d'institutions libérales, de sécularisation, etc. Son langage fut presque celui d'un Cavour ou d'un ministre de Napoléon III. Le professeur de Munich
nageait dans les eaux du libéralisme comme le
firent remarquer les *Historisch Politsche Blætter*
dans un important article intitulé : « *Dœllinger et
les Etats pontificaux* ». Cette tendance ne fit que
s'accentuer jusqu'à l'époque du concile et Dœllinger ne s'en cacha nullement. A la réunion des
savants tenue à Munich en 1863, il prononça un discours sur le « passé et le présent de la théologie
catholique » et ce discours plus que téméraire souleva les protestations de Scheeben, l'éminent théologien de Cologne. De même qu'un bon nombre de
catholiques d'Allemagne, Dœllinger était devenu
frondeur vis-à-vis de Rome. Lui qui avait si souvent défendu l'Eglise non seulement sur le terrain
de l'histoire, mais encore sur celui de la politique, à
la Chambre bavaroise (dont il faisait partie depuis
1845), au Parlement de Francfort, aux congrès catholiques, dans la question des mariages mixtes (1838),
celle de la génuflexion (1843), celle de l'actrice Lola
Montez, il prépara lentement sa volte-face et four-
bit ses armes contre le Vatican.

Lorsque Pie IX forma la commission prépara-
toire du concile du Vatican, Dœllinger dont l'attitude avait été si louche n'y fut point appelé. Froissé
dans son amour propre, le professeur résolut de se

venger et son opposition fut résolue même avant l'ouverture du concile. C'est à son instigation que le prince de Hohenlohe, alors président du conseil des ministres en Bavière essaya d'ameuter contre le Pape tous les cabinets de l'Europe.

Il mena la campagne anti-infaillibiliste avec une ardeur toute juvénile, mettant son talent au service de ses rancunes. Pendant que l'épiscopat de l'univers catholique délibérait sous les voûtes de Saint-Pierre, Dœllinger poursuivait impitoyablement son œuvre dans le *Janus* et dans ses *Lettres romaines* de l'*Allgemeine Zeitung*. Il publia, en outre plusieurs *déclarations* destinées à stigmatiser les travaux du concile (18 janvier, 9 mars 1870).

L'archevêque de Munich lui demanda de se soumettre aux décisions conciliaires. Il refusa ostensiblement, le 28 mars 1371, et s'attira les foudres de l'excommunication.

Le pas décisif était fait. Dœllinger se séparait des catholiques aux acclamations enthousiastes de tout le clan libéral.

Le chancelier d'Allemagne et avec lui tous les adversaires de l'Église romaine avaient fondé les plus hautes espérances sur cette défection. Dœllinger lui-même croyait son pays mûr pour une Eglise nationale. Il s'était écrié avec fierté : « J'ai derrière moi des milliers de prêtres et d'innombrables fidèles ! » Il rêvait un mouvement analogue à celui du seizième siècle. Le rôle d'un Luther catholique lui souriait. Ses illusions s'expliquent d'ailleurs quand on songe au noyau de savants qui s'étaient groupés autour de lui à la première heure. La science catholique d'Allemagne était en partie pour lui. Il vit s'enrôler sous sa bannière presque tous les professeurs

de l'Université de Munich, au nombre de quarante-
quatre, plusieurs professeurs de théologie des Universités de Bonn, Breslau, Fribourg, Prague, Vienne, etc., et de l'Académie de Munster. Dans ce cortège figuraient des noms dont le monde catholique
était justement fier ; Friedrich, Sepp, Reischl, etc.
(Munich); Hilgers, Langen, Reusch, Knoodt (Bonn);
Reinkens, Baltzer, Weber (Breslau) ; Michelis,
(Braunsberg), Schulte (Prague) et d'autres encore.
Il semble que le moine saxon n'aurait pas trouvé plus
d'éléments au seizième siècle ! Et comme si le prestige de la science n'avait pas suffi pour assurer le
triomphe à Dœllinger, on vit tous les gouvernements
d'Allemagne flatter à l'envi les révoltés du Vatican
et favoriser leur campagne anticatholique. On n'aurait pas pu s'étonner si le monde germanique s'é-
tait réveillé un beau matin dans le schisme. On sait
à quoi a abouti cette formidable levée de boucliers :
Ridiculus mus ! Dœllinger qui avait ouvert la lutte
avec une si haute confiance a survécu à son œuvre.
Ni la science, ni l'appui du trône n'ont pu sauver le
vieux catholicisme. Il a fini dans la boue après avoir
vécu quelques années dans l'ignominie.

Dœllinger a dû avoir le pressentiment de cet
échec lamentable. Il s'est retiré du champ de
bataille avant les compromissions protestantes et
rationalistes. Il n'assista ni au congrès des vieux
catholiques de Cologne (1872), où ses amis frater-
nisaient avec les Anglicans, les Russes et le franc-
maçon Bluntschli, ni à celui de Constance (12-14
septembre 1873) où triomphèrent les principes de
la Réforme luthérienne. Pendant qu'il se complai-
sait dans son isolement, ses amis allégèrent de plus
en plus le bagage dogmatique qu'ils avaient

emporté du catholicisme. Le mariage des prêtres,
qui fut adopté en pratique, imprima à la nouvelle
secte son véritable caractère. Le tablier d'une
femme ! voilà où aboutirent les efforts du génie
dévoyé de Dœllinger. C'est aussi triste que la chute
de Lamennais !

Dœlllinger eut assez de perspicacité et de dignité pour ne pas suivre ses amis dans cette voie.
Il se montra très réservé, comptant sur l'avenir.
En 1872, il disait à un catholique français éminent
qu'il fallait attendre, que la situation s'éclaircirait,
qu'on traversait une phase indécise semblable à
celle que traversait le protestantisme à son origine.

Désenchanté par la débâcle du vieux catholicisme,
Dœllinger s'aperçut qu'il restait seul entre les ruines de cette secte et le roc plus inébranlable que
jamais de l'Église romaine. Ce spectacle l'attrista
profondément, mais l'humilité lui manquait pour
revenir sur ses pas. Il voulut jouer jusqu'à la fin
son rôle de Tertullien catholique. Suspendu de ses
fonctions ecclésiastiques, il se soumit scrupuleuse-
ment à ces peines du droit canon et ne célébra plus
jamais la messe. De hauts personnages ont essayé
plusieurs fois de le ramener à la soumission. Le
cardinal Hohenlohe, Mgr Steichele, l'archevêque
de Munich, qui est mort récemment, ont visité
l'illustre vieillard pour lui rappeler ce passé qui a
été si glorieux pour lui. L'année dernière, l'abbé
Duchesne fit une tentative analogue. Dœllinger a
toujours reçu ses visiteurs catholiques avec un
aimable sourire, sans récriminations, mais aussi
sans leur laisser d'espérance.

  Le malheureux prêtre est mort subitement, peut-
être sans avoir eu le temps de se reconnaître, en

tout cas sans avoir rétracté ses erreurs. La Providence lui avait ménagé de larges délais comme pour l'inviter à venir à résipiscence. Avant le coup suprême elle lui a envoyé un solennel avertissement qui s'appelait l'*Influenza*. Rien n'y a fait, le vieillard s'est enfoncé dans son obstination. Enfin, la mesure était pleine, l'heure de la *justice allait* sonner. La mort est venue foudroyante, au moment où tous les journaux d'Allemagne annonçaient que Dœllinger était remis de son indisposition.

Devant cette tombe et au souvenir du passé de l'infortuné défunt, les catholiques émus et attristés n'ont qu'un mot: « Seigneur miséricorde » !

TABLE DES MATIÈRES

CHAPITRE PREMIER. — Windthorst 3
    § 1. — Jeunesse de Windthorst 6
    § 2. — Au parlement du Hanovre 13
    § 3. — La lutte avec Bismarck. 21
    § 4. — L'orateur 33
    § 5. — L'homme 43

CHAPITRE II. — Le socialisme et le rôle politique du clergé 51
    § 1. — Un problème à résoudre 53
    § 2. — Répartition géographique du socia-
    lisme en Allemagne 61
    § 3. — Le clergé au parlement 74
    § 4. — Le clergé et l'action politique. . . . 85
    § 5. — La presse catholique. — Les Hetzka-
    plaene ou les prêtres journalistes 92
    § 6. — Solution de la question sociale . . . 107

CHAPITRE III. — Les œuvres catholiques et le
rôle social du clergé en allemagne 113
    I. — Le clergé et les paysans.
    § 1. — Situation actuelle de l'agriculture. . 115
    § 2. — Le « Bauernverein » westphalien. . 123
    § 3. — Le « Bauernverein » de Trèves et
    l'abbé Dasbach 129
    § 4. — Les caisses populaires d'épargne et
    de prêt, système « Raiffeisen » 138

II. — **Le clergé et les artisans.**

§ 1. — Situation des artisans   149
§ 2. — L'abbé Kolping et ses débuts. . . .   152
§ 3. — Les « Gesellenvereine »   158
§ 4. — Expansion de l'œuvre des « Gesellenvereine »   168
§ 5. — Les cercles des apprentis et les cercles des maitres.   174

III. — **Le clergé et l'ouvrier industriel.**

§ 1. — Condition de l'ouvrier industriel. . .   177
§ 2. — L'œuvre des cercles   180
§ 3. — Cercles des jeunes ouvriers   184
§ 4. — Cercles des hommes.   195
§ 5. — Cercles d'ouvrières. — Hospices d'ouvrières. — École ménagère.   202
§ 6. — Société industrielle « Arbeiterwohl ».   210

CHAPITRE IV. — Un chapitre du Kulturkampf .   217

§ 1. — Les lois de mai et la suppression des traitements ecclésiastiques.   220
§ 2. — Résistance du clergé. — Acheminement vers Canossa.   232

CHAPITRE V. — Un congrès catholique en Allemagne   263

§ 1. — La liberté personnelle et l'esclavagisme.   265
§ 2. — La liberté du travail et la question ouvrière   270
§ 3. — La liberté de la foi de l'enfant et l'école   274
§ 4. — La liberté et les ordres religieux. .   276
§ 5. — La liberté du Saint-Siège   280
§ 6. — Utilité des Congrès catholiques. . .   285

CHAPITRE VI. — L'ABBÉ HITZE ET LA LÉGISLATION
PROTECTRICE DES OUVRIERS EN ALLEMA-
GNE. 291

CHAPITRE VII. — UNE GRANDE MANIFESTATION RE-
LIGIEUSE OU L'OSTENSION DE LA SAINTE
ROBE DU CHRIST A TRÈVES. 319
I. — **Histoire de la sainte Robe.**
  § 1. — Attaques dirigées contre la sainte
  Robe 322
  § 2. — Preuves historiques de l'authenticité
  de la sainte Robe 324
  § 3. — Examen archéologique de la sainte
  Robe de Trèves. 331
  § 4. — Miracles éclatants qui prouvent l'authenticité de la sainte Robe de Trèves . . 336
II. — **Grands pèlerinages de Trèves.**
  § 1. — Ostensions de la sainte Robe depuis
  le XVIᵉ siècle jusqu'en 1844. 340
  § 2. — Pèlerinage de 1844 343
  § 3. — Grands pèlerinages actuels 345
  § 4. — Pourquoi le symbole de l'unité de
  l'Église a été confié à l'Allemagne 355

APPENDICE. — DŒLLINGER 361

TABLE ALPHABÉTIQUE

DES

NOMS PROPRES

A

Agrice (st.), 328.
Albertus, 292.
Allioli, 363.
Ambroise (st.), 344.
Arendt, 252.
Arenholt (abbé), 81, 281.
Arnim, 23, 24.
Arnoldi (Mgr), 322, 323.
Athanase (st.), 344.
Atride, 257.

B

Ballestrem, 27.
Balzer, 367.

Bamberger, 53, 55, 56, 58.
Baudoin (évêque), 329.
Baudri (Mgr.), 205.
Baeurlé (abbé), 83.
Bebel, 54, 225.
Becker, 56.
Beissel (jésuite), 324.
Benoit (st.), 277.
Benningsen, 3, 4, 5, 220.
Beaudoux, 315.
Bernard (st.), 262, 344.
Besse (Ludovic de), (capu-
  cin), 138, 197.
Beust, 23, 24.
Binder, 307.
Binterim, 328.
Bismarck, 15, 218, 221, 225,
  227, 229, 233, 234.
Bluntschli, 24, 220.
Blucher, 93.
Borowski (chanoine), 81.
Bœddinghaus (abbé), 95.

Bossuet (*Préface*).
Brachtesende (abbé), 205.
Brandts, 210, 270, 272.
Brandis-Platen, 16.
Breucker, 126, 127.
Brincat (Mgr), 267.
Broix (abbé), 95.
Bruel, 245.
Bruno (évêque), 334.

C

Cavour, 355.
Calchas, 257.
Cetty (abbé), 65, 197, 198, 199, 201, 206, 310.
Clemens, 328.
Cordel (abbé), 341.
Cuny, 243, 252.
Cybichowski (Mgr), 33.

D

Daller (abbé), 83.
Dante, 255, 362.
Dasbach (abbé), 129, 130, 131, 132, 133, 134, 135.

Dauzenberger (abbé), 82.
Decurtins, 271, 272.
Delbruck, 81, 252.
Delsor (abbé), 96.
Denifle (dominicain), 95.
Dietzgen, 55.
Dinder (Mgr), 235.
Ditscheid (abbé), 337.
Dœllinger, 155, 222, 361 et suivantes.
Dommerque (Mlle), 205, 207.
Dressler, 229.
Droste (Mgr), 234.
Droste-Vischering (Mgr), 11.
Droste-Vischering (famille), 7.
Droste-Vischering (comtesse de), 336.
Duchesne (abbé), 261.
Durant, 138.
Dupanloup (Mgr) (*Préface*).

E

Eberhard (évêque), 334.
Egbert (évêque), 334.
Ehrle (jésuite), 95.
Eisenring (abbé), 275.
Erffa (de), 243, 254.
Engelen (Mlle), 10.

Euchaire (st).
Eynern (de), 243, 252.

F

Falk, 23, 248.
Falkenberg (abbé), 94.
Fassbender, 116.
Feiten (Mgr), 31, 343.
Félix (*Préface*).
Fischer (Mgr), 353.
Florencourt (abbé de), 95.
Fleck (Mgr), 252.
Forbes (jésuite), 197.
François-Joseph, 168.
Frankenstein (baron de), 6.
Frank (abbé), 83.
Franz (chanoine), 76.
Frédéric II, 217.
Freppel (Mgr), 197, 273.
Friedrich, 367.
Friedberg, 24.
Friske (Mgr), 81.

G

Galen (comte de), 68.

Gapp (abbé Jules), 138, 140, 144, 148.
Geffken, 22.
Georges IV, 15.
Georges V, 16.
Gerlach (M. de), 232.
Geyer (Mgr), 269.
Gibbons (cardinal), 261.
Giempf (abbé), 83.
Gildemeister, 323.
Gleich (Mgr), 234.
Gneist, 220.
Göser (abbé), 76.
Gœrres (J), 11, 13, 155, 328, 363.
Gœthe, 217.
Gossler, 237, 238, 239, 240, 244, 248, 249, 250, 251.
Gravenhorst, 27.
Gruscha (cardinal), 171, 169, 353.
Guillaume, 268.
Guéranger (*Préface*).
Gutberlet (abbé), 95.

H

Haneberg (Mgr), 155, 363.
Hansen, 336.
Hammerstein (baron de), 254.

Harmel, 320.
Hassenclever, 225.
Hasse (abbé), 82.
Hau (abbé), 83.
Haus (abbé), 77, 83.
Hegel, 247.
Hehn (abbé), 211.
Held, 143.
Hendoerfer (abbé). 83.
Hennemann (abbé), 83.
Heinrich (abbé), 95.
Henri VIII, 217.
Hertling (baron de), 210, 292.
Henri IV, 249.
Herzog (Mgr), 33.
Hilgers, 367.
Hiss (abbè), 93.
Hitze (abbé), 6, 76, 180, 181, 183, 195, 196, 197, 201, 210, 212, 270, 272, 287, 291 et suivantes.
Hillin (archevèque), 327.
Hickel, 198.
Hobrecht, 24, 243.
Hoeting (Mgr), 234.
Hohenlohe (cardinal), 368.
Hohenzollern, 11.
Holder (abbé), 148.
Hortig, 364.
Huene (baron de), 136, 137.
Huber (abbé), 83.
Huller (abbé), 83.
Hulskamp (Mgr), 3.

J

Jacobini (cardinal), 38.
Jaeger, 116.
Janiszewski, (Mgr), 30.
Jannet (Claudio), 138, 197.
Janssen (Mgr), 364.
Jazdzewski (abbé), 82.
Jeanne d'Arc (*Préface*).
Joerg, 307.
Joseph II, 217.
Julien, 231.

K

Kannengiesser, 28.
Kant, 247.
Kederer (abbé), 83.
Keiter, 98.
Ketteler (Mgr de), 19, 26, 213.
Keller, 197.
Keller (abbé), 275.
Keppler (abbé), 95.
Kleitner, 264.
Klee (abbé), 363.
Klagges (abbé), 104.
Knecht (Mgr), 263-281.
Kneipp (abbé), 155.

Knoodt, 367.
Kohler (abbé, 148.
Kolping (abbé), 152, 153, 154, 155, 156, 159, 160, 161, 164, 165, 166, 167. 168, 171, 176, 179, 182, 212.
Kopp (Mgr), 83, 105, 234, 276.
Korum (Mgr), 29, 183, 234, 319.
Krauss (abbé), 325.
Kremenz (Mgr), 205, 353.
Krieg (abbé), 95.
Krupp, 98.

L

Lactance, 47.
Lacordaire (Préface).
Lambert (moine), 327.
Lamennais, 361.
Landes (abbé), 76.
Langen, 337.
Laska (abbé), 161.
Lasker, 27.
Lavigerie (cardinal), 268.
Ledochowski (cardinal) 19, 30.
Lefébure (Léon), 72, 178.
Léon X, 340.

Léon XII, 14.
Léon XIII, 180, 182, 195, 196, 263, 267, 268, 284.
Lender (chanoine), 76, 82.
Leonhard (abbé), 76.
Leroy-Beaulieu, 130.
Liebknecht, 56.
Liesen (abbé), 205, 207, 211.
Lieber, 42, 273.
Limbourg, 131.
Limbourg Stirum (comte de), 238, 252.
Loewenstein (prince de), 268, 353.
Loe (baron Félix de), 135, 268.
Loison (abbé), 212.
Lorenzi (chanoine), 331.
Louis (st.) (Préface).
Luther, 220, 229.
Lutz, 265.

M

Mahomet, 364.
Majunke (abbé), 22.
Mallinckrodt, 19, 26.
Mannay (Mgr), 341.
Martin (St.), 344.
Marx, 328.

Matzner (abbé), 94.
Maximilien II (de Bavière), 168.
Maximilien (empereur), 340.
Melanchton, 222.
Melchers (cardinal), 15, 30, 31, 205.
Michelis, 357.
Miquel, 4, 5.
Moltke, 5.
Mommsen, 247.
Montesquieu, 213, 214.
Montalembert (*Préface*).
Moehler, 363.
Montez (Lola), 305.
Mosler (abbé), 82.
Moufang (Mgr), 210, 292.
Most, 55.
Muller (Edouard), 263.
Muller (abbé), 147.
Muller (chanoine), 76.
Mullensiefen, 86.
Munzenberger, 95.
Munzer (abbé), 82.

N

Napoléon I, 341.
Napoléon III, 365.

Néron, 231.
Nys, 331.

O

Oberdörfer (abbé), 95.
O'Connel, 281.
Olzem, 243.

P

Perger (chanoine), 76.
Philipps, 155.
Pie IX, 168.
Pie (Mgr.) (*Préface*).
Pitra (Card.) (*Préface*).
Porsch, 67.
Poschinger, 23.
Poppo (archevêque), 334.
Preser, 116.
Puttkammer, 40, 252.

R

Racke, 278.
Raess (Mgr), 12.
Raich (abbé), 95.
Raiffeisen, 138, 142, 143, 144, 145, 146, 147, 148.
Rath (de), 220.
Ratzinger (abbé), 292.
Rauchhaupt (de), 254.
Ravignan (*Préface*).
Reichensperger, 19, 212.
Reindl (abbé), 76.
Reinkens, 367.
Renan, 51.
Reischl, 367.
Reusch, 367.
Richter (Eugène), 16.
Richter (abbé), 87.
Rittler (abbé), 265.
Ronge, 322.
Roos (Mgr), 235.

S

Sammereyer (abbé), 83.
Sauer (abbé), 83.
Sauter (bénédictin), 278, 287.

Savigny (de), 19.
Sawieky (abbé), 162.
Schædler (abbé), 77, 101, 105, 106.
Schæffer (Mgr), 169, 172, 174, 175.
Scheeben (abbé), 305.
Schele, 15.
Scheuffgen (prévôt), 331.
Scheicher (Mgr), 264.
Schings (abbé), 95.
Schloezer, 39, 235, 237.
Schmitz (curé doyen), 208.
Schnettler (abbé), 94.
Schnütgen (chanoine), 331.
Schorlemer-Alst, 8, 123, 126, 127, 128, 129, 229.
Schoppenhauer, 237.
Schulte, 367.
Schuler (abbé), 76, 80.
Schorck (Mgr), 83.
Schulze-Delitzsch, 24, 138, 139, 142.
Schumacher, 243.
Sepp, 367.
Sigl, 96.
Simon (Jules), 314.
Sybel (de), 323.
Sylvestre (st.), 327.
Stablewski (abbé), 82.
Steichele (Mgr), 368.
Stein (Mgr), 83.
Stœcker, 241, 245, 251, 253, 254.

Stœpel, 116.

Stœtzel, 69.

Stollberg (comté Udo de), 220.

Stolz (Alban), 166.

Stolzenberger (abbé), 131.

T

Tertullien, 362.

Tetzel, 323.

Thissen (abbé), 95.

Thoma (Mgr), 83.

Thungen (baron de), 116.

Triller (abbé), 83.

U

Udo, 334.

V

Vaechter (abbé), 86.

Veuillot (*Préface*).

Vincke (Georges de), 3, 5, 17.

Vincent de Paul (St.).

Virchow, 21, 51, 247.

Voltaire, 177.

Volusien (st.), 328.

W

Wagener, 222.

Wambold (baron de), 136.

Warrich (abbé), 95.

Wasserburg (Philippe Laïcus), 263.

Waitz, 328.

Wattenbach, 326.

Weber, 367.

Weiss (Mgr), 12.

Weiss (dominicain), 263, 264, 287.

Weiss (abbé), 76.

Werlé, 23, 24.

Werber (abbé), 103.

Werner, 62.

Wildeger (abbé), 73, 83.

Wille (abbé), 83.

Willems (abbé), 324, 325.

Windischmann, 155, 363.

Windthorst, 3, 4, 5 et suivantes, 236, 237, 238, 241, 242, 243, 248, 253, 265, 266,

268, 269, 281, 282, 283, 284, 287.

Winterer (abbé), 82, 197.

Wilmowski, 326, 333.

Wirtz, 331.

Wirz, 281.

Wittekind, 7.

Wolf (chanoine), 81.

Wollersheim (abbé), 154.

Z

Zach (abbé), 83.

Zedlitz, 243, 252.

Zill (abbé), 83.

Imprimerie de l'Ouest, A. NÉZAN, Mayenne.

P LETHIELLEUX, Éditeur, 10, rue Cassette, Paris.

NOTRE SEIGNEUR
JÉSUS CHRIST
SA VIE & SES ENSEIGNEMENTS
Par M. l'abbé E. FRETTÉ, du clergé de Paris

Deux beaux volumes in-octavo carré de 600 pp. environ, ornés de 4 cartes tirées en couleur et de deux plans, brochés, *franco* **12.00**

Prix des reliures en plus, par volume : — Nº 1, 1/2 chagrin, plats toile, tr. jaspées, *net.* 2. 50. — Nº 2, 1/2 chagrin, plats toile, tr. rouges ou dorées, *net.* 3.50. — Nº 3, 1/2 chagrin, coins, tête dorée, *net.* 4.50. — Nº 4. 1/2 chagrin, coins, tr. dorées, 5.00.

Jamais, depuis l'ère chrétienne, on n avait publié autant de *Vies de Jésus-Christ* que dans notre siècle. Il semble y avoir quelque témérité à entreprendre de nouveau une publication de ce genre après certains succès retentissants, qui, tout récemment encore, ont captivé l'opinion. Heureusement le champ est vaste à parcourir et la vie du divin Maître peut être étudiée sous bien des aspects différents.

Après de consciencieuses études, continuées pendant plus de douze années, M. l'abbé Fretté se décide à donner au public un livre, qui en peu de temps, aura conquis une place des plus honorables.

Cette nouvelle *Vie de Jésus-Christ* se distingue de toutes celles qui ont paru jusqu'ici par la conception simple et originale du plan. Le texte de l'Évangile est expliqué par les mœurs et coutumes juives et orientales de l'époque où vécut le Sauveur, et par les Pères de l'Église dont l'autorité est du plus grand poids pour un travail de cette nature. La polémique semble n'y être qu'effleurée ; mais l'érudition, qui est considérable, se dissimule dans le cours du récit, et les objections s'évanouissent. On trouve dans ce livre quantité d'aperçus nouveaux qui nous initient à la vie intime des Juifs, et nous aident à comprendre certains faits de la vie du Sauveur à propos desquels les Évangélistes sont très sobres de détails. Le théâtre des évènements est décrit avec précision. Enfin, l'on doit reconnaître que l'auteur est parfaitement au courant des travaux récents publiés sur ces matières en France et à l'étranger.

Le style est élégant et concis. Une des qualités maitresses, c'est l'enchainement logique des évènemenis, non interrompu par ces longues et fatigantes dissertations, qui exigent du lecteur tant d'efforts pour retrouver la suite du récit. La note pieuse a été sagement ménagée.

Membre de plusieurs Académies, éditeur des œuvres complètes de S. Thomas, auteur de remarquables articles très appréciés dans certaines Revues spéciales, M. l'abbé Fretté n'est pas un inconnu pour le public catholique savant.

Ce livre sera étudié avec fruit dans les *séminaires*, comme commentaire de l'Évangile; dans les *communautés* de toute sorte comme initiation plus complète à la vie de Notre Seigneur, qu'on y médite chaque jour : *dans les familles*, où elle fournira une lecture attrayante et substantielle; *dans le monde savant* qui retrouvera, à chaque page, l'historien érudit et consciencieux, l'écrivain précis toujours plein de charme et d'entrain (*Novembre 1891*).

P LETHIELLEUX. Editeur, 10. rue Cassette, Paris.

LE MARIAGE

Par le T. R. P. J.-M.-L. MONSABRÉ, des Frères-Prêcheurs

CETTE PUBLIC. EST DÉDIÉE A S. ÉM. LE CARD. RICHARD,
arch. de Paris

DEUX ÉDITIONS :

1° Splendide volume in-quarto. cadres rouges, orné de 5 grandes gravures bistres hors texte, 11 têtes de chapitres, lettrines, culs de lampe, etc. — Prix : *broché*. 20.00

Il a été tiré de cette édition :

15 exemplaires sur Japon impérial, numérotés de 1 à 15 *Br.* 120.00
25   —   sur papier de Hllande — de 15 à 40 — 40.00
25   —   sur papier Whatmann — de 41 à 65 — 60.00

Les exemplaires numérotés ne sont reliés que sur commande.

2° Un beau volume in-8 carre, sans gravures. *Broché.* . . 7.50
      —   —   reliure toile anglaise, coins,
tête dorée. 10.00
Reliure toile, coins arrondis, biseaux. riche dorure, genre
antique. 14.00

LIVRE PREMIER. — **Le Mariage chrétien.**
LIVRE DEUXIÈME. — **L'amour chrétien dans le Mariage.**
ÉPILOGUE. — **Un type d'Épouse et de Mère chrétienne.**

Le plus utile cadeau de mariage.

PRIX DES VOLUMES RELIÉS :

		Édit. in-4°	Édit. in-8°				Édit. in-4°	Édit. in-8°
Nos 1.	Demi-chagrin . coins, tête dorée	30 00	12 00	— 6.	Veau moucheté, dentelle or . . .		72 00	
— 2.	Demi - maroquin. coins, tê e dorée	34 00	14 00	— 7.	Cuir de Russie. biseaux, charnières. gardes-chromo		75 00	39 00
— 3.	Demi - maroquin coins. tranches dorées	36 00	15 00		Gardes en soie, en plus, depuis		20 00	8 00
— 3 bis.	Demi-cuir de Russie, coins, tranches dor.	40 00	17 00		Gardes en peau, en plus, depuis		5 00	3 50
— 4.	Chagrin plein, biseaux. dor. sur plats. gardes chromo	50 00	25 00		Riche écrin, garni en soie, en plus, depuis		12 00	
— 5.	Maroquin poli à biseaux, charnières, gardes chromo	60 00	32 00		Étui papier, intérieur chamois, en plus		4 00	2 00
					Étui boîte en toile, double chamois		5 00	3 00
					Étui toile, intérieur en papier en plus		2 50	1 50

ARMOIRIES, CHIFFRES, etc.

Prospectus spécial sur demande

P. LETHIELLEUX, Éditeur, 10, rue Cassette, PARIS.

LA PASSION

ESSAI HISTORIQUE

Par le R. P. M.-J. OLLIVIER

DES FRÈRES PRÊCHEURS

Beau volume in-octavo sur grand cavalier de XXIV-512 page , avec un plan en 4 couleurs, 5 gravures hors texte, 9 têtes de chapitre, 16 dessins archéologiques. **9.00**

PRIX DES RELIURES EN PLUS :

N° 1. — 1/2 chagrin, plats toile, tr. jaspée.	*net.*	2	50
— 2. — — tr. rouges ou dorées. . .	*net.*	3	50
— 3. — — coins, tête dorée.	*net.*	4	50
— 4. — 1/2 — coins tr. dorées.	*net.*	5	00
— 5. — 1/2 maroquin, plat papier, tête dorée. . . .	*net.*	5	50
— 6. — — coins, tête dorée.	*net.*	6	50
— 7. — — tr. dorées.	*net.*	7	50

.... Quels chapitres, avec leurs traits inattendus et leur saisissante couleur, que ceux de JUDAS, de PILATE, D'HÉRODE, du JARDIN DE GETHSÉMANI, de la GROTTE DE L'AGONIE, du PRÉTOIRE, de la VOIE DOULOUREUSE, du CALVAIRE, du CRUCIFIEMENT ! Quelle reconstitution émouvante et rajeunie de scènes que l'on croyait connaître, qui semblaient rebattues, et qui apparaissent dans toute leur vérité poignante comme des péripéties nouvelles et presque des révélations ! (*Correspondant*).

.... Pour achever de signaler la manière, il faut ajouter la *préoccupation de l'analyse psychologique, de l'étude morale.* Ces pharisiens et ces sadducéens, ces scribes, ces prêtres et ces sanhédrites. Anne et Caïphe. Hérode et Pilate, tous ont leur portrait en pied, où avec les traits physiques ressortent en même temps le caractère, les passions.

On doit aussi rendre sincèrement hommage aux travaux consciencieux par lesquels le P. Ollivier a tâché de *reconstituer d'abord* pour lui-même, puis pour ses lecteurs, *tous les détails de la Passion, comme s'il en avait été témoin.* Il faut particulièrement lui savoir gré de la science et de la verve qu'il a mises à soutenir les anciennes traditions chrétiennes, relativement aux Saints Lieux.

(*Études religieuses, 15 mars 1891*).

P. LETHIELLEUX, éditeur, 10, rue Cassette, PARIS.

LE SAINT ÉVANGILE
OU LA
VIE DE N. S. JÉSUS-CHRIST
SELON LES QUATRE ÉVANGÉLISTES
HARMONISÉE EN UN SEUL RÉCIT
AVEC NOTES EXPLICATIVES
PAR

M. l'abbé **P.-M. LABATUT**

Chanoine honoraire, Supérieur du Petit Séminaire d'Agen

Avec approbation de Sa Grandeur Monseigneur
l'Evêque d'Agen.

1° Beau volume in-32 jésus (376 pp.).   1.25
Cartonnage, en plus . . . . *net* 0 15
Élégante reliure toile, biseaux, coins, tr. rouges
en plus. . . . . *net* 0 75
2° Beau vol., in-18 (416 pp.), avec nombreuses
notes 2.00
Cartonnage, en plus. . . . . *net* 0 25
Élégante reliure toile, tranches rouges, en plus. *net* 1 00
3° Beau vol., in-8°, texte encadré d'un filet rouge,
illust. de 100 grandes gravures hors texte . . .   6.00
Le même. Relié, toile, tranches jasp. 8.50
—   tranches dorées 9.50
—   demi-chag. tranches dorées.   10.00
—   coins, tranches dorées ama-
                teur. 12.00

Du même Auteur :

LE SAINT ÉVANGILE OU LA VIE DE N. S. JÉSUS-CHRIST
OU
LA CONCORDANCE
DES QUATRE ÉVANGÉLISTES
TEXTE LATIN ET TRADUCTION FRANÇAISE EN REGARD
AVEC NOTES EXPLICATIVES

Beau volume, in-32 jésus (740 p.). 2.00

RELIURES EN PLUS :

Toile anglaise, coins, biseaux, tr. rouges . . . . *net* 0 75
Cuir angl., tr. dorées ou rouges. . . . . *net* 2 00
Chagrin noir, 2° choix, tr. dorées ou rouges. . . *net* 2 75
Chagrin noir, 1er choix, tr. dorées ou rouges. . . *net* 3 25

Imprimerie de l'Ouest, A. NÉZAN, Mayenne.

www.ingramcontent.com/pod-product-compliance
Lightning Source LLC
Chambersburg PA
CBHW050308030726
47505CB00003B/624